中國道教文化研究

初 編

第 **20** 冊

明代之前小說中儒道佛海洋觀研究（下）

林慶揚 著

花木蘭文化事業有限公司

國家圖書館出版品預行編目資料

明代之前小說中儒道佛海洋觀研究（下）／林慶揚 著 -- 初版
— 新北市：花木蘭文化事業有限公司，2020〔民 109〕
目 2+270 面：19×26 公分
（中國道教文化研究 初編：第 20 冊）
ISBN 978-986-404-407-8（精裝）
1. 中國小說 2. 文學評論
820.8   104014982

ISBN-978-986-404-407-8

9 789864 044078

中國道教文化研究
初　編　第二十冊   ISBN：978-986-404-407-8

明代之前小說中儒道佛海洋觀研究（下）

作　　者　林慶揚
總 編 輯　杜潔祥
副總編輯　楊嘉樂
編　　輯　許郁翎、張雅淋　美術編輯　陳逸婷
出　　版　花木蘭文化事業有限公司
發 行 人　高小娟
聯絡地址　235 新北市中和區中安街七二號十三樓
　　　　　電話：02-2923-1455／傳眞：02-2923-1452
網　　址　http://www.huamulan.tw 信箱 hml810518@gmail.com
印　　刷　普羅文化出版廣告事業
初　　版　2020 年 3 月
全書字數　491310 字
定　　價　初編 20 冊（精裝）台幣 40,000 元　　　版權所有・請勿翻印

明代之前小說中儒道佛海洋觀研究（下）

林慶揚　著

第四章　漢魏六朝小說中的佛教海洋觀

環顧漢魏六朝官書僧傳及小說中，有關佛教濱海與涉海樣態的書寫題材，載述著先民在宗教思維與認知上，對於浩瀚汪洋與莫測大海的祈求悲願。漢晉六朝在海上經貿的開拓，以及海內外佛僧求法與東來的興盛，更促使海洋與佛教在生活上形成了重要的聯結，此時期佛教海洋觀的遞變，不僅形塑出小說文體有關海上佛國的叢談記述、更是透過南方海上絲路的傳輸，看見佛教的信仰逐漸地被中國人接受，由上層的帝王貴族滲透到下層的商賈平民之中。這條聯結漢家與南海諸國的海上航路，既是中西商貿交流的路徑，亦是中西文化交通的旅遊之途；傳佛取法的漢、胡僧人在來往於波詭雲譎的海天之中，將佛教的教義、經典、義理輸入中國，進而在中土開枝散葉。尤其是菩薩中的觀音，更是成爲當時子民遇到海上磨難尋求救助的膜拜神尊。換言之，中國小說中有關佛教對於海洋的描述視角，當必由海路佛教傳播史中索求。而中國小說中的佛教海洋觀念，也應該是佛教在海路入華的過程中，許多佛經佛義及僧伽形象的海洋化，和許多佛教海路僧伽與海商過海的傳奇化，或海洋神蹟的顯化旌威等等透過海洋宗教實踐的活動所形塑出一種佛法神祇傳播的海洋觀。

第一節　漢魏六朝官書中的佛教海路交流與傳播

官書史籍中有關佛教的海洋思維，大體上以探述佛教經由海上絲路輸入中土，然後爲時人所熟知。然而經由海上輸入佛教的推手與播種者又是否與

海洋國家的胡商有關？佛教的廣泛信仰與當時的海上貿易有相關性嗎？甚至於海商與過海取法、傳法僧人的互動，亦即那些從交阯到廣州，往返於南海地區的海舶商人中，是否也具有佛教徒的身分，透過貿易的管道以傳播佛法？〔註1〕在這樣的海路佛教傳播路徑中，史籍所開顯出的佛教海洋思維，又著重於哪些向度上的書寫？基於上述的思維，本文即從南方海路與東方海道的佛教傳播及交流之路徑論述之。

　　有關南海道的航線，歷代正史都有記載。《漢書‧地理志》所載的「南海道」，與《新唐書‧地理志下》的「廣州通海夷道」，雖然在稱呼、起點、終點與沿線所經之地名、國名不盡相同，卻都涵蓋了中國南方之徐聞、合浦、日南、廣州等交、廣地區為起點之港口，而至終點站的已程不國，以及幼發拉底河口的烏剌國。〔註2〕在這條浩淼煙波的南海航路，海路上的佛教傳播，究竟是起於何時？〔註3〕官書又是如何記載海上的佛國商人與僧人，如何在詭譎多變的海天重溟中，將佛教思想引入中國？而海路僧人的活動路線又是否是南海商貿的航線？從事海貿的商人是否也同時從事佛教的傳播活動呢？相對於陸路的佛教入華，經由航海路線的東傳，兩漢魏晉時期活動於南海道的中外佛僧，在飄洋過海的歷程，進而興起的文化交流、佛典譯著與布教行跡中，又傳遞出何種樣態的海洋思維？

　　劉宋范曄《後漢書‧西域傳》的「至于佛道神化，興自身毒……至桓帝延熹二年、四年，頗從日南徼外來獻……帝遣使天竺問佛道法……中國頗有奉其道。桓帝好神，數祀浮圖」〔註4〕，《後漢書‧光武十王列傳》引袁宏《漢紀》的「西域天竺有佛道焉……漢明帝遣使天竺，問其道術而圖其形像

〔註1〕佛教之興起與海上商業活動及海上商人之間，在透過附商舶、隨船隊，而飄洋過海，往來傳教的密切互動之研究課題，見余英時：《漢代的貿易與擴張》，頁203。何方耀：《晉唐時期南海求法高僧群體研究》，頁4也說：「南海航道，無論是作為古代中印間的貿易之路，還是文化交流之途，都起著十分重要的作用。就佛教東傳而言，海路僧人的活動進入史家視野的時代雖晚於陸路，但時代愈後，往來於南海道的中外僧人愈多，從海路傳入中國的佛教經典亦多，這一路線更顯重要。」

〔註2〕漢之「南海道」載之《漢書‧卷二十八》，頁1670～1671；唐之「廣州通海夷道」載於《新唐書‧卷四十三下》，頁1153～1154。

〔註3〕有關佛教東傳中國的路徑先後，究竟是陸路肇其始，抑是海路開其端的論述，顯然是佛教傳播史上難以定見的課題。不過可以確定的是佛教的傳播史，與商貿的動態是密切相關的。

〔註4〕《後漢書‧卷八十八》，頁2931、2921、2922。

焉」〔註5〕；或是《三國志‧魏書‧東夷傳》引《魏略‧西戎傳》的「昔漢哀帝元壽元年，博士弟子景盧受大月氏王使伊存口受浮屠經」〔註6〕，《三國志‧吳書‧笮融傳》所說「笮融者，大起浮圖祠，悉課讀佛經……每浴佛，多設酒飯，民人來觀及就食且萬人」〔註7〕，《北魏書‧釋老志》的「漢武元狩開西域……始聞有浮屠之教……章帝時，楚王英喜爲浮屠齋戒。桓帝，襄楷言佛陀、黃老道以諫」〔註8〕，《梁書‧海南諸國列傳》與《南史‧海南諸國列傳》所寫「後漢桓帝世，大秦，天竺皆由此南海道遣使貢獻……航海歲至，踰於前代」〔註9〕，「佛道自後漢明帝法始東流，自此以來，其教稍廣，別爲一家之學」〔註10〕，在官書的說法，佛教源於身毒（天竺），而大約在西元世紀初傳入中國。其信仰風氣開始由貴族帝王之上層，而逐漸滲透到一般世俗平民社會。然而紀錄佛教隨著各海洋國家的胡商、使者而經海路來到中國南方，范曄《後漢書》與姚思廉《梁書》及李延壽《南史》認爲桓、靈之世後，頗從日南徼外來獻，由海程以通中原。〔註11〕《三國志‧吳書》也

〔註 5〕　《後漢書‧卷四十二》，頁 1429。
〔註 6〕　《三國志‧卷三十》，頁 859。
〔註 7〕　《三國志‧卷四十九》，頁 1185。
〔註 8〕　《魏書‧卷一百一十四‧釋老志》，頁 3025～3028。
〔註 9〕　《梁書‧卷五十四》，頁 783。
〔註10〕　《南史‧卷七十八》，頁 1947、1962。
〔註11〕　有關近代學者對於佛教是否先由海路輸入中國的看法，呈現兩極化的現象。而范曄所言「楚王英始信其術，中國因此頗有奉其道者」、「楚王英，以建武二十八年就國，三十年以臨淮之取慮、須昌二縣益楚國……永平八年詔報曰：『楚王誦黃老之微言，尚浮屠之仁祠，潔齋三月，與神爲誓，何嫌何疑，當有悔吝？其還贖，以助伊蒲塞桑門之盛饌。』」（《後漢書卷四十二‧光武十王列傳》，頁 1428）的講法，被學者余英時解讀爲佛教的存在也與當時的海上貿易有關的可能性，甚至以推測從交阯到廣州的中國沿海地區的印度商人中，無疑也有佛教徒。根據當時漢胡貿易的背景，能夠充分理解佛教對漢代中國的特殊征服方式。（《漢代貿易與擴張》，頁 203。）梁任公是最先提出佛教先由海路傳入中國，其言：「佛教之來，其最初根據地，不在京洛，而在江淮……江淮人對於玄學最易感受，故佛教先盛於南。」（梁啓超：《佛學研究十八篇》（上海：上海古籍出版社，2001 版），頁 32～35。）馮承鈞以《後漢書‧楚王英傳》所說，認爲「紀元六五年時，業已證明揚子江下流已有桑門佛徒……交州南海之通道，亦得爲佛法輸入所必經，欲尋佛教最初輸入之故，應在南海一道中求之。」（《中國南洋交通史》，頁 8～9。）胡適則說：「佛教入中國遠在漢明帝前，佛教之來不只陸路一條，更重要的是海道。交州地區在後漢晚年已是佛教區域，所以佛教大概先由海路來，由交、廣到長江流域及東海濱，先流行于南方。」（胡適：〈1952 年 2 月七日致楊聯陞書信〉，載於《論學

提到：

> 士燮父賜，桓帝時爲日南太守，燮父喪闋後，遷交阯太守……出入
> 鳴鐘磬，備具威儀；笳簫鼓吹，車騎滿道，胡人夾轂焚燒香者常有
> 數十。〔註12〕

漢末士燮及其父先後任職太守的交阯、日南二郡，不僅是當時南海道上中國對外的出入門戶，更是東西海程的交往紐帶。胡人夾轂焚香說明遠在漢末，交州地區的海道胡商中就有白衣佛門弟子。海上貿易的繁榮，不僅聚集了許多的海國商旅，並且也將佛教信仰輸入中國。

而史書記載天竺使者與中國使者於海國交流，初見東吳孫權時期。《梁書·中天竺國傳》曰：

> 吳時扶南王范旃遣親人蘇物使其國（中天竺），從扶南循海大
> 灣……乃至。天竺王乃差陳、宋等二人以月氏馬四匹報旃，遣物等
> 還……云：「佛道所興國也……水陸通流，百賈交會，在天地之
> 中。」〔註13〕

扶南國爲佛教海路東被的大站，其地位的重要性與陸路西域的和闐、龜茲相等。三國吳時康泰出使扶南而南宣國化，雖未親至天竺，然透過天竺使者以知天竺佛國的風土民俗〔註14〕，爲佛教信仰由海路傳入奠基。《宋書·夷蠻傳》更載南海諸國：「南夷、西南夷，大抵在交州之南及西南，居大海中洲上……以上諸國皆事佛道。」〔註15〕是書又記述師子國、天竺迦毗黎國等佛教國家泛海渡洋，遣使奉表、進獻佛物的來華事蹟：

談詩二十年：胡適、楊聯陞往來書札》（安徽教育出版社，2001年版）。湯用彤：《漢魏兩晉南北朝佛教史》，頁81言：「楚王英所轄之地，約跨今蘇、皖、豫、齊諸省，在淮河之南北。永平十三年，英以罪廢徙丹陽涇縣，賜沐邑五百，從英徙者數千人，佛教或因之益流布江南」、頁84亦言：「梁任公與伯希和謂早期佛教有揚子江下流教派與北方教派之分，亦均不可通之論。楚王英固爲信佛最早、最顯著之人，觀於其建武二十八年始建國，其染佛化，任公謂其必不自洛陽，其不可通……楚王英之信佛，非即可證明自海道移植。」儘管學者的主張兩極，然而取得一致的共識是佛教由海路途徑傳入中國，必與當時漢胡（南洋海國）海上貿易相關，而海商、使者與佛僧三者都與佛法傳播至爲密切。

〔註12〕《三國志·卷四十九》，頁1192。
〔註13〕《梁書·卷五十四》，頁798～799。
〔註14〕《中國南洋交通史》，頁14～18。
〔註15〕《宋書·卷九十七》，頁2377～2386。

師子國，國王剎利摩訶南奉表曰：「謹白大宋明主……方國諸王，莫
不遣信奉獻，或泛海三年，無遠不至。我先王以來，奉事三寶，欲
與天子共弘正法，以度難化。故託四道人遣二白衣送牙臺像以爲信
誓。」天竺迦毗黎國，遣使奉表：「……臣之所住，諸國來集，共遵
道法……願二國信使往來不絕……奉獻金剛指環、摩勒金環……」
〔註16〕

《南齊書·南夷列傳》則載南朝宋末，扶南王遣使天竺僧商那伽仙，獻表來
貢：

永明二年，闍耶跋摩遣天竺道人那伽仙上表稱扶南國王臣僑陳如啓
曰：「……臣前遣使齎雜物行廣州貨貿，天竺道人釋那伽仙於廣州因
附臣舶欲來扶南，海中風漂到林邑，國王奪臣貨易，并那伽仙私
財。具陳仰序陛下聖德仁治，佛法興顯，眾僧殷集，法事日盛……
是臣遣此道人爲使……并獻金鏤龍王坐像一軀，白檀像一軀、牙塔
二軀。」〔註17〕

南海島國與中國番禺（廣州）互通貨貿，早在於西漢初年。那時的番禺就已
經成爲繁榮的海上貿易中心。西漢之後，番禺更成爲從南海來的海洋國家以
及更西邊的國家前來中國的貨易，充當了重要性的入口港。〔註18〕天竺道人
時在廣州，並積有私財，欲與扶南王遣使貿旅海舶返國，不幸遇風飄至林邑，
而遭掠財物。可以推測，這位天竺道人極有可能在傳教的過程中也從事海上
商業的活動。其被扶南王派遣出使中國，必然熟悉南海海路的航程與中國的
近況，不然是不會被委以向中國皇帝傳達國書的重任。至於《宋書》記載師
子國王剎利摩訶南托四道人（僧人）遣二白衣（居士）獻牙臺像以爲信書。
這其中的兩位佛門白衣弟子能受此委奉國書的任務，應該是熟悉南海貿易與
中土國情的海商。《梁書》又言：

師子國，天竺旁國。晉義熙初，始遣獻玉像，經十載乃至。像高四
尺二寸，玉色潔潤，殆非人工。此像歷晉、宋世在瓦官寺……至齊
東昏，遂毀玉像。〔註19〕

〔註16〕　《宋書·卷九十七》，頁2384～2386。
〔註17〕　《南齊書·卷五十八》，頁1014～1016。
〔註18〕　《史記·貨殖列傳》與《漢書·地理志》皆言：「處近海，多犀、象、毒冒、
　　　　　珠璣、銀、銅、果、布之湊，中國往商賈者多取富焉。番禺，其一都會也。」
〔註19〕　《梁書·卷五十四》，頁800。

師子國（錫蘭）爲佛教聖地，同時也是佛法東渡的轉運地。晉義熙年間其國
遣使進獻佛像，就是在困難的海天雲集、重溟遠洋的十年航程中歷經艱辛，
終在海商與僧人互相合作下，從事著佛法的傳播活動而到東晉京都。《魏書・
釋老志》也談到在北魏時，師子國佛僧五人遠涉重溟山河，被委以奉獻佛
像、畫像的任務：

> 太安（北魏）初，有師子國胡沙門邪奢遺多、浮陀難提等五人，奉
> 佛像三，到京都……致胡缽并畫像蹟。〔註20〕

東晉華僧法顯於隆安三年（399）自長安西行求法，而於義熙十四年（414）
還至青州。《魏書・釋老志》記其由師子國循海路而南歸：

> 沙門法顯，自長安遊天竺。歷三十餘國……十年，乃於南海師子
> 國，隨商人泛舟東下。晝夜昏迷，將二百日。乃至青州長廣郡不其
> 勞山，南下乃出海焉。〔註21〕

由師子國乘舶入海的僧人、商人與使者三人，在東傳佛法的歷程中，都扮演
著釋教護法上的重要推手。《南史・海南諸國列傳》更記載斯里蘭卡等南亞國
家，相繼透過南海航路，遣使入華進獻佛像、佛牙及畫塔等佛門信物：

> 梁天監二年，跋摩（扶南王）復遣使送珊瑚佛像……遣使送天竺旃
> 檀瑞像……。詔遣沙門釋雲寶隨使往迎之……呵羅單國都闍婆洲，
> 遣使獻金剛指環……槃槃國，其王使使奉表累送佛芽及畫塔，復遣
> 使送菩提國舍利及畫塔圖……丹丹國，其王遣使奉表送牙像及畫塔
> 二軀。〔註22〕

這些奉遣使者不是本身通於佛法，便是有高僧隨行護送，並且深諳南海航程，
因而被委以向中國皇帝奉表貢獻。同時他們所搭乘的船舶所屬舶主，雖是海
上從商，也必然信奉佛法，甚至是佛門居士的團體〔註23〕。在海路求法僧、
奉遣使者與海商三者的通力合作下，佛教作爲一種文化傳播的活動，自然是

〔註20〕《魏書・卷一百一十四》，頁 3036～3037。

〔註21〕《魏書・卷一百一十四》，頁 3031。

〔註22〕《南史・卷七十八》，頁 1953～1959。

〔註23〕東晉釋法顯所載《法顯傳》，亦名《佛國記》，也載兩則海商供養佛像、佛僧
的事蹟。（《法顯傳校注》，頁 128、145。）師子國那位以中國出產的白絹扇供
養佛像的海商，必然也是佛門弟子，否則難以珍貴之絹扇來供養佛像。而法
顯遭逢海厄，被其他信奉婆羅門教商人排擠，甚至謀害，也是靠海商檀越的
挺身救助，而得免異教徒的連手迫害。我們亦可推測，這位檀越必然與法顯
關係密切，而且篤信佛法。

與貿易商人結下了海上的不解因緣。他們不僅是海路求取法佛僧的主要資助者，三者更是建構出這條海上佛國交流的信仰之旅。

　　相對於南海航道的佛國相繼遣使、僧東傳釋法，中國東方海域航道的佛法交流，也在齊永元元年間發展起來。《梁書‧諸夷‧東夷列傳》記載：

> 扶桑國，齊永元元年，有沙門慧深來至荊州，說云：「扶桑其俗舊無
> 佛法，大明二年，罽賓國有比丘五人游行至其國，流通佛法、經像，
> 教令出家，風俗遂改。」〔註24〕

來自東海域上的扶桑國高僧慧深，必然經由東海航道來到中國，並從事佛法的交流活動。東海海域上商業交流的密切，遠自東漢時期，包括朝鮮、日本（倭國）以及海域上的其他部落國家，都與中國形成了一個相當活躍的使團交流。甚至三國時期的吳、魏更是有大量的海上貿易活動。〔註25〕我們更有理由推知，慧深由扶桑國到達荊州，其所搭乘的船舶必然是熟悉東海航道的商人所有。如同南海貿易商人對於佛法東傳的貢獻，東方海域上的商、僧也同樣建構出弘揚佛法的海洋因緣。〔註26〕當然，也有搭附商舶在東海道欲往天竺取經的使節僧，出師未捷而身先死，留下一段遠涉重洋，而未竟任務的遺憾：

> 曇無讖所出諸經，至元嘉中方傳建業。道場惠觀法師，志欲重尋《涅
> 槃後分》，乃啓宋太祖資給，遣沙門道普將書吏十人，西行取經。至
> 長廣郡，舶破傷足，因疾而卒。普臨終嘆曰：「《涅槃後分》與宋地
> 無緣矣。」〔註27〕

這位沙門道普，本是高昌人，經常遊歷西域諸國，並且供養尊影，頂戴佛鉢，四塔道樹，足蹟形像，無不瞻覲，可以說是到過天竺的求法僧。這次他由官方資助，奉命浮海遠涉天竺尋找《大般涅槃經》後分，同時也是尊奉王命的

〔註24〕　《梁書‧卷五十四》，頁808。

〔註25〕　參看《後漢書‧卷二十》、《三國志‧魏書‧卷八》所引《魏略》、《三國志‧
　　　　　吳書‧卷二》、《後漢書‧卷八十五》以及《三國志‧魏書‧卷三十》等。

〔註26〕　傅亮：《光世音應驗記》，《觀世音應驗記三種譯注》（南京：江蘇古籍出版社，
　　　　　2002.1），頁210載述：「有沙門發正者，百濟人也。梁天監中，負笈西渡，尋
　　　　　師學道，頗解義趣，亦明精進。在梁卅餘年，不能頓忘桑梓，還歸本土。」
　　　　　如果照《光世音應驗記‧補遺兩條》所述，南朝梁時的百濟僧人發正西渡來
　　　　　華求法，亦必然走東海航路，在滄海帆影中往返中國。

〔註27〕　〔梁〕慧皎撰，朱恒夫等注譯：《高僧傳》（台北：三民書局，2005.10初版一
　　　　　刷），頁125。

使節。然而在他啓航的東海航道中，所搭乘的商舶遇水破損，而道普也在這次的船難中不幸因傷足及疾病而去世。由此我們更可推知，當時東海航道與南海航道，都是求法僧與商人遠渡南洋各國與天竺佛國的重要通道。

第二節　漢魏六朝僧傳故事中的佛徒海洋傳奇

來自於佛教發源地的天竺或者是南海佛教國家東傳、中土西行取法的僧人，他們之所以遠涉重洋，橫越萬里波濤，甚至托身於九死一生的險厄中，最終的目的不外於要東傳以弘揚佛法，而開枝散葉。海洋不僅是中、印佛法的傳輸管道，在其變化莫測的狂風巨濤、泛海陵波中，更孕育了一些佛門及高僧在海上的靈異傳說神蹟，彰顯出佛教徒的海洋思維。《後漢書‧西域傳》言：

> 世傳明帝夢見金人，以問群臣。或曰：「西方有神，名曰佛，其形長丈六尺而黃金色。」帝於是遣使天竺問佛道法，遂於中國圖畫形像焉。〔註28〕

明帝夢見金人的傳說見載史書，〔註29〕雖然有些神異譎怪，然而遠涉重溟、遣使天竺問佛道法，說明了佛教東傳時期在帝王貴族間的影響力。不僅中國帝王隔洋夢佛的靈談，就是南海上的信佛國家，也傳有國王夢僧同遊中土的異聞。《梁書‧諸夷列傳》載述：

> 于陁利國，在南海洲上……宋孝武世，王釋婆羅冉憐陁遣長史竺留陁獻金銀寶器。天監元年，其王瞿曇脩跋陁羅夢見一僧，謂曰：「中國今有聖主，十年之後，佛法大興。汝若遣使貢奉敬禮，則土地豐樂，商旅百倍。」脩跋陁羅初未能信，既而又夢此僧曰：「汝若不信我，當與汝往觀之。」乃於夢中來到中國，拜覲天子。既覺，心異之。陁羅本工畫，乃寫夢中所見高祖容質，遣使並畫工奉表獻玉盤等物。使人既至，模寫高祖形以還其國，比本畫則符同焉。因盛以寶函，日加禮敬。〔註30〕

于陁利國王與佛僧於夢中遠渡滄溟，神遊中國，並拜覲梁高祖，自此而盛以寶函，禮敬中國。官書上的陳述，不無裝神夸誕的嫌疑。尤以十年後，中國

〔註28〕《後漢書‧卷八十八》，頁2922。
〔註29〕東漢明帝夢金人亦見袁宏《漢紀》。（《後漢書‧卷四十二》，頁1429。）
〔註30〕《梁書‧卷五十四》，頁794。

必佛法大興，顯然是在褒揚梁武帝的崇佛事政。這則夢遊海上、遠涉中土的佛僧靈談，若以姚思廉所言：「海南東夷諸國，地窮邊裔。若山奇海異，怪類殊種，前古未聞，往牒不記，故知九州之外，八荒之表，辯方物土，莫究其極」〔註31〕，那麼這種渡海以夢遊中國的王、僧傳說，可以說是以山奇海異、辯方物土、怪類莫究的佛門譎談。它不僅象徵慕化王朝，邊裔來貢；更以海國渡洋彰佛爲背景，爲梁朝事佛大興的政績來加以美飾。

　　《南史・夷貊列傳・海南諸國》載述著晉咸和中至簡文咸安年間有關阿育王爲第四女所造佛像的海上奇談：

> 晉咸和中，丹陽尹高悝行至張侯橋，見浦中五色光長數尺，不知何怪，乃令人於光處得金像，無有光趺。悝乃下車載像還至長干巷首，留像付寺僧。每至夜中，常放光明，又聞空中有金石之響。經一歲，臨海漁人張係世於海口忽見有銅花趺浮出，縣人以送臺，乃施像足，宛然合……交州合浦人董宗之採珠沒水底，得佛光燄，交州送臺，以施於像，又合焉。初，高悝得像，有西域胡僧五人來詣悝曰：「昔於天竺得阿育王造像，來至鄴下，逢胡亂，埋於河邊。今尋覓失所。」五人嘗一夜俱夢見像曰：「已出江東，爲高悝所得。」悝乃送五僧至寺，見像噓歔涕泣，像便放光，照燭殿宇……後有三藏那跋摩識之，云是阿育王爲第四女所造也。〔註32〕

天竺金像託夢西域五僧，已屬夸誕；而金像夜放光明，照燭殿宇，發出金石之響，更爲譎怪。然而金像於江東浦中、海口、交州合浦海中等三處海域合得光趺，不免傳爲奇談。雖然阿育王第四女金像顯爲神蹟，乃爲佛教中人刻意營造佛法的無邊神力，可是佛身光趺分別於三處江水海域飄散而合得，同時也說明了天竺僧侶攜像遠涉重溟、弘揚佛法的艱辛，及造阿育王女像在三處洋域所顯發的靈瑞。

　　在《高僧傳・卷六》也載述阿育王像於海中顯其神光，及其與晉釋慧遠間的異能奇事：

> 昔潯陽陶侃經鎮廣州，有漁人於海中見神光，每夕豔發，經旬彌盛。怪以白侃，侃往詳視，乃是阿育王像，即接歸，以送武昌寒溪寺……侃後移鎮，以像有威靈，遣使迎接。數十人舉之至水，及上

〔註31〕《梁書・卷五十四》，頁818。
〔註32〕《南史・卷七十八》，頁1956～1957。

> 船，船又覆沒……及遠創寺既成，祈心奉請，乃飄然自輕，往還無
> 梗。方知遠之神感證在風謠矣。〔註33〕

這尊阿育王造像，應是由天竺或師子國的僧侶帶來中國的佛物。然而可能在
重重滄溟、遠渡重洋的南海行程中失落，而在廣州近海被漁人尋獲。見其像
於海中發顯神光、有龍神護駕而能免於祝融之厄、飄然自輕而往還慧遠所創
寺廟等等神蹟感瑞，更可見其造像之威靈。

　　在海洋顯發的佛法神力，大悲同在。東晉釋法顯的《法顯傳》之「浮海
東還」記載著海行艱險中，蒙佑海上威神歸流，一心念觀世音而得解厄，返
回中土：

> 得此梵本已，即載商人大船，上可有二百餘人。後繫一小船，海行
> 艱嶮，以備大船毀壞。得好信風，東下二日，便值大風，船漏水
> 入……商人大怖，命在須臾。法顯亦以君墀及澡罐並餘物棄擲海
> 中，但恐商人擲去經、像。惟一心念觀世音及歸命漢地眾僧：「我遠
> 行求法，願威神歸流，得到所止！」如是大風晝夜十三日，到一島
> 邊，見船漏處，即補塞之……海中多有抄賊，遇輒無全。大海彌漫
> 無邊，不識東西，唯望日、月星宿而進……但見大浪相搏，晃然火
> 色，黿、鼉水性怪異之屬……海深無底，又無下石住處。若值伏石，
> 則無活路……一月餘日，夜鼓二時，遇黑風暴雨，商人、賈客皆悉
> 惶怖。法顯爾時亦一心念觀世音及漢地眾僧。蒙威神佑，得到天曉。
> 諸婆羅門議言：「載此沙門，使我不利，遭此大苦！當下比丘，置海
> 島邊，而不令我等危嶮。」法顯本檀越言：：「若下此比丘，一併下
> 我。吾到漢地，當向國王言汝……」諸商人躊躇，不敢便下……於
> 時天多連陰，海師相望僻誤，經七十餘日，糧食、水漿欲盡，取海
> 鹹水作食……晝行十二日，到長廣郡界牢山南岸，便得好水……知
> 是漢地。〔註34〕

法顯浮海東還所經歷的險難，既有自然，亦有人為；遇之，生命往往難以倖
免。海上有掀起大風巨浪的颶風暴雨，並且海上彌漫無際，深不見底，在氣
候多變與連陰之下，海師僅靠著日月星宿的方位變化以推測船向，往往是僻

〔註33〕《高僧傳》，頁300。
〔註34〕《法顯傳校注》，頁142～146。法顯循海而還的海上神蹟，亦見《高僧傳》，
　　　　頁136。

誤延宕與偏離航線，甚至面臨糧漿斷盡、誤觸礁石，因而葬身海底。另外海中的黿、鼉水性怪異之屬與海中盜寇的威脅，不是葬身魚腹之中，不然就是死於海盜之手。在此自然人爲的海行嶮路下，更要當心同船婆羅門教商人的集體排擠與構陷。法顯能脫離苦厄，皆靠一心念觀世音及歸命漢地眾僧，並得蒙海上威神顯佑。海洋不僅考驗著法顯的智慧，在生死難測、海深無底的艱嶮海行中，更成爲佛門威神的法力道場。南朝慧皎撰《高僧傳》，也同樣記載天竺僧求那跋陀羅隨舶泛海，遭遇風信停止與淡水復竭，舉船憂惶，幸賴同船齊念十方佛，稱觀世音而天降雨水以抒困：

> 跋陀前到師子諸國，皆傳送資供，既有緣東方，乃隨舶泛海。中途風止，淡水復竭，舉舶憂惶，跋陀曰：「可同心并力念十方佛，稱觀世音，何往不感。」乃密誦咒經，懇到禮懺。俄而，信風暴至，密雲降雨，一舶蒙濟，其誠感如此。〔註35〕

海行已極爲嶮厄，如果再遇上信風歇止，淡水窮竭，漫飄流盪於大海之上，都有可能隨時終結生命。沙門佛僧東傳弘法，一路遠渡重溟、拼搏濤浪、歷經海洋的嚴峻深嶮，莫不倚靠堅強的信仰與海上神靈的顯佑護庇。海洋不僅成爲佛教僧尼苦厄難關的試煉所，同時也是佛門神祇顯瑞旂威的宗教道場，聯通了佛法與中土信眾的傳法取經之路。

　　沙門佛僧泛海東傳道法的靈異傳說，更廣泛地散見於《高僧傳》。天竺僧人耆域的描述爲：

> 自發天竺，至于扶南，經諸海濱，爰涉交、廣，並有靈異。達襄陽，欲寄載過江。船人見梵沙門衣服弊陋，輕而不載。船達北岸，域亦已度……時衡陽太守滕永文在洛，寄住滿水寺，得病經年不差，兩腳攣屈不能起行。域看之，因取淨水一杯，楊柳一枝，以楊柳拂水，舉手而咒。以手搦永文膝令起，即起行步如故……暑中有一人病癥將死。域以應器著病者腹上，白布通覆之，咒願數千言，即有臭氣燻徹一屋。病者曰：「我活矣。」〔註36〕

耆域爲天竺高僧，傳文言其：「經諸海濱，爰涉交、廣，並有靈異」，可見其倜儻神奇，跡行不恒，時人莫之能測。傳文雖然沒有說明其在交、廣海濱的奇能異事，然而見其飄忽過江、摩虎下道而去、取淨水而拂楊柳，口念咒文

〔註35〕《高僧傳》，頁184。
〔註36〕《高僧傳》，頁631～632。

以醫病、醫樹，讓死者復活等等的傳奇能事，說明出這位天竺沙門泛海東來中土的諸多奇能。《高僧傳·卷一》云康僧會世居天竺，其父因商賈移于交阯，漢獻末亂以避地吳國的諸多神異：

> 權曰：「昔漢明夢神，號稱爲佛，彼之所事，豈其遺風耶？」召會詰問，有何靈驗。會曰：「如來遷蹟，忽踰千載，遺骨舍利，神曜無方，昔阿育王起塔，乃八萬四千，夫塔寺之興，以表遺化也。」權以爲夸誕，謂會曰：「若能得舍利，當爲造塔，如其虛妄，國有常刑。」會請其七日……三七日暮，既入五更，忽聞瓶中鏗然有聲，會自往視，果獲舍利，五色光炎，照曜瓶上……會進而言：「舍利威神，豈直光相而已，乃劫燒之火不能焚，金剛之杵不能碎。」權命令試之……置舍利於鐵砧磓上，使力者擊之。砧磓俱陷，舍利無損。權大嗟服，即爲建塔，以始有佛事……晉咸和中，蘇峻作亂，焚會所建塔，司空何充復更修造，平西將軍趙誘世不奉法，傲慢三寶……言竟，塔出五色光，照曜堂刹，誘肅然毛豎，由此信敬。〔註37〕

康僧會世居天竺，其父因航海經商而移居交阯，可見康僧會其先爲南海商人中的佛門弟子。僧會早慧，弘雅好學；明解三藏而博覽六經。孫權時期，僧會得舍利的感瑞靈驗，使得孫吳建塔創寺；而晉武太康元年九月會遘疾而終，晉成帝咸和年中趙誘傲慢三寶，欲毀會寺，又得大聖神感，僧會感瑞，以見塔出五光，光曜堂刹。曇摩耶舍，少而好學，雅有神慧，該覽經律，明悟出群。晉隆安年中，初達廣州，後又南遊江陵，大弘禪法。《高僧傳·卷一》云：

> 嘗於門外閉戶坐禪，忽有五六沙門來入其室。又時見沙門飛來樹端者，往往非一。常交接神明，而俯同矇俗，雖道蹟未彰，時人咸謂已階聖果……耶舍有弟子法度，善梵漢之言。度本竺婆勒子，勒久停廣州，往來求利……耶舍既還外國，度便獨執矯異，規以攝物，乃言專學小乘……宋故丹陽尹顏竣女法弘尼，交州刺史張牧女普明尼習其遺風，東土尼眾亦傳其法。〔註38〕

曇摩耶舍及其弟子法度，皆是由廣州再至江南弘法傳教。法度的父親與康僧會的父親皆爲熟悉南海航路的商人，而且也是佛門中的白衣弟子。傳文提及

〔註37〕《高僧傳》，頁 23〜27。
〔註38〕《高僧傳》，頁 64〜66。

－268－

耶舍能與神靈交往，其往來之僧眾沙門亦有飛天樹端的奇能，可見當時浮海來華的天竺沙門，過多地被夸誕其神能靈蹟。而法度的佛法遺風，也在交、廣沿海地區逐步向內地傳漸開來。

又據《高僧傳‧卷二》言：「佛馱跋陀羅，云覺賢，甘露飯王之苗裔。祖父達摩提婆，此云法天，嘗商旅於北天竺……及其受具戒，修業精勤，博學群經，多所通達。」那麼佛馱跋陀羅也應是天竺商人中的佛門弟子之後。《傳》文又載述了其在海上的顯發神蹟：

> 路經六國，國王矜其遠化，並傾懷資奉。至交趾，乃附舶循海而行，經一島下，賢以手指山曰：「可止於此。」舶主曰：「客行惜日，調風難遇，不可停也。」行海二百餘里，忽風轉吹，舶還向島下，眾人方悟其神，聽其進止。後遇便風，同侶皆發，賢曰：「不可動。」舶主乃止，既而有先發者，一時覆敗。後於闇夜之中，忽令眾舶俱發，無肯從者，賢自起收纜，唯一舶獨發，俄而賊至，留者悉被抄害……秦主姚興專志佛法，供養三千餘僧，並往來宮闕，盛修人事。唯賢守靜，不與眾同。後語弟子曰：「我昨見本鄉，有五舶俱發。」既而弟子傳告外人，關中舊僧，咸以爲顯異惑眾……賢志在遊化，停山歲許，復西適江陵。遇外國舶至，既而訊訪，果是天竺五舶，先所見者也。〔註39〕

從傳文的描述，這位天竺僧人有相當豐富的天文、海洋地理、民俗與往來南海的航行經驗。文中五舶俱發的未卜先知，便風不動，與闇夜一舶獨發的洞燭機先及化險爲夷的神異能事，在一定的程度已誇大其辭。然而我們可以看到船主、商人與僧侶們彼此相互依存，而佛馱跋陀羅的敏銳反應與洞察力，不僅顯發了佛法的海上威力，更展現了其周遊列國、見多識廣的航海智慧。

《高僧傳‧卷三》言闍婆國母夜夢見求那跋摩，飛舶入國，與泛舶入廣等之靈瑞神事：

> 求那跋摩，機見俊達，深有遠度……至闍婆國，初未至一日，闍婆王母夜夢一道士飛舶入國，明旦，果是拔摩來至。王母敬以聖禮，從受五戒……時京師名德沙門慧觀、慧聰等，啓文帝求迎跋摩，帝敕交州刺史，令泛舶延至。跋摩以聖化宜廣，不憚遊方。先已隨商

〔註39〕《高僧傳》，頁110～113。

> 人竺難提舶，欲至一小國，會值便風，遂至廣州……手自畫作羅雲
> 像，像成之後，每夕放光，久之乃歇……山本多虎災，自拔摩居之，
> 晝行夜住，或時值虎，以杖按頭，抒之而去。於是山旅水賓，感德
> 歸化。嘗於別室坐禪，累日不出，寺僧遣沙彌問候，見一白師子緣
> 柱而立，亘室彌漫生青蓮華，沙彌驚恐大叫，往逐師子，豁無所見。
> 其靈異無方，類多如此。〔註40〕

可以想見拔摩傳說中的奇能，或許多所夸誕，然而以其觀風弘教，儀行感物，
闍婆國母夜夢飛舶入國的海上靈異，這位得道高僧在南海島國的神蹟已深達
中土名德沙門的敬重，而有宋文帝敕交州刺史，泛舶延至。傳文中提及求那
拔摩隨商人竺難提舶，以聖化南海小國，這也充分說明當時僧侶與海商間的
深厚布施情誼，而竺難提更是一位信奉佛法虔誠的商船船主。〔註41〕該書
《卷三》中也提及天竺僧人僧伽跋摩遊化爲志，不滯一方，隨西域賈人舶還
外國〔註42〕；中天竺僧求那毗地爲人弘厚，故萬里歸集，南海商人咸宗事之，
供獻皆受〔註43〕。可見當時僧商間在海上傳教過程中的彼此相依，而佛教的
文化傳播活動，也在充滿神異與夸誕的氛圍中，傳遞出佛法的威力。

《高僧傳・卷十二》載說了一則神異的海洋桃花源境、清涼佛國：

> 釋僧群，清貧守節，蔬食誦經。後遷居羅江縣之霍山，構立茅室。
> 山孤在海中，上有石盂，逕數丈許，水深六七尺，常有清流。古老
> 相傳云，是群仙所宅。群仙飲水不飢，因絕粒。後晉安太守陶夔，
> 聞而索之。群以水遺夔，出山輒臭，如此三四。夔躬自越海，天甚
> 清霽，及至山，風雨晦暝，停數日，竟不得至……群絕水不飲，終
> 春秋一百四十矣。〔註44〕

這位淡泊蔬食、守節誦經的高僧，隱逸於四海環抱的孤山之中。山中石盂之
處，又盛傳爲群仙居宅，飲之山水可以絕粒不飢。晉安太守陶夔聞此人間仙
境、清涼佛土，先向僧群索水，神奇的是，山水出山則臭；陶夔想親自越海
上山，卻因海上天候風雨交加、天昏地暗，始終到不了霍山。而僧群海上的

〔註40〕《高僧傳》，頁156～158。
〔註41〕有關竺難提這位海商與佛法的因緣，及其個人的佛教信仰，請參見《晉唐時
　　　　期南海求法高僧群體研究》，頁88～90。
〔註42〕《高僧傳》，頁170～171。
〔註43〕《高僧傳》，頁193。
〔註44〕《高僧傳》，頁783。

活動傳奇，使他年壽高達一百四十歲以終。慧皎的構寫，在一定的程度上過於夸誕、追求奇異，而深受六朝志怪小說的影響。本傳文以廣州外海島上仙境襯托佛土的清涼之地與極樂世界，志在詮釋六朝佛、道融攝下的生命桃花源處。

交、廣二州濱臨南海，而佛、道盛行的極樂淨土、海上仙境又常於此名山瀛海之中。《高僧傳・卷十二》載述釋曇弘在番禺、交趾兩地的神異奇事：

> 釋曇弘，專精律部。宋永初中，南遊番禺，止臺寺。晚又適交阯之仙山寺。誦《無量壽》及《觀音經》，誓心安養……後近村設會，弘於是日，復入谷燒身，村人追救，命已終矣。於是益薪進火，明日乃盡。介日村居民，咸見弘身黃金色，乘一金鹿，西行甚急，不暇暄涼，道俗方悟其神異，收灰骨以起塔。〔註45〕

釋曇弘的抗蹟之奇，不免荒誕夸飾；然顯瑞神威，焚身命終而乘一金鹿，西行而靈蹟潛通，與佛心路相通。〔註46〕此外，在兩漢魏晉六朝航行於南海，或西行求法、或東化中土的沙門僧人，《高僧傳》還載有：「安世高，安息國王正后之太子，以漢桓之初，始到中夏……高窮理盡性，自識緣業，多有神蹟，世末能量……適廣州。高遊化中國，宣經事畢，值靈帝之末，振錫江南」〔註47〕、「時天竺沙門竺佛朔，亦漢靈之時，賚《道行經》來適洛陽」、「優婆塞安玄，亦以漢靈之末遊賈雒陽」〔註48〕、「釋曇無竭嘗聞法顯等躬踐佛國，乃慨然有忘身之誓，發跡此土，遠適四方……後於南天竺隨舶汎海達廣州」〔註49〕、「釋智嚴，廣求經誥，周流西國……後入道受具足，常疑不得戒，積年禪觀而不能自了，遂更汎海，重到天竺，資諸明達。」〔註50〕當時的中外求佛僧眾，不外汎海遠至佛國天竺求法，更自佛國求經，遠帆渡洋來到中國弘化。南海之交廣二州，更是集結當時的中外高僧，傳誦著他們現奇表極的神能與海上旂威顯發的事蹟。

在海路商道上，佛教作為一種流行於中國、天竺及南海國家的主流宗教

〔註45〕《高僧傳》，頁800。
〔註46〕馮承鈞對當時於法顯後往來南海間之沙門，除考證論述並以其海上行程事蹟寫有十人：佛馱跋陀羅、智嚴、曇無竭、道普、求那跋摩、求那跋陀羅、僧伽婆羅、曼陀羅、拘那羅陀及須菩提等。（《中國南洋交通史》，頁31〜35。）
〔註47〕《高僧傳》，頁7〜8。
〔註48〕《高僧傳》，頁17。
〔註49〕《高僧傳》，頁143。
〔註50〕《高僧傳》，頁149。

信仰，對於海商、佛僧及使節團，均產生具體而深遠的傳播交流影響。海洋不僅是海路佛僧傳教的活動舞臺，更孕育出很多佛門的海上傳奇。不管是外僧東傳弘法，或者是華僧西行求經，他們都在艱心波折的海洋航行中拋灑求佛的熱情；在遠渡重溟，驚濤駭浪的九死一生中，將數千卷的梵本佛典傳入中國，譯為漢文。我們可以說魏晉六朝，藉由海洋航道所傳輸的佛教文明因子，不僅開啟了中國的文化大門，更帶有海洋的生命元素，與演繹動人的海路佛僧傳奇。而佛教經籍成為一種精神型態的舶來品，在與中國文化交流、融攝的歷程中，不僅是陸路上傍俊壁的邊塞駝鈴、踰越沙阻的危絕；更有望烟渡海、滄溟帆影，飛緪以渡險的海上博鬥。海洋成為了佛教文明東進的傳輸線，聯結了天竺、南海島國與中國之間的佛教信仰大道。《高僧傳·卷十三》對於佛法造像浮江泛海，影化東川有以下的論述：

> 昔優填初刻栴檀，波斯始鑄金質，皆現寫真容，工圖妙相。故能流
> 光動瑞，避席施虔。爰至髮爪兩塔，衣影二臺，皆是如來在世，已
> 見成軌……爾後百有餘年，阿育王遣使浮海，壞徹諸塔，分取舍利。
> 還值風潮，頗有遺落。故今海族之中，時或遇者。是後八萬四千，
> 因之而起。育王諸女，亦次發淨心，並鐫石鎔金，圖寫神狀。至能
> 浮江泛海，影化東川。雖復靈蹟潛通，而未彰視聽。及蔡愔、秦景
> 自西域還至，始傳畫釋迦。於是涼臺壽陵，並圖其相。自茲厥後……
> 爰有塔像，懷戀者依。現奇表極，顯瑞旌威。嚴藏地踊，水泛空飛。
> 篤矣心路，必契無違。〔註51〕

傳文敘及海外傳播佛教，始於阿育王拆佛塔，取舍利，遣使渡海。然而航海旅程或值大海浪潮澎湃洶湧，有些舍利便遺落於若干海島上。也因此在海外的一些民族，不僅供養舍利，而且起造佛塔。在阿育王及其諸位女兒的努力下，世上共建立了八萬四千座佛塔。當然，佛教的東傳，應推功於傳播及翻譯之人，在陸路上踰越沙險，在海路上泛涕洪波，他們皆能忘形而徇道，委命以弘法，獻身於傳播佛教的事業。誠如《法顯傳》所云：「東西眾僧威儀法化之美，是以不顧微命，浮海汎遊，艱難具更，幸蒙三尊威靈，危而得濟。」〔註52〕然而建塔塑像，工程浩大，蔡愔與秦景從西域遊學歸來，也只帶回在細棉布的佛陀畫像，金雕泥塑的佛像與佛塔，則必須藉由航海運輸以達。前

〔註51〕《高僧傳》，頁861～863。
〔註52〕《法顯傳校注》，頁150。

文已言佛像的靈異，及其在海上的旂威顯瑞、現奇表極。而這些佛像透過了海商、僧侶與使節們的浮江泛海、滄溟帆影，歷經艱難的帶進中國，不僅產生了許多神異動人的海上傳奇，並且深深的影響中國佛教的信仰進程。

第三節　漢魏六朝佛典故事與小說中的佛僧海洋觀

　　前述兩漢魏晉六朝的史書傳記中，有關佛教的海洋載述向度，似乎著重於海上的顯瑞旂威與現奇表極的具體神蹟。而在此時期的小說，對於佛教的海洋書寫模式，同樣是致力於佛法在海上的現奇表極、三尊威靈的感應顯瑞，以化除海上的苦厄與磨難。釋慧皎《高僧傳‧卷十四序錄》裡談及寫作的參考材料與體例借鑑，大量的考索魏晉六朝的小說與傳記：如宋臨川康王義慶《宣驗記》及《幽明錄》、王琰《冥祥記》、劉悛《益部寺記》、沙門曇宗《京師寺記》、王延秀《感應傳》、朱君台《徵應傳》、陶淵明《搜神錄》、齊竟陵文宣王《三寶記傳》、王巾所撰《僧史》、中書郄景興《東山僧傳》、治中張孝秀《盧山僧傳》、中書陸明霞《沙門傳》等。〔註53〕慧皎寫佛馱跋陀羅附舶循海，能知海上天象氣候與感應吉凶禍福，顯異夢見家鄉五舶俱發。寫法顯由師子國附舶循海東還，航途值暴風水，一心念觀世音與歸命漢土眾僧，因而解除苦厄。寫闍婆國王母夢求那跋摩飛舶入國。寫求那跋陀羅隨舶泛海，中途風止而淡水枯竭，跋陀與商舶中人同心并力念十方佛，稱觀世音。俄而信風暴至，密雲降雨而一舶蒙濟。寫阿育王像海中顯神光靈異，龍神圍繞而避寺火。寫交阯釋曇弘燒身命終，而能乘金鹿西行而去的神異。寫釋僧群守節於環海孤山，群仙所宅，佛國清涼之淨土。寫耆域天竺扶南、經諸海濱、爰涉交、廣並有靈異。僧皎的筆下，建構的佛教道場，是一個旂威顯瑞、現奇表極的佛門海洋，是中、西群僧在縣邈的山海帆影遠涉、冒險洪波中，忘形徇道，委命弘法的苦海普渡。佛門的海上靈蹟，更在兩漢魏晉六朝的小說中留下不少的感瑞與顯證的傳奇故事。〔註54〕

〔註53〕　《高僧傳》，頁908。

〔註54〕　《中國小說史略》，頁96云：「釋氏輔教之書，《隋書》著錄九家，在子部及史部，今惟顏之推《冤魂志》存，引經史以證報應，已開混合儒釋之端矣，而餘者俱佚。遺文之可考見者，有宋劉義慶《宣驗記》，齊王琰《冥祥記》，隋顏之推《集靈記》，侯白《旌異記》四種，大抵記經像之顯效，明應驗之實有，以震聳世俗，使生敬信之心，顧後世則或視為小說。」這類流行於魏晉六朝講述神力旂威、顯瑞應驗之因果報應的佛教小說，當然也涵括了佛門的

　　佛門在海上道場的說法與現奇表極、顯瑞旌威的靈蹟，可以在兩個面向上來論述：一是佛門經典裡的說法布道，不僅構述娑婆海洋的宗教面貌，更以佛陀宣講經論妙喻，如何渡脫生命的苦海、煩惱海，以尋求彼岸的淨土佛國。佛典中的海洋已是一個宗教的說法道場，開啓了無比深闊的智慧，與神話創世的想像。二是在小說裡的敘述情節中，經常以一心求念觀世音、稱誦觀世音，而蒙威神佑，得以解除海上、水上的磨難與苦厄，進而觀音成爲佛門神祇裡的海洋救世主。

　　首先，就佛門典籍裡的海洋地理觀來看，《長阿含經》與《起世經》云：

> 四洲地心即是須彌山。山外別有八山圍。如須彌山下，大海深八萬四千由旬。其邊八山大海，初廣八千由旬，中有八功德水⋯⋯至第七山下，水廣一千二百五十旬，其外鹹海，廣於無際。海外有山，即是大鐵圍山⋯⋯鐵圍繞訖，名爲中千世界⋯⋯名爲大千世界。其中四洲、山王、日月，乃至有頂，各有萬億⋯⋯皆是一化佛所統之處，名爲三千大千世界，號爲娑婆世界。〔註55〕

> 須彌山下有八重山⋯⋯諸山中閒皆是海水，水皆有優鉢羅華等諸妙香物，遍覆於水⋯⋯其山空地中有大海水，名曰鬱禪那。此水下轉輪聖王道，廣十二由旬。〔註56〕

> 《長阿含經》云：「佛告比丘：此四天下有八千天下圍繞。其外復有大海水周匝圍繞八千天下。復有大金剛山繞大海水⋯⋯二山中間，窈窈冥冥。」〔註57〕

> 《起世經》云：「須彌山王東面去山過千由旬，大海之下有鞞摩質多羅阿脩羅王國土住處，縱廣八萬由旬⋯⋯皆是七寶所成，莊嚴校飾，不可述盡⋯⋯須彌山王南面過千由旬，大海之下，有踊躍阿脩羅王宮殿⋯⋯須彌山王西面亦千由旬，大海水下有奢婆羅阿脩羅王宮殿⋯⋯須彌山王北面過千由旬，大海水下有羅睺羅阿脩羅王宮殿，遺處縱廣八萬由旬。」〔註58〕

海洋傳奇神威。魯先生也因遺文之可考見者，而未提及後來佚而復得，專述觀音旌威顯瑞的《觀世音應驗記三種》佛門輔教小說。

〔註55〕《法苑珠林校注》，頁33。
〔註56〕《法苑珠林校注・卷二》，頁36～37。
〔註57〕《法苑珠林校注・卷二》，頁42。
〔註58〕《法苑珠林校注・卷五》，頁168。

照《長阿含經》與《起世經》的經文來看，須彌山位於大海之中，是日月迴照，天神居住的地方，也是四洲（東毘提訶洲、南贍部洲、西瞿陀尼洲、北拘盧洲）的中心。此外須彌山下海深八萬四千由旬，山外有八山八海圍繞，再外為鹹海，廣而無際；鹹海外復有大鐵圍山，鐵圍繞訖分別而有中千、大千世界。玄奘《大唐西域記·自序》也對佛門的娑婆世界地理觀作了一段相同的敘述：

> 索訶世界（娑婆世界）又曰三千大千國土，為一佛之化攝……諸佛
> 世尊皆此垂化。蘇迷盧山（須彌山）四寶合成，在大海中，據金輪
> 上，日月之所照迴，諸天之所遊舍。七山七海，環峙環列。山間海
> 水，具八功德，七金山外，乃鹹海也。海中可居者，大略有四洲
> 焉。〔註59〕

《起世經》對於生成大海的因緣陳述，有如一則創世的神話：

> 爾時復經無量久遠不可計數日月時，起大重雲，乃至遍覆梵天世
> 界。既遍覆已，注大洪水……經歷百千萬年，彼雨水聚漸漸增長，
> 乃至天所住世界……彼雨斷已，復還自退下無量百千萬億由旬。爾
> 時四方一時有大風起，其風名阿那毗羅，吹彼水聚混，水中生大沫
> 聚。大風吹沫擲置空中，從上造作梵天宮殿，七寶閒成……彼大水
> 聚復更退下無量百千萬億由旬，四方風起名阿那毗羅，由此大風吹
> 擲水沫復成宮殿，如是次造他化自在天，展轉至夜摩天……大風吹
> 沫復造須彌山，復吹水上浮沫為三十三天，又吹水沫為日月天子宮
> 殿……又吹水沫於海水上高萬由旬為空居夜叉，造玻瓈宮殿。又吹
> 水沫於須彌山四面各山一千由旬，大海之下，作四面阿脩羅城，七
> 寶莊嚴。復吹水聚沫，造作餘大寶山。如是展轉吹水沫，過四大洲
> 八萬小洲并餘一切大山之外……如是大風吹掘大地，漸漸深入，乃
> 於其中置大水聚，湛然停積，以此因緣便有大海。〔註60〕

在遍覆梵天世界的大重雲傾注大洪雨，經歷百千萬年聚增遍滿至天所住世界。雨水斷已，而退下無量百千萬億由旬。復而大風吹沫聚置雨水以擲置空中，從上而造作梵天、自在天、夜摩天等宮殿，復造須彌山、三十三天、日

〔註59〕〔唐〕玄奘撰，陳飛注譯，黃俊郎校閱：《大唐西域記》（台北：三民書局，
　　　　2003.3 二刷），頁3。
〔註60〕《法苑珠林校注·卷一》，頁24～25。

月天子宮殿、造玻璨宮殿、造大海下之阿脩羅城、造作大寶山，如是展轉吹沫四大洲八萬小洲并餘一切大山。又吹掘大地，置大水聚，湛然停積，以是因緣而成大海。《起世經》裡不僅把大洪雨水視爲創世的元素，而大風吹沫的推手更是造作了天、地、山、陸與大海。《起世經》同時也從宗教的角度來解釋爲何海水是鹹苦而不堪飲食的質性因緣：

> 此大海水何因緣故，如是鹹苦，不堪飲食？此有三因緣。何等爲三？
> 一者，從火災後經無量時起大重雲，彌復凝住。後降雨滴，注滿世
> 界。彼大雨計洗梵身天一切宮殿，次洗摩天宮殿，次洗他化自在
> 天、化樂天、兜率天、夜摩天宮殿。洗彼宮時所有鹹辛苦味，悉皆
> 流下。次復洗須彌山及四大洲、八萬小洲諸餘大山等。如是洗時，
> 浸漬流蕩其中，以是因緣令大海鹹，不堪飲食。二、此大海水大神
> 大身眾生在其中住，所有屎尿流出海中，以是因緣鹹苦。第三，此
> 大海水古昔諸仙曾所呪故，願海成其鹽味，不堪飲食，以是因緣令
> 大海鹹。〔註61〕

這段海水鹹性的陳述，雖然沒有科學上的根據，純粹只是佛門對大海鹹味如是的三等因緣之宗教性解釋。又《大般涅槃經・卷三十二》云「大海有八不可思議」：

> 一者、漸漸轉深，二者、深難得底，三者、同一鹹味，四者、潮不
> 過限，五者、有種種寶藏，六者、大身眾生在中居住，七者、不宿
> 死屍，八者、一切萬流大雨投之，不增不減。〔註62〕

《大般涅槃經》對於大海性質與訊息上的描述，頗近於海洋的科學知識，然而它的詮釋框架依然不脫佛教的宗教釋義範疇。對於「一切萬流大雨投之，不增不減」而得以保持海平面上穩定狀態的思維，或許它無法去感受與分析當百年千年後的氣候異常，以導致地球暖化而使兩極冰山融化，造成海平面上升的環境生態失衡的景況，然而佛典的說法卻能指出：「海洋是調控與主宰大自然水量平衡的生態中心。」這與《金剛三昧不壞不滅經》所云：「眾流皆歸大海，以沃燋山，大海不增；以金剛輪故，大海不減。此金剛輪隨時轉故，令大海同一鹹味」〔註63〕，都指出了海洋是眾川匯聚之所，它是主宰與調控

〔註61〕 《法苑珠林校注・卷一》，頁 25～26。
〔註62〕 《法苑珠林校注・卷六十三》，頁 1875～1876。
〔註63〕 《法苑珠林校注・卷六十三》，頁 1876。

大自然界裡水量平衡的所在。當然，佛門以海洋為其宗教省思、論經說法的道場，也見《雜寶藏經・卷二》所說：

> 天神復問：「以一掬水多於大海，誰能知之？大臣問父，父言：『此語易解。若有人能信心清淨，以一掬水施於佛僧及以父母困厄病人，以此功德，數千萬劫受福無窮。』推此言之，一掬之水百千萬倍多於大海。」〔註64〕

信心清淨，以一掬水使數千萬劫受福無窮、而百千萬倍多於大海的宗教哲思，反映出佛門以娑婆海洋為其說法布道的方便法門，更以佛陀宣講經論妙喻，來渡脫生命的苦海、煩惱海，以追求彼岸的淨土佛國。從以上的佛門觀點來看，海洋不僅扮演著大自然生態平衡的最關鍵力量，海洋更是佛典經義的傳播，以及教化人心的最精妙道場。

　　其次，關於三尊威靈，危而得濟，顯化於大海，庇佑眾生脫離苦厄的佛門故事，更是大量地散布於釋教典籍經文之中。在《法苑珠林》裡，引述了很多佛典中有關佛陀、菩薩化身世間諸相而於海上救難與解脫羅剎、摩竭大魚磨難的傳說：

> 《大悲經》云：「佛告阿難：過去之世，有大商主，為採寶故，將諸商人，入於大海。彼所乘船，眾寶悉滿。至海中間，其船卒壞。時彼商人，心懷怖畏，極生憂惱。其中或有得船板者，或有浮者，有命終者。我於爾時作彼商主，在大海中，用於浮囊，安穩而度。時有五人呼商主言：『大士商主，唯願惠施我等無畏。』說是語已，爾時商主即告之言：『諸丈夫勿生怖畏，我令汝等從此大海安穩得度。』阿難，彼時商主身帶利劍而作是念：『大海之法，不居死屍。如其我今自捨身命，此諸商人必能得度大海之難。』作是念已，即喚商人置己身上，令善捉持。彼商人有騎背者，有抱肩者，有捉臂者。爾時商主為欲施彼無怖畏故，大悲熏心，起大勇猛，即以利劍斷己命根，速取命終。時大海漂其死屍，置之岸上。時五商人便得度海，安穩受樂，平吉無難，還閻浮提。阿難，彼時商主，豈異人乎？我身是也。五商人者，比丘是也。是五比丘，昔於大海而得度脫，今復於此生死大海而得度脫，安置無畏涅槃彼岸。」〔註65〕

〔註64〕《法苑珠林校注・卷四十九》，頁1501。
〔註65〕《法苑珠林校注・卷第六十五》，頁1956。

佛陀大悲，化身大士商主，以無怖畏大海狂濤，起大悲、大勇猛心而以利劍斷己命根，大海漂其死屍而五商人便得度海脫難。整段經文不離宗教勸世，修法理佛，以度脫生死大海；而苦海無邊，唯能往生彼岸，始能超脫以入圓滿涅槃。海水深廣無量而艱嶮，同樣地佛陀菩薩亦是無量智海，隨所應化而作譬喻。入海採寶而遭生命大難，佛以說法苦海無邊，而化身諸相救脫眾生的敘述模式，正是典型的佛門以海洋爲其救濟眾生厄難的宗教顯法道場。《生經・菩薩曾爲鼈王經》言：

> 昔菩薩曾爲鼈王，生長大海，化諸同類。子民群眾，皆修仁德。王自奉行慈悲救護，愍於眾生，如母愛子。其海深長，邊際艱嶮，而悉周至，靡不更歷。於時鼈王出於海外，在邊臥息，積有日月。其甲堅燥，猶如陸地。賈人遠來，因止其上，破薪然火，炊煮飯食，繫其牛馬車乘載石，皆著其上。鼈王欲趣入水，畏墮不仁。適欲強忍，痛不可勝。便設權計，入淺水處，除滅火毒，不危眾賈。眾賈恐怖，謂潮卒漲，悲哀呼嗟，歸命諸天，誰見救濟？」鼈王心益愍之，因報賈人曰：「慎莫恐怖。吾被火焚，故捨入水，欲令痛息。今當相安，終不相危」。眾賈聞之，知有活望，俱時發聲言：「南無佛。鼈興大慈，還負眾賈，移在岸邊，眾人得脫，靡不歡喜。遙稱鼈王而歎其德尊。當爲橋梁，多所度行，爲大舟航，超越三界。設得佛道，當復救脫生死之厄。」鼈王報曰：「善哉！善哉！當如來言。各自別去。」佛言：「時鼈王者，我身是也。五百賈人者，今五百弟子舍利弗等是。」〔註66〕

海洋深長，邊際艱嶮，而佛以化身鼈王，生長大海，化諸同類；更以奉行慈悲救護之心，救脫五百賈人生死之厄、慈航普度眾生。這則經文亦在宣揚佛法無邊，佛陀慈悲以化身海洋鼈王，度脫賈人於生死大海，安置無畏涅槃彼岸。海洋仍然成爲佛陀菩薩救濟解厄的生死大海、度脫的宗教道場。

佛化身海龜、救濟入海採寶的賈客，以脫厄生死大海的佛門經典說法故事中，尚見《雜寶藏經・大龜經》所述：

> 佛言：「於過去時，波羅奈國有一商主，名不識恩。共五百賈客入海採寶，得寶還返，到淵洄處，遇水羅剎而捉其船，不能得前。眾商人等極大驚怖，皆共唱言：『天神地神，日月諸神，誰能慈救濟我

〔註66〕《法苑珠林校注・卷第六十五》，頁 1957～1958。

也？』有一大龜，背廣一里，心生悲愍，來向船所。負載眾人，即
得渡海。時龜小睡，不知恩者欲以大石打龜頭殺。諸商人曰：『我等
蒙龜濟難活命，殺之不祥，不識恩也。』不識恩曰：『我儕飢急，誰
能念恩。』輒便殺龜，而食其肉。即日夜中，有大群象，蹈殺眾人。
爾時大龜，我身是也。爾時不識恩者，提婆達多是也。五百商人者，
五百婆羅門出家得道是也。」〔註67〕

佛門強調因果輪迴，大悲愍濟。前生今生提婆達多心常懷惡，欲害世尊佛。
於過去時為一商主，與五百賈客入海採寶，遇水羅剎之難而極大驚怖。世尊
佛化身為大海龜，負載眾人而得渡海。而提婆達多不知感恩，反以飢急以殺
大龜而食其肉。是夜，有大群象蹈殺眾人。這則經文主在強調禍福報應，如
影隨形，當以慈悲為懷。世尊化身海龜以度脫商人海上羅剎鬼嶮厄，同樣鋪
排以海洋為佛門說法理佛的生死大海與宗教道場。《大意經》更敘述佛化身世
間男子大意，入海取明月寶珠，以濟眾生：

大意為眾生故……入海取明月寶珠，以濟眾生。初入海中，至白銀
城，龍王與明月珠，有二十里寶。前行復至金城，龍王與明月珠，
有四十里寶。復前行至水精城，龍王與明月珠，此珠有六十里寶。
復前行至瑠璃城，龍王與明月珠，此珠有八十里寶……大意受珠而
去。欲還本國，經歷海中，諸海神王，共議言：「我海中雖多眾珠名
寶，無有此珠。」便敕海神要處奪取。神化作人，與大意相見。大
意舒手示其四珠。海神便搖其手，使珠墜海（水）。大意自念：「王
與我言，此珠難保，我幸得之。今為此子所奪，非趣也。」即語海
神曰：「我自勤苦，涉險阻，得此珠。汝反奪我，今不相還，我當抒
盡海水。」海神問曰：「卿志奇高，海深三百三十六萬由旬，其廣無
涯，奈何竭之？日可墜，風可攬，大海水不可抒令竭也。」大意笑
荅之言：「我今念前後受身，生死敗壞，積骨過於須彌山，其血流過
五河，尚欲斷生死之根本。但此小海，何足不抒。」我昔供養諸
佛，誓願言：「令我志行勇於道決，所向無難。當移須彌山，竭大海
水，終不退意。」便一心以器抒海水，精誠之意，四天王來助。大
意抒水三分已二。於是海中諸神皆大振怖，共議：「今不還珠，水盡
泥出，壞我宮室。」海神於是便出眾寶以與大意。大意不取，但欲

〔註67〕《法苑珠林校注‧卷第五十》，頁1521。

> 得我珠。海神知其意盛，便出珠還之。大意得珠，還其本國，恣意
> 大施。」〔註68〕

佛門經文充盈著教化意味，不免理佛遵法、供養三尊以得善報的一貫說辭。大意發願以濟眾生，入海取明月寶珠，先後在白銀城、金城、水精城與瑠璃城分獲龍王贈與明月珠寶。然而海神得知大意擁有大海珍寶，遂有奪珠之謀。大意以抒盡海水的精誠，感動了四天王來相助，最後在大意的堅持與毅力之下，諸海神因怕宮室毀壞、水盡泥出，便出珠還之。當大意還國，恣意大施，境界遂無飢寒窮乏者。此經文書寫著大意抒盡海水的精誠與毅力，與中國上古神話《精衛塡海》有異曲同工之妙諦。大意之身爲佛所化，精衛原爲炎帝少女，因貪玩而溺斃於東海，死後以化身精衛之鳥，爲報淪爲波臣之仇，啣西山之木石以塡東海：

> 北二百里，曰發鳩之山，其上多柘木。有鳥焉，其狀如鳥，文首、
> 白喙、赤足，名曰精衛，其鳴自詨。是炎帝之少女曰女娃，女娃游
> 於東海，溺而不返，故爲精衛，常銜西山之木石，以堙于東海。
>
> 〔註69〕

《山海經》裡的「精衛」神話，到魏晉六朝又演變流傳爲：

> 昔炎帝女溺死東海中，化爲精衛。偶海燕而生子，生雌狀如精衛，
> 生雄如海燕。今東海精衛誓水處，曾溺此川，誓不飲其水。一名誓
> 鳥，一名冤禽，又名志鳥，俗呼帝女雀。〔註70〕

中國神話裡的《精衛塡海》最後並沒有塡平東海，啣石的精誠也沒有感化天神，而徒留對大海深廣悠悠的感嘆。然而佛典經文中之大意志行所向無難，精誠一心竭枯大海水，也感動四天王來助，抒水已達三分之二，此舉當然令諸海神怖畏振懼，趕緊交出龍珠，以保生存宮室。環繞海神、天神、龍王與佛陀化身的大意入海取明月寶珠，以濟眾生的佛教海上神話故事，寫出海中求寶以濟眾生的大慈大悲，與精衛溺死幽怨而啣石塡海的中國神話，雖然都是展現出「精誠所至，金石爲開」的精神毅力，可是《大意經》裡的海中求寶，化渡眾生飢寒窮乏之苦，顯然是更多了一層宗教海洋的神話模式。

　　佛典中，以海洋爲宗教說法道場的經文不勝枚舉，《百喻經‧殺商主祀天

〔註68〕《法苑珠林校注‧卷第二十七》，頁 828～829。
〔註69〕《山海經校注》，頁 92。
〔註70〕《山海經校注》，頁 92～93。

喻》就有這樣的海洋教化故事：

> 昔有賈客欲入大海，要須導師。即共求覓，得一導師，相將發引。
> 至曠野中，有一天祠，當須人祀，然後得過。眾賈共思量：「我等盡
> 親，如何可殺？唯此導師，中用祀天，即殺導師以用祭祀。祀竟，
> 迷失道路，不知所趣，窮困死盡。」〔註71〕

故事結尾不忘提醒世人：「欲入法海，取其珍寶，當修善行以爲導師；毀破善
行，生死曠路，永無出期，經歷三途，受苦長遠。」經文中的商賈，將入大
海而殺其導者，最終亦迷失津渡，終致困死。海洋不僅是取寶之所，更是佛
門說法理佛的宗教道場，同時也是人生眞諦的教化寶地。海洋爲佛門義諦的
無量寶藏法地，亦見《賢愚因緣經・出家功德尸利苾提品》：

> 王舍城中有一長者，名曰福增，年過百歲，求欲出家……五百大羅
> 漢皆悉不度。世尊後至，即告目連，令其出家。復常爲諸年少比丘
> 所激切，便欲投河沒水而死。目連觀見，以神通力，接至岸上，念
> 言：「此人不以死怖之，無由得道。」即令至心捉師衣角，飛騰須
> 空，到大海邊。見一新死端正女人，見有一蟲，從其口出，還從鼻
> 入，復從眼出……福增問師：「是何女人？」答言：「此是舍衛城中
> 大薩薄婦。容貌端正，世間無雙。其婦常以三奇木頭擎鏡照面，自
> 睹端正，便起憍慢，深自愛著。夫甚敬愛，將共入海。海惡船破，
> 沒水而死，漂出在岸。此婦由自愛身，死後還生在自身中，作此蟲
> 也。受苦無量。」……昔閻浮提有一國王，名曰法增，正法治國，
> 其閒閑暇，共人博戲。時有一人，犯法殺人，值王慕戲，脫荅之
> 言：「隨國法治。」即依律斷，殺人應死，尋即殺之。王戲罷已，問
> 諸臣罪人何在？臣荅殺竟。王聞是語，水灑乃穌，垂淚而言：「宮人
> 妓女象馬七珍，悉皆住此，唯我一人獨入地獄。我今殺人，當知便
> 是旃陀羅王，不知世世當何所趣！」即捨王位，入山自守，其後命
> 終，生大海中，作摩竭魚。其身長大七百由旬。諸王大臣自恃勢力，
> 枉尅百姓，殺戮無邊，命終多墮摩竭大魚，多有諸蟲唼食其身……
> 爾時適有五百賈客入海採寶，值魚張口，船疾趣口。賈人恐怖，舉
> 聲大哭，垂入魚口，一時同聲，稱南無佛。魚聞佛聲，閉口水停，
> 賈人得活。魚飢命終，生王舍城作汝身也。魚死之後，夜叉羅刹出

〔註71〕《法苑珠林校注・卷第六十二》，頁1844。

> 置海岸，肉消骨在，作此骨山。法增王者，汝身是也。緣殺人故，
> 墮海作魚。福增聞已，深畏生死，觀見故身，解法無常，得阿羅漢
> 果。〔註72〕

上述經文不外指述生死輪轉，無有邊際。造善惡業，必受因果之報。唯有解
悟生死大法，明諸法無常，方能證得阿羅漢果。目連指點弟子福增要能深畏
生死，以大海為教化道場，一以指點擎鏡照面婦人深自愛身，與夫入海，而
海惡船破，沒水而死，漂出在岸。死後因生在故身中，故化為蟲蛆，以鑽動
耳鼻口眼之間。其二以閻浮提王枉尅犯法之人，而捨王位，命終墮為海中摩
竭大魚，〔註73〕獨入地獄之苦。閻浮提王緣殺人故，以墮海為摩竭大魚，雖
為佛門因果善惡的業報，然以海洋大魚其身長大七百由旬為墮海果報，魚死
又遭羅剎夜叉出置海岸，主在指喻海洋為生死道場、因果善惡業報之處。而
五百賈客入海採寶，值遇摩竭魚難，同聲稱誦南無佛以濟脫魚吞之苦厄，不
離釋教理佛說法的教化框架。

　　比丘沙門在海中濟脫眾生苦厄的故事，亦在佛門經文屢屢傳述。《因緣僧
護經》言：

> 舍衛國有五百商人，共立誓言，欲入大海。共議求覓法師，將入大
> 海。眾中有一長者告諸商人：「我有門師，名曰僧護。辯才多智，甚
> 能說法。」諸商人往到僧護所，頭面作禮……世尊知僧護比丘廣度
> 眾生，即便聽許。諸商人與僧護法師俱入大海，未至寶所，龍王捉
> 住。時諸商人甚大驚怖，跍跪合掌。爾時龍王忽然現身，諸商人便
> 問欲何所索？龍王荅曰：「以此僧護比丘與我。若不與我，盡沒殺
> 汝。」時諸商人大驚怖，俛仰不已，將僧護比丘捨與龍王……時諸
> 商人採寶迴還，龍王即持僧護來付商人。告商人曰：「此是汝師僧護
> 比丘。」商人歡喜，平安得出。〔註74〕

僧護比丘廣度眾生，與海商共入大海採寶。未至寶所，而為龍王捉住，索討
僧護比丘。諸商人怖畏，為護身命而將僧護捨與龍王。龍王素聞僧護比丘大
德，以四龍子為僧護弟子，教授說法四子各一《阿含經》。經文旨在強調僧護
比丘辯才多智，甚能說法；龍王向諸商人索求僧護亦是求其教授四龍子問道

〔註72〕《法苑珠林校注‧卷第二十一》，頁686〜688。
〔註73〕佛典《四分律》：「摩竭大魚身長或三百由旬、四百由旬，乃至極大者長七百
　　　　由旬故。」（《法苑珠林校注‧卷第六》，頁207。）
〔註74〕《法苑珠林校注‧卷第九十二》，頁2660〜2662。

佛法，並在海中濟脫眾生之苦厄。《大莊嚴經論·卷三》亦述少比丘捨板濟助上座比丘，感動海神的事蹟：

> 有諸比丘與諸賈客入海採寶，既至海中，船舫破壞。爾時有一年少比丘，捉得一枚板。上座比丘不得板故，將沒水中。于時上座恐怖惶懼，恐爲水漂，語年少言：「汝寧不憶佛所制戒，當敬上座。汝所得板應以與我。」爾時年少即便思惟：「如來世尊實有有斯語。諸有利樂，應先與上座。」復作是念：「我若以板用與上座，必沒水中，迴覆波浪。大海之難，極爲深廣，我於今者命將不全。又我年少，初始出家，未得道果，以此爲憂。我今捨身用與上座，正是其時。」即便捨板，持與上座。既授板已，于時海神感其精誠，即接年少比丘置於岸上。海神合掌白比丘言：「我今歸依堅持戒者。汝今遭危難事，持佛戒，汝真比丘，是苦行者。」〔註75〕

比丘海上應驗濟脫苦厄的記載，顯然又是佛門海上道場的興發，生死大海的考驗。唯有一心理佛，精誠持戒修法，海洋雖爲深廣，亦能超脫大海之難，登彼岸涅槃。《雜譬喻經·卷下》云：

> 昔有世人入海採寶，逢有七難：一者、四面大風同時起，吹船令顛倒。二者、船中欲壞而漏。三者、人欲墮水死，乃得上岸。四者、二龍上岸欲啗之。五者、得平地，三毒蛇逐欲啗之。六者、地有熱沙，走行其上，燒爛人腳。七者、仰視不見日月，常冥不知東西，甚難也。佛告諸弟子：「若遭苦難亦有七事……謂受罪之處，窈窈冥冥，無有出期。」〔註76〕

佛門對於海洋在宗教上的指喻，宛如是一窈窈冥冥，無有出期、深廣無邊的「苦海」。如何渡脫海上生死之難，慈航普渡而以往生彼岸，得大涅槃，確實是人生智慧之海的大功課。世人入海採寶所逢厄難，如同人身所逢生老病死、六情所欲、貪、瞋、癡的眾苦隨逐。海洋有無量寶藏，驅動著世人入海採寶；而人身難得，亦有六情纏繞，起身動念間亦佛亦魔。何時入海而還，得無量寶藏，就如同何時解諸法無常，離脫人身苦痛。大海不啻是佛門的無量道場，亦是開採人生智慧的無量寶地。《大方廣佛華嚴經·卷三十五》云：

〔註75〕《法苑珠林校注·卷第八十二》，頁 2377～2378。
〔註76〕《法苑珠林校注·卷第六十六》，頁 1986～1987。

> 大海中有四寶珠，一切眾寶皆從之生。若無此四珠，一切寶物漸就
> 滅盡。諸小龍神不能得見，唯婆伽羅龍王密置深寶藏中。此深寶藏
> 有四種名：一名眾寶積聚，二名無盡寶藏；三名遠熾然，四名一切
> 莊嚴聚。又大海之中有四熾然光明大寶：一名日藏光明大寶，二名
> 離潤光明大寶，三名火珠光明大寶，四名究竟無餘光明大寶。若大
> 海中無此四寶，四天下金剛圍山乃至非想非非想處皆悉漂沒。日藏
> 光明能變海水為酪，離潤光明能變海酪為酥，火珠光明能然海酥，
> 究竟無餘光明能然海酥，永盡無餘。〔註77〕

世人入海探寶，有無盡寶藏，一切眾寶積聚，亦是一切莊嚴無量寶藏；然亦
伴隨著大海裡的黑風、羅剎鬼難、一切的眾苦隨逐。海洋是生死的大海，是
黑暗深廣而無所邊際，然而海洋中亦有熾然的光明大寶，照亮與支配著海洋
界裡的生命。海洋世界裡的佛法無邊，是指點世人抵達涅槃彼岸的道場，也
是佛門一切莊嚴所聚的大寶地。

《法苑珠林》不僅引述佛門經典裡三尊顯威的海洋神蹟與救濟度難，同
時也蒐羅了一些釋教僧人、佛像的海上靈異奇聞：

> 宋時朱齡石者，使往遼東，還返失道，隨風汎海，一月餘日，達于
> 一島。糧水俱竭，入島求泉，漸深登山。乃見一寺，堂宇莊嚴，非
> 所曾觀。僧問所從，具說行事。設食飲水，問以去留。石曰：「此乃
> 聖居，非凡可住。」僧曰：「欲住任意。」石苦辭欲還。僧告曰：「此
> 閒去都二十萬里。」石等聞之，驚怖曰：「若爾何緣得達？」僧曰：
> 「自當相送，不勞致憂。」又問曰：「識杯度道人不？」曰：「識之。」
> 便取壁上鉢袋與石，并書一封，上為書字，然不可識。曰：「可以書
> 鉢與之。」令沙彌送，勿從來道。此有直路，疾至船所。須臾至海，
> 沙彌以一竹杖著船頭，語曰：「但閉舫聽往，不勞航舵也。」於是依
> 言，但聞颼颼風中聲。有竊視者，見船在空雲飛，奔於山林海上。
> 數息閒，遂達楊都大桁。正見杯度騎桁欄口云：「馬馬。」齡石既至，
> 書自飛上度手。度驚曰：「汝那得蓬萊道人書，喚我歸耶？」乃說由
> 緣，又將鉢與之。手捧鉢曰：「吾不見此鉢四千餘年。」擲上入雲，
> 下還接取。太初中，無故而死。〔註78〕

〔註77〕 《法苑珠林校注·卷第二十八》，頁 862～863。
〔註78〕 《法苑珠林校注·卷第三十九》，頁 1246～1247。

朱齡石隨風汎海，進入於海洋奇島上的莊嚴寶寺，遇見無量妙法的蓬萊道人。
整個海洋奇遇的情境，宛如道教海上蓬萊仙境的書寫框架。寫高僧以一竹杖
著船頭，船於空雲間飛，在颯颯風聲裡奔馳于山林海上，數息瞬間即疾駛二
十餘萬里，而到達楊都大桁；而交與杯度道人的佛鉢，更是高達四千餘年的
寶器。種種的神蹟奇能，不僅融攝了道教海上蓬萊仙境的組構元素，同時也
反映出在南北朝時期，佛教與道教相互融合的時代氛圍。另外，該時期有關
佛像的海上傳奇，侯白的《旌異記》與《法苑珠林》記載了多則佛像顯發的
神蹟：

> 西晉愍帝建興元年，吳郡吳縣松江滬瀆口，漁者萃焉。遙見海中有
> 二人現，浮遊水上。漁人疑爲海神，延巫祝備牲牢以迎之。風濤彌
> 盛，駭懼而返。復有奉五斗米道黃老之徒曰：「斯天師也。」復共往
> 接，風浪如初。有奉佛居士吳縣朱膺，迺潔齋共東靈寺帛尼及信佛
> 數人至瀆口，稽首迎之，風波遂靜。浮江二人，隨潮入浦，漸進漸
> 明，乃知石像……還通玄寺，看像背銘，一名維衛，二名迦葉……
> 沙門釋法開來自西域，稱經說：「東方有二石像及阿育王塔，有供養
> 禮觀，除積罪。」〔註79〕

> 東晉成帝咸和年中，丹陽尹高悝往還市闕，每張侯橋浦有異光現，
> 獲金像一軀，西域古製，足趺並闕。赴長甘寺……像於中宵，必放
> 金光。歲餘，臨海縣漁人張係世於海上見銅蓮華趺，丹光游泛。乃
> 馳舟接取，試安像足，恰然符合。有西域五僧詣悝曰：「昔遊天竺，
> 得阿育王像，至鄴遭亂，藏于河濱。近感夢云：『吾出江東，爲高悝
> 所得，在阿育王寺。』」……五僧見像，歔欷掩泣，像爲之放光，照
> 于堂內。咸和元年，南海交州合浦探珠人董宗之，每見海底有光，
> 浮于水上。尋之得光，以事上聞。簡文帝敕施此像，孔穴懸同，光
> 色無異〔註80〕。

> 東晉廬山文殊師利菩薩像者，昔有晉名臣陶侃，字士行，建旗南海。
> 有漁人每夕見海濱光，因以白侃遣尋。俄見金像凌波而趣船側，撿
> 其銘勒，乃阿育王所造文殊師利菩薩像也。〔註81〕

〔註79〕　《古小說鈎沉》，頁344～345。
〔註80〕　《法苑珠林校注·卷第十三》，頁455～456。
〔註81〕　《法苑珠林校注·卷第十三》，頁464。

阿育王石像海上顯發的神光，與天竺金像託夢西域五僧，已屬夸誕；而金像夜放光明，照燭殿宇，發出金石之響，更為譎怪。然而金像於江東浦中、海口、交州合浦海中等三處海域合得光趺，不免傳為奇談。雖然阿育王金像顯為神蹟，乃是佛教中人刻意營造佛法的無邊神力，可是佛身光趺分別於三處江水海域飄散而合得，同時也說明了天竺僧侶攜像遠涉重溟、弘揚佛法的艱辛，及造阿育王像在三處海域所顯發的靈瑞。而下述兩則的經像傳奇是：

> 梁祖武帝以天鑒元年正月八日夢檀像入國，因發詔募往迎……帝欲迎請此像，時決勝將軍郝騫等八十人應募往達……騫等負像，行數萬里，備歷艱關；又渡大海，冒涉風波，隨浪至山，糧食又盡，所將人眾及傳送者，身多亡歿。逢諸猛獸，一心念佛。嚴側有僧端坐樹下，騫登負像下置其前。僧曰：「此像名三藐三佛陀金毗羅王。自從至彼，大作佛事。」語頃失之。爾夜騫夢神，曉共圖之……騫等達于楊都〔註82〕。

> 陳武帝崩，兄子蒨立。將欲修葬，造輻輬車。國創新定，未遑經始。昔梁武帝立重雲殿，其中經像並飾珍寶，映奪諸國。運雖在陳，殿像仍舊。蒨欲取重雲佛帳珠珮，以飾送終……見雲氣擁結，流繞佛殿。百姓怪焉，競相看觀。須臾大雨橫澍，雷電震擊，火烈雲中，流布光焰。歘見重雲殿影，二像峙然……至後月餘，有人從東州來，於此日，見殿影像乘空飛海，今望海者有時見之……有人東海見其蹟矣。〔註83〕

上述佛像在海上顯發旂威、騰燄輝赫的海洋神蹟，說明了海洋是無量的莊嚴寶地，只要一心求佛念經，必能在冒涉風波、嶮渡大海中，蒙濟三尊顯靈，以脫離險厄苦難。海洋成為佛門宣揚教化的道場，同時也是佛陀經像渡化顯聖、咸歸奉信的傳播之地。佛門經像能乘空飛海、光耀海濱的事蹟，雖然是夸誕譎奇，然而在一定的程度上也反映出六朝時期佛教以海洋為其宗教傳播的說法道場、極佛境界。北魏楊衒之的《洛陽伽藍記》裡，同樣也記述了浮圖佛塔在海上顯聖光耀的奇蹟：

> 永熙三年二月，浮圖（永寧寺）為火所燒，帝登凌雲臺望火，遣南陽王、尚書長將羽林一千救赴火所；莫不悲惜，垂淚而去。火初從

〔註82〕《法苑珠林校注‧卷第十四》，頁476。
〔註83〕《法苑珠林校注‧卷第十四》，頁478~479。

第八級中平旦大發，當時雷雨晦冥，雜下霰雪，百姓道俗，咸來觀
火，悲哀之聲，振動京邑，時有三比丘赴火而死。火經三月不滅，
周年猶有煙氣。其年五月中，有人從東萊郡來，云：「見浮圖於海
中。光明照耀，儼然如新，海上民，皆見之；俄然霧起，浮圖遂
隱。」〔註84〕

永寧寺殫土木之功，窮盡造形精麗，爲閻浮所無之極佛境界。當年菩提達摩
來遊中土，見此寺金盤炫日，光照雲表，寶鐸含風而響出天外，更是歌詠讚
歎，以是神功。浮圖爲火所燒毀，當然是天地人神共悲。楊衒之引述有人見
浮圖於海中，光明照耀，儼然如新而未遭火噬。而海上之民更見浮圖奇象，
隱沒於雲霧之中。佛徒、道子善造如幻之境，尤其在茫茫大海，雲霧繚繞飛
騰的海市蜃景下，浮圖光亮燦新的樓臺隱然如現。海洋不僅爲道教方士營造
出一個蓬萊仙境、世外桃源的搖籃，更是佛徒講經說法、三尊顯聖旆威的無
上道場、無量莊嚴的寶地。海中浮圖光明照耀，儼然如新隱現的「海市」塔
刹，也說明魏晉六朝佛、道二家以海洋爲其宗教神話的建構場域。釋教以神
像、神物、浮圖佛塔等顯威於海上的傳奇，旨在宣揚佛法的無邊無涯，正如
廣闊深邃的無盡大海。

　　佛典中的海洋已是一個宗教的說法道場，開啓了苦海無邊的深闊智慧，
與神話創世的想像。而在小說裡的敘述情節中，更大量的出現以一心求念觀
世音、稱誦觀世音，而蒙威神佑，得以解除海上的磨難與苦厄，進而使觀音
成爲佛門神靈裡的海洋救世主。有關魏晉六朝觀世音信仰的起源，大陸與臺
灣鑽研觀音的學者多所論述，其中所歸結的重要見解，則聚焦在觀世音的道
場——印度的南方海邊補怛洛迦山。而這樣的看法又與魏晉六朝的史籍傳
記，以及小說中觀世音被賦予「海上救難」的職責有關。首先，我們先就部
分的佛教經典、佛國遊記以闡釋觀世音的海洋道場來源。東晉佛馱跋陀羅所
譯《華嚴經》（約418～420）中說：

　　于此南方有山，名曰光明。彼有菩薩，名觀世音。〔註85〕

《觀世音菩薩往生淨土本願經》爲中國淨土信仰盛行的經典，相傳爲曇無讖
在西元421年遊歷西域時所譯，其經文開始有偈誦曰：

〔註84〕《洛陽伽藍記校箋》，頁17。
〔註85〕《大方廣佛華嚴經》（東晉佛馱跋陀羅譯本）卷五十，《大正藏》第九冊，第
　　　　717頁下。

成就大悲解脫門，常在娑婆補陀山。晝夜六變觀世間，本願因緣利
一切……從此西方，過二十恆河沙佛土，有世界名爲「極樂」，其土
眾生無有眾苦，但受諸樂。其國有佛，號爲「阿彌陀」，三乘聖眾充
滿。其中有一生補處大士，名「觀世音自在」，久植善根，成就大悲
行願。今來此土，爲欲顯示往生淨土本末因緣。〔註86〕

《千手千眼無礙大悲心陀羅尼經》也明確指出觀世音的修道宮殿在補陀洛迦
山：

一時佛在補陀洛迦山，觀世音宮殿，寶莊嚴道場中，與无央數菩薩
无量大聲聞，无量天龍八部神等，皆來集會。〔註87〕

唐朝般若的《華嚴經》譯本也說：

于此南方有山，名補怛洛迦。彼有菩薩，名觀自在……海上有山眾
寶成，聖賢所居極清淨。泉流縈帶爲嚴飾，華林果樹滿其中。最勝
勇猛利眾生，觀自在于此住。〔註88〕

而另外一位唐代高僧實義難陀的《華嚴經・入法界品》譯本中，談及善財第
二十七參觀自在菩薩章曰：

告善財言：「善男子，于此南方有山，名補怛洛迦。彼有菩薩，名觀
自在……即說頌曰：海上有山多聖賢，眾寶所成極清淨。華果樹林
皆遍滿，泉流池沼悉具足，勇猛大夫觀自在，爲利眾生住此山」……
爾時善財童子漸次遊行，至于彼山，處處求覓此大菩薩，見其西面
岩谷之中，泉流縈映，樹林翁郁，香草柔軟，右旋布地，觀自在菩
薩于金剛寶石上結跏趺坐，无量菩薩，皆坐寶石，恭敬圍繞，而爲
宣說大慈悲法，令其攝受一切眾生」。〔註89〕

從以上三部《華嚴經》譯本與《千手千眼无礙大悲心陀羅尼經》、《觀世音菩
薩往生淨土本願經》中歸論觀世音的海上莊嚴道場景觀有二：一爲印度南方
名爲補怛洛迦山（補陀山），二爲該山緊臨海邊或是伸進海中。該道場的地理

〔註86〕 《新編卍字續藏經》，《大日本續藏經》（全 150 冊）（台北：新文豐出版事業，
1977 年重印本），冊 87，頁 576。

〔註87〕 《千手千眼觀世音菩薩廣大圓滿无礙大悲心陀羅尼經》，《大正藏》第二十
冊，頁 106 上。

〔註88〕 《大方廣佛華嚴經》（唐般若譯本）卷十六，《大正藏》第十冊，第 732 頁下。

〔註89〕 《大方廣佛華嚴經》（唐實義難陀譯本）卷六十八，《大正藏》第十冊，第 366
頁下。

方位，在七世紀初玄奘的《大唐西域記》載述的更爲詳盡：

> 建志補羅城者，即達摩波羅菩薩本生之城……自此城南行三千餘
> 里，至秣羅矩吒國（南印度境）……國南濱海有秣剌耶山……山東
> 有布呾洛迦山，山徑危險，巖谷敧傾，山頂有池，其水澄鏡，派
> 出大河，周流繞山二十匝，入南海。池側有石天宮，觀自在菩薩往
> 來遊舍，其有願見菩薩者，不顧身命，屬水登山，忘其艱險，能
> 達之者，蓋亦寡矣。從此山東北海畔有城，是往南海僧伽羅國（師
> 子國）路。聞諸土俗曰：「從此入海，東南可三千餘里，至僧伽羅
> 國。」〔註90〕

玄奘求經西域，或蹢越沙險，或汎海洪波，忘形徇道而委命求法。其到南印
度邊境秣羅矩吒國，已濱南海；所說之「布呾洛迦山」，即是補怛洛迦山，亦
是補陀山，山河周流繞匝而入南海，這正是《華嚴經》所述觀自在的海洋道
場。而光世音、觀世音、觀自在、窺音、觀世音自在等不同的名號，當今的
研究學者一致以爲在中土最早出現觀世音譯名，應見於後漢支曜所譯（185）
的《成具光明定意經》。〔註91〕爾後月支人竺法護於西元 286 年所譯《正法華

〔註90〕 《大唐西域記・秣羅矩吒國》，頁 532～533。
〔註91〕 《觀音——菩薩中國化的演變》，頁 53。于君方書中也提出觀音在安息僧安玄
　　　　所譯《法鏡經》中，其名號譯作「窺音」（即窺聽聲音的人）；而同樣的譯名
　　　　亦出現在支謙（約活躍於220～252）所譯的《維摩詰經》。另外，在支婁迦讖
　　　　所譯《佛說無量清淨平等覺經》中，以阿彌陀佛大乘佛爲核心經典中，稱觀
　　　　音菩薩與大勢至菩薩，並列爲彌陀極樂淨土中最重要的兩位菩薩。其後之「光
　　　　世音」、「觀世音」、「觀自在」、「觀世念」、「觀世自在」等名號陸續出現在竺
　　　　法護所譯《觀世音菩薩授經記》（約 453）、曇無讖所譯之《悲華經》（約 428
　　　　～41）、僧肇（374～414）所著《注維摩詰經》等經典中。有關觀音名號的闡
　　　　釋歷程，詳見于書，頁 53～116。而李利安：〈中印佛教觀音身世信仰的主要
　　　　內容與區別〉，載自《中華文化論壇》，1996 年第四期，頁 83～84 所言各佛典
　　　　之不同觀音名號云：「《悲華經・大施品記品》中說：『善男子！汝觀天、人及
　　　　三惡道一切眾生，生大悲心，欲斷眾生諸煩惱故，欲令眾生住安樂故，善男
　　　　子，今當字汝爲觀世音』……《觀世音菩薩得大勢菩薩授記經》（《大正藏》
　　　　卷十二）中言：『當于萬億劫，大悲度眾生，以成觀音菩薩』……《大悲心陀
　　　　羅尼經》（《千手千眼觀世音菩薩廣大圓滿无礙大悲心陀羅尼經》，《大正藏》
　　　　卷二十）說：『汝當持此心咒，普爲當來惡世一切眾生作大利樂……若我當來
　　　　堪能利益一切眾生者，令我身千手千眼具足。』當千光王靜住如來弟子一發
　　　　此願，頓時具足千手千眼，十方佛光照觸身，而成觀世音菩薩。《大悲心陀羅
　　　　尼經》又言：『此菩薩名觀世音自在，亦名捻索，亦名千光眼。此菩薩不可思
　　　　議威神之力，過去无量劫中已作佛竟，號正法明如來』……《十一面神咒心

經‧普門品》（觀世音菩薩普門品），稱觀音爲「光世音」，意指「光照世間音聲者」；而龜茲譯經僧鳩摩羅什在 406 年所譯《妙法蓮華經》其經文稱「觀音」爲「觀世音」，它們均載述若入大海載滿船寶，遇海上惡劣天候或是黑風魔界，而能獨念光世音，稱其名號，則得以解脫險厄：

> 佛告無盡意菩薩曰：「此族姓子，若有眾生遭億百千姟困厄，患難苦毒無量，適聞光世音菩薩名者，輒得解脫，無有眾惱，故名光世音……若入大水江河駛流，心中恐怖，稱光世音菩薩，則威神護令不見溺，使出安穩。若入大海，百千億姟眾生豪賤，處海深淵無底之源，採致金銀、雜珠明月、如意寶珠、水精琉璃、車璩馬瑙、珊瑚虎魄，載滿船寶；假使風吹其船流墜黑山迴波，若經鬼界值魔竭魚，眾中一人竊獨心念光世音菩薩功德威神，而稱名號，皆得解脫一切眾患，及其伴侶眾得濟渡，不遇諸魔邪鬼之厄，故名光世音。」〔註92〕

> 若有百千萬億眾生爲求金銀琉璃、硨磲瑪瑙、珊瑚琥珀、眞珠等寶，入於大海。假使黑風吹其船舫，飄墮羅刹鬼國。其中若有乃至一人，稱觀世音菩薩名者，是諸人等，皆得解脫羅刹之難。〔註93〕

經》（《大正藏》卷二十）言：『我憶過去克伽河沙劫前，有佛名「百蓮花眼无障礙頂熾功德光如來」，我時作大仙人，見十方佛……身作大居士……我由此咒，名號尊貴，難得可聞。稱我名者，皆得不退轉地。』……《楞嚴經》（《大佛頂如來密因修正了義諸菩薩萬行首楞嚴經》卷六，《大正藏》卷十九）上說：『憶念我昔无數恒河沙劫，于是有佛，出現于世，名觀世音，我于彼佛發菩提心……由我供養觀音如來，蒙彼如來授我如幻聞熏聞修，金剛三昧。彼佛如來嘆我善得圓通法門，于大會中授記我爲觀世音號』。」觀音名號的探討亦參見吳勇：〈觀世音名號與六朝志怪小説〉，載於《江漢論壇》，2007.08，頁124～125、夏廣興：〈觀世音信仰與唐代文學創作〉，載於《上海師範大學學報‧哲社版》，第 32 卷第 5 期，2003.9，頁 100～101 言：「劉宋曇无竭譯《觀世音授記經》：「昔金光獅子游戲如來國，彼國中无有女人，王名威德，于園中入三昧，左右二蓮花化生二子，左名寶意，即是觀世音，右名寶尚，即是行大勢。」（《大正藏》卷十二，頁 356）曹魏康僧鎧譯《无量壽經》卷下：「有二菩薩，最尊第一，威神光明，普照三千大千世界……一名觀世音，二名大勢至。此二菩薩于此國土修菩薩行，命終轉化，生彼佛國。」（《大正藏》卷十二，頁 273。）及王連勝：〈普陀山觀音道場之形成與觀音文化東傳〉，載於《浙江海洋學院學報‧人文科學版》，第 21 卷第 3 期，2004.9，頁 48。

〔註92〕《正法華經》（竺法護譯本）卷十六，《大正藏》第九冊，頁 128～129。
〔註93〕《妙法蓮華經觀世音菩薩普門品》（高雄：佛光文化事業，2009.5 再版十六刷），頁 4～5。

《正法華經》及《妙法蓮華經》所說解救海上黑風、飄墮羅刹國之難的聖者菩薩名稱觀世音（光世音），已在魏晉六朝時期逐漸地傳播「觀音海上救難」的信仰氛圍，同時也成爲海商入海求寶，與渡海弘法僧海上神威護佑、顯瑞旌威的海上守護神。〔註 94〕而玄奘〈秣羅矩吒國〉文中所述「由布呾洛迦山東北海畔有城，入海東南可三千餘里，至僧伽羅國」，則說明了補怛洛迦山濱臨南海，隔海與僧伽羅國（今斯里蘭卡）遙望。觀音的道場既在這樣的海洋地理方位，專司海上救厄，必然是這一帶的海洋天候惡劣，黑風迴波引發無數入海求寶的船難，以及傳聞中的羅刹鬼國〔註 95〕（僧伽羅國、楞伽島）。七世紀末（688）沙門慧立與釋彥悰合卷的《大慈恩寺三藏法師傳・卷四》更提及流傳於東南印度濱海地區與僧伽羅島間的嶮惡海象：「是時聞海中有僧伽羅國，涉海路七百由旬方可達彼……海中多有惡風、藥叉、濤波之難。」〔註96〕東晉法顯《佛國記・師子國記遊》也說：「其國多出珍寶珠璣，其國本無人民，正有鬼神及龍居之。市易時鬼神不自現身，但出寶物，題其價值，商人則依價直取物。因商人來往住故，諸國聞其土樂，悉亦復來，遂成大國。」〔註 97〕可見法顯在遊歷師子國間，就已聽聞僧伽羅島上盛產海

〔註94〕　《觀音：菩薩中國化的演變》，頁 113 言道：「《華嚴經》中的觀音菩薩也具有救度眾生的力量，能令眾生脫離《法華經》的危難：只要呼喚觀音名號，便可毫無畏懼地進入強盜、野獸出沒的森林，解脫枷鎖扭械，或雖遇海難而能倖免；若被推落火坑時，稱念觀音聖號，火燄即刻化爲池中紅蓮，可免一死。」

〔註95〕　李利安：〈印度觀音信仰的最初型態〉，載於《世界宗教研究》，2006 年第三期，頁 21 論道：「觀音救難的信仰，是肇由於『黑風海難』和『羅刹鬼難』。古代印度民間傳說中最常發生上述類型的災難地點就在與僧伽羅國隔海相望的印度東南沿海水域。古印度人認爲羅刹鬼居住在楞伽島，那裡被稱爲羅刹鬼國或羅刹女國。此說源於古印度史詩《羅摩耶那》，謂羅摩爲救回其妃私多而攻陷楞伽島，殺羅刹鬼王邏伐拏。古代印度大陸盛傳那裡多金銀財寶，自古冒險過海尋寶人很多，這可從佛經大量有關楞伽島探寶的故事而得知。而從印度南端越過現在的保克海峽而去楞伽島是非常危險的。《賢愚經》說：『又聞海中，多諸劇難，黑風羅刹，水浪回波，摩竭大魚，水色之山。如斯眾難，安全者少，百伴共住，時有一還。』《大乘本生心地觀經》說：『乘大船舶，入于大海，向東南隅，詣其寶所。時遇北風，漂墮南海，猛風迅疾，晝夜不停。』《佛本行集經》說：『于大海內，有諸恐怖。所謂海潮，或時黑風，水流漩洄，低彌羅魚蛟龍等怖，諸羅刹女。』」

〔註96〕　〔唐〕慧立，彥悰等著，孫毓棠點校：《大慈恩寺三藏法師傳》（北京：中華書局，2008.4 重印本），頁 83。

〔註97〕　《法顯傳校注》，頁 125。

寶，吸引無數海商前來探寶，並與寶渚中羅刹鬼難交易的神話故事。而成於四到七世紀之間的密教經典《大乘莊嚴寶王經》，是提及菩薩神話生平的少數經典之一。在該經文中更提及觀自在菩薩前世爲一匹海濱天馬，在僧伽羅島上越海救厄「黑風海難」與「羅刹鬼難」的故事。〔註98〕《大乘莊嚴寶王經》以釋迦牟尼佛向除蓋障菩薩敘說往昔因緣的方式，佛對除蓋障菩薩說：「聖馬王者，即觀自在菩薩摩訶薩是，于是危難死怖畏中救濟于我。」〔註99〕這也是佛教經典中首認傳說于印度大陸與楞伽島之間，那救黑風羅刹海難的天馬就是觀自在菩薩。這則流傳自古印度的〈僧伽羅傳說〉，在七世紀初，玄奘的《大唐西域記・卷十一》中，更詳載這類傳誦久遠海上濟渡救厄、顯發神力的天馬事蹟：

> 佛法所記，則曰：「昔此寶洲大鐵城（僧伽羅國、師子國）中，五百羅刹女之所居也……恆伺商人至寶洲者，便變爲美女，持香花，奏音樂，出迎慰問，誘入鐵城，樂讌歡會已，而置鐵牢中，漸取食之。時瞻部洲有大商主僧伽者，其子字僧伽羅，代知家務，與五百商人入海求寶，風波飄蕩，遇至寶洲。時羅刹女誘入鐵城。商主於是對羅刹女王歡娛樂會，自餘商侶各相配合，皆生一子。諸羅刹女情疏故人，欲幽之鐵牢，更伺商侶。時僧伽羅夜感惡夢，知非吉祥，竊求歸路，遇至鐵牢，乃聞悲號之聲，遂昇高樹問曰：『誰相拘繫，而此怨傷？』曰：『爾不知耶？城中諸女，並是羅刹，君等不久亦遭此禍。』僧伽羅曰：『何圖可免危難？』對曰：『我聞海濱有一天馬，至誠祈請，必相濟渡。』僧伽羅聞已，竊告商侶，共往海濱，專精求救。是時天馬來告曰：『爾輩各執我毛鬣，不回顧者，我濟汝曹，越海免難，至瞻部洲，吉達鄉國。』諸商人奉指告，專一無貳，執其髦鬣，天馬乃騰驤雲路，越濟海岸。諸羅刹女忽覺夫逃，各攜幼子凌虛往來，知諸商人將出海濱，召命飛行遠訪。遇諸商侶，悲喜俱至，涕淚交流，掩泣言曰：『感遇良人，恩愛已久，而今遠棄，妻子孤遺，誰其能忍？幸願留顧，相與還城。』諸羅刹女遂縱妖媚，商侶愛戀，心疑去留，身皆退墮。僧伽羅者，智慧深固，心無滯累，

〔註98〕古印度傳說的天馬濟渡商侶於黑風海難、羅刹女難，而成爲印度大陸與楞伽島（僧伽羅島）之間的海上守護神的論説，亦參見于君方《觀音：菩薩中國化的演變》，頁94～96。

〔註99〕《大乘莊嚴寶王經》卷三，《大正藏》第二十冊，頁57下。

> 得越大海，免斯危難……僧伽羅即王位，於是治兵浮海而往，令諸
> 士兵口誦神咒，身奮武威。諸羅刹女顛墜退敗，或逃隱海島，或沉
> 溺洪流。」〔註100〕

整則佛教神話，不僅暗示僧伽羅海上貿易的重要地位，同時也藉僧伽羅開國
傳說，以闡釋他是釋迦如來成佛前無數次轉生中的一個形象。而天馬海上救
難、濟渡羅刹女難的聞聲慈悲，也與密教經典《大乘莊嚴寶王經》提及觀自
在菩薩前世爲一匹海濱天馬，同時演譯僧伽羅島上越海救厄「黑風海難」與
「羅刹鬼難」的傳奇聖蹟。而佛經《撰集百緣經》更是把拯救海商，擺脫羅
刹黑風之難視爲是佛陀前身和成道後的佛陀。經云：

> 值大黑風，吹其船舫，飄墜羅刹鬼國，回波黑風，時諸商人，各各
> 跪拜諸天善神，无一感應，救彼厄難。中有優婆塞，語商人言：「有
> 佛世尊，常以大悲，晝夜六時，觀察眾生，護受苦厄，輒往度之。
> 汝等當咸稱彼佛名，救我等命。」時諸商人，各共同時，稱南無佛
> 陀。爾時，世尊遙見商客極遇危難，因放光明，照耀黑風，風尋消
> 滅，皆得解脫。〔註101〕

《撰集百緣經》與《妙法蓮華經・觀世音菩薩普門品》所說佛陀世尊與觀世
音菩薩爲解救「黑風」、「羅刹」之難，似乎是同出一轍。這種觀世音海上救
難，以觀音爲海上守護神的信仰系統，不僅起源於古印度南部濱海地區，更
透過僧商的聽聞流傳與其親逢海上危難而蒙救恩的史實，廣大的散播開來。
近人孫昌武先生以《華嚴經・入法界品》經文中之善才童子五十三參訪求觀
世音菩薩，以及《開元釋教錄》等書而以推測觀音信仰與海上救濟，以具有
海上守護神品格的菩薩：

> 經（《華嚴經・入法界品》）中說觀世音住在光明山。光明山，新譯
> 作「補陀洛（Potaloka），又譯爲「普陀洛迦」。其方位據說是在南
> 方海上……而在《開元釋教錄》裡已提出它具體指南印摩賴耶
> （Malaya）地方。合理的推測，觀音信仰原起源於南印濱海地區，
> 本是具有海上守護品格的菩薩。在後來關於他的傳說中，也有不少
> 海上救護的故事。而《普門品》所救「七難」裡，「大水所飄」是其

〔註100〕　《大唐西域記・僧伽羅傳說》，頁 544～546。而整則難尸馬王救濟五百商人
　　　　　脫離羅刹女國，安穩得度大海彼岸的敘述，亦見《法苑珠林校注・卷第三十
　　　　　一》，頁 971～977。
〔註101〕　《撰集百緣經》卷九，《大正藏》第四冊，頁 244 中。

中的第一項。以後普遍的救濟品格，大概是從具體的海上救濟發展
而來的。〔註102〕

前文《高僧傳》、《法顯傳》陳述觀世音的海上斾威與顯瑞神蹟，在《大唐西
域記・卷八・摩揭陀國上》更提及漕矩吒國商主建佛塔，而於南海遭黑風摩
竭魚船難，同稱歸命於觀自在菩薩，因而蒙濟海上解厄施樂的古老傳說，更
是觀音具體海上救濟的顯揚：

> 昔漕矩吒國有大商主，宗事天神，祠求福利，輕蔑佛法，不信因果。
> 其後將諸商侶，貿遷有無，汎舟南海，遭風失路，波濤飄浪，時經
> 三歲，資糧罄竭，糊口不充。同舟之人朝不謀夕，戮力同志念所事
> 天，心慮已勞，冥功不濟。俄見大山，崇崖峻嶺，兩日聯輝，重明
> 照朗。時諸商侶更鄉慰曰：「我曹有福，遇此大山，宜於中止，得自
> 安樂。」商主曰：「非山也，乃摩竭魚耳。崇崖峻嶺，鬐鬣也；兩日
> 聯輝，眼光也。」言聲未靜，舟帆飄湊。於是商主告諸侶曰：「我聞
> 觀自在菩薩於諸危厄能施安樂，宜各志誠，稱其名字。」遂即同聲，
> 歸命稱念。崇山既隱，兩日亦沒。俄見沙門，威儀庠序，杖錫凌虛，
> 而來拯溺，不踰時而至本國矣。〔註103〕

這則商人在航海中信奉觀自在菩薩而倖免罹難的海上故事，與上述的佛經、
傳記等傳聞，都說明了古印度南海岸與中南部西岸〔註104〕毗鄰阿拉伯海的航
海民族及僧伽羅島居民，皆把觀世音視為海上救難、庇佑海上平安的「海洋
神靈」〔註105〕。隨著時間及傳說的演化，與中外佛僧的流化弘法，這些佛經

〔註102〕《中國文學中的維摩與觀音》，頁67。

〔註103〕《大唐西域記》，頁408。

〔註104〕法顯在中天竺、東天竺記遊所經《摩頭羅國》：「從是以南，名為中國（中天
竺）……摩訶衍人則供養般若波羅蜜、文殊師利、觀世音等……相承不絕。」
由此載寫，中天竺摩訶衍人供養觀世音，應在西元1～2世紀，並且相承不
絕。（《法顯傳注》，頁47。）而法顯自師子國浮海東還，在到耶婆提國海程
中，也載：「便值大風，船漏水入；商人大怖，命在須臾。法顯恐商人擲去經
像，唯一心念觀世音及歸命漢地眾僧，願威神歸流，得到一島邊。」（《法顯
傳注》，頁142。）都可據證僧伽羅島（師子國）及鄰近洋域島國之受佛教中
之觀世音海上救難信仰的傳布。

〔註105〕參見貝逸文：〈論普陀山南海觀音之形成〉，載於《浙江海洋學院學報人文科
學版》，第20卷第3期，2003年9月，頁27。貝文中又述：「大約公元前三
世紀，古印度阿育王之子馬印達首先將佛教傳到斯里蘭卡。南海觀音隨即擴
展了它的信仰世界。」而《大唐西域記》也載：「南海僧伽羅王，依孤山式，
供養觀世音菩薩」（《大唐西域記・卷九摩揭陀國下》，頁478。）」，便是佐證。

譯典中的觀自在菩薩海上救溺黑風、解脫羅剎鬼難的信仰傳播，在魏晉六朝已漸漸深植人心，並且開啓當時期小說裡有關觀音海上救護事蹟的書寫風潮。〔註106〕

宣揚《妙法蓮華經・觀世音菩薩普門品》與《華嚴經・入法界品》載述觀世音海上救難、海上道場的普及化下，魏晉六朝記載觀世音對於在海上、水上遭遇黑風海難及羅剎鬼難解厄救苦的靈驗事蹟之故事集也開始出現。這些應驗集的故事，也是魏晉六朝志怪小說的範疇，其中又以《觀世音應驗記三種》最受矚目。〔註107〕另外在釋氏應驗傳奇的書寫小說裡，有宋臨川康王義慶《宣驗記》與《幽明錄》，太原王琰的《冥祥記》，侯白的《旌異記》以

另與之相印證的有唐初名詩人王勃作〈觀音大士贊〉并《序》說:『南海觀音居娑竭海中。』據考證，僧伽羅又名娑竭羅、娑伽羅、僧伽那、僧訶羅，即今斯里蘭卡。因可斷言，阿拉伯海、孟加拉灣日益繁榮的航海活動、海外貿易與文化交流，南海觀音已廣布於印度洋上航海諸國。」

〔註106〕佛教經典與漢譯佛典中有關「以賈客漂入羅剎鬼國爲常談」的敘事主題，更以一種文化視野的延展性而彌漫於中國的歷史典籍、筆記叢談與野史神官中。它所透顯的文化書寫圖象不僅是視這些海外島國夷族爲鬼國屺域，甚至是將異國荒邦看作是鬼獸的認知模式。有關引述各佛經中的羅剎鬼國說法，請參看錢鍾書:《管錐篇》（北京:中華書局，1979年，頁790），另外對於中國古人以海外爲爲鬼國的誤讀之論文，請參看王立:〈中國古代海外傳說誤讀的文化成因〉，載於《大連海事大學學報社科版》，2003年9月，第二卷第三期，頁68～72。

〔註107〕有關魏晉六朝時期觀音靈驗斻成的傳奇故事，最早編纂成書者爲東晉謝敷《光世音應驗記》，該書成書於晉安帝隆安三年（399）前，爲在《搜神記》後，《世說新語》前。後來，謝敷將自己所錄的十多則應驗故事贈給好友傅瑗。當時爲東晉末年，在東南沿海發生了孫恩之亂，而藏在會稽傅家的觀音應驗書籍，卻遭受戰火的波及而喪失殆盡。至南朝劉宋時期，瑗子傅亮根據其追憶寫出其中七則，爲我們今天所說的《光世音應驗記》，及後，張演看到傅亮之作，又撰集自己所聞十則，續于傅書之後，是爲《續光世音應驗記》；到了蕭齊時期，張演的堂外孫陸杲又據當時的書籍、傳聞，輯錄觀世音應驗故事六十九則，繫於傅、張二書之後，是爲《繫光世音應驗記》。此三書合起來，共輯光世音應驗故事八十六則，我們總稱爲《光世音應驗記三種》。三種應驗記在隋、唐時期尚被引用，唐以後就已亡佚。千餘年來，始終未見有所著錄、引及。直到1943年卻在日本發現《觀世音應驗記三種》的古抄本，除傅亮《光世音應驗記》、張演《續光世音應驗記》、陸杲《繫觀世音應驗記》外，還附有初唐時期有關百濟國的兩條應驗故事，可見此書應在唐時流入了日本。詳細探討論述的文章請參見孫昌武:《中國文學中的維摩與觀音》，頁114～117、董志翹:《觀世音應驗記三種譯注・觀世音應驗記三種的重新發現與研究》，頁1～7。

及顏之推的《集靈記》、《冤魂志》等書。《觀世音應驗記三種》共計八十六則，全都為觀音救難解厄的信仰傳奇，而其中有關《觀世音菩薩普門品》裡所述為大水所飄、入於大海遇黑風、飄墮羅剎鬼難而蒙解脫的應驗故事，更有十多則之多。傅亮的《光世音應驗記》中，就記載著舟船不暗水路，捲入於漩渦中；又遇陰暗風雨而掙扎於波濤間的危難，在靠著至心呼求光世音而得蒙解救的靈驗傳奇：

> 徐榮者，琅琊人。常至東陽，還經定山。舟人不貫，誤墮迴復中，旋舞波濤之間，垂欲沉沒。榮無復計，唯至心呼光世音。斯須間，如有數十人齊力挈船者，涌出復中，還得平流，沿江還下。日已向暮，天大陰暗，風雨甚駛，不知所向，而濤浪轉盛。榮誦經不輟口。有頃，望見山頭有火光赫然，回舵趣之，徑得還浦，舉船安穩。既至，亦不復見光。同旅異之，疑非人火。明旦，問浦中人：「昨夜山上是何火光？」眾皆愕然曰：「昨風雨如此，豈有火理？吾等並不見。」然後了其為神光矣。〔註108〕

這則為大水所飄，又遇風雨驟急、浪濤巨狂，在至心口誦觀音而不輟，終蒙佑神光，解脫危難，整起故事承接《妙法蓮華經·普門品》中觀音為海上救難解厄的信仰形象。傅亮的這則觀音應驗故事，也見王琰以明佛教因果的《冥祥記》〔註109〕與唐釋道世所撰的《法苑珠林》。〔註110〕而同為《光世音應驗記》中，有關大水所飄厄難的，另有一則故事記載：

> 始豐南溪中，流急岸峭，迴曲如縈，又多大石。白日行者，猶懷危懼。呂竦字茂高，兗州人也，寓居始豐，自說其父嘗行溪中，去家十許里，日向暮，天忽風雨，晦冥如柒，不復知東西。自分覆溺，唯歸心光世音，且誦且念。須臾，有火光夾岸，如人捉炬者，照見溪中了了，徑得歸家。火常在前導，去船十餘步。〔註111〕

傅亮書寫兩則觀音解救水難的顯靈模式，都是以「火光」為指引舟船前導，而得以安然地從漩渦、駭濤、晦冥風雨中脫離險境。而在南朝宋張演《續光世音應驗記》裡，也有一則船沉溺水，急稱光世音而得以解難：

> 平原人韓當，嘗通呼池河。中流舟溺，便稱光世音。尋見水中有白

〔註108〕《觀世音應驗記三種譯注》，頁 21～22。
〔註109〕《古小說鉤沉》，頁 295。
〔註110〕《法苑珠林校注·卷六十五》，頁 1963。
〔註111〕《觀世音應驗記三種譯注》，頁 19。

物如龍形，流靜風恬，俄而至岸，水裁至膝，遂揭沙而濟。〔註112〕

張景弘撰寫這則觀音解救水難的顯靈模式，是以化現「龍形」來解救溺水的韓當。到了南齊陸杲的《繫光世音應驗記》裡，書寫觀音在海上的現奇表極、顯瑞施威，值黑風、漂墮羅剎鬼國的神異，有如下二則故事：

> 海鹽有一人，年卅，以海採為業。後入海遭敗，同舟盡死，唯此人不死，獨與波沉浮，遂遇得一石，因住身其上，而與石獨，或出或沒，判是無復生理。此人乃本不事佛，而嘗聞觀世音。於是心念口叫，至誠無極。因極得眠，如夢非夢，見兩人乘一小船，喚其來人。即驚起開眼，遂見真有此事，跳透就之，入便至岸，向者船人不覺失去。〔註113〕

打魚為生的海夫，在海上翻船遇難，載浮載沉於波濤之間。他至誠口念觀世音，因而得救解厄。陸杲書寫這樣的應驗情節，基本上還是遵循觀音「聞聲救苦」、「當下度脫險厄」的信仰形象，仿效佛教經典中的入於大海，遇黑風破其船舫，若有至人稱觀世音菩薩名者，而皆得解脫海上敗舟之難的陳述模式。而以稱頌觀音，得蒙解救海上羅剎鬼難的應驗敘述事蹟則為：

> 外國有百餘人，從師子國汎海向扶南。忽遇惡鬼，便欲盡殺一舶人。諸人皆怖，共稱觀世音。中有一小乘沙門不信觀世音，獨不肯稱，惡鬼便索此沙門。沙門狼狽學人稱名，遂俱得免。〔註114〕

上列二條文皆證驗了《觀世音普門品》中有關「入於大海，使黑風吹其船舫，漂墮羅剎鬼國，其中若有乃至一人稱觀世音菩薩名者，是諸人等皆得解脫羅剎之難。」從師子國到南海扶南的海上航程，一路佈滿著黑風、羅剎等磨難，而文中當然在於顯揚以聞聲救苦、普渡眾生的觀世音信仰的大乘佛典——《法華經》，對於不信觀世音的小乘沙門，顯然是有所貶抑。在劉義慶的《宣驗記》裡，也記載了鹽商在南海上值遇黑風，以默念觀音，得以脫險，證驗入於大海，使黑風吹其船舫以獲安的神蹟：

> 俞文載鹽于南海，值黑風，默念觀音，風停浪靜，於是獲安。〔註115〕

同樣在風難與水難中，一心稱誦觀世音菩薩而蒙解厄的應驗事蹟，陸杲也記載多則：

〔註112〕《觀世音應驗記三種譯注》，頁55。
〔註113〕《觀世音應驗記三種譯注》，頁67。
〔註114〕《觀世音應驗記三種譯注》，頁80。
〔註115〕《古小說鉤沉》，頁274。

費淹作廣州，是宋孝建時去。有沛國劉澄者，攜家隨之。行至宮廷左里，忽遭大風。澄母少事佛法，船中有兩尼，當急叫喚觀世音，聲聲不絕。俄頃，忽見有兩人著黑衣，捉烏信幡，在水上倚而挾其船邊，船雖低昂，而終不肯覆。風浪稍定，竟得安全。澄妻在別船，及他船皆多不濟。益信其是心力獨感。〔註116〕

伏萬壽，元嘉十九年爲衛軍行佐。府主臨川王劉義慶鎮廣陵，萬壽請暇還都。暇盡返州，四更中過大江，天極清淨。半江，忽遭大風，船便欲覆。既夜尚暗，不知所向。萬壽本信敬佛法，當爾絕念觀世音。須史，見北岸有光，如村中燃火，同舟皆見，謂是歐陽火也。〔註117〕

山陰縣顯義寺主竺法純，晉元興時人。起寺行櫨買柱，依暮，將一手力載柱渡湖。半漲，便遭狂風，船重欲覆。法純無計，一心誦《觀世音經》。尋有一空船，如人乘來，直進相就。法純得便分載人柱，方船徐濟。後以船遍示郭野，竟自無主。〔註118〕

在《繫光世音應驗記》裡，舟船遭逢海難、風難及大水所漂而得蒙觀世音化身解厄的模式，以「兩人乘一小船，喚其來入」；或「兩人著黑衣，捉烏信幡，在水上倚而挾其船邊，舟終不肯覆」；或以「岸上有光，直往就之。」另外是以非人力所及的敘述模式，以顯發觀世音聞聲救難、現奇旂威的靈蹟：

梁聲居河北虜界。後叛歸南，夜半過河，爲復流所轉，船覆落水。聲本事佛，唯念觀世音。向大半河遭敗，去岸殊遠，一沉一浮，飲水垂死。忽然覺腳得蹟地，便已在岸上。明日視昨上處，絕岸甚高，非人力所升也。〔註119〕

樂苟亦事佛，嘗做富平令。先征盧循，小失利，舫被火燒，賊又見逼，正在江漲，風浪大起，苟自分必死，猶念觀世音。須史，見一人倚江中央，水裁至腰。苟知是神人，即投水就之，體自不沒，腳如蹟地。大軍遣船迎敗者，又即先與相逢。〔註120〕

〔註116〕《觀世音應驗記三種譯注》，頁69。
〔註117〕《觀世音應驗記三種譯注》，頁73。
〔註118〕《觀世音應驗記三種譯注》，頁75。
〔註119〕《觀世音應驗記三種譯注》，頁78～79。
〔註120〕《觀世音應驗記三種譯注》，頁150～151。

遇大水、風浪所漂，而一心誦《觀世音經》得蒙神力解難的瑞驗靈蹟，王琰的《冥祥記》亦有多則記載：

> 宋顧邁，吳郡人也，奉法甚嚴，爲衛府行參軍。元嘉十九年，亦自都還廣陵，發石頭城，便逆湖，朔風至，橫決，風勢未彌，而舟人務進，至中江，波浪方壯，邁單船孤征，憂危無計，誦《觀世音經》，得十許遍，風勢漸歇，浪亦稍小。既而中流屢聞奇香芬馥不歇，邁心獨嘉，故歸誦不輟，遂以安濟。〔註121〕

> 晉樂苟，不知何許人也。少奉法，嘗作福富平令。先從征盧循，征小失利，船舫遭火垂盡，賊亦交逼。正在中江，風浪駭目，苟恐怖分盡，猶誦念觀世音。俄見江中有一人，挺然孤立，腰與水齊。苟心知祈念有感，火賊已切，便投水就之。身既浮湧，腳似履地，尋而大軍遣船迎接敗者，遂得免濟。

六朝時期，觀音救難濟世的信仰大開，僧侶不僅大肆的傳說觀音的靈蹟，更透過《觀世音經》的深入人心而推波助瀾，打造了一個「現奇表極，顯瑞旍威」的海上救世主的觀音形象。入大海，遇大水所漂、值黑風、墮羅刹鬼國等海上厄難，無非建構觀音顯威神異，慈航普渡眾生，以三尊顯威化身解厄，以濟危難，離脫娑婆漂盪不已的苦海。

　　漢魏六朝在海上經貿的開拓，以及海內外佛僧求法與東來的興盛，促使了海洋與佛教在生活上形成了重要的聯結，此時期佛教海洋觀的遞變，不僅形塑出小說文體有關海上佛國的叢談記述、更是透過南方海上絲路的傳輸，看見佛教的信仰逐漸地被中國人接受，由上層的帝王貴族滲透到下層的商賈平民之中。這條聯結漢家與南海諸國的海上航路，既是中西商貿交流的路徑，亦是中西文化交通的旅遊之途；傳佛取法的漢、胡僧人在來往於波詭雲譎的海天之中，將佛教的教義、經典、義理輸入中國，進而在中土開枝散葉。海洋不僅是中、印佛法的傳輸管道，更孕育了一些佛門及高僧在海上的靈異傳說神蹟，彰顯出佛教徒在海洋中的智慧思維。我們可以說魏晉六朝，藉由海洋航道所傳輸的佛教文明因子，不僅開啓了中國的文化大門，更帶有海洋的生命元素，與演繹動人的海路佛僧傳奇。而佛教經籍成為一種精神型態的舶來品，在與中國文化交流、融攝的歷程中，不僅是陸路上傍俊壁的

〔註121〕《古小說鉤沉》，頁326。

邊塞駝鈴、踽越沙阻的危絕；更有望烟渡海、滄溟帆影，飛緪以渡險的海上搏鬥。海洋不僅成爲了佛教文明東進的傳輸線，聯結了天竺、南海島國與中國之間的佛教信仰大道，同時它也是佛門生命哲思的道場，與宗教神話的搖籃。

而小說書寫的佛門於海上道場的現奇表極、顯瑞斾威的靈蹟，可以在兩個面向上看見：一是佛門經典裡的說法布道，不僅構述娑婆海洋的宗教面貌，更以佛陀宣講經論妙喻，如何渡脫生命的苦海、煩惱海，以尋求彼岸的淨土佛國。佛典中的海洋已是一個宗教的說法道場，開啓了無比深闊的智慧，與神話創世的想像。另外是在當時小說裡的敘述情節中，經常以一心求念觀世音、稱誦觀世音，而蒙威神佑，得以解除海上、水上的磨難與苦厄的模式出現，進而打造出觀世音成爲佛門神靈裡的海洋救世主，是當時子民入大海，遇黑風，解除厄難的膜拜海神。

小　結

秦漢魏晉六朝海上絲路的開闢，不僅帶來中國與海外國家的經貿交流，從而展開與島邦嶼國的外交邦誼，建立了中原天子受四海之圖籍，膺萬國之貢珍的太平景象外，更透過這條商舶遠屆的航海道，輸送了佛教舶來文化的東傳，進而法流中土震旦。正是在這條海上絲綢之路，中西佛教僧徒循海東漸或西行求法，或布道傳佛，展開了中土的求法因緣。換言之，佛教從南海海路傳入，不少佛教經典經義多涉海洋，而且佛教在海路入華的過程中又使許多佛經佛義及僧伽形象的海洋化，和許多佛教海路僧伽與海商過海的傳奇化，或海洋神蹟的顯瑞斾威等等透過海洋宗教實踐的活動所形塑出一種佛法神祇傳播的海洋觀。因此，本章節嘗試由漢魏六朝官書典籍中有關佛教海路的交流與傳播、僧傳故事中的佛徒海洋傳奇等二個面向，企圖釐清與建構此時期小說及佛典故事中，有關佛僧對透過海洋宗教實踐活動所形塑一種佛法神祇於海上顯瑞斾威、現奇表極的觀點。

首先，就漢魏六朝官書典籍中有關佛教海路的交流與傳播史裡，我們提出了幾個問題：其一、經由海上輸入佛教的推手與播種者又是否與海洋國家的胡商有關？其二、佛教的廣泛信仰與當時的海上貿易有相關性嗎？其三、海商與過海取法、傳法僧人的互動，亦即那些從交阯到廣州，往返於南海地

區的海舶商人中，是否也具有佛教徒的身分，透過貿易的管道以傳播佛法？官書又是如何記載海上的佛國商人與僧人，如何在詭譎多變的海天重溟中，將佛教思想引入中國？從事海貿的商人是否也同時從事佛教的傳播活動呢？相對於陸路的佛教入華，經由航海路線的東傳，兩漢魏晉時期活動於南海道的中外佛僧，在飄洋過海的歷程，進而興起的文化交流、佛典譯著與布教行蹟中，又傳遞出何種樣態的海洋思維？這些佛國商人、僧人、或是奉遣使者不是本身通於佛法，便是有高僧隨行護送，並且深諳南海航程，因而被委以向中國皇帝奉表貢獻。同時他們所搭乘的船舶所屬舶主，雖是海上從商，也必然信奉佛法，甚至是佛門居士的團體。在海路求法僧、奉遣使者與海商三者的通力合作下，佛教作為一種文化傳播的活動，自然是與貿易商人結下了海上的不解因緣。他們不僅是海路求取法佛僧的主要資助者，三者更是建構出這條海上佛國交流的信仰之旅。

　　其次，從僧傳故事中的佛徒海洋傳奇記載中，這些沙門佛僧東傳弘法，一路遠渡重溟、拼搏濤浪、歷經海洋的嚴峻深嶮，莫不倚靠堅強的信仰與海上神明的顯佑護庇。海洋不僅成為佛教僧尼苦厄難關的試煉所，同時也是佛門神祇顯瑞旖威的宗教道場，聯通了佛法與中土信眾的傳法取經之路。在海路商道上，佛教作為一種流行於中國、天竺及南海國家的主流宗教信仰，對於海商、佛僧及使節團，均產生具體而深遠的傳播交流影響。我們可以說魏晉六朝，藉由海洋航道所傳輸的佛教文明因子，不僅開啓了中國的文化大門，更帶有海洋的生命元素，與演繹動人的海路佛僧傳奇。

　　而從官書有關佛教海路的交流與傳播，與僧傳佛徒海洋傳奇所汲取有關佛門的海洋觀，是一個以聚焦於透過海洋宗教實踐的活動所形塑出一種佛法神祇海上顯瑞旖威的傳播觀。這些佛門的海上靈蹟，更在兩漢魏晉六朝的小說中留下不少感瑞與顯證的傳奇故事：如《宣驗記》、《幽明錄》、《冥祥記》、《搜神錄》、《佛國記》、《法苑珠林》、《太平廣記》、《觀世音靈驗記》、《洛陽伽藍記》、及佛經故事等記載佛像、佛經與佛僧旖威顯化於大海，有超自然的神異力量與不可思議的法力奇蹟，以及宗教海洋神話的傳述。同時也廣泛紀錄僧侶與海商一路遠渡重溟、拚搏濤浪，在九死一生中忘形而徇道、委命弘法，而得蒙海上威神觀音顯佑，化解海上危厄而將梵本佛典傳入中國的宏業。漢魏六朝小說中有關佛教的涉海書寫，海洋不僅為教化人心的精妙道場，以濟脫生死的苦海，海洋更是佛門義諦的無量寶藏之地。

第五章　隋唐五代小說中的儒道佛海洋觀

　　隋唐五代時期，中國的海外交通與海洋觀念的發展，進入前所未有的繁榮局面。隋朝打破長期以來的南北分裂的格局，統一全中國。而隋文帝、煬帝也雄心勃勃，積極開展對海外的活動。一方面，致力於陸上絲綢之路的開通；另一方面，努力加強與海外地區的交往，尤其是與南洋島國赤土、眞臘、婆利、丹丹與盤盤；與東方的日本，在朝貢使節與海上商貿都有積極性的發展。

　　唐朝則經歷貞觀、開元二期的興盛，不僅在絲織業、陶瓷製作業的繁榮外，爲向海外貿易提供充足的貨物，造船業的工藝與生產規模的宏興，更爲海外交通開啓新的紀元。更由於當時海上力量的興起，許多國家如大食、室利佛逝和爪哇島上的訶陵相繼崛起，主動與中國聯繫，進行海上貿易活動。這些使者、商人和船舶相繼到來，對於唐朝的外交刺激是相當有益的。甚至是東方的日本爲學習中國文化與中國貿易、及朝鮮半島上的新羅都是透過海道，派遣使節及僧人、留學生到唐朝來交往朝貢。而由於唐代政權對於海上貿易與海上航線採取開放的態度，對於朝貢的外國使節和前來商貿的外國商船販商表示歡迎，而在玄宗時期於廣州設立了對外商貿的窗口——市舶司使，許多南海的珍寶、香藥，以及鑢耳貫胸、珠琛絕贐的南海商人更是大量的進入唐土，開啓海上政經活動的新局面，出現「諸蕃君長，遠慕望風，寶舶薦臻，倍於恆數」，及「外國之貨日至，稀世之珍溢於中國」的空前繁榮景象。

　　五代十國時期，海外交通的形勢更有了變化。分別控制嶺南、福建和江浙的南漢、閩、吳越等政權，爲增強自己的力量，也都順勢利用地理的優越性，積極的開拓海外交通，發展海道貿易。所謂「東南利國之大，舶商亦居其一焉。若錢、劉竊據浙、廣，內足自富，外足以抗中國者，亦由籠海商得法也」〔註1〕，說明出五代十國積極振興海上交通與商貿的局勢。特別是在五代十國閩政權時期，這裡避免了唐末戰亂的破壞，社會安定而經濟發展。此處在蠶桑、陶瓷、鑄造、茶葉等方面都比唐時進一步發展，也爲海外貿易的擴展提供了堅實的物質基礎；同時在「招徠海中蠻商夷賈」的政策配合下，更促進海外貿易的迅速發展。

　　在面對如此興盛的海洋時代，唐五代小說中新興的「傳奇」體式，與承襲漢魏六朝風格而專記殊風絕域、遠方珍異與神仙靈異之搜奇志怪的「雜俎」小說裡，〔註2〕在當時文人筆下所書寫的儒道佛海洋觀又是如何的演變？對於儒家王化四夷、萬國來朝獻貢的海洋思維，士人的觀測視角又如何在面對海外交通興盛的歷史浪潮中，來敘寫這段時期的儒家海洋觀的樣態？在面對大海的縹緲難涉，海外島國怪誕譎奇的幻象意設，海上仙境的書寫演化，當時期小說家的筆下又如何對這些海洋奇幻的漂流行旅，對那蓬萊三神山、蛟人之室、海客淵館等之掩映成輝，浩渺譎詭的神物幻化，煙雨冥靄中的飛樓城堞，滄海外之仙影宮闕、海上五仙島、十洲五島及七山蜃景麗境，構寫成何種不同的演變風貌？對於皇家宮苑企慕構建俗世人間的海上瓊閣；或於方丈之室與一壺天地的小園谷林，轉思不死仙境之「方壺勝境」、「世外桃源」、「仙館洞天」的理想世界，又呈現如何迥異的述景呢？而在義淨與鑑眞的渡海求

〔註1〕　《中國海外交通史》，頁45。
〔註2〕　有關於本章隋唐五代小說的儒、道二教海洋觀的論述材料，當以小說史學者所區分的「傳奇」與「雜俎」兩類爲主；至於講唱文學的「變文」類，因內容未與海洋觀有所交涉，故未予羅列論述。關於唐「傳奇」的興起與定義及其內涵，魯迅的《中國小說史略》與孟瑤之《中國小說史》多已詳述。而唐「雜俎」雖然承襲漢魏六朝以來的搜奇志怪和志人之舊傳統，但卻與其風格不甚相同。它可以分成兩類，一是走《世說新語》的路線，以記載人物言行爲主軸，用來補正史之不足，如《隋唐嘉話》、《大唐新語》、《唐國史補》、《唐摭言》、《大唐傳載》等；另一類是走張華《博物志》、劉義慶《幽明錄》的路線，以搜奇志怪，誇遠方珍異、八荒稀物、山琛海寶及善惡果報輪迴爲主，如《酉陽雜俎》、《杜陽雜編》、《玄怪錄》、《續玄怪錄》、《錄異記》、《北夢瑣言》等。然而「雜俎」類在敘事、狀物及寫人上都受到「傳奇」之描寫細膩與華美鋪陳的影響，使兩類在唐代小說裡有合流的趨勢。

法時代裡，鼓帆瀛海以含弘佛法的海僧航渡歷程中，那小說、僧傳與行紀中所述說的世界又是呈現何種樣貌的佛教海洋觀呢？面對先秦兩漢魏晉六朝時期，由燕、齊海上方士，及後來道教士建構的「海神」形象，在海上交通繁盛的隋唐五代裡，小說家們又如何以不同的面貌來書寫表現呢？關於上述的論題，將在以下的章節中一一的來加以解析闡述，以建構隋唐五代小說、傳奇以及行紀典籍中有關儒道佛海洋觀的內涵。

第一節　宣敷教化而寶舶薦臻海宇會同的儒家海洋觀

在儒家以政經爲焦點的海洋觀；是政治上的萬邦遠服，四海來歸；經濟上的四夷朝獻，與殊方異域的互通有無。這樣的海洋觀點不僅開啓隋唐五代海上經貿的通道，更打開了與海外諸國在外交及文化上的邦誼，豐富了小說記載有關海夷綏服、遠國來貢的書寫內容。尤其對那山奇海異、萬物殊方，朝貢歲至的絕域邦國之風土民情，在以「華夷之辨」的中原儒教文化視角下，更使得隋唐五代時期的雜俎、傳奇及海外行紀典籍中，充滿了「宣敷教化」的意味與風貌。

《隋書·南蠻列傳》記載：「煬帝纂業，以威加八荒，甘心遠夷，志求珍異，故師出於流求，兵加於林邑，威振殊俗，過於秦、漢遠矣。」〔註3〕並在大業四年，南海赤土國鼓舶遣使來貢，煬帝亦命常駿、王君政出使回訪赤土。大業十二年，眞臘亦遣使進貢。另外南海上的婆利、丹丹和盤盤亦在同期遣使與隋朝通好。〔註4〕而東方海域上的倭國，也在文帝開皇二十年，煬帝大業四年、五年、十年先後四次遣使來貢方物。可以看出在隋代，無論是與南海島國或是東方日本倭國，都先後遣使來貢與朝獻方物。而唐代中期，更是海上朝貢貿易的重要發展時期。此時海上絲路，廣州通夷道航線發達繁榮，〔註5〕朝貢的外國使節和前來貿易的胡商商船，絡驛不絕；所謂海外諸

〔註3〕〔唐〕魏徵等撰：《隋書》，《二十四史》（北京：中華書局，1960年），頁1838。

〔註4〕《隋書·煬帝紀下》，頁74～90。

〔註5〕唐代南海與東方的交通路線，以賈耽（730～805）的紀錄最爲詳細。他曾任鴻臚卿，負責海外各國往來的朝貢禮儀，更熟悉四鄰山川風土。《舊唐書·賈耽傳》載：「耽好地理學，凡四儀之使及使四夷還者，必與之從容，訊其山川土地之終始。是九州之夷險，百蠻之土俗，區分指畫，備究源流。」（《舊唐書·卷一三八》，頁3784。）在〔宋〕歐陽修，宋祁撰：《新唐書·地理志下》，

國，日以通商。尤其南方大港廣州江中，更有婆羅門、波斯、崑崙等船舶，不知其數，並載香藥、珍寶，積載如山；那鏤耳貫胸、殊琛絕贐的南海島族，更大規模的來到唐土朝貢及貿易，市舶之利的繁榮景象，如諸蕃君長，遠慕望風，寶舶薦臻，而倍於恆數；外國之貨日至，珠、香、象、犀、玳瑁，稀世之珍，溢於中國而不可勝用，更是推動唐代與海外諸國的開展往來。而五代十國時期，海外交通在南漢、閩、吳越等政權控制下，更積極利用其海洋地理優勢，開拓海外交通，發展南海各海道上的貿易。

隋唐五代小說中有關儒家的海洋觀書寫，大體而言是將它置放在一個政治關係上的貢納體系，與經濟關係上的海上繁榮貿易。這些來自南方、東方海濱嶼島的八荒珍品、山琛水寶，不僅透過泛海凌波，因風遠至；更以舟舶繼路，商使交屬於重峻參差、種別類殊的異國夷路。而奇方洋域、斗絕海國之地，雖然遠邈重洋、藏山隱海，卻是提供了小說家們說奇誕怪的瀛海想像，建構出那南海番舶，遠屆慕化來王以修職貢，用德以懷遠、接以恩仁，使其感悅的海外風教；書寫出諸番君長，遠慕望風，寶舶薦臻，弘舸巨艦，千舳萬艘，交貿往還，昧旦永日，來往交流的繁榮景象。

唐人張鷟（660～740）的《朝野僉載》，以記述唐代前期朝野之遺事佚聞為主。其書《卷二》記載南方島國真臘，即是書寫此海濱嶼島，鏤耳貫胸、殊琛絕贐的的海外風情民俗：

> 真臘國在驩州南五百里，其俗有客設檳榔、龍腦香、蛤屑等，以為賞宴。其酒比之淫穢，私房與妻共飲，對尊者避之。又行房不欲令人見，此俗與中國同。國人不著衣服，見衣服者共笑之。俗無鹽鐵，以竹弩射蟲鳥。〔註6〕

據《舊唐書‧南蠻列傳》記載：「真臘國，在林邑國西北，本扶南之屬國，崑崙之類。風俗被服與林邑同。」〔註7〕張鷟所寫南蠻島國說奇誕怪，與史書載錄大異。其書寫視野亦以斗絕海國之地山奇海異、怪類殊種的傳聞，成為海

《二十四史》（北京：中華書局，1960年）即有其「入四夷之路」的保存記載，而其海路之述則有二條。（詳見《新唐書》，頁1153～1154。）這條南海航線東起廣州，經過中南半島、馬來半島，通過麻六甲海峽，進入印度洋，歷今斯里蘭卡和印度大陸，進入波斯灣；而另一條沿阿拉伯半島航行的路線，以東非為起點，在波斯灣與上述主行線相接。

〔註6〕《唐五代筆記小說大觀》，頁26。
〔註7〕《舊唐書‧南蠻列傳》，頁5271。

外奇談的特別材料。《朝野僉載・卷五》又言：

> 東海有蛇丘，地險多漸洳，眾蛇居之，無人民。蛇或有人頭而蛇身。
> 〔註8〕

而《太平廣記》引唐代所著《神異錄》及《窮神秘苑》二書，記載當時海溟嶼島，鑲耳貫胸、殊琛絕贐的「頓遜國」與「訶陵國」之海外風情民俗：

> 頓遜國，梁武朝，時貢方物。其國在海島上，地方千里，屬扶南北三千里。其俗，人死後鳥葬。將死，親賓歌舞送于郭外，有鳥如鵝而色紅，飛來萬萬，家人避之。鳥啄肉盡，乃去。即燒骨而沉海中也。〔註9〕
>
> 訶陵在眞臘國之南，南海洲中。東婆利，西墮婆，北大海，堅木爲城。造大屋重閣，以梐皮覆之，以象牙爲床，以柳花爲酒，飲之亦醉。以手撮食，有毒。與常人居止宿處，即令身上生瘡，與之交會，即死。俗以椰樹爲酒，味甘，飲之亦醉。〔註10〕

頓遜國鳥啄而葬的風俗，與元周達觀《眞臘風土記》所載：「人死無棺，抬至城外，俟有鷹犬畜類來食」〔註11〕的喪葬風俗頗多類同。而訶陵國與《舊唐書・南蠻列傳・訶陵國》所載大致無異：

> 訶陵國，在南方海中洲上居……豎木爲城，作大屋重閣。食不用匙筋，以手而撮。亦有文字，頗識星曆。俗以椰樹花爲酒，味甘，飲之亦醉。貞觀十四年，遣使來朝；大曆三年、四年皆遣使朝貢，獻異種名寶。〔註12〕

《太平廣記》又引《紀聞》、《玉堂閒話》以述新羅國境及四周島嶼之民俗風情：

> 新羅國，東南與日本鄰，東與長人國接。長人身三丈，鋸牙鉤爪，不火食，逐禽獸而食之，時亦食人。裸其軀，黑毛覆之，其境限以連山數千里。〔註13〕
>
> 六軍使西門思恭，常銜命使于新羅。風水不便，累月漂泛于滄溟，

〔註8〕　《唐五代筆記小說大觀》，頁69。
〔註9〕　《太平廣記・卷四百八十二》，頁3972。
〔註10〕　《太平廣記・卷四百八十二》，頁3973。
〔註11〕　〔元〕周達觀撰：《眞臘風土記》（台北：廣文書局，1979.4再版），頁15。
〔註12〕　《舊唐書・卷一百九十七》，頁5273。
〔註13〕　《太平廣記・卷四百八十一》，頁3960。

> 罔知邊際。忽南抵一岸……俄有一大人，身長五六丈，衣裾差異，
> 聲如震雷，下顧西門，以五指撮而提行百餘里，入一巖洞。見其長
> 幼群聚，言語莫能辨，掘一坑而寘之，亦來看守之。信宿之後，遂
> 攀緣躍出其坑，逕尋舊路而竄，跳入船，大人已逐而及之。以巨手
> 攀其船舷，于是揮劍，斷下三指，指粗于今槌帛棒，大人失指而退，
> 遂解纜。〔註14〕

《紀聞》與《玉堂閒話》用「搜奇志怪」、「怪誕不經」的筆墨，來書寫新羅
國東方及外海滄溟間的長人國，為一「荒蠻文陋，裸軀怪誕」、「衣裾差異，
聲如震雷，言語莫能辨」的鬼境世界。這種海外遠國的雜俎紀錄，很明顯地
是以「華夷之辨」「漂入鬼國」等中原主流文化的觀點來書寫。另外，范攄《雲
溪友議》以記述唐開元後之文壇逸事瑣聞及詩歌本事，尤其書中有不少素材
被後人改編為小說戲曲。在該書〈夷君誚〉文中記載海商馬行餘遇風飄流至
新羅國，因不識詩書之義，而遭習儒弘孔的新羅國君所譏誚：

> 又登州賈者馬行餘轉海，時遇西風，而吹到新羅國。新羅國君聞行
> 餘中國而至，接以賓禮。乃曰：「吾雖夷狄之邦，歲有習儒者，舉于
> 天闕，登第榮歸，知孔子之道，被于華夏乎！」與行餘論及經籍。
> 行餘避位曰：「唐陋賈豎，長養雖在中華，但聞土地所宜，不讀詩書
> 之義……」乃辭之。新羅君誚曰：「吾以中國之人，盡聞典教，不謂
> 尚有無知之俗歟！」〔註15〕

在《舊唐書・東夷列傳・新羅國》則載新羅國在玄宗時期已慕悅皇化，不僅
為君子之國，亦頗知中華儒教詩書之盛：

> 新羅國，武德四年，遣使朝貢，高祖親勞問之，賜以璽書及畫屏風、
> 錦綵三百段，自此朝貢不絕……開元十六年，遣使來獻方物，又上
> 表請令人就中國學問經教……上曰：「新羅號為君子之國，頗知書
> 記，有類中華，使知大國儒教之盛。」〔註16〕

范攄雖然諷刺海商貪吝百味好衣，而愚昧不知學道，但以新羅浸濡儒家文
化，從華夷之辨的中原王朝書寫觀點，更是充滿了「宣敷教化、撫綏外夷」
的意味。

〔註14〕《太平廣記・卷第四百八十一》，頁 3962。
〔註15〕《唐五代筆記小說大觀》，頁 1272。
〔註16〕《舊唐書・卷一百九十九》，頁 5334～5337。

李肇（？～836）的《唐國史補》，以記載唐開元至長慶一百多年中的軼事瑣聞。其〈自序〉則謂：「言報應，敘鬼神，徵夢卜，近帷箔則去之；紀事實，探物理，辨疑惑，示勸戒，采風俗，助談笑，則書之」的態度。其記貴妃好食南海荔枝，語多諷戒：

> 楊貴妃生于蜀，好食荔枝。南海所生，尤勝蜀者，故每歲飛馳以進，
>
> 然方暑而熱，經宿則敗，後人皆不知之。〔註17〕

番禺產荔枝極品，明皇因寵貴妃，由南海快驛傳送入京，窮奢民本；而且荔枝南北往返長途跋涉之下，經常是過宿而壞。李肇對於當時賈耽所記南海通夷海路上的國家地理，也知之甚詳。他提到了當時南海的「師子國」船舶，以及南海航線上的各國市舶發展，與番長、番商的概況：

> 南海舶，外國船也。每歲至安南、廣州。師子國舶最大，梯而上下
>
> 數丈，皆積寶貨……有番長為主領，市舶使籍其名物，納舶腳，禁
>
> 珍異，蕃商有以欺詐入牢獄者。舶發之後，海路必養白鴿為信。舶
>
> 沒，則鴿雖數千里亦能歸也。〔註18〕

師子國在七世紀以前是南海航線上的主要中轉站，當年法顯搭商舶經海路東還，即是從師子國啟航。《新唐書・西域列傳下》記載：

> 師子，居西南海中，延袤二千餘里。多奇寶，以寶置洲上，商舶償
>
> 直輒取去……天寶初，王尸羅迷迦再遣使獻大珠、鈿金、寶瓔、象
>
> 齒、白氎。〔註19〕

師子國地位重要，一是由於它的中轉作用，二是由於它有豐富的物產。在七世紀至十世紀間，該國依然是商業鼎盛。史書所載師子國多出奇寶，中國、大食、波斯等國商船常到該地互市舶利，以其盛產寶石、珍珠、沉香等百貨等。李肇所說南海舶每歲至安南、廣州市舶，當時的交州安南（七景港）與廣州二港，都是外國船舶商的最繁榮港口。而師子國王亦在玄宗天寶初年，遣使來貢珍珠、寶瓔與象牙等山琛水寶。隨著當時海外貿易的興盛，前來中國的外國商人日益增多，形成了許多番商聚居的番坊，以及設置招邀番商入貢，管理番坊特殊行政區公事的番長。安史之亂前的廣州港口更是繁榮，每歲有崑崙舶以珍物與中國互市。日真人元開（722～785）所著《唐大和上東

〔註17〕《唐五代筆記小說大觀》，頁165。

〔註18〕《唐五代筆記小說大觀》，頁199。

〔註19〕《新唐書・卷二百二十一下》，頁6257～6258。

征傳》，記載當時鑒眞在廣州港中所看見不計其數的外國船舶：

> 江中有婆羅門、波斯、崑崙等舶，不知其數；並載香藥、珍寶，積
> 載如山。其舶深六、七丈。師子國、大石國、骨唐國、白蠻、赤蠻
> 等往來居住，種類極多。〔註20〕

廣州港的海外貿易歷史久遠，在唐代以前已是全國屈指可數的外貿要港。唐時期，廣州的地位更是扶搖直上，成爲有唐最興盛繁榮的外貿港埠。鑒眞所看到的景象更足以說明廣州港帆檣林立，商貨雲集，市井充盈了來自南海、歐洲白人及非洲黑人等諸國的商人與船舶。由於廣州港帶來空前的貿易商機，更給當地官吏營私舞弊留下了機會。《舊唐書·王鍔傳》就記載這位廣州刺史就是利用手中的權利，強行收買海外珍寶。在巧取豪奪海外珍物後，每天發出十餘艘船舶，滿載著犀象珠寶等外國奇珍，運往北方中原地區，大肆買賣賺取厚利，而長達八年之久。〔註21〕可見當時廣州確是海舶商貨的天堂，眨眼之間的逐海之利而富可敵國。另外《舊唐書·路嗣恭傳》也明述路嗣恭的大官僚，藉著平定廣州叛亂的機會，沒收了城裡大海商的資產而歸自己所有，家財累至數百萬貫。〔註22〕

　　鑒眞所說這些來華交易的海舶，又以師子海舶深六、七丈爲最大。《舊唐書》記載唐玄宗在開元二年（714）前就已在廣州設立了市舶使，管理了整個海外貿易事宜。〔註23〕當時市舶司的職責主要有兩點：一是管理海外商人的在華貿易；二是爲了征稅。李肇提到當時貿易事宜中的「舶腳」，就是按照海船大小徵收的進口貨物稅，而「番商有以欺詐入牢獄者」，則反映在當時繁盛的海外貿易下，在貨物管理弊端上的加強與查緝。當然，唐代對外舶貿易也有相當程度的保護政策，《冊府元龜·卷一百七十》就記載了唐文宗於太和八年（834）下的「不得重加率稅」的詔令。〔註24〕對於唐代統治者來說，外舶貿易事務關係著整個大唐帝國的外交形象，尤其是以「慕化而來」的外國舶商，在「矜恤」與「綏懷」的王權教化下，地方官吏更應肩負「常加存問」，並在守法經營的規範中，讓其「來往通流，自爲交易」，並且不得重加

〔註20〕　〔日〕眞人元開著，汪向榮校注：《唐大和上東征傳》（北京：中華書局，2006重印），頁74。
〔註21〕　《舊唐書·卷一百五十一》，頁4060。
〔註22〕　《舊唐書·卷一百二十二》，頁3500。
〔註23〕　《舊唐書·卷八》，頁174。
〔註24〕　轉引《海洋迷思──中國海洋觀的傳統與變遷》，頁53。

率稅，以展現對外舶貿易海商的善意。對於那些遵守法令規章的外國海商，唐朝地方政府還設立了宴請款待的制度，甚至還修定其遺產繼承問題上的合理化：

> 蕃舶泊步有下碇稅，始至有閱貨宴……舊制，海商死者，官籍其貲，滿三月無妻子詣府，則沒入。戣（嶺南節度使）以海道歲一往復，苟有驗者不爲限，悉推與。〔註25〕

就唐代政權對海外貿易的熱心推動及興盛程度來看，不僅鏤耳貫胸、殊琛絕贐之萬國來朝，慕浴王化，提升了中原王朝的政治威望，更使得發展海外貿易與國家經濟利益、財政收入結合爲一體。張九齡的〈開鑿大庾嶺路記〉寫到：

> 海外諸國，日以通商，齒革羽毛之殷，魚鹽蜃蛤之利，上足以備府庫之用，下足以贍江淮之求……於是乎鏤耳貫胸之類，殊琛絕贐之人，有宿有息，如京如坻。〔註26〕

《新唐書·黃巢傳》也提及：

> 南海市舶利不貲，賊（黃巢）得益富，而國用屈。〔註27〕

可見充分利用海洋經濟資源，保護和發展海外貿易，並納入國家財政的管理窗口，已被時人視爲「富國」的重要管道。《舊唐書·崔融傳》的記載，可以說是總匯唐代海上貿易的繁榮景象：

> 天下諸津，舟航所聚，旁通巴漢，前指閩越，七澤十藪，三江五湖，控引河洛，兼包淮海，弘舸巨艦，千舳萬艘，交貿往還，昧旦永日。〔註28〕

西元七世紀，新羅統一了朝鮮半島的中部和南部，大力的加強與唐朝的外交，海道便是兩國聯繫的重要路徑。新羅在朝鮮半島東南，北接高句麗，西鄰百濟，是唐時海上絲路東線最近國家，與山東半島隔海相望，地處中日之間。當時唐朝與新羅的海上航路有傳統的航線：從登州渡渤海海峽，沿著遼東半島南岸東行去朝鮮半島；另外由登州東航，越黃海，直達朝鮮半島西海岸或西南岸；再有的航線則是從長江口出發，沿大陸海岸北上至山東半島成山角，東渡黃海，達朝鮮半島。而新羅商舶來華，主要停泊的港口有長江口

〔註25〕《新唐書·孔戣傳》，頁5009。
〔註26〕轉引《中國海外交通史》，頁43。
〔註27〕《新唐書·卷二百二十五》，頁6454。
〔註28〕《舊唐書·卷九十四》，頁2998。

的揚州、蘇北的楚州及山東半導的密州、登州等地。新羅的造船業和航海技術相當的發達，當時新羅船舶停靠的沿港口如揚州、楚州、密州、登州都有新羅人居住，其住的街巷就叫「新羅坊」，旅店為「新羅館」、「新羅院」，並設有管理新羅坊事務的「勾當新羅所」。這些新羅僑民爲數眾多，而且都是商人、船主和水手。另外，新羅船舶經常往來日本和唐朝之間，既從事唐與日本的中介貿易，從中興販商利，又從事客商的海洋運輸，當時靠海舶致富的就有許多的新羅官吏與巨商。新羅在與唐在政治上友好交往，經濟上平等互利貿易往來的同時，還爲了要學習唐代的先進文化，派遣大批的留學生與求法高僧來唐學習，爲新羅日後的社會發展和繁榮文化作出貢獻。據《舊唐書·東夷列傳》記載，新羅從唐高祖起就以朝貢、獻方物、賀正、表謝等名義，向唐派出使節而不絕，而大歷八年遣使來朝，并獻金、銀、牛黃、魚牙紬、朝霞紬〔註29〕。另外《新唐書》也記載：「開元年中，新羅數入朝，獻果下馬、朝霞紬、魚牙紬、海豹皮等方物。」〔註30〕在有唐一代的兩百八十九年中，新羅以朝貢、獻物、賀正、表謝等名義向唐派出使節百餘次，而唐以冊封、答賚等名義向新羅派出使節亦達三十多次，兩國交往頻繁密切。李肇《唐國史補》就載述：「朝廷每降使新羅，其國必以金寶厚爲之贈」〔註31〕的史事。

段成式（803～863）《酉陽雜俎》取材珍秘，〈自序〉亦云：「及怪及戲，無侵于儒……飽食之暇，偶錄記憶。」〔註32〕而魯迅謂是書：「或錄秘書，或敘異事，仙佛人鬼，至以動植，彌不畢載，以類相聚，有如類書。」〔註33〕

〔註29〕 《舊唐書·卷一百九十九上》，頁5336～5339。
〔註30〕 《新唐書·卷二百二十》，頁6204。
〔註31〕 《唐五代筆記小說大觀》，頁202。有關唐朝與新羅在使節往來的酬對中，都攜有大批珍貴物品來饋贈對方。據《海上絲路史話》，頁79述及：「據朝鮮《三國史記》等文獻記載，新羅向唐所獻物品有：朝霞綢、朝霞錦、大花小花之魚牙錦、魚牙綢、衫緞、龍稍、布等紡織品；金、銀、銅等金屬；金釵頭、鏤鷹鈴、琴瑟細金針筒、金銀佛像等金屬工藝品；人參、牛黃、茯苓等藥材；馬、果下馬、狗、擊鷹、鶘子、海豹皮等動物，爲數相當可觀。而唐回應物品有：彩素、錦彩、五色羅彩、綾羅、瑞文錦、絹、帛等高級絲織品；錦袍、紫袍、綠袍、紫羅繡袍、羅裙衣、金帶、銀帶、銀細帶、錦鈿帶等衣帶；金器、銀器、銀碗等金屬工藝品；道德經、佛經、孝經及孔子、十哲、七十二弟子像等書籍；以及佛牙、茶種籽、甲具等等。」
〔註32〕 《唐五代筆記小說大觀》，頁557。
〔註33〕 《中國小說史略》，頁154。

《酉陽雜俎》就記載南方島國交趾朝貢龍腦香料：

> 天寶末，交趾貢龍腦，如蟬蠶形。波斯言老龍腦樹節方有，禁中呼
> 爲瑞龍腦。上唯賜貴妃十枚，香氣徹十餘步……及上皇復宮闕，追
> 思貴妃不已，懷智乃進所貯懷頭，具奏他日事。上皇發囊，泣曰：「此
> 瑞龍腦香也。」〔註34〕

唐玄宗賜給楊貴妃的龍腦，乃是交趾國所進貢的香料。段成式這段記載反映
出香料在「舶貨」中占有舉足輕重的地位，尤其在上層社會更以焚香蔚爲風
尚；而龍腦的香氣非常，更代表當時南洋島國以香料作爲朝貢的珍品。《酉陽
雜俎・卷十八》就說：「龍腦香樹，出婆利國，亦出波斯國。樹高八九丈，大
可六七圍，葉圓而背白，無花實，其樹有肥有瘦，瘦者有婆律膏香。」〔註35〕
《酉陽雜俎》更記載這些「遠慕望風，寶舶薦臻」的島國所產的奇珍異物，
與種別類殊、海上販賣婦人爲奴的異國夷俗：「稅波斯、拂林等國，米及草子，
釀于肉汁之中，經數日，即變成酒，飲之可醉」、「孝億國丈夫、婦人皆佩帶。
每一日造食，一月食之，常吃宿食」、「仍建國，無井及河澗，所有種植，待
雨而生……穿井即若海水，又鹹，土俗俟海潮落之後，平地爲池，取魚以作
食」、「婆彌爛國多猿，常暴田種，每年有二三十萬。國中起春以後，屯集甲
兵與猿戰，雖歲殺數萬，不能盡其巢穴」、「撥撥力國，不識五穀，常針牛畜
脈，取血和乳生飲。無衣服，唯腰下用羊皮掩之。其婦人潔白端正，國人自
掠賣與外國商人，其價數倍。土地唯有象牙及阿末香」、「蘇都識匿國有夜叉
城，城舊有野叉，其窟見在……人有逼窟口，烟氣出，先觸者死，因以尸擲
窟中口，其窟不知深淺」、「懸渡國其土人佃于石間，壘石爲室，接手而飲，
所謂猿飲也」、「闍婆國中有飛頭者，其人目無瞳子。于氏《志怪》，南方落民，
其頭能飛，其俗所祠，名曰虫落，因號落民」、「因墀國使言，南方有解形之
民，能先使頭飛南海，左手飛東海，右手飛西澤，至暮頭還肩上，兩手遇疾
風，飄于海水外」〔註36〕、「嗽金鳥，出昆明國，形如雀，色黃，常翱翔于海
上……飴以眞珠及龜腦，常吐金屑如粟」、「善苑國出百足蟹」、「安息香樹出
波斯國」、「無石子樹，波斯呼爲摩賊」、「阿魏樹出伽闍那國」、「胡椒出摩伽
陀國」、「白豆蔻出伽古羅國」等。段成式所書寫的海外奇俗，其視野都以斗

〔註34〕　《唐五代筆記小說大觀》，頁559。
〔註35〕　《唐五代筆記小說大觀》，頁696。
〔註36〕　《唐五代筆記小說大觀・酉陽雜俎前集》，頁591〜593。

絕海國之地的山奇海異、怪類殊種的傳聞，而成為海外奇談的特別材料。尤其是撥撥力國男人自掠其國婦人而賣與外國商人，顯然是海上奴隸人口的販賣交易。至於闍婆國中有飛頭者、因墀國南方有解形之民，其頭能飛的荒誕怪異之夷俗傳聞，都反映出當時文人意想幻設、傳錄舛訛的海外變異瀛談。萊子國海上的石人，新羅外海島上的黑漆匙箸，也都是以譎怪崇飾，多誇遠方珍異的書寫模式：

> 石人，萊子國海上有石人，長一丈五尺、大十圍。昔秦始皇遣此石人追勞山不得，遂立于此。〔註37〕

> 近有海客往新羅，吹至一島上，滿山悉是黑漆匙箸。其處多大木，客仰窺匙箸，乃木之花與鬚也。因拾百餘雙還，用之肥不能使，後偶取攪茶，隨攪而消焉。〔註38〕

段成式也提及天寶初年，西夷邦國未修職貢而獻寶玉珠璣，玄宗在志求珍異、甘心遠夷的情況下，師出勃律國：

> 天寶初，安思順進五色玉帶，又于左藏庫中得五色玉杯。上怪近日西膃無五色玉，令責安西諸蕃。蕃言比常進，皆為小勃律所劫，不達。上怒，欲征之……乃命武臣王天運將四萬人，兼統諸蕃兵伐之。及逼勃律城下，勃律君長恐懼請罪，悉出寶玉，願歲貢獻。天運不許，即屠城，虜三千人及其珠璣而還。〔註39〕

張讀《宣室志》多記神仙鬼怪靈異之事，為神怪小說之集大成。該書記波斯、大食等胡商在華商貿交易的動態，又頗多荒誕靈異：

> 吳郡陸顒，為生太學中。有胡人數輩挈酒食詣其門，謂顒曰：「吾南越人。聞唐天子網羅天下英俊，欲以文化動四夷，故我航海梯山來中華」……他日群胡又至，持金繒為顒壽……胡人挈顒手而言曰：「我之來，蓋欲富君爾。」已而，胡人出一粒藥，其色光紫，命餌之。有頃，遂吐出一蟲，長二寸許，色青，狀如蛙。胡人曰：「此名消面蟲，實天下之奇寶也……」及明日，胡人以十輛車輦金玉絹帛約數萬獻于顒……僅歲餘，群胡又來與顒偕游海中……顒執胡人佩帶，從而入焉。其海水皆豁開數步，鱗介之族，俱辟易而去。乃游龍宮，

〔註37〕《唐五代筆記小說大觀·酉陽雜俎前集》，頁631。
〔註38〕《唐五代筆記小說大觀·酉陽雜俎前集》，頁593。
〔註39〕《唐五代筆記小說大觀·酉陽雜俎前集》，頁660。

入蛟室，奇珍異寶，惟意所擇。〔註40〕

在唐代史料與唐人小說傳奇中，胡商往往是波斯與大食的商人並稱。在首都長安就有許多波斯胡寺與胡店，其中一部分可能從陸上的絲路而來。文中胡商所言爲南越人，又以要觀中華文物之光，而梯山航海而來，反映了這些胡商是從海上絲路，由廣州、揚州等港口進入中國交易商貿。胡商前後贈與陸顒數次寶物，並帶領陸顒游海中龍宮、蛟室，擇意取其奇珍異寶的情節雖屬荒誕，但是小說陳明胡商已是一個人神皆通的人物，可以惟意所擇出入龍宮，能識蛟室之海寶奇珍；而且在一定的程度上反映了當時走海上絲路進入中國來商貿的胡商爲數不少，當時海上的文化經濟交流關係也非常的繁榮。有關龍王宮所贈珍寶往往都是人間絕無僅有，價值不菲的稀世之物；而受贈者鬻寶給胡商後，也往往成爲一方的財豪。《柳毅傳》裡的主人公柳毅，在離開洞庭龍宮時，就因爲受到龍宮家族所贈豐厚的海寶，並將珍寶中的百分之一賣給揚州（廣陵）的「胡店」，因此就成爲江淮的巨室，連淮右的富族都無法相比：

> 洞庭龍君因出碧玉箱，貯以開水犀；錢塘君復出紅珀盤，貯以照夜璣……宮中之人，咸以綃綵珠璧，投于毅側，重疊煥赫，須臾埋沒前後……辭別，滿宮贈遺珍寶，怪不可述……毅因適廣陵寶肆，鬻其所得，財以盈兆。故淮右富族，咸以爲莫如。〔註41〕

這些怪不可述的珍寶，價值可以連城，但是往往要賣到胡肆或販售給胡商，因爲只有海外的胡商才能夠識別這些龍宮蛟室來的珍貴寶物。而揚州是唐代南方的最大商業都市與重要港埠，同時也是銜接南北大運河的樞紐，在東方航線上起著重要作用，交通發達而商業繁榮。由於其地理環境上的優勢，更是吸引了許多外國商人的到來，而成爲一個國際型的都市。許多的「番客」、「胡肆」居住於此，而又多大食與波斯等商人貿旅，及「波斯邸」、「波斯莊」之居住場所，都使得揚州成爲胡商經貿的大本營。據杜甫《解悶十二首》詩云：「商胡離別下揚州，憶上西陵故驛樓」〔註42〕，這些來自海外胡地而到揚州經商的胡人，紛紛地在廣陵開設胡店；又據《舊唐書‧鄧景山傳》記載，唐肅宗上元元年，即安史之亂後不久，揚州城經歷了一次重大的叛亂，當時

〔註40〕　《唐五代筆記小說大觀》，頁 988～990。
〔註41〕　《太平廣記‧卷四百一十九》，頁 3414～3415。
〔註42〕　《杜詩詳註》，頁 882。

城中「商胡大食、波斯等商旅死者數千人」〔註43〕，由此想見當時揚州城的「海外番客」之多。揚州不僅成爲漢胡交易鬻貨，國外進口香料珍寶的重要集散地，它也反映了唐人小說中多以揚州爲鬻珠之地。由於揚州的富庶繁榮，在唐人仙道小說中的意象還是一個繁華富貴的人間仙境，並被喻爲海上的神仙窟，成爲仙人在人間居住的奇麗勝境。《續玄怪錄・張老傳》裡的神仙張老與崑崙奴即是現身在揚州，而行神仙道術。〔註44〕《續仙傳・劉商》裡的士人劉商在揚州遇賣藥仙人，而後學仙得道修練爲地仙。〔註45〕可見，揚州既是人間的富貴鄉，也是仙人居住凡間的處所，是一個特殊的海上仙境。而柳毅龍宮受寶，並鬻寶於揚州的「波斯邸」、「波斯莊」等胡肆的相似情節，也出現在《續玄怪錄・劉貫詞》與《宣室志・任頊》二文：

> 龍女授貫詞曰：「此罽賓國椀，其國以鎮災厲。唐人得之，固無所用，得錢十萬，可貨之，其下勿鬻。」貫詞持椀而行，視手中器，乃一黃色銅椀，其價只三五鐶耳，大以爲龍妹之妄也。執鬻於市，西市店忽有胡客來，視之大喜，問其價曰：「此非中國之寶，百緡可乎！」貫詞交受，胡客曰：「此乃罽賓國之鎮國椀也。在其國，大禳人患厄，此椀失來。其國大荒，兵戈亂起，吾聞此椀爲龍子所竊。」〔註46〕

> 是夕，頊夢湫水老龍來謝，並奉一珠，可於湫岸訪之。頊尋之，果得一粒徑寸珠，於湫岸草中，光耀洞澈，殆不可識。頊後特至廣陵肆，有胡人見之曰：「此眞驪龍之寶也，而世人莫可得，以數千萬爲價而市之。

〈任頊〉中的湫潭黃龍所贈的寶珠，胡商識得爲「此眞驪龍之寶也，而世人莫可得，以數千萬爲價而市之」的價值；而〈劉貫詞〉中罽賓國鎮國之寶椀，在劉貫詞眼中不過是一只「價只三五鐶耳」的黃色銅椀，但是對胡商來說，卻是無比珍貴的寶物。二文不僅反映了唐代海外商貿的興盛，同時對於大食與波斯等海國商人也形塑了一個難以解讀的「神秘」圖象。

在《宣室志》中，張讀又書寫了「胡商求珠」的怪異情節：

〔註43〕《舊唐書・卷一百一十》，頁3313。
〔註44〕《太平廣記・卷十六》，頁114～115。
〔註45〕《太平廣記・卷四十六》，頁289。
〔註46〕《太平廣記・卷四百二十一》，頁3428。

> 馮翊嚴生者，嘗遊峴山得一物，其狀若彈丸，色黑而大，有光，視
> 之潔徹若輕冰焉……因以彈珠名之，置于箱中。生遊長安，晚于春
> 明門逢一胡人，叩馬而言：「衣橐之中有奇寶，願得一見！」生以
> 彈珠示之，胡人捧之而喜躍曰：「此天下之奇貨也，願以三十萬爲
> 價……我，西國人，此乃吾國之至寶，國人謂之清水珠，若置于濁
> 水，冷然洞徹矣。自亡此寶三載，吾國之井泉盡濁，國人俱病，于
> 是我等越海逾山，來中夏求之，今果得于子矣！」胡人即命注濁水
> 于缶，以珠投之，俄而其水澹然清瑩。生于是以珠與胡，獲其厚價
> 而歸。〔註47〕

這位越海逾山，來到中土的胡人，是來自大食或波斯等海國的商販。清水珠
的神奇雖屬怪誕詭譎，然而嚴生以珠與胡，而獲得厚價，反映出唐朝長安爲
許多胡商、胡船透過海陸交通而來此交易貨貿。唐時代在中國之外商，往往
不辨其國籍，因而商人曰「胡商」，僧人曰「胡僧」，然載籍所記，可知其中
多數爲波斯、大食國、印度人。而所經商之物品，又多屬寶珠。波斯產珠
寶，在唐以其之史典，已多所記述，如《魏書‧西域傳》稱「多大眞珠」；《周
書‧異域傳》謂「出珍珠、離珠」；《隋書‧西域傳》說「土多眞珠」；《舊唐
書‧西戎傳》云：「波斯國出火珠……天寶九年遣使獻無孔眞珠……大曆六
年，遣使來朝獻眞珠」〔註48〕；《太平御覽》引《南夷志》也稱：「南詔有婆
羅門、波斯、昆侖數種外道交易之處，多珠珍寶。」〔註49〕寶珠來自南海及
波斯、大食等國，並成爲當時獻貢的珍品；關於其珍怪陸離的傳奇，亦成爲
當時期小說的載述題材。皇甫枚的《三水小牘》就記述了「合浦珠」的靈異
之事：

> 衛慶者，汝墳編户也……嘗戴月耕於村南古項城下，倦憩荒陌。忽
> 見白光焰焰起於隴畝中，若星流，慶掩而得之。遂藏諸懷，曉歸視
> 之，乃大珠也。其徑五分，瑩無奸翳，乃衣以縑囊，緘之漆匣。會
> 示博物者，曰：「此合浦之寶也。」得蓄之，縱未貴而當富也。自是
> 家產日滋，飯牛四百蹄，墾田二千畝，其絲耗他物稱是，十年間郁
> 爲富家翁。〔註50〕

〔註47〕　《唐五代筆記小說大觀》，頁1033～1034。
〔註48〕　《舊唐書‧卷一百九十八》，頁5312～5313。
〔註49〕　《太平御覽‧卷九八一》，頁4477。
〔註50〕　《唐五代筆記小說大觀》，頁1180。

合浦爲廣東沿岸的另一個重要港口，尤以珍珠貿易而聞名。東漢以來，其地爲通南海要塞，又與交阯比境，南海行旅繁至，而又海出珠寶。衛慶得合浦大珠，而家產日滋，十年間躍爲富家翁，可見海洋珠寶在唐代民間，已屬奇聞逸事，其有積財之富，亦有消財之厄。關於寶珠能通財致祿的傳聞，康駢的《劇談錄》也說：「京國豪士潘將軍，住光德坊，常乘舟射利，因泊江壖。有僧乞食，留之數日，盡心檀施。僧以玉念珠一穿留贈，云：『寶之不但通財，他後亦有官祿。』既而遷貿數年，藏鏹巨萬，遂均陶、鄭。其後職居左廣，列第京師，常寶念珠。」〔註51〕胡僧當來自天竺、波斯，其所贈「玉念珠」亦是海中珍寶靈怪之物。

唐代傳奇小說中關於寶珠與胡商（胡僧）的交易，不僅使胡商的形象蒙上一層神秘的面紗外，胡商的商業活動又往往與宗教活動聯繫在一起，而且也反映出唐代社會文化經濟與海外胡商的多重交流，尤其在生意上所賺取巨大財富的胡商，更成爲唐代文人筆下所寄寓識寶鬻珠的書寫型象。《太平廣記》引《廣異記》就記載胡商不惜十萬貫錢以買寶珠，識奇寶的傳聞：

> 則天時，西國獻毗婁博義天王領骨及辟支佛舌，并青泥珠一枚。則天懸額及舌，以示百姓。額大如胡床，舌青色，大如牛舌，珠類拇指，微青，后不知貴，以施西明寺僧，布金剛額中。後有胡人，見珠縱視，目不蹔捨，如是積十餘日。但於珠下諦視，而意不在講。僧知其故，因問故欲買珠耶？胡人云：「必若見賣，當致重價。」僧初索千貫，漸至萬貫，胡悉不酬，遂定至十萬貫，賣之。胡得珠，納腿肉中，還西國。僧尋聞奏，則天敕求此胡，數日得之。使者問珠所在，胡云：「已吞入腹。」使者欲剖其腹，胡不得已，於腿中取出。則天召問，胡云：「西國有青泥泊，多珠珍寶，但苦泥深不可得。若以此珠投泊中，泥悉成水，其寶可得。」〔註52〕

此枚青泥珠，則天大帝與寺僧皆不識，惟有胡商知其價值之來龍去脈，並以十萬貫的高價購得寶珠。小說不僅反映了波斯商人的財力雄厚，與對寶珠功用的一清二楚外，更諷刺當時帝王與僧人對於寶珠功能的貧乏認知。《廣異記》又載：

> 咸陽岳寺後，有周武帝冠，其上綴冠珠，大如瑞梅，歷代不以爲

〔註51〕《唐五代筆記小說大觀》，頁1464。
〔註52〕《太平廣記・卷第四百零二》，頁3237。

寶。天后時，有士人過寺，見珠，戲而取之，放金剛腳下，因忘收
之。翌日，便往揚州收債。宿於旅邸，夜聞胡鬭寶，因說冠上綴
珠。諸胡大駭曰：「久知中國有此寶，方欲往求之。」……士人往揚
州取之，至金剛腳下，珠猶尚存。持還見胡，胡等喜抃問士人，所
求幾何。士人極口求一千緡。胡大笑曰：「何辱此珠。」定其價以五
萬緡，群胡合錢市之。邀士人同往海上，觀珠之價。士人與之偕行
東海上，大胡以銀鐺煎醍醐，又以金瓶盛珠，於醍醐中重煎。甫七
日，有二老人及其徒黨數百人，齎持寶物，來至胡所求贖。故執不
與，後數日，復持諸寶山積欲贖珠，胡又不與。至三十餘日，諸人
散去，有二龍女，潔白端麗，投入珠瓶中，珠女合成膏。士人問，
所贖悉何人也。胡云：「此珠是大寶。合有二龍女衛護。群龍惜女，
故以諸寶來贖。我欲求度世，寧顧世間之富耶？」以膏塗足，捨舟
而去，不知所之。〔註53〕

文中冠珠，歷代不以為寶。直到士人遇胡商，以五萬緡錢買珠，並偕同士人
入海，以見證寶珠之價值非比連城，海中群龍更以諸寶來贖，其價更非世間
富貴可比。胡商不慕世間富貴，而以寶珠為度世之求，顯然這群有著異教文
化深厚背景的胡人，連同其擁有的巨額財富，成為了中國文人筆下意想幻設
的神秘人物。

　　胡商鬻寶珠的靈異傳說，也見於《紀聞》所載：

大安國寺，睿宗為相王舊邸。乃建道場，王嘗施一寶珠，令鎮常住
庫，云：「值億萬。」寺僧納之櫃中，殊不為貴也。開元十年，寺僧
造功德，開櫃閱寶物，將貨之。見函封曰：「此珠值億萬。」僧共開
之，狀如片石，赤色，夜則微光，光高數寸。寺僧議曰：「此凡物
也，何得值億萬也。」試賣之，市中令一僧監賣……或有問者，皆
嗤笑而去。月餘，有西域胡人，閱市求寶，見珠大喜。問珠值幾何？
僧曰：「一億萬。」胡人撫弄遲迴而去。明日又至，謂僧曰：「珠價
誠值億萬，然胡客久，今有四千萬求市，可乎？」寺主許諾，胡商
納錢四千萬貫，市之而去。僧問胡從何而來？而此珠復何能也？胡
人曰：「吾大食國人也。王貞觀初通好，來貢此珠，後吾國常念之，
募有得之者，常授相位。求之七八十歲，今幸得之，此水珠也。每

> 軍行休時，掘地二尺，埋珠於其中，水泉立出，可給數千人，故軍
> 行常不乏水。自亡珠後，行軍每苦渴之。」僧不信，胡人令掘土藏
> 珠，有頃泉湧，其色清冷，流汎而出，僧方悟靈異。胡人持珠，不
> 知所之。〔註54〕

透過大食國商人的解說，掘地二尺置寶珠，乃能水泉立出，可給數千人，故軍行常不乏水，這種用於國防行軍的水珠，可謂無價之寶，而寺僧卻視爲凡物。文中除了解說大食國胡商遊歷四方，見寶珠而識珍奇的神秘形象外，更是反映唐貞觀時期外交上的強盛，四海鄰國不惜獻貢海琛山寶，以示好海上文化及貿易上的交流。

唯有來自海外波斯大食的商人，似乎才懂得海中寶珠的特殊價值，所以唐代的傳奇小說中多記載「胡商買珠」的神秘傳聞。《太平廣記》又引《原化記》載：

> 有舉人在京城，鄰居有鬻餅胡，無妻，臨死曰：「某在本國時大
> 富……遇君哀念，無以奉答。其左臂中有珠，特此奉贈……但知市
> 肆之間，有西國胡客至者，即以問之，當大得價。」生許之，破其
> 左臂，果得一珠，大如彈丸，不甚光澤。經三年，聞新有胡客到
> 城，因以珠市之。胡見大驚曰：「此寶珠非近所有，請問得處。」生
> 因說之。胡客泣曰：「此是某鄉人，本約同問此物，來時海上遇
> 風，流轉數國，到此方欲追尋，不意已死。」遂求買珠，生以索五
> 十萬貫，胡依價酬之。生詰其所用之處，胡云：「漢人得法，取珠以
> 海上，以油一石，煎二斗，其則削，以身入海不濡，龍神所畏，可
> 以取寶。」〔註55〕

透過二位胡客的描述，可以得知他們都是走海路來華經商的大食或波斯商販，並且來此尋找「以身入海不濡，龍神所畏，可以取寶」的海珠。作者從幻設意想的角度，不僅將波斯商人神秘化外，並且還創造他們一種人神皆通的形象，一眼便能識海中之龍宮珍寶。〔註56〕而胡商重珠寶，在華每年舉行競賽習俗一次，寶多者就延爲上座之賓。《太平廣記》就引《原化記》載述：「唐安史定後，有魏生者，少以勳威，歷任王友，家財累萬……胡客自爲寶

〔註54〕《太平廣記・卷第四百零二》，頁3239。
〔註55〕《太平廣記・卷第四百零二》，頁3243～3244。
〔註56〕近人葉德祿取材於《太平廣記》、《酉陽雜俎》、《宣室志》等書，鉤稽出胡商
　　　　在中國之行蹤及事蹟，請參見《中西交通史》，頁206～207之統計表格。

會，胡客法，每年一度與鄉人大會，各閱寶物。寶物多者，戴帽居於坐上，其餘以次分別……諸胡出寶，上坐者出明珠四，其大逾徑寸，餘胡皆起稽首禮拜。其次以下，所出者或三或二，悉是寶。」〔註57〕當時胡肆不僅遍布中國各大沿海城市，胡賈之富有、胡僧之兼營珠寶業，及其神秘的形象，更成為小說中的主要題材。

有關「胡商識寶珠」的記載，裴鉶的《傳奇》亦多述神仙怪譎之事，且言多崇飾，以惑觀者。〔註58〕〈崔煒〉篇中雖多荒誕怪漫之說，然而書寫崔煒居南海，入巨穴，得大食國寶陽燧珠，以易老胡商十萬緡錢的情節，說明當時廣州（五羊城）多蕃坊、波斯坊、胡店等海國商人聚集，反映當時海上交通與海外貿易的繁景：

> 貞元中，崔煒居南海……墜于大枯井，入于大巨穴……見一室，中有錦繡帷帳數間，垂金泥紫，更飾以珠翠。帳前有金爐，爐上有蛟龍鷲鳳、龜蛇鸞雀；傍有小池，砌以金璧，四壁有床，咸飾以犀象……有四女謂煒曰：「此是皇帝玄宮……」見田夫人淑德美麗，世無儔匹。夫人即齊王女，王諱橫，昔漢初亡齊而居海島者……崔子欲歸番禺，皇帝賜與郎君國寶陽燧珠，遂歸廣州……抵波斯邸，潛鬻是珠。有老胡人曰：「郎君入南越王趙佗墓中來，不然者，不合得斯寶。」崔子具實以告，方知皇帝是趙佗。遂具十萬緡易之。崔子詰胡人，曰：「我大食國寶陽燧珠也。昔漢初，趙佗使異人梯山航海，盜歸番禺……故我王召我，具大舶重資，抵番禺而搜索，今果有獲。」遂出玉液而洗之，光鑒一室。胡人泛舶歸大食。煒得金，遂具家產。〔註59〕

唐代海上絲綢之路的興盛發達，促使沿海港口城市興起與發展。廣州古稱番禺，在唐代更是有「昆崙乘舶以珍物與中國互市」、「日十餘艘載皆犀、象、珠璣，與商賈雜出於境」，是「蠻舶之利，珍貨輻輳」、「環寶山積」的繁榮港市。文中提及的波斯邸，更可以想見當時外商蕃客大量聚集、商賈互市的繁盛景象。而裴鉶另一篇傳奇〈崑崙奴〉書寫了崑崙奴磨勒，運用了無比的神力，與過人的智慧，凌強扶弱的本領，使得傾心於高官姬妾紅綃的崔生，得

〔註57〕　《太平廣記‧卷第四百零三》，頁3252。
〔註58〕　《中國小說史略》，頁154。
〔註59〕　《唐五代筆記小說大觀》，頁1092～1095。

與有情人終成連理。傳奇中的崑崙奴稱呼，早在兩晉南北朝時即已有。《宋書‧王玄謨列傳》云：「孝武狎侮群臣……寵一崑崙奴子，名白主。常在左右，令以仗擊群臣。」〔註60〕而《舊唐書‧林邑傳》說：「自林邑以南，皆卷髮黑身，通稱爲『崑崙』。」〔註61〕義淨的《南海寄歸內法傳》也提到：「良爲掘倫，初至交、廣，遂使總喚崑崙國焉。唯此崑崙，頭捲體黑，自餘諸國，與神州不殊。」〔註62〕而釋道世《法苑珠林》也說道崑崙人善水的技能：「有幽州僧道嚴者……每年七日來此塔，盡力供養。嚴怪其泉湧注無聲，乃遣善水崑崙入泉尋討，但見石柱羅列，不測其際。」〔註63〕在李肇《國史補》裡，也提到當時有名的西域音樂家康昆侖：「韋應物爲蘇州刺史，有屬官因建中亂，得國工康昆侖琵琶，至是送官，表奏入內。」〔註64〕康昆侖因善琵琶，可見爲西域諸國中遣使來華所貢之樂伎。〔註65〕另外，鑒眞東渡日本弘法時，隨其赴日的僧眾中，有名軍法力之崑崙僧隨行：「和上於天寶十二載十月九日，從龍興寺出，至江頭乘船……相隨弟子：寺僧法進、曇靜……胡國人安知寶，崑崙國人軍法力，瞻波（占婆）國人善聽，都二十四人。」〔註66〕鑒眞第六次東渡日本傳法，在隨行的僧伽中，不僅有本國僧眾，更有南海諸國信仰佛教的虔誠僧徒，而弟子軍法力就是來自崑崙國。因崑崙人善水，在渡海的工作事項中，就極需這樣的水手來協助艱困的航海行程。

袁郊所著《甘澤謠‧陶峴》一文，也有崑崙奴摩訶善游水的記載：

> 陶峴曾有親戚，爲南海守，而往省焉。郡守喜其遠來，贈錢百萬，遺古劍長二尺許，及海船崑崙奴名摩訶，善游水而勇捷，遂悉以所得歸。曰：「吾家之三寶也。」及回棹，每遇水色可愛，則遺環劍于水，令摩訶下取，喜爲戲笑也，如此數歲。〔註67〕

這些在唐傳奇雜俎文中的「崑崙奴」，顯然是來自南海諸國，而且勇捷多智又善神力、游水。宋朝朱彧《萍州可談‧鬼奴》則以黑人爲鬼奴：「廣中富人，

〔註60〕《宋書‧卷七十六》，頁1975。

〔註61〕《舊唐書‧卷一百九十七》，頁5270。

〔註62〕〔唐〕義淨著，華濤釋譯，星雲大師總堅修：《南海寄歸內法傳》（台北：佛光經典，1998年），頁29。

〔註63〕《法苑珠林‧卷三十八‧敬塔篇三五》，頁1218。

〔註64〕《唐五代筆記小說大觀》，頁177。

〔註65〕有關康昆侖的事蹟，參見《中西交通史》，頁211～212。

〔註66〕《唐大和上東征傳》，頁85。

〔註67〕《唐五代筆記小說大觀》，頁537。

多畜鬼奴，絕有力，可負數百斤……色黑如墨，髮捲而黃，久蓄能曉人言。」有一種近海野人，入水眼不眨，謂之『崑崙奴。』」〔註68〕在《宋史‧大食傳》記載：「太平興國二年，遣使蒲思那、副使摩訶末、判官蒲囉等貢方物，其從者目深體黑，謂之昆侖奴。」〔註69〕而近人馮承鈞考證認為：「載籍中之崑崙國及崑崙奴，要指南海中捲髮黑身之人；崑崙國泛指南海諸國，北至占城，南至爪哇，西至馬來半島，東至婆羅州一帶，甚至遠達非州東岸，皆屬崑崙之地。」〔註70〕慧琳《一切經音義》也說：「昆侖語，時俗語亦作骨論，南海洲島中之夷人。甚黑，裸形，能馴伏猛獸犀象等。種類數般，有僧祇、突彌、骨堂、閣篾等，皆鄙賤人也……國無禮義，言語不正，異於諸蕃，善入水，竟日不死。」〔註71〕《新唐書‧訶陵國》亦云：「元和八年，獻僧祇奴四」〔註72〕，則僧祇奴即是昆侖奴，被獻來華為奴。

另外，崑崙奴與道教仙境的關聯，更是唐傳奇雜俎文中最為特殊的寫法。《太平廣記‧卷十六》引李復言《續玄怪錄》云：「崑崙奴前引，過水連綿凡十餘處，景色漸異，不與人間同。忽下一山，其水北朱戶甲第，樓閣參差，煙雲鮮媚，鸞鶴孔雀，徊翔其間。歌管嘹亮耳目，目所未睹，異香氳氤，遍滿崖谷……然此地神仙之府，非俗人得遊」〔註73〕，更是充分表現小說作者對那能變化吐火、自縛自解、易牛馬頭的海外崑崙奴在其幻術奇能的高度仙人化。

從上所述，裴鉶《傳奇》中的崑崙奴磨勒，袁郊《甘澤謠》中的摩訶，《原化記》「唐周邯自蜀沿流，嘗市得一奴，名水精，善於探水，乃崑崙、白水之屬……每遇深水潭洞，皆命奴探之，多得寶物」〔註74〕裡的水精，應該都是來自善水的南海島國，而且也反映了唐時的貴族或豪強之家，使用外國奴隸充當家奴僕的風尚，同時也說明當時大食、波斯、大秦（羅馬）、安息、天竺等海上奴隸貿易制度的發展概況。而磨勒具攫殺曹州孟海之犬、負生與姬飛出峻垣十餘重，以及飛出高垣，瞥若翅翎，疾同鷹隼，攢矢如雨，頃刻間莫

〔註68〕《宋元筆記小說大觀》，頁2311。
〔註69〕《宋史‧卷四百九十》，頁14118。
〔註70〕《中國南洋交通史》，頁51。有關「崑崙」一詞的來歷演變，請參照《歷代中外行紀》，頁367～381中有詳盡之論述。
〔註71〕轉引《中西交通史》，頁210。
〔註72〕《新唐書‧卷二二二下》，頁6302。
〔註73〕《太平廣記‧卷十六》，頁113～114。
〔註74〕《太平廣記‧卷二三二》，頁1779。

知所向的神力；〔註75〕海船崑崙奴摩訶善游水，而勇捷；水精每遇深水潭洞探之，多得寶物，或是李復言所寫崑崙奴引俗人入仙境，都充分表現小說作者對於這些具有變化吐火、自縛自解、易牛馬頭、負數百斤、善水、探水的崑崙人，在書寫其幻術上的高度神化。

　　蘇鶚撰《杜陽雜編》，此書記唐代宗廣德元年（763）至唐懿宗咸通十四年（873）十朝的故事、宮廷軼事或是海外異聞。魯迅以爲「記唐世故事，而多誇遠方珍異。」〔註76〕就山琛水寶、殊域珍異的書寫，《杜陽雜編·卷上》述及：

> 軟玉鞭，天寶中異國所獻。光可鑒物，節文端妍，雖藍田之美不能
> 過也……上嘆爲異物，遂命聯蟬綉爲囊，碧玉絲爲鞘。碧玉蠶絲即
> 永泰元年東海彌羅國所貢，云其國有桑，枝幹盤屈，覆地而生。其
> 色金，其絲碧，亦謂之金蠶絲。〔註77〕

蘇鶚所寫軟玉鞭、碧玉蠶絲都是遠國候律瞻風，遠修職貢的殊異方物。其書又載開元初，西海罽賓國朝貢上清珠，其珠光明潔白，可照一室，更可見當時各國貢輸不絕。尤其當時海上絲綢之路交通發達，海上貿易欣繁，所謂的山琛水寶以泛海陵波，通犀翠羽之珍，蛇珠火布之異，千名萬品，絕域藏海之方，都透過了舟舶商使而朝獻中國：

> 大歷中，日林國獻靈光豆、龍角釵，其國在海東北四萬里。國西南
> 有怪石，方數百里，光明澄澈，可鑒人五臟六腑，亦謂之仙人鏡。
> 其國人有疾，輒照其形，遂知起于某臟腑，即自採神草餌之，無不
> 癒焉。靈光豆，大小類中國之綠豆，其色殷紅，而光芒長數尺。和
> 石上昌蒲葉煮之，即大如鵝卵。上啖一丸，香美無比，而數日不復
> 言饑渴。龍角釵類玉，上科蛟龍之形，精巧奇麗。〔註78〕

蘇鶚所記日林國朝獻的靈光豆、龍角釵都是名珍現彩，鯨海巨深的海外寶物。尤其該國怪石仙人鏡，可見人之五臟六腑，更是怪誕而夸飾。其書又述新羅國獻五彩氍毹，制度巧麗，每方寸之內即有歌舞伎樂、列國山川之象；更雕鏤金玉水精爲幡蓋流蘇，構百寶爲樓閣臺殿。而于闐國貢芸輝香草，其香潔白如玉，入土不朽爛，舂之爲屑，以塗其壁。大林國出神鐵，所貢火精劍之

〔註75〕　《唐五代筆記小說大觀》，頁 1115～1116。
〔註76〕　《中國小說史略》，頁 153。
〔註77〕　《唐五代筆記小說大觀》，頁 1372。
〔註78〕　《唐五代筆記小說大觀》，頁 1372～1373。

光如電，切金玉如泥。南國貢朱來鳥，巧解人語，善別人意，爲玉屑與香稻以啖之，則其聲益如寥亮。文單國以進馴象三十有二等，〔註79〕都說明當時朝貢方物來自山奇海異之地，而萬邦遠服，職修來貢萬物殊方。又書唐貞元八年，吳明國之風俗民情與所貢方物：

> 吳明國貢常燃鼎、鸞蜂蜜。云其國去東海數萬里。其土宜五穀，珍玉尤多。禮樂仁義無剽劫，人壽二百歲。俗尚神仙術，知中國有土德王，遂願入貢焉。常燃鼎量容三斗，光潔類玉，其色純紫，每修飲饌，不熾火而俄頃自熟，香潔異于常等。久食之，令人反老爲少，百疾不生。鸞蜂蜜，云其蜂之聲有如鸞鳳，而身被五彩。其蜜色碧，常貯之于白玉碗，表裡瑩徹，如碧琉璃。久食之令人常壽，顏如童子，髮白者應時而黑，及沉疴僻惡之病，無不療焉。〔註80〕

《杜陽雜編》的確是多誇遠方珍異，文中吳明國「去東海數萬里，其土宜五穀，珍玉尤多。禮樂仁義無剽劫，人壽二百歲。俗尚神仙術」的載述，明顯承襲《山海經》、《博物志》、《列子》之「終北國」，《海內十洲記》之「滄海島」、「扶桑」，王嘉《拾遺記》之「丹丘國」、「移池國」、「浣腸之國」等荒誕譎異的海外瀛談。所貢珍物常燃鼎、鸞蜂蜜則多令人反老爲少，而多長壽，及沉疴僻惡之病，無不療焉等奇效，又多靈怪炫惑之說。蘇顎又提到南海國貢奇女盧媚娘之奇能異技：「年十四，工巧無比，能于一尺絹上繡《法華經》七卷，字之大小不逾粟粒，而點畫分明，細于毛髮，更善作飛仙蓋、天人玉女，臺殿麟鳳之象」、「浙東國貢舞女飛鸞、輕鳳二人，衣軿羅之衣，戴輕金之冠，每歌聲一發，如鸞鳳之音，百鳥莫不翔集其上，舞態艷逸，更非人間所有。」〔註81〕而南海之奇禽異獸，也是這些南島海國常貢的方物。其描述拘彌國進貢的卻火雀神奇而駭異，能卻火和行於波浪之上：

> 順宗皇帝即位歲，拘彌國貢卻火雀一雄一雌。卻火雀純黑，大小似燕，其聲清，殆不類尋常禽鳥，置于火中，火自散去，夜則宮人持蠟炬以燒之，終不能損其毛羽。入江海內，可行于洪波之上下。〔註82〕

這些來自遠國殊域的山琛水寶，的確令人嘖嘖稱奇。元和八年，海外國及大

〔註79〕《唐五代筆記小説大觀》，頁1373～1379。
〔註80〕《唐五代筆記小説大觀》，頁1380。
〔註81〕《唐五代筆記小説大觀》，頁1381～1386。
〔註82〕《唐五代筆記小説大觀》，頁1381。

軹國所貢重明枕、神錦衾、碧麥、紫米，也都具有譎奇怪誕的功能：

> 有海外國貢重明枕，長一尺二寸，高六寸，潔白類於水精，中有樓
> 台之形。四面有十道士，持香執簡，循環無已，謂之行道眞人。其
> 鏤木丹青，眞人之首簪帔，無不悉具，仍通瑩焉。〔註83〕

> 大軹國在海東南三萬里，其貢重明枕，潔白逾于水精，而通瑩焉如
> 水睹物。神錦衾，水蠶絲所織，其上龍文鳳彩殆非人工……碧麥大
> 于中華之麥粒，表裡皆碧，食之體輕，久則可以御風。紫米食之令
> 人髭髮縝黑，顏色不老，久則後天不死。〔註84〕

海上的奇珍異寶，諸如明珠、大貝、流離、翡翠、瑇瑁、犀、象之珍，幾乎
是無歲不至。《杜陽雜編》寫敬宗朝南昌國所獻玳瑁盆、浮光裘、夜明犀，不
僅是絕域遐方所貢之珍稀奇物，有其神奇的功效，當然也融攝了奇聞浪漫的
想像力：

> 寶歷元年，南昌國獻玳瑁盆、浮光裘、夜明犀。其國有酒山、紫
> 海。山有泉，其味如酒，飲之甚美，醉則經月不醒。紫海，水色如
> 爛椹，可以染衣。其龍魚龜鱉砂石草木無不紫焉。玳瑁盆可容十斛，
> 外以金玉飾之。及盛夏，貯水令滿，遣嬪御持金銀杓酌水相沃以爲
> 嬉戲，終不竭焉。浮光裘，即海水染其色也，以五彩蹙成龍鳳，絡
> 以九色眞珠。朝日所照，光彩動搖，觀者皆炫其目。夜明犀，其狀
> 類通天，夜則光明可照百步，覆繒千重終不能掩其輝煥。上令解爲
> 腰帶，每遊獵，夜則不施蠟炬，有如晝日。〔註85〕

小說載述有關這些海外奇國進貢的奇珍異寶，不僅反映當時中國與海外國家
的多元文化交流與朝貢的體制外，更將想像的觸角伸向了無遠弗屆的四海
邦國，編織更多山奇海異的怪國殊寶、藏山隱海的未名之珍，及其神奇的
功能。

《杜陽雜編》描述地窮邊裔、怪類殊種的八荒海國，意想幻設了更多藏
山隱海的異物殊方；而皇澤遐露遠被，職貢之藩方遠國多獻珍異，則難以具
載。例如：武宗皇帝會昌元年，夫餘國貢火玉三斗及松風石，火玉光照數十
步、松風石方一丈，瑩徹如玉，其中有樹，形若古松掩蓋，颯颯焉而涼颸生

〔註83〕 《太平廣記・卷四百零四》，頁 3259。
〔註84〕 《唐五代筆記小說大觀》，頁 1384～1385。
〔註85〕 《唐五代筆記小說大觀》，頁 1386。

于其間。明酒亦異方所貢，色紫如膏，飲之令人骨香、而又貢玳瑁帳，火齊床，龍火香，無憂酒、紫瓷盆。又渤海國貢馬腦樻，所作工巧，帝用以貯神仙之書。大中初年，有女蠻國貢雙龍犀、明霞錦，其光耀芬馥著人，美麗于中國之錦。又女王國貢龍油綾、魚油錦，紋彩尤異，皆入水不濡濕。又大中年間，日本國王子獻寶器音樂。又咸通九年，條支國貢五色玉、水精、火齊、琉璃、玳瑁、金麥、銀米、連珠之帳、卻寒之簾，犀簟牙席，龍闕鳳褥。又鬼谷國貢瑟瑟幕、紋布巾、火蠶錦、九玉釵。香異國獻七寶步輦，四面綴五色香囊，囊中貯辟寒香、辟邪香、瑞麟香、金鳳香，雜以龍腦金屑。兜離國貢紅蜜數石，南海國貢白猿脂數甕。憲宗九年，訶陵國貢金花帳、溫清床、龍麟之席、鳳毛之褥、玉髓之香、嫚膏之乳。〔註86〕這些專記八荒異物、絕域殊方的山海物產，雖未脫離魏晉六朝小說之志怪搜奇、雜錄靈異的書寫風格，但是已明顯以儒家華夷之辨的文化觀點，與天下共主的王權統治之朝貢心態，來看待及記載這些海域夷邦所獻進的方物。

另外在王仁裕（880～956）《開元天寶遺事》又記載南海島國交趾獻貢「辟寒犀」方物：

> 開元二年，交趾國進犀一株，色黃如金，使者請以金盤置于殿中，溫溫然有暖氣襲人。上問其故，使者對曰：「此辟寒犀也。」頃自隋文帝時，本國曾進一株。〔註87〕

唐玄宗時期，對於海外貿易與海上交通相當的重視，當時有眾多的胡商上言海南多珠翠奇寶，而玄宗也對市舶之利大感興趣。交趾國職貢辟寒犀，更反映隋唐時期南方島國職修歲貢、皇澤遐露的盛況。

有關海外奇人異聞與殊域海琛山寶的書寫，唐張說的《梁四公記》也有多條文載〔註88〕。其記高昌國遣使貢奇物，四公中之杰公對其國所貢之奇物

〔註86〕《唐五代筆記小說大觀》，頁 1390～1398。

〔註87〕《唐五代筆記小說大觀》，頁 1719。

〔註88〕關於《梁四公記》的作者問題，吳志達：《中國文言小說史》（濟南：齊魯書社，2007.3 三刷），頁 290～291 云：「《新唐書・藝文志》雜傳記類著錄，作盧詵《四公記》一卷，附註云：『一作梁載言。』而顧況《戴氏廣異序》則云：『國朝燕公《梁四公傳》。』燕公乃是張說的封爵。顧況是中唐時人，其說當較切合事實。」另外，王國良《唐代小說敘錄・梁四公記條》云：「《梁四公記》記梁天監中，四公謁梁武帝事。杰公多聞強識、博物辨惑，今遺文以記杰公之事蹟為多。其書或曰盧詵、或曰梁載言、或曰張說所撰，然作者為誰，已不可詳考。唯《新唐志》、《崇文總目》、《中興書目》、《書錄解題》、《通考》

一一予以詮釋：

> 鹽二顆，顆如大斗，狀白似玉。乾蒲桃、刺蜜、凍酒、白麥麵。王
> 公士庶皆不之識。帝以其自萬里絕域而來獻，數年方達……經三日，
> 朝廷無對者，帝命杰公迂之。謂其使曰：「鹽一顆是南燒羊山月望收
> 之者，一是北燒羊山非月望收之者。蒲桃七是夸林，三是無半。凍
> 酒非八風谷所凍者，又以高寧酒和之。刺蜜是鹽成所生，非南平城
> 者。白麥麵是宕昌者，非昌壘眞物……彼國珍異，必當致貢，是以
> 知之。」〔註89〕

杰公更與諸儒語及方域之奇人奇國，彷似地理博物類的志怪小說，並以六女
國爲奇聞：

> 東至扶桑……西至西海。海中有島，方二百里。島上有大林，林皆
> 寶樹，中有萬餘家。其人智巧，能造寶器，所謂拂林國也……四海
> 西北，無慮萬里，有女國，以蛇爲夫，男則爲蛇，不噬人而穴處，
> 女爲臣妾官長，而居宮室……南至火洲之南，炎昆山之上，其土人
> 食蟹鼇蛇以辟熱毒，洲中有火木，其皮可以爲布，炎丘有火鼠，其
> 毛焚之不灼，汗以火浣……女國有六：北海之東，方夷之北，以女
> 國，天女下降爲其君，國中有男女；西南夷板楯之西，有女國，其
> 女悍而男恭，置男爲妾，多者百人；昆明東南，絕徼之外，有女國，
> 以猿爲夫，生男類父；南海東南有女國，舉國惟以鬼爲夫，夫致飲
> 食禽獸以養之；勃律山之西，有女國，方百里，山出台虵之水，女
> 子浴之而有孕，其女舉國無夫，並蛇六矣；昔狗國之南有女國，當
> 漢章帝時，其國王死，妻代國。〔註90〕

四公猶如東方朔一類人物，博洽而又多智識，周游六合，出入百代，言不虛
說；又多聞識方外遐域黃絲、觀日玉、火浣布、碧玻璃鏡等職貢奇物：

> 扶桑國使使貢方物，有黃絲三百斤，即扶桑蠶所吐……又貢觀日玉，
> 大如鏡，方圓尺餘，明徹如琉璃，映日以觀，見日中宮殿，皎然分
> 明。帝令杰公與使者論其風俗土地物產，城邑山川，並訪往昔存
> 亡……又識火浣布，以詰商人。扶南大舶從西天竺來，賣碧玻黎

　　　等俱有著錄，爲唐時作品無疑。」（參見《古典小說縱論》，頁13。）
〔註89〕《太平廣記・卷第八十一》，頁519～520。
〔註90〕《太平廣記・卷第八十一》，頁520～521。

鏡……又令杰公與之論鏡，由是信服……始信四公周游六合，出入

百代，言不虛説，皆爲美談，故其多聞強識，博物辯惑。

五代杜光庭著《錄異記》，多記神仙怪異之事，而又多所荒誕不經之説。其所寫南海海域怪類殊種的傳聞，又成爲海外奇談的特別材料。這種對奇方海域的怪誕思維，顯示出時代文人對於遠邈瀛海、怪類殊種的幻設與訛聞：

南海中有山高數十里，周圍百里。每年夏月有巨蛇繳山三四匝，飲海水，如此爲常。一旦，飲海水之次，有大魚自海中來吞此蛇，天地晦暝，久之，不復見。

南海中有山高數千尺，兩山相去十餘里，有巨魚相鬥，鬐鬣挂山，半山爲之摧折〔註91〕。

杜光庭所描述的海中巨蛇或是大魚，顯然是在滄海淼漫下的奇幻意想，也是極其荒誕不經的海外夸説。在一定程度上，他反映了當時文人道士對於海外瀛島在與世隔絶下的奇幻與獨特的思維。另外，杜光庭所撰〈虬髯客傳〉隱含道教符命色彩，側寫李靖、紅拂妓以及虬髯客風塵三俠，但主要仍舊襯托出李世民爲眞命天子，爲李唐的創業主。〔註92〕其書寫虬髯客將全部家財贈給李靖後，遠渡海外，另圖霸業：

虬髯曰：「此盡寶貨泉貝之數，吾之所有，悉以充贈……太原李氏，眞英主也。三五年内，即當太平。李郎以奇特之才，輔清平之主……持余之贈，以佐眞主，贊功業也。此後十年，當東南數千里外有異事，是吾得事之秋也。一妹與李郎可瀝酒東南相賀……貞觀十年，公以左僕射平章事。適南蠻入奏曰：「有海賊千艘，甲兵十萬，入扶餘國，殺其主自立，國已定矣。」公知虬髯得事也……具衣拜賀，瀝酒東南。〔註93〕

杜光庭書寫虬髯公到東南數千里外另建一世界「扶餘國」，顯然是「作意好奇，假小説以寄筆端。」扶餘國雖爲幻設杜撰之境，然查考《後漢書・東夷列傳》，確有其國：「夫餘國，在玄菟北千里，南與高句驪，東與挹婁，西與鮮卑接，北有弱水，地方二千里……其俗用刑嚴急，被誅者皆沒其家人爲

〔註91〕《唐五代筆記小説大觀》，頁 1535～1536。
〔註92〕關於《虬髯客傳》與道教圖讖傳説的詮釋考察，請參見李豐楙著：《六朝隋唐仙道類小説研究》（台北：學生書局，1986 初版），頁 327～333。
〔註93〕《太平廣記・卷第一百九十三》，頁 1448。

奴婢。其王葬用玉匣，漢朝常豫以玉匣付玄菟郡。」〔註94〕《舊唐書・東夷列傳》亦載：「高麗者，出自扶餘之別種也。其國都於平壤城，即漢樂浪之故地……百濟國，本亦扶餘之別種，嘗爲馬韓故地。」〔註95〕若照史書所述，顯然扶餘國之地理方位有誤，然〈虬髯客傳〉是爲傳奇小說，扶餘國除了寄寓「扶持唐室之餘外」，也是作者意許虬髯公在中國海外的地區，建立一個虛構的政權版圖。

五代宋初文人孫光憲（？900～968）所寫的《北夢瑣言》，對於當時南海的交通現況有一段記載：

> 安南高駢奏開本州海路。初，交趾以北，距南海有水路，多覆巨舟。駢往視之，乃有橫石隱隱然在水中。因奏請開鑿，以通南海之利。其表略云：「人牽利楫，石限橫津。才登一去之舟，便作九泉之計。」時有詔聽之，乃召工者，啖以厚利，竟削其石。交、廣之利，民至今賴之以濟焉。〔註96〕

交趾、廣州都是當時著名的海港，所謂的通南海之利，即是其處近海，多犀、象、玳瑁、珠璣，奇異珍瑋，商賈至者多取富焉。在交、廣之間的航道上，「水路湍險，巨石梗塗」，影響兩港的海貿利益，幾任的安南都護都設法要開鑿，最後才由高駢在咸通八年（867）完成。由於這條航道因巨石橫津，而「多覆巨舟」，開鑿以後，二地的航行更爲便利，對交、廣二州，以及當時的南海海外交通，更是有著積極的作用。尤其廣州與交州、七景等港都是隋唐五代面向南海航線的港口，也是南海外國眾舶所湊、海舶珍異、歲番來貢的重要國際航道。

就上述皇澤四海遠被以慕王化，萬邦職修歲貢與絕域邦國之風土民情書寫的論題上來看，小說中反映了當時儒家海洋觀的書寫面貌，成爲我們論述儒家海洋觀之佐證材料。而段成式《酉陽雜俎》、蘇鶚《杜陽雜編》、張讀《宣室志》等載述海外瀛國怪聞，更是受到史籍「山奇海異，怪類殊種；九州之外、八荒之表，辯方物土，莫究其極」的流風影響，張揚與誇誕奇山異海中之殊方尤物；融攝了浪漫的海洋奇聞，編織更多山奇海異的怪國殊寶、藏山隱海的未名之珍。而《朝野僉載》、《隋唐嘉話》、《唐國史補》、《雲溪友議》、

〔註94〕《後漢書・卷八十五》，頁 2810～2811。
〔註95〕《舊唐書・卷一百九十九上》，頁 5319～5328。
〔註96〕《唐五代筆記小說大觀》，頁 1812。

《劇談錄》等筆記雜說或說鑠耳貫胸、殊琛絕贐的海外諸國風情民俗，顯現文人對於遠邈瀛海、怪類殊種；珠翠奇寶、香料藥材、遠方異珍的集體意想與幻設，或揭示儒家王化澤被的海國朝貢，並廣泛地摹寫這些南海異域的珍貴方物，譜寫海外奇國傳說，甚至對海外遠國的雜俎紀錄，很明顯地是以「華夷之辨」的中原主流文化觀點來書寫。

值得觀察的是：唐代傳奇與雜俎小說中關於寶珠與胡商（胡僧）的交易，不僅使胡商的形象蒙上一層神秘的面紗外，胡商的商業活動又往往與宗教活動聯繫在一起。當時沿海城市多蕃坊、波斯坊、胡店等海國商人聚集，在海上交通與海外貿易的繁景下，也反映出唐代社會文化經濟與海外胡商的多重交流。尤其在貿易上所賺取巨大財富的胡商，更成為唐代文人筆下所寄寓「識寶鬻珠」的書寫型象。而且在繁盛的海貿交易背景下，裴鉶《傳奇》中描述的崑崙奴磨勒，袁郊《甘澤謠》中的摩訶，《原化記》裡的水精等海奴，都是來自善水的南海島國，反映了唐時的貴族或豪強之家，使用外國奴隸充當家奴僕的風尚特盛，同時也說明當時大食、波斯、大秦（羅馬）、安息、天竺等海上奴隸貿易制度的發展概況。

隋唐五代小說中的儒家海洋觀之書寫樣態，除了承繼先秦漢魏六朝在政治上的萬邦遠服，四海來歸；在經濟上的四夷朝獻，殊方異域的互通有無，海國異邦的咸歸風化外，統治者在海洋經濟利益的驅動下，對海外貿易活動的政策取向，採取鼓勵與提倡的態度，把發展海外貿易與國家經濟利益緊密結合，並進而彰顯中國王朝政權的強大與穩定，以擴大突顯「君臨區宇，人逸兵強，九州殷富，海夷自服」的王權意識。當時造船技術與航海技能的提高，海洋地理與海象變化及海洋生物的科學認知，廣州通夷海道的開通延伸而形成十六世紀以前世界上的最長遠洋航線，海港城市的繁榮，市舶司使制度的設立與完善反應國家對海洋資源與經濟價值認識程度的倚重，多次的渡海而與日本、高麗的征戰等等海洋實踐的活動，已使王權政體有統籌經略海洋的意識，並演變出對海洋政治經濟在本質屬性上的進一步深化，以及富國觀念的萌發。

第二節　蓬壺三島十洲仙境演變的道教海洋觀

「丹霞樓宇，宮觀異常；真仙塸墟，神官所治」的蓬島景緻，進入隋唐五代的小說文本中，依然衍繹與遞嬗著它的神話場景。不管是十洲三島、仙

闕奇獸的地景，或是陸上桃源玄地、玉堂樓觀的方壺勝境，甚至是在皇家樓苑、士人園林，那種游觀侈靡、窮妙極妍的瓊閣仙苑複建，都是如實地書寫人間心靈對海上蓬瀛聖域的求羨。

一、丹霞樓宇的海上仙島與龍宮仙境

對於海外神山仙島的勝境書寫，唐朝白居易（772～846）的《海漫漫》可說是將漢魏六朝的三山蜃境、十洲三島記述的更為傳神飄忽的一篇遊仙模本：

> 海漫漫，直下無底旁無邊。雲濤煙浪最深處，人傳中有三神山。山上多生不死藥，服之羽化為天仙。秦皇漢武信此語，方士年年采藥去。蓬萊今古但聞名，烟水茫茫無覓處。海漫漫，風浩浩，眼穿不見蓬萊島。〔註97〕

在波浪滔天、神奇變幻的海洋世界裡，有那傳說中的海島仙域樂園，島上有金銀雕鏤的仙家宮闕，有長生不死的藥草，以及滿目的奇獸珍物與異寶。這些海上仙島神境，不僅是歷代帝王所要找尋的長生國度，更是一般士民好奇探索的虛幻樂土。許多的隋唐五代小說傳奇作家，更是醉心於那三山十島的營造、逞其意想那方士的海外奇談，進而作為其書寫荒誕詭幻的海上仙島之模本籃圖。白居易更令人津津樂道的《長恨歌》，不僅寫盡玄宗與貴妃纏綿悱惻的淒美戀情，更將兩人重會的情場移到海外虛無縹緲的仙山，透過臨邛道士上下天界的求索，窮盡邊極無涯的大海，跨越蓬壺的海上仙境，而得以會見貴妃的魂魄。在「臨別殷勤重寄詞，詞中有誓兩心知」透露她與玄宗在多年前許下的密誓及告白後，將金釵鈿合折半作為信物。道士由外海仙山回返人間，帶回信物與密誓，遂使玄宗相信這段海外尋覓貴妃魂魄的奇遇，感嘆「天長地久有時盡，此恨綿綿無絕期」：

> 臨邛道士鴻都客，能以精誠致魂魄……排空馭氣奔如雷。上窮碧落下黃泉，兩處茫茫皆不見。忽聞海上有仙山，山在虛無縹緲間。樓閣玲瓏五雲起，其中綽約多仙子。中有一人字太真，雪膚花貌參差是。金闕西廂叩玉扃，轉教小玉報雙成。聞道漢家天子使，九華帳裏夢魂驚。攬衣推枕起徘徊，珠箔銀屏邐迤開。風吹仙袂飄颻舉，猶似霓裳羽衣舞……昭陽殿裏恩愛絕，蓬萊宮中日月長。迴頭下望

〔註97〕《白居易詩集校注》，頁 288～289。

人寰處，不見長安見塵霧。唯將舊物表深情，鈿合金釵寄將去……

天上人間會相見。〔註98〕

白樂天幻設意想而構築的「海外仙境」、「重圓之島」是在那「上窮碧落下黃泉，兩處茫茫皆不見。忽聞海上有仙山，山在虛無縹緲間。樓閣玲瓏五雲起，其中綽約多仙子」、「蓬萊宮中日月長。迴頭下望人寰處，不見長安見塵霧」的波浪滔天、而又神奇變幻的海洋上，有一處樓閣玲瓏，仙子綽約而仙樂飄飄的仙境樂土。而住在仙境的楊貴妃，依然有著「雪膚花貌參差是，金闕西廂叩玉扃，轉教小玉報雙成。攬衣推枕起徘徊，珠箔銀屏邐迤開。雲鬢半偏新睡覺，花冠不整下堂來。風吹仙袂飄飄舉，猶似霓裳羽衣舞。玉容寂寞淚闌干，梨花一枝春帶雨」的仙子樣貌。透過白居易想像的蓬萊海島仙境，這個蓬壺世界遂成為唐玄宗與楊貴妃「天上人間會相見」的神秘理想國度。《長恨歌》後，有陳鴻（約805登進士第）撰《長恨歌傳》。陳鴻字大亮，少學乎史氏，志在編年，貞元二十一年登太常第。元和間為太常博士，穆宗即位授虞部元外郎，後為主客郎中，作有小說《開元昇平源》。〔註99〕陳鴻敘述安史亂後，唐肅宗即位，玄宗遂以太上皇的身分退隱內廷，在長年的絕望與孤獨中，不禁在午夜夢迴之際，更加思念死去的貴妃。這位遜位的皇帝如何尋求與已死的愛妃重會，在陳鴻的筆下不僅以《長恨歌》為模本，更極力地鋪設玄宗思念貴妃，經歷三年的絕望失喪下，始遇自蜀而來的道士為其請命，道士不遺餘力的上窮碧落下黃泉，極大海而跨蓬壺，終於得會貴妃：

天顏不悅。求之夢魂……適有道士自蜀來，知上皇心念楊妃如是，自言有李少君之術。玄命致其神……遊神馭氣，出天界、沒地府……東極大海，跨蓬壺，見最高仙山，上多樓闕，西廂下有洞戶東嚮，闔其門，署曰：「玉妃太真院。」方士抽簪叩扉，俄有碧衣侍女至，訝其所從來。於時，雲海沉沉，洞天日晚，瓊戶重闔……見玉妃出，冠金蓮，披紫綃，珮紅玉，曳鳳舃。揖方士，問皇帝安否……指碧衣取金釵鈿合，各析其半，授使者曰：「為謝太上皇，謹獻是物，尋舊好也……使者還奏太上皇，上皇嗟悼久之。〔註100〕

陳鴻幻設道士漫遊三界，而尋覓貴妃魂魄的「玉妃太真院」之海外仙境，它

〔註98〕《白居易詩集校注》，頁943～944。

〔註99〕《白居易詩集校注》，頁748。

〔註100〕《太平廣記・卷四百八十六》，頁3998～4000。

聯通了真實與理想的兩個世界。尤其透過仙境之物——折半的金釵鈿合與七夕密誓,而讓道士帶回人間,遂使玄宗相信這個海上仙境的存在。而這種仙山樓閣的不死仙境,與虛無縹緲的海上神島,更是魏晉六朝以來道教所傳述那怪麗殊形、真仙壚墟、神官所治的聖域所在。

唐裴鉶(?)的《傳奇》多記神仙靈怪之事,文筆華麗而典雅。魯迅以其「盛述神仙怪譎,又多崇飾,以惑觀者。鉶為淮南節度副使高駢從事,駢後失志,尤好神仙,卒以致死,則此或當時諛導之作,非由本懷。」〔註101〕雖然裴鉶《傳奇》創作,因為失志與好神仙,而有誕謾無稽之談,然而其《傳奇》為唐小說題材的淵藪,詭幻而動人的神仙傳奇,實是其寄其失意于筆端的經典之作。《元柳二公》陳述的海島仙境,與《劉晨阮肇》的洞穴仙館相較,則是別有餘韻:

> 元和初,有元徹、柳實者……於合浦縣,登舟而欲越海,將抵交趾……俄颶風欻起,斷纜漂舟,入于大海,莫知所適。浪浮雪嶠,日湧火輪;觸蛟室而梭停,撞蜃樓而瓦解。擺簸數四,幾欲傾沉,然後抵孤島而風止。二公周覽之次,復有紫雲自海面湧出,漫衍數百步,中有五色大芙蓉,葉葉而綻,內有帳幄,綺繡錯雜,耀奪人眼,又見虹橋忽展,直抵島上。有雙鬟侍女,捧玉合,持金爐。二公見之,求返人世……有一女衣五色文彩,皓玉凝脂,紅流膩豔,神澄沆瀁,氣肅滄溟。二子以告,夫人曰:「昔時天台有劉晨,今有柳實;昔有阮肇,今有元徹……有仙娥數輩,奏笙簧蕭笛,旁列鸞鳳歌舞,二子恍惚若夢于鈞天,人世罕聞。有玄鶴至空而至曰:「安期生知尊師赴南溟,暫請枉駕。」夫人曰:「安期生間闊千年,不值南遊……」夫人命侍女送客,贈以玉壺一枚。俄有橋長數百步,欄檻異香。二子潛窺,見千龍萬蛇,交繞橋柱……橋之盡即昔日之合浦維舟處。回視,已無橋矣。二子詢之,時已一二十年,親屬已殂謝。尋即還家,昔日童稚已弱冠也。二子妻謝世已三晝。家人輩云:「人云郎君亡沒大海,服闋已九秋矣。」二子厭人世,體以清虛……自此得道,不重見耳。〔註102〕

「元柳二公」的仙境場景,由劉晨阮肇山溪洞穴的仙旅奇蹤,轉換為玉壺天

〔註101〕《中國小說史略》,頁154。
〔註102〕《唐五代筆記小說大觀》,頁1089~1092。

地的海島神宮上。南溟夫人所贈送的「玉壺」，之後也成爲元、柳二子的求道印記。人生浮虛，仙境頃刻以遊，回到世間已人事滄桑，親屬殞謝而童稚弱冠。人間的倏忽無常，世上的功名利祿，有如夢寐一場，裴鉶不免也從時代之流俗，以「得道，栖心道門，莫知所終」的仙境書寫結局，寄寓其筆端意想。

蘇鶚《杜陽雜編・卷中》所記海上洲島，則以花木臺殿，金戶銀闕爲仙境場景，海島在文人的筆下，依然不出仙境的窠臼：

> 元和五年，内給事張惟則自新羅使回，云于海上泊洲島間，忽聞雞犬鳴吠，似有烟火，遂乘月閒步……見花木臺殿，金戶銀闕。其中有數公子，戴章甫冠，著紫霞衣，吟嘯自若曰：「唐皇帝乃吾友也。汝當旋去，爲吾傳語。」命一青衣捧金龜印以授惟則，乃置之于寶涵。復曰：「致意皇帝。」惟則持之還舟中，回顧歸路，悉無踪跡。金龜印長五寸，上負黃金。其上曰：「鳳芝龍木，受命無疆。」惟則達京師，即具以事進。上命緘以紫泥玉鎖，致于帳内。其上往往見五色光，可長數尺。是月寢殿前連理樹上生靈芝二株，宛如龍鳳。〔註103〕

張惟則自新羅使回唐，海途中所經歷之神仙洲島的詭譎怪事，反映了蘇鶚斯書，多誇於遠方珍異。而海上公子所贈的「金龜印」奇聞，意在說明唐室帝王的羨仙情事。而《杜陽雜編・卷下》的〈處士元藏幾〉以記滄浪洲島紀行，描述的洲島地景如金闕銀臺，玉樓紫閣，金池珠玉的仙家場景，又似東方朔《海內十洲記》的「滄海島」，有那紫石宮室，仙人所居；土宜五穀，人多不死的聖域之島：

> 處士元藏幾，大業元年，爲過海使判官，遇風浪壞船，同濟者皆不救，幾爲破木所載，半月而達洲島間。洲人曰：「此乃滄浪洲，去中國萬里。」乃出菖蒲酒、桃花酒飲之，而神氣清爽。花木常如二三月，地土宜五穀，人多不死，有碧棗丹栗，皆大如梨。洲人語中華事，歷歷如在目。所居或金闕銀臺，玉樓紫閣，奏簫韶之樂，飲香霧之醑……得在仙家。舟楫多飾珠玉以爲遊戲……幾淹駐既久，忽思中國，洲人制凌風舸以送之，不旬日即達于東萊。問其國，乃唐皇貞元。訪鄉里，則槙蕪也；追子孫，則疏屬也。自隋大業至貞元

〔註103〕《唐五代筆記小說大觀》，頁 1382～1383。

末，殆二百年矣……幾數十年遍游無定，後有人見幾泛小舟于海上，

至今江表道流，大傳其事焉。〔註104〕

先秦兩漢以降，方士道家之徒建構的海外桃源仙境不知凡幾，然而都以「蓬萊三山」爲其書寫文本的典型架構。故事中的元藏幾本爲隋大業年間之海使判官，歷海難而達金闕樓臺、玉樓紫閣，奏簫韶之樂，飲香霧之醴的海上仙境。在滄浪洲島的仙境歲月裡淹駐久日，忽思中國。然一旦乘凌風舸返於人間，則已是皇唐貞元盛世；鄉里榛蕪、子孫疏屬的百年之身了。麻姑所說三見于滄海變桑田，能不令人感慨「子立川上，逝者如斯夫？」而對人事流變與驟逝興起不如歸去，泛舟浮海，追尋那滄浪仙境，繼續傳述這千年來幻想長生不死，飛仙成道的蓬萊勝境，與想像避世人間、與世隔絕的海上理想洲島。

幻想能長生不老，飛仙成道的蓬萊仙境，與想像避世人間的海上理想洲島，自來是帝王渴羨之事。五代王仁裕所撰《開元天寶遺事》就記載了一則宮中帝王求羨遊仙的瑣聞：

龜茲國進奉枕一枚，其色如碼瑙，溫溫如玉，其制作甚樸素。若枕之，則十洲三島、四海五湖，盡在夢中所見。帝因立名爲遊仙枕。

〔註105〕

以十洲三島象徵仙境，王仁裕所言奉枕貢物的神奇之處，就是「枕之，則十洲三島、四海五湖，盡在夢中所見」，玄宗也名爲「遊仙枕」。唐帝王中以玄宗崇道之事最艷傳於世，所以遊仙枕爲貢物，能投其所好，飄飄然作夢遊仙境之想，夢中所見，十洲三島正代表仙遊的理想境界。而十洲三島又是金台玉闕、眞仙隩壚、神官所治的不死聖域。歷代帝王無不希冀能遊仙靈之家、歷眞官之島、遇飛仙之鄉，以得仙草靈藥，甘液玉英而以長生的遊仙之夢。唐玄宗時期乃是朝貢之外國使節，和前來貿易的外國商舶最爲繁盛的時期。尤其開元、天寶年間，海外諸國日以通商，廣州港中，有婆羅門、波斯、崑崙等船舶不知其數，並運載著香藥、珍寶而積載如山，爲了因應這樣的興盛局面，唐朝政府便在廣州設置了管理海外貿易的官職市舶使，促使了更多的南海民族前來唐朝朝貢。唐玄宗除了對於海外交通貿易表現出更大的興趣外，最主要的還是想要求得海外島國之靈藥與善醫之嫗，以希冀遊仙

〔註104〕《唐五代筆記小說大觀》，頁 1390～1391。
〔註105〕《唐五代筆記小說大觀》，頁 1718。

之境：

> 有胡人上言海南多珠翠奇寶，可往營致，因言市舶之利，又欲往師
> 子國，求靈藥及善醫之嫗，寘之宮掖。上命監察御史楊範臣與胡人
> 偕往求之。〔註106〕

唐代帝王公卿士人等普遍接受《十洲記》的海內仙境說，並標以「十洲三島」
之目。除王仁裕的記載外，《杜陽雜編》所載南海奇女盧眉娘事，言順宗永貞
年所貢，其女工巧無比，善作飛仙蓋：「以絲一鉤，分為三段，染成五色，結
為金蓋五重；其中有十洲三島、天人玉女，臺殿靈鳳之像。」〔註107〕唐順宗
謂盧眉娘為神姑，後被度為道士，其後尸解，李象先為作羅逍遙傳，可見盧
氏女本就習知十洲傳說，而當時的刺繡技藝中，已有以十洲三島為圖案。飛
仙蓋與繡《法華經》為盧氏女的特長，它代表著道教的藝術，而十洲三島已
為唐人崇道風尚中的仙境象徵。另外，唐末柳祥所撰《瀟湘錄・王屋薪者》，
以寓言筆法寫佛、道爭衡之事，而道士誇言道教之盛事，就有「至於三島
之事，十洲之景，三十六洞之神仙，二十四化之靈異，五尺童子皆能知之」
〔註108〕，極言三島十洲的普遍流傳，也正與中國輿圖上的三十六洞天、二十
四化並舉，為海上名山的典型。由此可知「十洲三島」作為一組海上仙境的
概念，早已流傳於唐代社會，並與洞天福地說結合。

五代杜光庭多記神仙怪異之事，其《神仙感遇傳・韓滉》一文，將海中
仙境的場域置於東海廣桑山：

> 唐宰相韓滉，頗強悍自負，常有不軌之志。一旦有商客李順，泊船
> 於京口堰下，夜深釘斷，漂船不知所止。及明，泊一山下，風波稍
> 定，上岸尋求，登山詣一宮殿，臺閣華麗，迨非人間，入門數重，
> 庭除甚廣，望殿遙拜。有人自廉中出，語曰：「欲寓金陵韓公一
> 書，無訝相勞。」則出書一函，拜而受之。至舟所，因問曰：「此為
> 何處？恐韓公詰問，又是何致書？」答曰：「此東海廣桑山也，是魯
> 國宜父仲尼，得道為真官，理于此山……」李順還舟中。舟行如飛，
> 頃之，復在京口堰下，不知所行幾千萬里。既而謁衙，投所得之書，
> 韓公發函視之，古文九字……「告韓滉，謹臣節，勿妄動……」韓

〔註106〕參見司馬光著：《資治通鑑・卷二百十一・唐紀二七》，轉引《中國海外交通
　　　　史》，頁43。
〔註107〕《唐五代筆記小說大觀》，頁1381～1382。
〔註108〕《太平廣記・卷三百七十》，頁2944。

> 慘然默坐，自憶廣桑之事，厚禮遣謝李順，自是恭黜謙謹，克保終
> 始焉。〔註109〕

杜光庭爲文雖荒誕不經，卻經營書寫一個東海上的仙島神山：「此島上有臺閣
華麗，迨非人間的宮闕仙景，與陸地遙隔幾千萬里」；又語「魯國仲尼爲得道
眞官，而理於東海廣桑山仙島之上。」文中的確爲靈怪炫惑，反映其人嗜奇
獵異的幻設意想之書寫心態。

孫光憲《北夢瑣言》雖然記述晚唐、五代間政治遺聞，士子言行，文學
軼事與社會風俗，然而亦有少部分是涉及僧道興替異說，〈張建章泛海遇仙〉
的海中仙景，又迴似於蓬瀛三島，然而所遇女仙，贈以鮫綃，又幻如仙境
奇遇：

> 張建章爲幽州行軍司馬……曾賫府戎命往渤海，遇風濤，乃泊其船。
> 忽有青衣奉大仙命，泛一葉舟請之。至一大島，見樓臺巍然，中有
> 女仙處之，侍翼甚盛，器食皆建章故鄉之常味也……青衣導之而還，
> 風濤寂然，往來皆无所懼……話張大夫遇水仙，蒙遺鮫綃，好事者
> 爲之立傳。〔註110〕

張建章泊其船，往渤海而遇風濤，忽有青衣泛一葉扁舟，到達了一樓臺巍然，
中有女仙處之，侍翼甚盛，器食皆建章故鄉常味的仙島。而這段仙島奇緣，
再經他人轉述，又宛如是水仙贈遺鮫綃的奇幻傳說。

海島仙境或仙人修道所在之地，亦往往靈怪炫惑、詭幻動人。《太平廣記》
引《廣異記》所寫海上孤山，便是經營書寫一個東海上的仙島，此島上有琉
璃爲瓦，器物悉是黃金，與陸地遙隔數千萬里的宮闕仙景：

> 唐廣德二年，臨海縣賊袁晁，寇永嘉，其船遇風，東漂數千里。遙
> 望一山，青翠森然，有城壁，五色照曜。迴舵就泊，見精舍，琉璃
> 爲瓦，瑠瑁爲牆。既入房廊，器物悉是黃金，無諸雜類。又有衾
> 茵，亦甚炳煥，多是異蜀重錦。又有金城一所，餘碎金成堆，不可
> 勝數。賊等乃競取物，忽見婦人從金城出，可長六尺，身衣錦繡上
> 服紫綃裙。謂賊曰：「汝非袁晁黨耶？何得至此……汝等所將之
> 物，恐諸龍蓄怒。前引汝船，死在須臾耳，宜速還之。」賊等列
> 拜，各送物歸本處。問此是何處，婦人曰：「鏡湖山慈心仙人修道

〔註109〕《太平廣記・卷十九》，頁132～133。
〔註110〕《唐五代筆記小說大觀》，頁1918～1919。

> 處。汝等無故與袁晁作賊，不出十日當有大禍。」賊黨因乞便風，
> 還海岸，尋而風起，因便揚帆，數日至臨海。船上沙塗不得下，爲
> 官軍格死。〔註111〕

賊黨誤入海山仙島，又起盜心，後因婦人所勸而物歸本處，揚帆還岸，後遭官軍格死。《廣異記》布景一個「青翠森然，有城壁，五色照曜。迴舵就泊，見精舍，琉璃爲瓦，瑇瑁爲墻。器物悉是黃金，無諸雜類。又有衾茵，亦甚炳煥，多是異蜀重錦。又有金城一所，餘碎金成堆，不可勝數」的海中奇境，而此海中奇境又爲仙人修道之處，此境變異之談，又爲作者逞意幻設，爲蓬萊仙境構述的載體。

《太平廣記》又引李復言之《續玄怪錄》所述南海仙島羅浮山的譎怪奇境：

> 淮海節度使李紳……一夕，夜分雷雨甚，忽聞堂前有人祈懇之聲，
> 徐起窺簾，乃見一老叟，眉鬚皓然，坐東床上。有青童一人，執香
> 爐，拱立於後……老父曰：「我是唐若山也。」紳嘗於仙籍見之。叟
> 曰：「吾處北海久矣，今夕南海群仙會羅浮山，將往焉。及此，遇華
> 山龍鬥，散雨滿空……子能隨我一遊羅浮乎？」有頃……叟乃袖出
> 一簡，若笏形。縱拽之，長丈餘，闊數尺，宛若舟行。父登居其前，
> 令紳居其中，青童坐其後。叟戒紳速閉目，慎勿偷視。但覺風濤洶
> 湧，似泛江海，迤巡舟止。叟曰：「開視可也。」已在一山前。樓殿
> 參差，藹若天外；簫管之聲，寥亮雲中。端雅士十餘人，喜迎叟。
> 指紳而曰：「人世凡濁，苦海非淺，自非名繫仙錄，何路得來。」叟
> 令紳遍拜之……群士曰：「子念歸，不當入此居也。子雖仙錄有名，
> 而俗塵尚重，此生猶沉幻界耳。」〔註112〕

李復言此篇作意好奇，假小說以寄筆端；幻設爲文，流於志怪，文筆雖簡鍊，又多規誨之意。文中李紳南海羅浮山之遊，所見「樓殿參差，藹若天外；簫管之聲，寥亮雲中」之別開天地、烟霞勝異之境，不僅是傳遞出李復言所造詭幻動人的海外仙山靈境，又以諷諭肉骨凡心，淺談功名，以寓棲遁神仙之墟，遨遊雲泉，守正修靜於山水幽奇的眞仙靈境。有關李紳棲遁求道之志，而游蓬島之行，又見杜光庭之《仙傳拾遺》：

〔註111〕《太平廣記・卷三十九》，頁249。
〔註112〕《太平廣記・卷第四十八》，頁298～299。

> 又相國李紳，常習業於華山……見一道士，艤舟於石上……道士曰：
> 「余即若山也，將遊蓬萊。偶值江霧，維舟於此，與公垂曩昔之分，
> 得暫相遇。」乃攜紳登舟……其舟凌空泛泛而行，俄頃已達蓬島。
> 金樓玉堂，森列天表，神仙故人，皆舊友……眾仙復命若山送歸華
> 山，後果入相。去世之後，將復登仙品矣。〔註113〕

李紳與唐若山所游的海外蓬島，爲一「金樓玉堂，森列天表」的真仙靈境。
前文已言杜光庭爲文雖荒誕不經，然而所構述遊歷的蓬萊仙島、神仙之墟卻
是詭幻譎怪而動人。

　　唐人小說，盛述神仙譎怪之事，海中仙客與山中神人，甚至是天外神姬
的仙境書寫，都擴大了魏晉六朝的仙境格局，壺中勝境的別有洞天，更是
詭幻動人。魯迅引述胡應麟《山房少室筆叢·卷三十六》言：「變異之談，
盛於六朝，然多是傳錄舛訛，未必盡幻設語。至唐人乃作意好奇，假小說
以寄筆端。」且唐人傳奇雜俎，又以多文采與幻想爲異趣。〔註114〕在以蓬萊
仙境爲載體構述，且多詭譎而動人神幻的龍宮勝地，更成爲唐人傳奇小說的
主景。

　　前文曾論及海外三島的浮幻仙境，自古就傳述美說爲蜃氣吐樓臺的海市
瓊樓。那「貝闕珠宮」傳述的仙境，早在唐人傳奇雜說中，就已將水府、蛟
宮、水晶宮等龍宮型象仙道化，用於指喻爲蓬萊仙境的處所地景。段成式《酉
陽雜俎·卷二》描述孫思邈以所知的「昆明龍宮有仙方三十首，可救大旱」
的仙境情節：

> 孫思邈隱終南，時大旱……老人因至思邈石室求救。孫謂曰：「我知
> 昆明龍宮有仙方三十首，爾傳予，予將救汝……」有頃，捧方而至……
> 自是池水忽漲，數日溢岸。〔註115〕

而《酉陽雜俎·卷十四》構寫長鬚國王央請因出使而隨風飄至該國的唐士人，
到狀如天宮的東海龍宮求得解難的仙境敘寫：

> 大足初，有士人隨新羅使，風吹至一處，人皆長鬚，語與唐言通，
> 號長鬚國，地曰扶桑洲……乃拜士人爲司風長，兼駙馬……忽一日，
> 君臣憂戚，王謂士曰：「煩駙馬一謁海龍王，但言東海第三汊第七島

〔註113〕《太平廣記·卷第四十八》，頁177～178。
〔註114〕《中國小說史略》，頁121。
〔註115〕《唐五代筆記小說大觀》，頁572。

長鬚國，有難求救……」士人登舟，瞬息至岸。岸沙悉七寶，人皆
衣冠長大。士人前見龍王。龍宮狀如佛寺所圖天宮，光明迭激，目
不能視……龍王令二使送客歸中國，一夕至登州，回顧二使，乃巨
龍也。〔註116〕

段成式雖已雜揉佛、道二教龍王文本之淵源，意想幻設那龍宮仙方之岸沙悉
七寶而又光明迭激，目不能視的美麗仙境〔註117〕，並以獨創珍異愛玩，來構
築唐傳奇雜俎文本裡的「蓬瀛仙境」。段成式所陳述：「狀如佛寺所圖天宮」
的龍宮樂土，在當時的佛典記載中，多半是一座有著華麗的構景裝飾，與擁
有許多絢爛奪目的海寶洋珍的海底皇宮所在。《法苑珠林》引《大樓炭經》中
就記載娑竭龍王所居住的須彌山北大海底之宮殿：

娑竭龍王住須彌山北大海底，宮宅縱廣八萬由旬，七寶所成，牆壁
七重，欄楯羅網，嚴飾其上，園林池沼，眾鳥和鳴。金壁銀門，門
高二千四百里，彩畫姝好，常有五百鬼神之所守護。能隨心降雨，
群龍所不及，住之淵，涌流入海，青琉璃色。〔註118〕

而西晉竺法護譯《海龍王經・請佛品》中，亦載有海龍王請佛入大海龍宮說

〔註116〕《唐五代筆記小說大觀》，頁659～600。
〔註117〕有關海洋神靈中的龍王世家及其龍宮水府的源流考述之專文論述，將再另文
　　　　論析。本文中暫且處理有關龍宮水中仙境與蓬瀛三島仙境彼此所含攝的場景意
　　　　涵之討論。至於「珠宮貝闕」的水中龍宮仙境的淵源文本，《楚辭・九歌・河
　　　　伯》曰：「魚鱗屋兮龍堂，紫貝闕兮朱宮。」王逸《注》云：「言河伯居，以魚
　　　　鱗蓋屋堂，畫蛟龍之文，紫貝作闕，朱丹宮，形容異制甚鮮好也。《文苑》
　　　　作珠宮。」（《楚辭注八種》，頁45。）故王逸之說，應為後世寫述「龍宮」為
　　　　「珠宮貝闕」之藍圖。當然《楚辭・九歌・河伯》所載述的豪華水府，為河
　　　　伯之居處的想像世界，亦出現在段成式的書寫圖象中。《酉陽雜俎前集・卷十
　　　　四・諾皋記上》（《唐五代筆記小說大觀》，頁658）云：「平原縣西十里舊有
　　　　杜林，南燕太上時末，有邵敬伯者，家于長白山。有人寄敬伯一函書，言我
　　　　吳江使也，令吾通問于濟伯，今須過長白，幸君為通之。仍教敬伯，但于杜
　　　　林中取樹葉投之於水，當有人出。敬伯從之，果見人引入，敬伯懼水，其人
　　　　令敬伯閉目，似入水中，豁然宮殿宏麗。見一翁，年可八九十，坐水晶床，發
　　　　函開書曰：『裕興超滅。』侍衛者皆圓眼，具甲冑。敬伯辭出，以一刀子贈敬
　　　　柏曰：『好去，但持此刀，當無水厄矣。』敬伯出，還至杜林中，而衣裳初無
　　　　沾濕。果其年宋武帝滅燕。敬伯三年居兩河間，夜中忽大水，舉村俱沒，唯敬
　　　　伯坐一榻床。至曉著岸，敬伯下看之，乃是一大黿也。敬伯死，刀子亦失。世
　　　　傳杜林下有河伯家。」段成式建構的河伯水府不僅為一「宮殿宏麗」、「甲冑
　　　　森嚴」的美奢之地，來自這美境的寶物神奇無比，並能防水厄之災。
〔註118〕《法苑珠林校注》，頁213。

法的故事。其中對龍宮裝飾之華美，描述的又極為莊嚴細膩：

> 海龍王率無數眷屬詣佛處，佛為說深法，則大歡喜。請佛降海底龍
> 宮，以受供養說法。佛許之，時龍王化作大殿，以紺珠璃紫磨黃金
> 莊嚴，寶珠瓔珞七寶為欄楯，極為廣大。又自海邊涌金銀琉璃三道
> 寶階，使至於龍宮，以請世尊及大眾。〔註119〕

這種龍宮構築以紺珠璃紫磨黃金莊嚴，寶珠瓔珞七寶為欄楯，由宮宅縱廣八
萬由旬，金、銀、琉璃、珊瑚、琥珀、硨磲、瑪瑙等七寶所鋪成，而牆壁七
重，欄楯羅網，嚴飾其上，園林池沼，眾鳥和鳴，金壁銀門，門高二千四百
里，彩畫姝好的海底樂園，在相當程度上是來源於佛教經典中的「兜率天」
極樂淨土：

> 時諸國中有八色琉璃渠，一一渠中有五百億寶珠而合成，渠中有八
> 味水，八色具足其水上涌遶梁間，于四門外化生四花，水中華中如
> 寶花流。華上有二十四天女，身形微妙，如諸菩薩莊嚴身相，手中
> 自然化五百億寶器，一一器中，天諸甘露自然盈滿……一一蓮花百
> 寶所成，一一寶出百億光明，其光微妙，化五百億眾寶雜華莊嚴寶
> 帳。時十方面百千梵王，各各持一梵天妙寶……如是天宮有百億萬
> 量寶色。〔註120〕

此無量眾寶以為莊嚴、華貴、玄妙而百億萬量寶色的兜率天宮，彰顯出佛典
中的「淨土」樂園。這樣純淨可樂的佛教國土，也如《菩薩本緣經》所形容
的天堂：

> 神力即時化作諸天色像，以天瓔珞寶鏔鬘華香莊嚴其身，無量伎樂
> 以為娛樂，諸天婇女侍使左右，種種諸樹常出甘果，華樹瓔珞衣服
> 飲食羅列在前，無量眾鳥相和而鳴，其聲和雅甚可愛樂，處處多有
> 流泉浴池，金色蓮花彌布水上，無老病死苦痛音聲，深處七寶微妙
> 宮殿。〔註121〕

這種光彩閃耀，瑰麗無比而由七寶鋪成的宮殿樓閣、流泉浴池，以及華香瓔
珞，園林奇禽和鳴，並由各種寶物演成的無量妙法音聲之微妙宮商，金色蓮

〔註119〕轉引謝玉玲撰：〈論元雜劇《沙門島張生煮海》之海洋書寫〉，《海洋文化學
　　　　刊》，第 2 期，2006 年 12 月，頁 191。
〔註120〕參見韓秉方等著：《中國民間宗教史》（上海：上海人民出版社，1992 年），
　　　　頁 42。
〔註121〕《大藏經》，《大正藏》第三冊本緣部上冊，頁 62。

花彌布的完美境界，正是佛國中的極樂世界。這些佛典中對於佛國淨土、天堂樂園與海底龍宮的構建，不僅啓發了中國民間傳奇小說中對於海底龍宮之書寫，並且使得道教的海上仙島與佛教的海底龍宮，融攝爲一處位於詭奇多幻之東方海洋上的仙境〔註 122〕。

　　張讀《宣室志》也以其神仙譎怪的書寫風格，構摹龍宮蛟室之奇珍怪寶、珠貝數品的水仙奇境：

> 吳郡陸顒，爲生太學中。有胡人數輩挈酒食謁其門，……與顒偕遊
> 海中，探奇寶以誇天下……至海上，胡人結宇而居，投虫于鼎中煉
> 之……有一仙人，戴碧瑤冠，被霞衣，捧絳帕籍，籍有一珠，奇光
> 泛空，照數十步，仙人以獻胡人。胡人吞其珠與顒入海中而入。其
> 海水皆豁開數步，鱗介之族，辟易而去。乃游龍宮，入蛟室，奇珍
> 怪寶，惟意所擇，一夕而獲珍貝乃數億萬之資贈顒。顒徑于南越，
> 由是益富。後不仕，老于閩越，甲于巨室也〔註 123〕。

張讀所寫的海中仙境，已將蓬島地景移至海中龍宮。仙人捧之夜明珠，正是珠宮貝闕之奇珍異寶。

　　《太平廣記》引《博異志》，不僅陳述蓬島地景的門宇壯麗，更述水府龍宮的宮室甚偉，與海上眞君遊春臺的笙簫眾樂清麗，非爲人間的仙境勝景：

> 唐貞元十一年，秀才白幽求，從新羅王子過海，於大謝公島。夜遭
> 風，與徒侶數十人爲風所飄，南馳兩日兩夜，不知幾千萬里。風稍
> 定，徐行，見有山林，山高萬仞。有城壁，臺閣門宇甚壯麗。維舟
> 而昇，至城一二里，皆龍虎列坐於道兩邊……見門中朱衣人引數十
> 人出，龍虎奔走，人皆乘之下山，幽求亦隨之。至維舟處，諸騎龍
> 虎人皆履海面而行，須臾沒於遠碧中……忽見從西旗節隊伍，僅千
> 人，鸞鶴青鳥，飛引於路，騎龍控虎，乘龜乘魚，衣紫雲日月衣，
> 上張翠蓋，如風而至……朱衣人乃授牒幽求水府眞君，以手指之，

─────────

〔註 122〕在中國經典對於水府世界的華麗以及細膩的書寫，最早見諸於《九歌・湘夫
人》（《楚辭注八種》，頁 39～40）：「築室兮水中，葺之兮荷蓋，蓀壁兮紫壇，
匊芳椒兮成堂，桂棟兮蘭橑，辛夷楣兮藥房，罔薜荔兮爲帷，擗蕙□兮既張，
白玉兮爲鎮，疏石蘭兮爲芳，芷葺兮荷屋，繚之兮杜衡，合百草兮實庭，建
芳馨兮廡門。」這種積聚眾芳以爲殿堂的構述，可以看出先民對於水神居處
的華麗想像。

〔註 123〕《唐五代筆記小說大觀》，頁 988～990。

> 幽求隨指，而身如乘風，下山入海底，雖入水而不知爲水，朦朧如
> 日中行。須臾至一城，宮室甚偉，見數十人皆龍頭麟身，執旗杖，
> 引幽求入水府……殿前拜，飯食非人間之味，爲諸眞君遊春臺，白
> 鶴孔雀，更應玄歌……或行海面，笙簫眾樂，更唱迭和……幽求拜
> 乞却歸故鄉，一眞君曰：「汝歸鄉秦中，何戀戀也？」……隨眞君履
> 海面而行，自有便風，迅速如電，平明至一島，見眞君上飛而去，
> 幽求乃離舟上島，目送眞君隱隱而沒……幽求迢迤上島行，望有人
> 煙，漸前就問，云是明州，又却喜歸舊國。〔註124〕

秀才白幽求在下第失志後，行歷了那與世隔絕的海上理想洲島，幻遊於蓬萊
眞人的玉幢碧虛、水府龍宮與眞君遊春臺等仙境場景。這段宛如黃粱春夢的
仙島奇緣，不僅傳達出海上蓬島非爲人間的美幻道場，而且也斷絕了幽求士
子宦情之欲，從此休糧而常服茯苓，有希生之心，出世之志，好遊五岳，栖
心修道於海內外名山。

唐人以「龍宮」爲蓬島仙境的構寫，尚有杜光庭《錄異記‧龍》裡架構
的水仙龍宮仙景：

> 海龍王宅在蘇州東入海五六日程小島之前，闊百餘里，四面海水粘
> 濁，无風而浪高數丈，舟船不敢輕近……夜中遠望，見此水上紅光
> 如日，方百餘里，上與天連。船人相傳：「龍王宮在其下也。」柳子
> 華，唐朝爲成都令，一旦方午，有車騎犢車，前後女騎導從，徑入
> 廳事，告柳曰：「龍女且來矣！」與子華相見，云：「宿命與君子爲
> 匹偶。」因止，命酒樂極歡成禮而去，自是往復爲常，遠近咸知之。
> 子華罷秩，不知所之，俗云：「入龍宮得水仙矣。」〔註125〕

唐李朝威《柳毅傳》與作者佚名而爲晚唐作品的《靈應傳》，則是將海中龍宮
的仙境場景移至陸上的洞庭水府與涇州善女湫：

> 儀鳳中，儒生柳毅，應舉下第，將還湘濱……見有婦人曰：「妾，
> 洞庭龍君小女。父母配嫁涇川次子。夫婿樂逸，爲婢僕所惑，日以
> 厭薄……」言訖，歔欷流涕……聞君將還吳，密通洞庭，或以尺
> 書，寄託侍者……毅曰：「敬聞命矣……」乃訪于洞庭。武夫揭水指
> 路，毅閉目數息，遂至其宮。始見臺閣相向，門户千萬，奇草珍

〔註124〕《太平廣記‧卷第四十六》，頁285～287。
〔註125〕《唐五代筆記小說大觀》，頁1531。

木，無所不有……武夫曰：「此靈虛殿。」諦視之，則人間珍寶，畢盡于此。柱以白璧，床以珊瑚，簾以水精，雕琉璃于翠楣，飾琥珀于虹棟。奇秀深杳，不可殫言……而見一人，披紫衣，執青玉。龍君命毅坐于靈虛之下。謂毅曰：「水府幽深，寡人暗昧，夫子不遠千里，將有爲乎？」……毅取書進之，龍君覽畢，以袖掩面而泣……洞庭龍君因出碧玉箱，貯以開水犀；錢塘君復出紅珀盤，貯以照夜璣……宮中之人，咸以綃綵珠璧，投于毅側，重疊煥赫，須臾埋沒前後……辭別，滿宮贈遺珍寶，怪不可述……毅因適廣陵寶肆，鬻其所得，財以盈兆……視其妻，深覺類于龍女……妻曰：「余即洞庭君之女，涇川之冤，銜君之恩，誓心求報……從此以往，永奉歡好……夫龍壽萬年，今與君同之……」後居南海，僅四十年，其邸第輿馬珍鮮服玩，雖侯伯之室，無以加也……以其春秋積序，容狀不衰，南海之人，靡不驚異……毅表弟薛嘏經洞庭……攝衣疾上，山有宮闕如人世，見毅立于宮室，前列絲竹，後羅珠翠，物玩之盛，殊倍人間。見毅容顏益少，嘏笑曰：「兄爲神仙，弟爲枯骨。」毅出藥五十丸遺嘏，曰：「此藥一丸，可增一歲」……自是以後，遂絕影響。〔註126〕

《柳毅》文中的洞庭龍宮，如似王嘉《拾遺記》五島三山中的洞庭山仙境。柳毅最後與龍女相歸洞庭，居山中宮闕，容顏益少而爲神仙。作於唐末而佚名的《靈異傳》，演述善女湫中的九娘子龍女向節度使周寶哭冤，終以擊敗朝那湫小龍王的糾纏；其情節如同《柳毅傳》，而故事的場景也是龍宮。〔註127〕盧肇《逸史・太陰夫人》描述仙人太陰夫人看中具有仙相的盧杞，而願招爲夫婿。後來盧生與麻婆乘著葫蘆來到水晶宮仙境，成就與仙女之姻事。然而盧生凡欲未斷，在飛昇天宮後卻背信忘義，執著「人間宰相」之名。太陰夫人一怒之下，將盧杞推入葫蘆，遣還人間。小說裡的「葫中世界」，有著獨立的時間與空間系統，是現實世界與水晶宮仙境的聯接通道，也是道教神仙境界的代稱。盧生與麻婆在葫中世界的接引下，來到那「宮闕樓臺，水晶墻垣，被甲伏戈者數百人，壽與天畢而滿是鮫綃綢錦的水晶宮仙境」，呈現了一個譎幻迷奇的葫中天地、壺天仙景：

〔註126〕《太平廣記・卷四百一十九》，頁3410～3417。
〔註127〕《太平廣記・卷四百九十二》，頁4037～4044。

> 盧杞少時，鄰有麻氏嫗孤獨……晚從外歸，見金犢車子在麻婆門
> 外。見一女年十四五，眞神人……于城東廢觀，古木荒草中，忽雷
> 電風雨暴起，化出樓臺，金殿玉帳，景物華麗。有輜軒降空，即前
> 女子也。曰杞：「某即天人，奉上帝令，遣麻婆傳意，遣人間自求配
> 偶……」女子付麻婆兩丸藥，忽已不見。麻婆與杞斸地種藥，頃刻
> 蔓生，二葫蘆生蔓上，大如兩斛瓮。麻婆以刀刳其中，各處其一……
> 騰上碧霄，滿耳只聞波濤之聲。麻婆曰：「去洛已八萬里。」葫蘆止
> 息，遂見宮闕樓臺，皆以水晶爲墻垣，紫殿從女百人。女子謂杞：
> 「常留此宮，壽與天畢；次爲地仙，常居人間；下爲中國宰相。」
> 杞曰：「在此處實爲上願。」女子喜曰：「此水晶宮也，某爲太陰夫
> 人……」朱衣宣帝命曰：「盧杞，得太陰夫人狀云：『欲住水晶宮，
> 何如？』」……復問……杞大呼曰：「人間宰相！」……太陰夫人失
> 色，推麻婆與盧杞入葫蘆，聞風水之聲，卻至故居，塵榻宛然……
> 麻婆與葫蘆並不見矣〔註128〕。

葫蘆成爲盧杞與麻婆飛昇水晶宮仙境的載體，帶著他們進入那宮闕樓臺，悉
以晶玉，人壽無期的水宮聖地。盧肇對於神仙世界與道家仙術的描繪誇飾，
雖然充斥著瑰麗的奇情異想，卻是如實地反映了道教「不染塵土」、「棄絕物
欲」的壺中仙境，與道家虛無思想的特質。

　　對於海中聖地的描寫，龍宮勝境的傳奇叢談，不僅大量陳述水府龍宮的
壯麗地景，與水琛詭奇的燦爛海寶外，亦有譎怪磨難之說。《集異記》就記載
了東海龍宮遭婆羅門僧逞其幻法，乞賜仙道丹符求救的情節：

> 數年後，有老叟詣門，號泣求救。師（葉法善）引而問之。曰：「某
> 東海龍也，天帝所敕，主八海之寶，一千年一更其任，無過者超證
> 仙品。某已九百七十年矣，微績垂成，有婆羅門逞其幻法，住於海
> 峰，晝夜禁呪，積三十年矣。其法將成，海水如雲，卷在天半，五
> 月五日，海將竭矣。統天鎮海之寶，上帝制靈之物，必爲幻僧所取。
> 五日午時，乞賜丹符垂救。」至期，師敕丹符，飛往救之，海水復
> 舊。其僧愧恨，赴海而死。明日，龍輦寶貨珍奇以來報。〔註129〕

幻僧禁呪煮海之術，已使東海將竭；東海龍也面臨統天鎮海之寶，上帝制靈

〔註128〕《太平廣記·卷六十四》，頁400～401。
〔註129〕《太平廣記·卷二十六》，頁173～174。

之物，將爲幻僧所取。而積修九百七十年之仙業，亦將毀於一旦，無法超證仙品。文中天師葉法善敕丹符以救東海龍宮，意在弘道抑佛，而東海龍主八海之寶，又多寶貨珍奇之品，更反映出東海龍宮爲蓬瀛勝境之地。

　　李復言《續玄怪錄・卷四・李衛公靖行雨》裡的龍宮地景，則是在朱門大第、墻宇甚竣的飄邈山村中。這種以山中傳奇爲龍宮仙境的幻設，更是別具一格的壺天仙境：

> 衛國公李靖，常射獵山中，俄而陰晦迷路，茫然不知所歸。極目有燈光處……既至，乃朱門大第，墻宇甚竣……靖叩門久之……夫人來，青裙素襦，神氣清雅，宛若士大夫家……曰此乃山野之居，兒子往還，或夜到而喧，勿以爲懼……二青衣送床席裀褥，衾被香潔……夜半，聞一人應之曰：「天符，報大郎子當行雨，周此山七百里，五更須足，无慢滯，无暴傷。」夫人曰：「兒子二人未歸……當如之何？」青衣曰：「適觀廳中客，非常人也，盍請乎？」夫人叩廳門請郎曰：「此非人宅，乃龍宮也，適奉天符，次當行雨……輒欲奉煩頃刻間……取瓶中水一滴，，慎勿多也。」公于是上馬，騰騰而行，不自知其雲上也……思曰：「其久旱而苗稼將悴，而雨在我手，一滴不足濡，乃連下二十滴。」騎馬復歸。夫人泣于廳曰：「何相誤之甚，本約一滴，何私感而二十之。此村夜半，平地水深二丈，豈復有人？」妾已受遣，杖八十矣，兒子並連坐。夫人曰：「郎君世間人，不識雲雨之變。恐龍師來尋，有所驚恐，宜速此去。」贈一奴……出門數步，回望失宅。顧問其奴，亦不見矣。及明，望其村，水已極目，大樹或露梢而已，不復有人。〔註130〕

李朝威架設的「仙境」傳奇，已將「湖中龍宮」金玉樓臺、奇珍異寶的蓬壺仙境，推展到高峯。而唐代士人書寫的海、山、湖、水等場域的多元化龍宮仙境，洞穴山谷的壺中勝境，不但可以追攀蓬萊三島，更開啓宋元小說大量的盛述「龍宮勝境」的傳奇異談。

　　從以上隋唐五代文人筆下的海島仙山神鄉，亦是龍宮勝境的書寫視野來看，可以說在東方海洋上那變化莫測的雲霧遼繞，若隱若現的海中島影，已然成爲士人筆墨下的理想天國與不死的仙鄉神山。由於這些海島的與世隔絕，更增添書寫上的幻想奇思與美麗傳奇，成爲永不破滅的寫境模式。

〔註130〕《唐五代筆記小說大觀》，頁457～458。

二、玉樹仙家的壺天勝地與洞天神鄉

　　「蓬萊」不僅是帝王皇家宮苑的仙境入口，更是文士詩人筆下遠引高蹈、企慕長生的神遊地點。李白《懷仙歌》曰：「仙人浩歌望我來，應攀玉樹長相待；巨鼇莫載三山去，我欲蓬萊頂上行。」〔註131〕《悲清秋賦》云：「臨窮溟以有羨，思釣鼇于滄洲；人間不可以託些，吾將採藥于蓬丘。」〔註132〕遊仙於蓬萊，乘風於瀛洲的心靈神遇，不僅散落於李白詩中，在其他的唐代詩人作品裡，更是隨目可見。杜甫〈送孔巢父謝病歸游江東兼呈李白〉云：「蓬萊織女回雲車，指點虛無是征路」，及〈游子〉：「蓬萊如可到，衰白問神仙。」杜牧的〈池州送孟遲先輩〉：「蓬萊頂上瀚海水，水盡到底看海空。」〔註133〕與〈偶題〉：「今來海上升高望，不到蓬萊不是仙。」〔註134〕蓬萊仙境已成為詩人們的神話位址，不到蓬萊不是仙的永恆夢求。蘇軾的〈次韻陳海州書懷〉：「鬱鬱蒼梧海上山，蓬萊方丈有無間；舊聞草木皆仙藥，欲棄妻孥守市闤」〔註135〕、〈登常山絕頂廣麗亭〉的「相將呼堯舜，遂欲歸蓬萊」〔註136〕、〈處州八境圖八首〉的「想見之罘觀海市，絳宮明滅是蓬萊」〔註137〕、〈過萊州雪後望三山〉：「安期與羨門，乘龍安在哉」〔註138〕，願乘龍與安期、羨門仙家神遊，都以書寫「蓬萊」為永恆的生命歸境。

　　前章已述，東海三神山又為「三壺山」。葛洪《神仙傳》的壺中仙界；《列子‧湯問篇》中的方壺島；到六朝王嘉《拾遺記》的「方壺」、「蓬壺」、「瀛壺」等三神山，壺天與道教的神仙世界緊密相連，壺也成為到達神仙世界的路口。在道教的神話系統中，壺為天地宇宙的象徵，形象地表達對道的理解與追求，所以，壺可以顯其巨大，亦可成為微觀的神秘空間。在這個壺形的世界裡，有其獨立的時間與空間構架，而那壺的頸就是與現實世界溝通的孔道。「蓬萊仙境」演化的「方壺勝境」與「壺中天地」那移天縮地的仙境意象，大量地出現在隋、唐、五代的仙道小說中，如《雲笈七籤‧卷二十八》所載：

〔註131〕《李白集校注》，頁 576。

〔註132〕《李白集校注》，頁 26。

〔註133〕〔唐〕杜牧著，吳在慶校注：《杜牧集繫年校注》（北京：中華書局，2008.10），頁 130。

〔註134〕《杜牧集繫年校注‧第四冊》，頁 1251。

〔註135〕《蘇東坡全集》，頁 68。

〔註136〕《蘇東坡全集》，頁 83。

〔註137〕《蘇東坡全集》，頁 98。

〔註138〕《蘇東坡全集》，頁 180。

「施存學大丹之道……常懸一壺，如五升器大，變化爲天地。中有日月，如世間，夜宿其內，自號壺天，人謂壺公」〔註139〕，壺中世界即是道教與藝術相結合的產物。這種來自於道教仙境意象的壺天觀念，不僅對唐人小說中有關壺天空間幻想的直接啓發外，更表現文人「作意好奇」的仙境描摹。而這些壺天空間的幻想不但繼續增衍其洞、穴、衢、山等瓊樓華闕、金玉臺閣的仙景外，那一幕幕「不知有漢，無論魏晉」的世外桃源寫景，也更加的瑰奇而邈遠譎幻。道教宗教的色彩，更使得唐人小說產生構思奇特的故事情節，和奇麗詭異的仙境描寫。據《桓眞人升仙記》所載道教的勝境仙地乃是：「有長年之光景，日月不夜之山川。寶蓋層台，四時明媚，金壺盛不死之酒，琉璃藏延壽之丹。桃樹花芳，千年一謝，雲英珍結，萬載圓成。」〔註140〕這種道教美好而又玄虛神秘、飄逸空靈的神仙世界，更是進入唐人傳奇小說裡或書寫在天上，或陳述在海中，或記敘在幽遠的名山洞府上。可以說隋唐五代仙道小說中大量的神仙、仙境、煉丹藥、追求長生不老等道教內容地描寫，正是當時社會宗教文化的反映。唐李復言（775～833）《續玄怪錄・張老》所說的「樓閣參差，花木繁榮，煙雲鮮媚，鸞鶴孔雀，徊翔其間。歌管嘹亮耳目，景色漸異，不與人間同。而鋪陳之華，目所未睹，異香氳氳，遍滿崖谷」〔註141〕，正是奇麗詭異，構思奇特的幽遠名山洞府之道教仙境。

唐牛僧孺（779～849）的《玄怪錄・裴諶》反映與演述了世人想入蓬壺，飲瑤池，入山學道，最終不可得而歸於塵俗：

> 裴諶、王敬伯、梁芳，隋大業中，相與入白鹿山學道，謂黃白可成，不死之藥可致，雲飛羽化……辛勤採煉，手足胼胝十數年。梁芳死，敬伯謂諶曰：「吾所以去國忘家，耳絕絲竹，口厭肥鮮，目棄奇色，去華屋而樂茅齋，豈非覬乘雲駕鶴，遊戲蓬壺？今仙海无涯，長生未致……敬伯所樂，將下山乘肥衣輕，意足然後求達，建功立事以榮耀人寰。縱不能憩三山，飲瑤池，驂龍衣霞，與仙翁爲侶，且腰金拖紫，圖影凌烟，廁卿大夫間，何如哉！子盍歸乎？無空死深山。」……數年，敬伯遷大理廷評，衣緋。奉使淮南，時天微雨，忽有一漁舟突過，試視之，乃諶也……敬伯曰：「兄甘勞苦，竟如囊

〔註139〕引自李春輝撰：《試論唐代仙道小說中的道教文化色彩》，內蒙古師範大學中文系碩士論文，2005年06月，頁31。

〔註140〕見《道藏・第五冊》。引自《試論唐代仙道小說中的道教文化色彩》，頁26。

〔註141〕《太平廣記・卷第十六》，頁113～115。

日，今何所須，當以奉給。」諶曰：「吾心近雲鶴，未可以腐鼠嚇也。
吾沉子浮，魚鳥各適，何必矜炫」……敬伯思諶，尋之裴宅。行數
百步，方及大門，樓閣重複，花木鮮秀，似非人境。烟翠蔥蘢，景
色妍媚，不可行狀。香風颯來，神清氣爽，飄飄然有凌雲之意。俄
有一人，衣冠偉然，儀貌奇麗，乃諶也。裴慰之曰：「塵界仕宦，久
食猩羶，愁欲之火，固甚勞困。」揖以入，坐于中堂，窗戶棟樑，
飾以異寶，屏帳皆畫雲鶴。青衣捧碧玉台盤而至，器物珍異，皆非
人世所有，香醪嘉饌，目所未窺。女樂二十人，皆絕代之色……引
一妓自西階登，細視之，乃敬伯妻趙氏也……其歌清麗宛轉，酬獻
極歡。天將曉，送趙夫人，謂曰：「此堂乃九天畫堂，常人不到。昔
與王爲方外之交，憐其爲俗所迷，自投湯火，沉浮于生死海中，故
命于此以醒之。今日之會，誠難再得。」又謂敬伯：「塵路遐遠，萬
愁攻人，努力自愛。」敬伯拜謝而去，後五日還，其門不復有宅，
乃荒涼之地，烟草極目，惆悵而返。〔註142〕

以蓬壺仙境爲主景的情節演述，反映出志怪靈異、神仙方術對唐人生活的影
響，世間名利與修道成仙是永無止盡的心境拉扯，看透與不透也是人間世界
的無解難題。裴諶雖有點醒敬伯世俗之迷，然而鐘鼎山林，人各有志。方外
方內雖是一步之隔，蓬壺天地與塵路遐遠、萬愁攻人的人間卻是無涯之遙。
那「壺天仙境」正是傳達出把寵辱之道、窮達之理、死生之情統統看透，才
能得此「道之化境」。《玄怪錄・侯遹》所載則是壺中天地的笈內幻境：

隋開皇初，廣都孝廉侯遹入城。至劍門外，忽見四黃石，皆大如斗。
遹愛之，收藏于籠，負之以驢，因歇鞍取看，皆化爲金……後乘春
景出遊，忽有一老翁，負大笈至，云：「吾來此，求君償債耳。君昔
將我金去，不憶記乎？」盡取遹妓妾十餘人投之于笈，亦不覺笈中
之窄，負之而趨，走若飛鳥。令馳馬逐之，已失所在，自後遹家日
貧。〔註143〕

「盡取遹妓妾十餘人投之于笈，亦不覺笈中之窄，負之而趨，走若飛鳥。令
馳馬逐之，已失所在」的「笈中天地」，又與「吐壺世界」的幻術迷象，皆在
訴說一壺勝景中的虛實之相與顯揚幽隱，彰顯道家的虛無思想。〈巴邛人〉一

〔註142〕《唐五代筆記小說大觀》，頁350～352。
〔註143〕《唐五代筆記小說大觀》，頁389。

文的「橘中仙境」，橘爲壺之變形，「橘中」即是「壺中」，是一個神仙世界的隱喻，更是韻趣悠然，作意好奇：

> 有巴邛人，家有橘園。霜後，諸橘盡收，餘有兩大橘，如三斗盎，巴人異之而攀摘，剖開，每橘有二老叟，鬚眉皤然，肌體紅潤，皆相對象戲。身長尺餘，談笑自若。一叟曰：「君輸我海上龍王第七女鬢髮十兩……絳臺山霞寶散二庾，瀛洲玉塵九斛……」又有一叟曰：「橘中之樂，不減商山。」又一叟曰：「僕飢矣，須龍根脯食之，于袖中抽出一草根，形狀宛轉如龍，削食之。食訖，以水噀之，化爲一龍，四叟共乘之。」〔註144〕

橘中世界的四叟，對賭以龍王七女鬢髮十兩、瀛洲玉塵九斛、紫絹帔霞散二庚、阿母療髓凝酒四盅、阿母女態盈娘子躋虛龍縞襪八緉等神仙方物爲籌碼，更言橘中之樂，不減於商山四皓。這種仙語如珠的橘中勝境，比起壺中天地更爲雅趣。橘中仙境之奇幻饒譎，逗趣橫生，令人莞爾一笑；而如果是「耳中仙境」，則是讓人歎爲觀止，詭譎稱奇。〈張左〉中的「兜玄國」，城池樓堞而窮極瑰麗，更是玄於壺中天地：

> 前進士張左嘗俱至逆旅，左以箪醪請叟，願先生賜言，以廣聞見……叟曰：『汝前生梓童薛君曹也，好服木蕊散，多尋異書，日誦黃老。居鶴鳴山下草堂，駢植花竹，泉石縈繞。八月十五，長嘯獨飲，酒酣大言：薛君曹疏淡若此，何芜異人降止！忽覺兩耳中有車馬聲，因頹然思寢。才至席，遂有小車，朱輪青蓋，駕赤犢，出耳中，各高二三寸，亦不知出耳之難。車二童，亦長二三寸。謂君曹曰：『吾自兜玄國來，向聞長嘯月下，韻甚清激，奉慕清論。』君曹大駭曰：『君適出吾耳，何謂兜玄國來？』二童曰：『兜玄國在吾耳中，君耳安能處我？』君曹曰：『君長二三寸，豈復耳有國土？倘若有之，國人盡焦螟耳！』二童曰：『吾國與汝國无異，不信，盡請從吾遊。』一童因傾耳示君曹，曹睨之，乃別有洞天，花卉繁茂，覺棟連接，清泉翠竹，縈繞香甸。因捫耳投之，已至一都會，城池樓堞，窮極瑰麗……蒙玄眞伯居大殿，墙垣階陛，盡飾以金碧，垂翡翠帘帷。眞伯身衣雲霞日月衣，冠通天冠……君曹拜，忽有歸思……乃自童子耳中落，已在舊居處。問鄰人，曰：『失君曹已七、八年矣。』君

〔註144〕《唐五代筆記小說大觀》，頁389〜390。

曹在彼如數月……時貞元中〔註145〕。

薨棟連接、樓堞都會，金碧墻垣的耳中方丈，在彼數月而人間七、八年的兜玄仙境，這是移天縮地的壺中世界，也是唐代文人奇幻諧怪構寫出的人間樂園。〈古元之〉的「和神國」如同「桃花源」，與世不爭而民相怡然：

> 後衛尚書令古弼族子元之，少養於弼，因飲酒而卒。三日殮畢，因命斫棺，開已卻生矣。元之云：「當昏醉時，忽然如夢，有人沃冷水于體，見一神人衣冠絳裳霓帔，狀貌甚俊。曰：『吾乃汝遠祖，適欲至和神國中，无人擔囊侍從，因來取汝。』即令負一大囊，飛舉甚速，山河逾遠，欻然下地，已至和神國。其國芤大山，皆積碧珉，石際生青彩籙筱，異花珍果；軟草香媚，好禽嘲哲，清泉進下三二百道。原野无凡樹，果樹花卉俱發鮮紅，映翠香叢下，紛錯滿樹，四時不改，一歲一度暗換花實，人不知覺。田疇盡長大瓠，瓠中五谷，甘香珍美，非中國稻梁可比，人得足食，不假耕種。原隰滋茂，猶穊不生；生五色絲纊，異錦綿羅，不假蠶杼；四時之氣，常熙熙和淑……其人長短妍蚩皆等，人壽一百二十，無夭折、疾病、跛足，百壽以外，不知其壽幾何……」古説至其國，謂元之：「汝回，當爲世人説之。」既而復醒，身已活矣，自是元之疏逸人事，忘宦情，不知其所終。〔註146〕

和神國猶如人間天堂、世外樂園、原隰滋茂的仙境；百姓陶然柔骨，人壽百二而足食忘情，這是唐代文人小説中的人間勝景，另一種形式的「壺中天地」。魯迅言牛僧孺《玄怪錄》造傳奇之文，其人性堅僻而頗嗜志怪，欲以構想之幻自見，示其詭設之跡〔註147〕。牛僧孺以仙鬼靈怪譎異之事，志在顯揚筆妙；以入蓬壺而飲瑤池、演繹笈中、橘中與耳中的仙境，並以和神國、兜玄國的世外桃源，實是接踵魏晉六朝張皇鬼神、稱道靈異的小説流怪；而求仙訪道的終境蓬萊，也成爲其仙境文本的摹寫地景。其後的《續玄怪錄》、《河東記》、《宣室志》等譎怪小説摹寫仙境，亦以想像蓬萊的靈異仙幻，大抵誕謾，而沿其流波。〔註148〕

李玫（？）《纂異記》中的〈嵩岳嫁女〉，同樣以壺中天地的模式，布局

〔註145〕 《唐五代筆記小説大觀》，頁 383〜385。
〔註146〕 《唐五代筆記小説大觀》，頁 392〜393。
〔註147〕 《中國小説史略》，頁 152。
〔註148〕 《中國小説史略》，頁 153。

「門中世界」的仙境傳奇：

> 田璆與友邵韶，元和癸巳歲中秋望夕，攜觴晚出建春門……有二
> 書生乘驄復出建春門，揖璆、韶曰：「某敝庄，委竹臺榭，名聞洛
> 下……」璆、韶其愜所望，從而往。至一車門，有異香迎前而來，
> 則豁然真境矣。泉瀑交流，松桂夾道；奇花異草，照燭如晝；好鳥
> 騰藉，風和月蕚……又至一門入，鸞鶴數十，騰舞來迎。其百花芳
> 香，壓枝于路旁。凡歷池館堂榭，率皆陳設盤筵……見直北花燭環
> 天，簫韶沸空，駐雲母雙車于金堤之上，設水晶方盤于瑤幄之內，
> 群仙方奏《霓裳羽衣曲》……東鄰彈箏擊筑爲麻姑、謝自然；幄中
> 坐者爲西王母……未頃，聞簫韶自空而來……二童引璆、韶而
> 去……行四、五步，杳失所在。唯見嵩山，嵯峨倚天。還家，已歲
> 餘，室人招魂，葬于北邙之原。于是璆、韶棄家室，同入少室山，
> 不知所在。〔註149〕

李玫〈嵩岳嫁女〉雖然盛述神仙譎怪之事，極摹仙境事物之異，作意而好奇，在大抵誕謾的筆端背後，諷世規誨的意味卻非常濃厚。以田璆、邵韶爲博學，通熟群書的科舉之士，在無稽荒誕的仙境奇遇後，最終棄家室，別功名，而入山修道。故事雖然不經，但是蓬萊、昆侖瑤池的神仙幻境，卻是文人構築其一壺天地的安身立命所在。而〈蔣琛〉所述水族川瀆諸長爲報蔣琛釋網之恩，以境會宴席爲冀答，卻又是一別開生面的水中仙境：

> 琛遂於安流中，纜舟以伺焉。未頃，有魚鼉魚鱉，不可勝計，周匝
> 二里餘，疊波爲城，過浪爲地，辟三門，坦通衢。異怪千餘，皆人
> 質蠆首，執戈戟，列行伍，守衛如有所待。續有蛟螭數十，東西馳
> 來，乃噓氣爲樓臺，爲瓊宮珠殿，爲歌筵舞席，爲座榻衵褥，頃刻
> 畢備。其尊罍器皿，玩用之物，皆非人世所有。〔註150〕

唐李復言（775～833）撰《續玄怪錄》。其書《序》言乃是續牛僧孺之書。小說中的《卷一·楊敬真》極言神仙事物之幻變，而且以「蓬萊仙闕」爲文本陳述的主背景：

> 楊敬真，虢州田家女也，年十八，適同村王清。夫貧，王氏供農婦
> 之職甚謹……年二十四，告其夫曰：「妾神識頗不安，惡聞人語，當

〔註149〕《唐五代筆記小說大觀》，頁496～500。
〔註150〕《唐五代筆記小說大觀》，頁506。

于靜室寧之……」及明，開門視之，衣服委于床上，若蟬蛻然，身
已去矣，但覺異香滿室。鄰人來曰：「昨夜半，有天月從西而來，似
若雲中，下于君家……」吏民遠近尋逐，無蹤跡。至夜五更，村人
復聞雲中仙樂，異香之芳從東來，復下王氏宅，新婦宛在床矣……
問之向何所去，今何所來？對曰：「有仙騎來曰：『夫人當上仙，雲
鶴即到……』三更，有仙樂、採仗、霓旌、絳節，鸞鳳紛紜，五雲
來降，乘鶴飛起，至于華山五台峰，已有四女先在彼焉。旁一小仙
曰：『并舍虛幻，得證真仙。今當定名，宜有真字。』……既而雕盤
珍果，名不可知。俄而執節者請曰：『宜往蓬萊謁大仙伯。』倏忽間
已到蓬萊。其宮闕皆金銀，花木樓殿，皆非人世之制作。大仙伯居
金闕玉堂中，見五真喜。飲以玉杯，賜予金簡、鳳文之衣、玉華之
冠，配居蓬萊華院……敬真以父年高，无人侍養，仙伯因敕四真送
至其家，故得還也。」〔註151〕

宮闕金銀，花木樓殿的仙境地景，由兩漢魏晉六朝傳述於歷朝，致使凡夫俗
子與將相帝王，都想求仙得道，飛升蓬萊。然而仙境如何可求？李復言以「性
本虛靜，閒即凝神而坐，不復俗慮得入胸中耳。此性也，非學也。」一個「終
不可至」的蓬萊仙境，瑰麗的仙人府第，成為文人不斷構築的「世外」樂園，
那海外迢迢的仙境，自始至終都只是停駐在人們夢想的起點上。〈麒麟客〉盛
述神仙譎怪誕謾，詭幻奇異的仙境造景，又多餘韻饒趣：

麒麟客夐者，張茂實家傭僕也……居五年，辭茂實曰：「感君恩宥，
深欲奉報，夐家去此甚近，其中景趣亦甚可觀，相逐一遊乎？」夐
藏竹杖長數尺，其上書符，授茂實曰：「君杖此入室，左右悉令取
藥，去後，潛置竹于衾中，抽身出來可也……」前行，夐騎麒麟，
茂實騎虎，遂凭而上，穩不可言，從之上仙掌峰。下一山，物象
鮮媚，松石可愛，樓台宮觀，非世間所有……入門，夐入更衣，
真仙之風度。其窗戶、階闥、屏幃、床榻、茵褥之盛，固非人世之
所有……主人曰：「此乃仙居，非世人之所到，仙俗路殊，君宜歸
修其心……」夐步送實到家，家人方環泣，夐取去竹杖，令茂實
潛臥衾中。夐曰：「我當至蓬萊謁大仙伯……」遂揖而去。茂忽呻
吟，家人曰：「取藥既回，呼之不應，已七日矣。」遂棄官而遊，終

〔註151〕《唐五代筆記小說大觀》，頁426。

不知所在。〔註152〕

唐室宗老，方士滋盛，士子競逐於功名科舉，往往不第而澆愁。而傳奇幻設，假小説以寄筆端，託諷喻以紓牢愁，又特盛神仙譎怪之事。以蓬萊仙境爲幻設願景，藉仙道神靈之意想，以作意好奇、詭幻動人；而仙居世界，塵俗難達，更提供當時文士登試不第，深感人世浮虛，進而飄然而遠引的規避書寫。

　　唐谷神子（？）《博異志》雖然誕謾而譎怪不經，然而筆端詭幻無稽，多記仙鬼境又極其韻趣，故事想像奇特而且雋永過人。其文〈陰隱客〉一如〈劉晨阮肇〉的敘述成規，「天上一日而人間數年」、「既出，親舊零落，邑屋改異，問訊得七世孫」的仙境遊景：

> 神龍元年，房州竹山縣陰隱客家富，莊後穿井二年而无水，隱客穿鑿之志无輟。一月餘，工人忽聞地中鷄犬鳥叫聲，通一石穴，乃入穴探。俄轉，會如日月之光，其穴下連一山峰，乃別一天地日月世界。山旁向萬仞，千巖萬壑，莫非靈景，石盡碧琉璃色，每巖豀中皆有金銀宮闕……行至闕前，牌署曰：「天桂山宮。」有一童顏如玉，衣如白霧綠烟，引工人至清泉眼，漱之，味如乳，甘美甚。至山趾，有一國城，皆金銀珉玉爲宮室，城樓以玉字題云：「梯仙國……皆諸仙初得仙者，係送此國而修行七十萬日，然後得至諸天，或玉京、蓬萊、昆閬、姑射，然方得仙宮職位。」工人曰：「既是仙國，何以在吾國之下界？」門人曰：「吾國爲下界之上仙國也。汝國之上，還有仙國如吾國，亦曰：『梯仙國。』」汝來此雖已頃刻，已人間數十年矣……引工人出，而後尋陰隱客家，時人云：「已三四世矣。」自後不樂人間，不食五穀，莫知所在。〔註153〕

谷神子所架設的穴中仙境——梯仙國，詭幻奇異，譎怪動人，延續六朝志怪之談。壺中天地的想像空間，幾乎是一線性的思考模式，仙境的時間流逝也循天上一日，人間數十年，而空間框架依舊不離金銀宮闕、珉玉城樓的蓬萊地景，並且在最終置入「悟人世之倏忽，而棲心求道」的文本成規。

　　循著〈劉晨阮肇〉「天上一日而人間數年」、「既出，親舊零落，邑屋改異，問訊得七世孫」的仙境遊景敘述模式，《太平廣記》引《原化記》云：

〔註152〕《唐五代筆記小説大觀》，頁430～432。
〔註153〕《唐五代筆記小説大觀》，頁484～486。

唐高宗顯慶中，有蜀郡青城民，嘗採藥於山下……墮於大薯穴中。
忽一穴，出一洞口……見有數十家村落，桑柘花物草木，如二三月
中。有人男女衣服，不似今人……民遂食以胡麻飯栢子湯諸菹，止
可數日，此民覺身漸輕。問其主人，曰：「汝世人，不知此仙境，汝
得至此，當是合有仙分，吾當引汝見玉皇……」其民或乘雲氣，或
駕龍鶴，人亦在雲中徒步。須臾，至一城，皆金玉爲飾，其中宮闕，
皆是金寶。宮門側有一大牛，狀異而閉目吐涎沫。主人命此民禮拜
其牛，如牛吐寶珠，即便吞之……民遂急以手捧牛口，得黑珠，遽
自吞之。主人引謁玉皇，其宮殿如王者之像……玉女數百，侍衛殿
庭，奇異花果，馨香非世所有……玉皇敕左右，以玉盤呈仙果，其
果絕大如拳而芳香無比……民自謂仙道已成……塵念未袪。玉皇命
遣歸，諸仙等于水上作歌樂飲饌以送之……見一群鴻鵠，民亦騰空
而上，與飛空，歲乃至蜀。時開元末年，問其家，無人知者。有一
人年九十餘，云：「吾祖父往年因採藥，不知所終，至今九十年矣。」
乃民之孫，相持而泣。云姑叔父皆已亡矣……相尋故居，皆爲瓦礫
荒榛……玉皇乃天皇，大牛乃馱龍也，所吐黑珠吞之者五千歲……
民乃毀金求藥，去歸洞天。〔註154〕

採藥民所到的蓬壺仙境，乃是一個「其民或乘雲氣，或駕龍鶴，人亦在雲中
徒步」、「食以胡麻飯栢子湯諸菹，止可數日，此民覺身漸輕」與「桑柘花物
草木，如二三月中。有人男女衣服，不似今人，耕夫釣童，往往相遇」的雲
煙草樹、飛民遨雲、松竹交映的不似人間之勝地。又寫玉皇（天皇）所在之
城爲「金玉爲飾，其中宮闕，皆是金寶」、「牛吐寶珠，大蹄徑寸，吞珠者其
壽千歲」「侍衛殿庭，奇異花果，馨香非世所有」、「其地草木，常如三月中，
無榮落寒暑之變」、「其果絕大如拳而芳香無比」的詭幻動人殊境。並且在結
局亦置入「悟人世之倏忽，而棲遁山林，去歸洞天」的道家化境。

　　同樣以「劉晨阮肇」的敘述成規，《集異記》也架構一個「山川景象、雲
烟草樹，宛非人世」的蓬壺仙境：

李清，北海人也。世傳染業，清少學道，多延齊魯之術士道流，勤
求之意彌切……聞雲門山神仙之窟宅也，將往焉……東南有穴，行
三十里，晃朗微明，俄及洞口。山川景象，雲煙草樹，宛非人世……

絕一臺，基級極峻，及至，闖其堂宇甚嚴，中有道士四五人……其
一道士謂清曰：「慎無開北扉。」清巡視院宇，兼啓東西門，情意飄
飄然，自謂永棲眞境。見北戶斜掩，偶出顧望。下爲青州，宛然在
目。離思歸心，良久方已，悔恨思返，諸眞則已還矣。道士相謂曰：
「令其勿犯北門，竟爾自惑，信知仙界不可妄至也。」言清可歸……
清遂閉目，覺身如飛鳥，但聞風水之聲相激，須臾履地至鄉。獨行
一日，更無一人相識者。即詣故居，朝來之大宅宏門，改張新舊。
左側有業染者，與之語。其人稱姓李，本北海富家，曾聞先祖於隋
開皇四年生日，自縋雲門山，不知所終，因是家道淪破……至五年，
清乃謝門徒，往泰山觀封禪，自此莫知所在。〔註155〕

唐人仙道小説崇飾詭幻，多志怪藻繪；或託諷諭以紓牢愁，或談禍福以寓
懲勸，然多規誨之意。李清少羨棲遁之志，偶然進入那煙霞勝異、山水幽
奇而又「宛非人世」的仙人之墟，終因竟爾自惑，而又悔返人間。仙界數
日而人間卻已百年，親人凋逝而家道淪落，那眞仙靈境的仙界顯然是不可
妄至。

　　薛漁思《河東記·胡媚兒》的「瓶中世界」，也是以想像蓬萊的靈異仙幻，
而所構築的「壺天仙景」：

唐貞元中，揚州坊市間，有一技，自稱胡媚兒，所爲頗甚怪異。其
所丐求，日獲千萬。一日懷中出一琉璃瓶子，可受半升，表裏烘明，
如不隔物，初置於席上。謂觀者曰：「有人施與滿此瓶子，則足矣。」
瓶口剛如葦管大，有人與之百錢，投之，琤然有聲，則見瓶間大如
粟粒，眾皆異之。復有人與之千錢，投之如前。又有與萬錢者，亦
如之。俄有好事人，與之十萬二十萬，皆如之。或有以馬驢入之瓶
中，見人馬皆如蠅大，動行如故。有度支兩稅綱，自揚子院，部輕
貨數十車至，乃謂媚兒曰：「爾能令諸車皆入此中乎？」媚兒乃微側
瓶口，大喝，諸車轆轆相繼，悉入瓶，瓶中歷歷如行蟻然。有頃，
漸不見。媚兒即跳身入瓶中。〔註156〕

此謫怪小説摹寫仙境，大抵誕謾，然其借用道教「壺天仙景」的意象，卻是
成功地表達出以「瓶」爲天地宇宙的象徵，它可以是極其巨大而可容千軍萬

〔註155〕《太平廣記·卷第三十六》，頁230～232。
〔註156〕《太平廣記·卷第二百八十六》，頁2278。

馬、無所不有的大空間，亦可以是諸車輅輅相繼悉以入瓶，而如行蟻般的微觀之塵的小世界。

　　段成式（803～863）《酉陽雜俎》多寫詭幻奇異，神仙誕謾、無稽不經之事。魯迅以「所涉既廣，遂多珍異，爲世愛翫，而與傳奇並驅爭先矣。」並言是書：「或錄秘書，或敘異事，仙佛人鬼以至動植，彌不畢載，以類相聚，源或出於張華《博物志》，亦殊隱僻，古豔而穎異。」〔註157〕而在對於「壺中仙境」的地景書寫，段成式仍然接踵前人《劉晨阮肇》的敘述成規。《酉陽雜俎・卷二》載述二文：

> 衛國縣西南有瓜穴，冬夏常出水，望之如練。相傳符秦時有李班者，頗好道術，入穴中，行可三百步，廓然有宮宇，床榻上有經書，見二人對坐，鬢髮皓白。班前拜于床下，一人顧曰：「卿可還，無宜久住。」班辭出，至穴口，有瓜數個，欲取，乃化爲石。尋故道得還，至家，家人云：「班去來已經四十年矣！」〔註158〕

> 貝丘西有玉女山，傳云：「晉泰始中，北海蓬球，字伯堅，入山伐木，忽覺異香，遂溯風尋之，至此山，廓然宮殿盤郁，樓臺博敞，見五株玉樹，有四婦人，端妙絕世。見球懼驚起而問：『蓬君何故得來……』俄然，有一女乘鶴而至，逆羞曰：『汝等何故有此俗人！』王母即令王方平行諸仙室。球懼而出門，忽然不見。至家，乃是建平中。其舊居閭舍，皆爲墟墓矣。」〔註159〕

這種如「劉晨阮肇」的恍惚俟已數十年，或已隔世，親舊凋零，閭舍改異的時空場景，由魏晉六朝至唐五代的書寫框架卻是盛而不衰；而宮殿盤郁、樓臺博敞與玉樹仙家的蓬萊地景，也成爲人間跨逐天上仙界的終極目的地。而「廓然宮殿宏麗」的蓬壺勝景，亦可位在水中。《酉陽雜俎・卷十四》言：

> 平原縣西十里舊有杜林，有邵敬伯者，家于長白山。有人寄敬伯一函書，言我吳江使……仍教敬伯，但于杜林中取樹葉投之于水，當有人出。敬伯從之，果見人引入，敬伯懼水，其人令敬伯閉目，似入水中，豁然宮殿宏麗。見一翁，年可八九十，坐水精床，發函開書……以一刀子贈敬伯曰：「好去，但持此刀，當無水厄。」敬伯出，

〔註157〕《中國小說史略》，頁 154～155。
〔註158〕《唐五代筆記小說大觀》，頁 570～571。
〔註159〕《唐五代筆記小說大觀》，頁 571～572。

還至杜林中，而衣裳初無沾濕。〔註160〕

張讀（834？～886？）的《宣室志》，書寫《劉晨阮肇》狗尾續貂的遊仙情節，更爲詭幻多變：

> 杜陵韋弇，與其友數輩爲花酒宴……得亭，撐空危危，擴然四峙，
> 門因花辟，砌用烟蠹，弇望之眞所謂塵外境也。入，見亭上有神仙
> 十數，皆極色也……群仙喜曰：「此乃玉清宮也，此仙府也，惟慮不
> 可久滯世間人……」絲竹盡舉，不爲人間之聲……吾有三寶，將以
> 贈君。始出一寶，其色碧，光瑩洞徹，曰：「碧瑤杯。」又出一枕，
> 似玉微紅，曰：「紅蕤枕。」又出一小函，色紫似玉，曰：「紫玉函。」
> 弇拜謝而出，行未一里，回望其亭，茫然无有……有胡人見而拜曰：
> 「此天下之奇寶也，雖千萬年，人無得者……」弇由是連甲第，居
> 廣陵中爲豪士，竟卒于白衣也。〔註161〕

韋弇入仙境而得三寶，終以富連甲第，爲地方一豪士，這與出仙境而親舊凋零，問訊已七世孫的悵然若失，遁隱求道，而莫知所終的敘述格局，顯然是形成了極大的反差。張讀事言誕謾，卻以韋弇爲富甲一方，作爲仙旅奇緣的最完美結局。

仙旅奇緣的遊記，不僅是恍惚以入，更有魂體游踪，崇飾詭幻之行：

> 趙業，貞元中，選授巴州清化縣令，失志成疾……忽覺精神遊散如
> 夢中，東行一橋飾以金碧，過橋北入一城……忽有巨鏡徑丈，虛懸
> 空中……至大城，城上重譙，街列果樹，仙子爲伍，迭謠鼓樂，仙
> 姿絕世。凡歷三重門，丹雘交換，其地及壁，澄光可鑒……朱衣者
> 引出北門，執手別曰：「游此是子之魂也。」〔註162〕

張讀的《宣室志》多記神仙鬼怪狐精，與佛門休咎之事，更有記述佛道融合，而譎怪動人的仙府傳奇。

> 浮屠氏契虛者……遁入太白山，自是絕粒。有一道士喬君，顏貌清
> 瘦，謂契虛曰：「師神骨孤秀，當遨遊仙都中矣……」一撑子年甚
> 少，與契虛俱至藍田上冶縣。其夕，登玉山，至一洞，洞中昏晦不
> 可辨。見一門，遂望門而去。既出洞外，風日恬煦，山水清麗，

〔註160〕《唐五代筆記小說大觀》，頁658。
〔註161〕《唐五代筆記小說大觀》，頁1034～1035。
〔註162〕《唐五代筆記小說大觀》，頁574。

> 眞神仙都也……見有城邑宮闕，璣玉交映于雲霞之外。擇子指語：
> 「此稚川也！」相與謁其所，見有仙童百輩，羅列前後……擇子
> 曰：「凡學仙者，當先絕其三尸，如是則神仙可得，不然，雖苦其
> 心，无補也。」棄盧悟其事，因盧於太白山，絕粒吸氣……而不知
> 所在。〔註163〕

張讀爲張鷟之裔，牛僧孺之外孫；「稚川仙境」的鋪設，亦流波於《玄怪錄》。在道佛合流的靈怪文本，主人翁契盧最終亦以道家絕粒吸氣，遁而莫知所終。而以「莫知所終、遂不得見」爲仙境基調的文本，大體遵循《史記・封禪書》的載述口吻：「海上三神山，黃金銀爲宮闕……終莫能至。」這種終莫能至、忽而不見的仙境，永永遠遠披上一層神秘的面紗，不絕如屢地飄盪在中國小説裡的仙旅奇緣中。

裴鉶《傳奇・崔煒》一文構築以入玄幻的龍穴帝洞，錦綉幃帳數間，垂金泥紫，四壁琢飾珠翠犀象瓊瑤，出則已三秋的仙境爲主場：

> 貞元中，有崔煒者，居南海……煒因迷道，失足墜于大枯井中。及
> 曉視至，乃一大穴，深百餘丈，可容千人。中有一白蛇盤屈，長數
> 丈，蛇之唇吻，亦有疣焉……煒燃艾，啓蛇而灸之，是贅應手墜
> 地，遂吐徑寸珠酬煒……洞中行，觸一石門，門有金獸銜環，洞然
> 明朗。入室空闊，穴之四壁，皆鐫爲房室，當中有錦綉幃帳數間，
> 垂金泥紫，更飾以珠翠，炫晃如明星之連綴。帳前有金爐，爐上有
> 蛟龍、鸞鳳、龜蛇、燕雀，皆張口噴出香烟，芬芳蓊郁……四壁有
> 床，咸飾以犀象……有四女，曳霓裳之衣，謂煒曰：「何崔子擅入皇
> 帝玄宮？」……皇帝敕令，與郎君國寶陽燧珠……煒瞬息而出穴，
> 履于平地，望星漢，時已五更，遂歸廣州。往舍詢之，曰：「已三年
> 矣。」謂煒曰：「子何所適而三秋不返？」……抵波斯邸，潛鬻是
> 珠，有一老胡人曰：「郎君入南越王趙佗之墓，此珠爲我大食國寶陽
> 燧珠也。昔漢初，趙佗使異人梯山航海，盜歸番禺，今僅千載矣。
> 我王召我，具大舶重資，抵番禺而搜索，今日果有所獲……胡人遽
> 泛船歸大食去」……煒後居南海十餘載，遂散金破產，栖心道門，
> 往羅浮，訪鮑姑，後不知所適。〔註164〕

〔註163〕《唐五代筆記小説大觀》，頁 993～994。
〔註164〕《唐五代筆記小説大觀》，頁 1092～1096。

這種張皇鬼神仙靈的文本，故事不經，而又崇飾惑觀；對於進入仙界神境，獲奇珍異寶：「入南越王趙佗墓，而得大食陽燧珠國寶，易之波斯胡商以十萬緡金」的奇遇，則多詭幻譎怪。結局皆以道教徒垂誡諷世，人世浮虛、飄然遠引方外而去。〈陶尹二君〉更以避秦難，不知有漢，無論魏晉、興亡之事不可歷數的「桃花源記」為主景：

> 唐大中初，有陶太白、尹子虛二老人，遊嵩、華二峰。憩于大松林下，因傾壺飲，聞松有二人撫掌笑聲。二公問曰：「莫非神仙乎？」笑者曰：「吾二人，僕是秦之役夫，彼爲秦宮女子」……吾當返穴易衣而至，二公曰：「敬聞命也。」忽見松下一丈夫，古服儼雅，一女子鬟髻彩衣。古丈夫言：「余，秦之役夫，家本秦人。及童，始皇好神仙術，求不死藥，爲徐福所惑，搜童男女千人，將之海島。見驚濤蹙雪，蜃閣排空，石橋之柱攲危，蓬岫之烟渺茫，恐葬魚腹，出奇計，脫斯禍……知不遇世，遂逃此山，食松脂木實，乃得延齡耳。此毛女者，秦之宮人，同爲殉者，余乃與同脫驪山之禍，共匿於此。不知于今經幾甲子」？二公曰：「秦于今世，繼正統九代千餘年……」古大夫曰：「因得木實，乃得凌虛。歲久日深，不覺生之與死，俗之與仙，鳥獸爲鄰，猿狖爲樂，飛騰自在……」二仙曰：「无令漏泄伐性，使神氣暴露于窟舍耳。」二公拜別，但覺超然莫知其踪，去矣。旋見所衣之衣，因風化爲花片蝶翅而揚空中。陶、尹二公芳馨滿口，履步而塵埃去身。〔註165〕

食木實松脂，秦役夫與秦宮女竟然能長壽千年，改朝換代而永生。這種山中仙境的布局，已是典型的世外桃源，人間的蓬萊仙館。裴鉶甚至將〈莊周夢蝶〉中的「周與蝴蝶」栩栩然、蓬蓬然、羽化成仙的適志神話，置入其構建的山中仙境之中。〈許栖岩〉是以太白洞天、瑤華上宮爲仙境主景，演述一場无復故居，入太白山求道而去的仙境遊歷：

> 許栖岩，每晨夕，必瞻仰真像，朝祝靈仙，以希長生之福……時有蕃人牽一馬，因市之而歸。道流曰：「此龍馬也……」泊登蜀道危棧，栖與馬俱墜崖下。仰不見頂，四面路絕，于槁葉中得栗如拳，食之，亦不飢矣。崖下見一洞穴，行而乘之，忽及平川，花木秀異，池沼澄澈，見碧桃萬餘株，有一道士臥于石上，云是：「太乙元

〔註165〕《唐五代筆記小說大觀》，頁1096～1099。

君」……乃邀入別室……逡巡，有仙童曰：「東皇君請今宵曲龍山橋玩月……」元君同栖岩跨龍、鹿而去。頃刻見危橋若長虹亘天，勢連河漢，深入滄溟。東皇君命酌禮，鸞歌鳳舞，響徹天外……居半月，思家求還，太乙曰：「汝飲石髓，已壽千歲。无輸泄、荒淫，復此相見。」命牽栖馬，謂：「此馬吾洞中龍馬，子有仙骨故得之。不然，此太白洞天，瑤華上宮，何由而至。」跨馬，食頃達虢縣舊庄，則芫復故居也。問鄉人，年代已六十年。〔註166〕

裴鉶的仙境遊踪系列，詭幻動人。人間仙境的場景，從壺中勝境的原型而多元化的場景書寫，魯迅以言崇飾惑觀，神仙譎怪之事，乃是最佳的註語。〈封陟〉書寫神姝求偶孝廉，雲車拜天，欲同登蓬山瀛島，三試孝廉封陟。結局以封陟執迷儒教貞廉，追悔自咎而結：

寶歷中，有封陟孝廉者，志在典墳，僻于林藪……書堂之畔，泉石清寒，桂蘭雅淡；薜蔓衣垣，苔茸毯砌。時夜，忽飄異香酷烈，漸布于庭際。俄有輜軒自空而降，見一仙姝，侍從華麗，玉珮敲磬，皓雪容光，曰：「本籍某上仙，謫居下界；或遊人間五岳，或止海面三峰……所以慕其眞僕，愛以孤際，願持箕帚。不知郎君雅旨如何？」陟攝衣朗燭，正色而坐，曰：「『家本貞廉，性惟孤介……必不敢當神仙降願。」姝留詩曰：「謫居蓬島別瑤池，春媚烟花有所思，爲愛君心能潔白，願操箕帚奉屏幃。」後七日夜，姝曰：「蓬山瀛島，琇帳錦宮……自矜孤寢，轉憐空閨，靡不雙飛，幸垂采納，无阻精誠……」陟正色而言：「……不識鉛華，豈知女色，幸垂速去……」後七日姝又至，曰：「我有還丹，頗能駐命，許其依託，必寫襟懷；仙山靈府，任意追遊。」陟乃怒目而言：「我居書齋，是何妖精，苦相凌逼。心如鐵石，无更多言。」姝又留詩：「愁想蓬瀛歸去路，難窺舊苑碧桃春。」後三年，陟染疾而終。至幽府，遇神仙騎從，乃昔日求偶仙姝，遂索大筆判曰：「封陟性雖執迷，操唯堅潔，宜更延一紀。」左右令陟跪謝……良久，蘇息，後追悔昔日，慟哭自咎。〔註167〕

仙姝求偶于儒子封陟，可以看出裴鉶假小說以寄其失志好仙之筆端，藻繪以

〔註166〕《唐五代筆記小說大觀》，頁 1099～1100。

〔註167〕《唐五代筆記小說大觀》，頁 1105～1107。

紓牢愁。在士子歆慕功名的唐朝，如此詭幻的仙儒求婚，故事雖然不經，但是餘韻別緻，作意好奇。從以上一連串以「仙境」為奇歷異旅的故事來看，裴鉶《傳奇》裡所建造的仙境場景有南溟夫人所居的海島、趙王佗的王墓、嵩華二峰下的高松、太白洞天與瑤華上宮、藍橋驛洞與儒子書齋，壺中天地的蓬萊仙境，仍然以宮館壯麗，臺榭樓臺悉以金銀的凌空仙閣為摹本；而實心去欲的人間一方，都可以成為切慕仙境的場域，歸入蓬瀛的入口。

唐皇甫枚《三水小牘》以記晚唐時期的奇聞異事，或與時世交涉，或是神仙譎怪果報，有些故事間有自己的議論。〈崆峒山神仙靈蹟〉載述山市蜃景，與蓬萊仙境之蜃氣台樓，如出一轍：

> 汝州臨汝縣南十八里，有小山曰崆峒，即黃帝訪道之地，廣成子所隱也……耆老云：「若九春三秋，天景清麗，必有素霧自山岊起。須臾，粉堞青甍，彌亘數里，樓殿轇轕，花木煥爛。數息中，雲勢漫散，不復見矣。庸輩不知神仙窟宅，謂廣成化城，乃里談也。」
>
> 〔註 168〕

皇甫枚把山市現象解讀為神仙窟宅，並駁斥時人以為是廣成子化城的傳聞。在科學不興的唐末，對於變幻如金闕銀臺、仙館樓殿、粉堞青甍的雲勢，當然會置入其海上三神山與昆侖神殿的神話影像，無可厚非地把它看做為神仙窟宅。此類書寫，也說明「仙境」地景深深地烙印在士人心中。〈侯元遭神君之戒兵敗見殺〉更以詭譎多變的巨石洞天，作為其壺中仙境的道場：

> 侯元者，山村之樵夫，于山中伐薪，憩谷口旁，有巨石巍然若廈屋。元對之太息，見石劃然豁開若洞，中有一叟，羽服烏帽，鬢髮如霜，曰：「我神君也。自可于吾法中取富貴……」與叟復入洞中，行數十步，廓然清朗，田疇砥平，異花芳草。數里，過橫溪，碧湍流苔，鴛鷁溯洄，其上長梁妖矯如晴虹焉。過溪北，左右皆喬松修篁，高門渥丹，臺榭重復。引元之別院，坐小亭，檐楹階砌，皆奇寶煥然，及進食行觴，復目皆未睹也……叟授以秘訣數萬言，皆變化隱顯之術……並戒曰：「宜謹密自固，若圖謀不軌，禍喪必至；至心叩石，當有應門。」元拜謝既出，洞穴泯然如故，視其樵蘇已失。至家，父母兄弟喜曰：「去一旬，謂已碎于虎狼之吻。」元在洞中如一日耳……後元以稱兵舉事，心計以為奇術制之……領千餘人

〔註 168〕《唐五代筆記小說大觀》，頁 1186。

直突之，敗……復謁神君，虛心叩石，石不爲開也……其黨散歸田
里。〔註169〕

故事結尾以規諫不可圖謀不軌，而須等待天應爲戒。然而神君所居的勝地奇
境，皇甫枚寫來如同仙闕臺榭飾以金銀、奇花芳草如茵、高門渥丹的蓬壺地
景，彷彿訴說別有洞天的人間樂園可達，而人心動念卻不可爲，諷諭的色彩
十分的濃厚。

　　蘇顎《杜陽雜編》所書以誇遠方珍異，〈處士伊祁玄解〉一文又顯揚幽隱，
盛述玄解神仙譎詭的能力。玄解將還東海蓬瀛仙地，帝王不許之下，以縮天
微身之法，入其金銀闕宮：

> 上好神仙不死之術，時有處士伊祁玄解，縝髮童顏，氣息香潔，長
> 遊歷青兗間，若與人款曲語，話千百年事皆如目擊。上知其異人，
> 召入宮，處九華之室，設紫茭之席，飲龍膏之酒，此本烏弋山離國
> 所獻。上問：「先生春秋既高，何以顏色不老？」玄解曰：「臣家于
> 海上，常種靈草食之，故得然也。」于衣間出三等藥實……雙麟芝、
> 六合葵、萬根藤……玄解請上自采餌之，頗覺神驗……又解龍虎二
> 玉，各如其說，上異其言。玄解將還東海，上未之許。過宮中，刻
> 木海上三山，彩繪華麗，間以珠玉。上與玄解觀之，指蓬萊曰：「若
> 非上仙，无由得及此境。」玄解笑曰：「三島咫尺，誰曰難及？」試
> 爲陛下一遊。即蛹體于空中，漸覺微小，俄而入于金銀闕內，左右
> 連聲呼之，竟不復所見。上追思嘆恨，因號其山爲藏眞島……後旬
> 日，青州奏云：「玄解乘黃牝馬過海矣。」〔註170〕

蘇鶚構築的刻木海上三山，大抵荒誕言謾。然而以玄解將還東海蓬萊仙境，
並以刻木三山如一壺天地的狹小空間，書寫玄解蛹體微身，終至不見，而
進金銀宮闕之蓬萊的神仙大能。三島咫尺的仙境，對於世間俗人卻是天涯
難及！

　　前文提起魏晉六朝〈陽羨書生〉的吐壺世界，與壺公費長房的跳壺勝境，
都上演著一壺仙境的奇幻詭怪。然而《杜陽雜編》的〈蛤中二僧〉，卻又以佛
門菩薩爲仙境主角，寫來宛如「蛤蜊觀音」的佛門傳說，〔註171〕極摹「蛤中

〔註169〕《唐五代筆記小說大觀》，頁1193～1194。
〔註170〕《唐五代筆記小說大觀》，頁1383～1384。
〔註171〕據《佛祖統紀‧卷四十二‧唐文宗開成元年》條記載，「唐文宗食蛤蜊，有閉

「仙境」的神幻遷變：

> 上好食蛤蜊，一日左右方盈盤而進，中有擘之不裂者。上疑其異，
> 乃焚香祝之，俄頃自開，中有二人，形眉端秀，體質悉備，螺髻瓔
> 珞，足履菡萏，謂之菩薩。上遂置之于金粟檀香合，以玉屑覆之，
> 賜興善寺。至會昌中毀佛舍，不知所在。〔註172〕

蛤中菩薩極樂境界的書寫，卻是詭幻神變。唐康駢《劇談錄》成于乾寧二年（895），其書《序》云：「新見異聞，常思紀述。或得史官殘事，聚于竹素之間。」覽閱其書，則多記中晚唐期間的朝野遺聞，然而也有涉及神仙靈怪與劍俠之事。魯迅以是書雖漸多世務，然仍以傳奇爲骨。〔註173〕《劇談錄・嚴使君遇終南隱者》則以嚴使君愛好眞道、采藥，途遇隱者仙人的奇聞：

> 大中末，建州刺史嚴士則，頗好眞道，于終南山采藥迷路，徘徊岩
> 嶂之間，數日糧盡，然林岫深僻，風景明麗。忽有茅屋于松竹之
> 下，烟夢四合，才通小徑……見一人于石榻，僵臥看書……問士則
> 京華近事，詢天子嗣位幾年。云：「安史犯闕居此，迄于今日。」士
> 請以食饌，隱者以自居山谷，且无烟爨，有一物可療飢，紙囊開
> 啓，百餘顆如蕎豆之狀，拾薪汲泉而煮。良久，盛有香氣，已如掌
> 大，以鐺中飲水食之。復曰：「自茲三十年間，无復飢渴。俗慮塵
> 情，將澹泊也；倘能脫去芬華，兼獲長生之道，可以還矣。」士告
> 歸出于山隅，問于樵人隱者姓名，無所對。才經信宿，已及樊川村
> 野，既還，日覺氣壯神清，有駿鸞馭鶴之意……時年九十，猶在山
> 谷。〔註174〕

嚴士則終南山遇隱者，無非也是一段仙境奇緣。山中無甲子的仙境時空，與神仙方物之不飢三十年的傳奇異能，大抵傳承前人「山中別有洞天」的仙境奇旅。這種名山勝境，壺中天地的仙境地景，更爲杜光庭《錄異記》書中張

> 而不開者，乃焚香禱之，蛤蜊忽變現菩薩之形，帝乃詔終南山惟政禪師問此
> 因由，後並詔告天下寺院立觀音像。」此爲蛤蜊觀音信仰之濫觴。《杜陽雜編》
> 成書于唐僖宗乾符三年（876），則又早于南宋末年僧人志磐于咸淳五年（1269）
> 所撰的《佛祖統紀》。然而《杜陽雜編》爲記代宗（763）至懿宗（873）十朝
> 事；而《佛祖統紀》則記唐文宗事，則二書所載「蛤蜊菩薩」事，究竟誰爲
> 濫觴，似乎很難定論。

〔註172〕《唐五代筆記小說大觀》，頁1388。
〔註173〕《中國小說史略》，頁153～154。
〔註174〕《唐五代筆記小說大觀》，頁1489～1490。

皇神仙勝境的摹本：

> 永平四年甲戌，和州刺史王承賞奏：「深渡西，入山二十里，長山楊
> 謨洞在峭壁中，上下懸險，人所不到。洞中元有神仙，或三人，或
> 五人，服飾黃紫，往往出現……」思州大江之側，崖壁萬仞，高處
> 有洞門，中有仙人……其山光色潔白如凝酥積雪，人蹟不到。大都
> 黔峽諸山有大酉、小酉，皆是絕跡勝境，爲神仙所居。〔註175〕

杜光庭（？）的《錄異記》與其《神仙感遇傳》、《仙傳拾遺》和《墉城集仙
錄》均爲多寫神仙志怪之事，荒誕不經，雖有「杜撰」誕謾的戲稱，然而敘
事條暢，狀物可觀，對於方士道徒多言嗜奇獵異之端，有其獨特的敘述視角。
尤其擅於將遠海縹緲的蓬瀛三島地景，移至到人所不到而絕蹟勝境的名山幽
谷穴洞，海中仙客亦可爲山中神人。

> 長安富平縣北定陵後通關鄉，入谷二十餘里，有二洞：一名東女
> 學，一名西女學……行一二十里，兩面有五門，皆各有題記，或通
> 蓬萊及諸仙境……時有仙人浴此……山上有仙人斗聖，踪蹟極多。
> 〔註176〕

而《太平廣記》引杜氏《仙傳拾遺》五臺山風穴仙府的壺中天境，將海外的
蓬瀛勝景移植於陸地中的紫府仙境：

> 李球，寶曆二年，與其友劉生遊五臺山。山有風穴，遊人稍或喧呼，
> 及投物擊觸，即大風震發，揭屋拔木……球至穴口，戲投巨石於穴
> 中，果有奔風迅發，球卻墮入穴中，良久至地，見一人形如獅子而
> 人語，引球入洞齋內，見二道士奕碁……道士語：「汝何凡庸，入吾
> 仙府耶？」另一道士謂之曰：「汝雖凡流，得觀吾洞府，踐吾眞境。
> 飲此神漿，亦延年壽矣！」引球示以別路曰：「此山道家紫府洞也！
> 五峰之上，皆籍四海奇寶以鎮峰頂」……春山雜玉，環水香瓊，以
> 固上眞之宅。此山東峰有離岳火球，西峰有麗農瑤室，南峰有洞光
> 珠樹，北峰有玉澗瓊芝，中峰有自明之金，環光之壁。每積陰將散，
> 久暑將雨，即眾寶交光，照灼嚴嶺，春曉秋旦，則九色之氣屬天，
> 光輝爍于雲表，故謂神仙之府……北有嚴徑，可使子速還人間……
> 因出洞門，門外古樹半朽，球得出已在寺門之外矣……餌紫府之丸

〔註175〕《唐五代筆記小説大觀》，頁1510。
〔註176〕《唐五代筆記小説大觀》，頁1538。

藥，乾符中，於河東見球，年九十餘，容狀如三十許人，老而復壯，

性不食。〔註177〕

燕人李球五臺山遇仙者，入風穴，觀仙府，無非也是一段仙境奇緣。而此神仙之府，杜光庭以形容「五峰之上，皆籍四海奇寶以鎮峰頂……春山雜玉，環水香瓊，以固上眞之宅。此山東峰有離岳火球，西峰有麗農瑤室，南峰有洞光珠樹，北峰有玉澗瓊芝，中峰有自明之金，環光之壁。每積陰將散，久暑將雨，即衆寶交光，照灼嚴嶺，春曉秋旦，則九色之氣屬天，光輝爛于雲表」，將蓬萊仙境、遠海縹緲的蓬瀛三島地景，移到人所不到而絕蹟勝境的名山幽谷穴洞，海中仙客亦可爲山中神人。李球後以希生之心，出世之象，銳志修道，入蓬壺天地，而抛人生浮虛之幻。

杜光庭《神仙感遇傳》與《仙傳拾遺》所構述山中蓬壺仙境的奇景，不僅是「迴廊環搆，飾以珠玉，殆非人世所有」、「仙子數十，左右侍衛，華裾靚粧，意非常世所覩」、「陳設餚膳，奇味珍果，既非世之所嘗；金石絲竹，雅音清唱，又非世之所聞」的玉清仙府；〔註178〕更可以是「宮闕花卉萬叢，不可目識。臺閣連雲十里許，皆有金樓玉窗，瑤階玉陛，流渠激水，處處華麗，殆欲忘歸」眞仙福庭，天帝下府的金庭不死之鄉。〔註179〕

唐人仙境意象的擴大，更是書寫到枕穴、蟻穴中的仙境夢幻世界。小說中的繁華富貴的「人間」，更使得仙境的描寫更爲世俗化。沈既濟的〈枕中記〉，大體演繹干寶《搜神記》〈焦湖廟巫〉的「枕坼天地」。而朱樓瓊室、徊翔臺閣、崇盛赫奕的壺中勝景，已轉換爲黃粱夢熟、人生浮虛的窒欲規誨：

呂翁乃探囊中枕以授之……生俯首就之，見其竅漸大，明朗，乃舉身而入……由是衣裝服馭，日異鮮盛……再登臺鉉，出入中外，徊翔臺閣，五十餘年，崇盛赫矣……盧生欠伸而悟，見其身方偃於邸舍，呂翁坐其旁，主人蒸黍未熟。生蹶然而興，曰：「豈其夢寐也？」翁謂生曰：「人生之適，亦如是也。」生憮然良久，謝曰：「夫寵辱之道，窮達之運，得喪之理，死生之情，盡知之矣，此先生所以窒吾欲。」〔註180〕

枕中天地既是衣冠顯赫，榮適官宦的人間佳境，也是黃粱一夢，蹶然而興的

〔註177〕《太平廣記・卷四十七》，頁292～293。
〔註178〕《太平廣記・卷三十三・》，頁209～210。
〔註179〕《太平廣記・卷四十九》，頁305～306。
〔註180〕《太平廣記・卷八二》，頁527～528。

人間道場。榮享五十餘年的盧生，終能一夢儆醒壺中勝境的人生浮虛，窮達盡悟神幻仙境的虛無短暫。李公佐善述仙怪傳奇，其《古岳瀆經》幻設意想大禹召集眾神制服了淮渦水神无支祈的傳奇故事。對於《古岳瀆經‧第八卷》的獲得地點，李公佐仍不脫其仙境傳奇的意想：

> 至九年春，公佐訪古東吳，從太守元公錫泛洞庭，登包山，宿道者
> 周焦君廬。入靈洞，探仙書，石穴間得古《岳瀆經》第八卷。〔註181〕

故事中以洞庭西山爲背景，宛如是與王嘉《拾遺記‧卷十‧洞庭山》所陳述山上靈洞中的丹樓瓊宇，宮觀異常，與世殊別的蓬壺仙境。而《南柯太守傳》中的古槐蟻穴仙境，上演浮生若夢，富貴無常的悟道歷程。那宛若蓬壺仙境的場景，更增衍爲看透人生浮虛，而棲心道家的媒介仙門：

> 東平淳于棼……貞元七年九月，因沉醉致疾，臥于堂東廡下。昏然
> 忽忽，髣髴若夢。見二紫衣使者，駕以四牡，指古槐穴而去……見
> 以人世甚殊，有郛郭城堞、朱門重樓，金書題以：「大槐安國」……
> 彩檻雕楹，華木珍果……人之與物，皆非世間所有，群仙姑姊紛然
> 在側，見一女子，云號金枝公主，儼若神仙，交歡之禮。生爾後榮
> 耀日盛，出入車服，遊晏賓御，次於王者……榮耀顯赫，一時之盛，
> 代莫能比……生自罷郡還國，鬱鬱不樂，暫歸本里，見二紫衣駕車
> 俄出一穴，見本里閭巷，不改往日，潸然至悲……夢中倏忽，若度
> 一世。與二客尋槐下穴，見有蟻數斛……尋穴就源，乃槐安國都
> 矣……生深感南柯浮虛，悟人世倏忽，遂棲心道門。〔註182〕

槐穴蟻國的瑤臺城堞、朱門重樓，彩檻雕楹而別於人世的仙境佳地，造就了淳于棼榮耀顯赫，一時之盛而代莫能比的榮華歲月。然而槐安國的仙境奇緣，終在夢中倏忽，若度一世的榮華消逝後，已成荒涼蟻國，不勝欷歔的南柯一夢。《枕中記》與《南柯太守傳》等傳奇小說，雖多盛述神仙譎怪的夢境，然而以仙境爲人生悟道的法門，卻與魏晉六朝專言仙境遊踪，不知所終的敘述架構有別。游仙的歷程僅是人世倏忽的縮影；而蓬壺仙境的地景勝地，卻成爲浮生若夢的無常法門。

　　從以上隋唐五代文人筆下的「蓬萊仙境」所構述的方壺勝境，與移天縮地的壺中天地裡，有著獨立的時間與空間系統，是海上虛幻仙島移植到現實

〔註181〕《太平廣記‧卷四百六十七》，頁3845。
〔註182〕《太平廣記‧卷四百七十五》，頁3910～3915。

人間仙山的聯接通道。它也表現出道教「有長年之光景，日月不夜之山川。寶蓋層台，四時明媚，金壺盛不死之酒，琉璃藏延壽之丹。桃樹花芳，千年一謝，雲英珍結，萬載圓成」那美好而又玄虛神秘、飄逸空靈的神仙勝境。

三、皇家園苑的海上瓊閣

　　隋煬帝西苑的窮極華麗，令人嘆爲觀止，而苑中開鑿的北海，周環四十里，中有三神山與臺榭迴廊，水深四丈，泛舟於上，飄然氣爽，眞如仙境。《隋書·煬帝上》與〈煬帝下〉云：

> 詔尚書令楊素、納言楊達、將作大匠宇文愷營建東京，徙豫州郭下居人以實之……又於阜澗營顯仁宮，採海內奇禽異獸草木之類，以實西苑。徙天下富商大賈數萬家於東京。開通濟渠，自西苑引穀、洛水達于河，自板渚引河通于淮……往江南採木，造龍舟、鳳艒、黃龍、赤艦、樓船等數萬艘……初，上以天下承平日久，士馬全盛，慨然慕秦皇、漢武之事。乃盛治宮室，窮極侈靡。〔註183〕

魏徵所寫隋煬帝慕秦皇、漢武之事，而營建東京，廣闢西苑，這是楊廣企慕海上蓬萊三神山的不死聖域，而在皇家園苑中加以複現仙人府第的地景。史書爲帝王諱而沒有明載，然西苑之窮極侈靡，則是不爭的事實。宋劉斧的《青鎖高議後集·隋煬帝海山記上》、〈海山記下〉對「西苑」的窮極侈靡與蓬萊仙境的造景，則有鉅細靡遺的陳述：

> 帝自素死，益無憚。乃闢地周二百里爲西苑，役民力常百萬。內爲十六院，聚土石爲山，鑿爲五湖四海，詔天下境內所有鳥獸草木，驛至京師……又鑿五湖，每湖方四十里……湖中積土爲山，構亭殿，曲屈盤旋，廣袤數千間，華麗。又鑿北海，周環四十里，中有三山，效蓬萊、方丈、瀛洲，上皆台榭迴廊，水深數丈，開狹湖通五湖北海，俱通行龍鳳舸，帝多泛東湖……大業六年，後苑草木鳥獸繁息茂盛，桃蹊李徑，翠陰交合，金猿青鹿，動輒成群。自大內廚開爲御路，通西苑，夾道植長松高柳，帝多幸苑中。〔註184〕

隋煬帝構築的西苑是如此窮極華麗與游侈奢靡，宮苑建築已逐漸融於山水佳地之中。而構築的蓬萊勝景則成爲帝王縱情享樂，追儷神遊，與乘舸蕩舟、

〔註183〕《隋書·煬帝》，頁 63、94。
〔註184〕《宋元筆記小說大觀》，頁 1118～1121。

放浪形骸的人間仙境；雲蒸霞蔚，流連忘返的仙人府第。

　　唐代帝室因奉老子爲宗，歷代皇帝尙崇好神仙，理道方術神伎之事，又盛於前朝。而且唐長安城宮苑壯麗、氣勢宏偉，已成四方海夷爭相來朝的繁榮城市。大明宮原爲李世民爲其父李淵營建的消暑夏宮，其間殿堂樓閣與遊廊台榭無數，造景宏偉、氣派磅礴而又十分排場；太液池中的神山建築，更由景石組合而成的園林式風景島嶼。高宗時期因其患有頭眩風痺之症，於方道求僊之事甚篤下，又加以修建大明宮及含元殿，並於龍朔二年改名爲「蓬萊宮」。《舊唐書‧高宗紀上》與《地理志一》記載：

> 龍朔二年，夏四月庚申朔，至自東都。辛巳，造蓬萊宮成，徙居之……三年，二月丙戌，隴、雍、同、岐等一十五州戶口，微修蓬萊宮。丁酉，減京官一月俸，助修蓬萊宮。夏四月，幸蓬萊宮新起含元殿……乾封三年，三月丁丑，改蓬萊宮爲含元殿。〔註185〕

> 皇城在西北隅，謂之西內……京師西有大明、興慶二宮，謂之三內。有東西二市……東內曰大明宮，在西內之東北，高宗龍朔二年置。正門曰：「丹鳳」，正殿曰：「含元」……高宗以後，天子常居東內，別殿、亭、觀三十餘所……有夾城護道、花蕚、相輝、勤政、務本之樓。〔註186〕

大明宮原名永安宮，唐高宗時，改名爲蓬萊宮。官書上所載大明宮與含元殿的起造，使它成爲唐代最富盛名的宮苑代表，也成爲唐室帝王遊騁蓬壺仙人府第的人間仙境。李華的〈含元殿賦〉則以贊嘆的文筆來歌詠「含元殿」的耀眼建築：

> 飛重簷以切霞，炯素壁以留日，左翔彎而右棲鳳，翹兩闕而爲翼；環阿閣以周犀，象龍行之曲直，夾雙壺之鴻洞。鄰斗極之光耀，逼天漢之波瀾；崢嶸屛顏，下視南山。〔註187〕

人間仙境的宮苑造景，不斷的成爲帝王世家點景起亭，憲宗時期的大建蓬萊池廊，在曲徑通幽的鳳樓龍閣與小橋流水中去體現蓬壺仙家：

> 元和十二年，五月己酉，作蓬萊池周廊四百間。〔註188〕

〔註185〕《舊唐書‧高宗紀上》，頁83～84與《舊唐書‧高宗紀下》，頁94。
〔註186〕《舊唐書‧地理志一》，頁1394。
〔註187〕《全唐文‧卷三百一十四》。
〔註188〕《舊唐書‧憲宗紀》，頁459。

沈括《夢溪筆談‧卷一‧故事》與劉餗《隋唐嘉話‧卷中》也都說明了高宗
增建的蓬萊宮，成爲唐室帝王的起居所：

> 自永徽以後，人主多居大明宮，別置從宮，謂之「東頭供奉宮。」
>
> 〔註189〕

> 司稼卿梁孝仁，高宗時造蓬萊宮，諸庭院列樹白楊。〔註190〕

唐代帝室皇苑中疊山理水的蓬萊造景，在大明宮太液池中以園林式的風景
島嶼複現仙境蓬萊；大明宮也成爲唐朝帝皇攬勝築台、神遊仙人府第的苑
中勝境。同時，「蓬萊宮殿」也成爲時代詩人文士詩中，宮殿樓閣的吟詠意
象。〔註191〕

　　唐朝帝王在宮苑起造蓬壺勝景的淒美傳聞，當以玄宗李隆基爲最動人。
《舊唐書》與《新唐書》裡的《方伎列傳》，有關玄宗問道神仙，與方士互動
的記載尤其詳明：

> 張果者，隱於中條山，往來汾晉間，自云年數百歲……玄宗令裴晤
> 往迎之。果對使絕氣如死，良久漸蘇，又遣中書徐嶠迎之入宮中……
> 玄宗令算果，懵然莫知其甲子。又有師夜光者，善視鬼，令之視果，
> 對面終莫能見。天寒，使以堇汁飲果，醺然如醉，取鏡視齒，則盡
> 燋且黧。帝命左右取鐵如意擊齒墮，藏於帶。乃懷中出神仙藥，傅
> 墮齒之齦。復寐良久，齒皆出也，粲然潔白。〔註192〕

> 天寶中，有孫甑生者，以技聞。能使石自闘，草爲人騎馳走……羅
> 思遠，能自隱，帝學，不肯盡其術，試自隱，常餘衣帶，及思遠共
> 試，則驗……帝怒，壓殺之。數日，有中使者自蜀還，逢思遠駕而
> 西，笑曰：「上爲戲何虐也！」姜撫，自言通僊人不死術。開元末太
> 長卿韋縚祭名山，因訪隱民，還白撫已數百歲，召至東都。因言：
> 服長春藤，使白髮還鬒，則長生可致。〔註193〕

〔註189〕《夢溪筆談》，頁5。

〔註190〕《唐五代筆記小說大觀》，頁104。

〔註191〕有關唐詩中以「蓬萊」意象爲指涉朝廷殿名，而不作神仙之處；又以蓬萊意
　　　　指道觀、可望而不可及的事物或爲唐官名「祕書省」的討論，參看黃世中：〈從
　　　　「蓬山」意象説到古典詩歌的解讀〉，《天府新論》，第2期，1997年，頁76
　　　　～79；陸志緒：〈蓬萊未必皆仙山〉，《漢中師院學報哲社版》，第2期，1991
　　　　年，頁73～76。

〔註192〕《舊唐書‧列傳一百四十一》，頁5106。

〔註193〕《新唐書‧列傳一百二十九》，頁5810～5811。

張果〔註 194〕、孫甑生、羅思遠、姜撫等方士，以神幻長生之術惑玄宗與楊貴妃，這種企求仙闕長生的渴望，就在其宮苑台榭中複製蓬萊地景。而姜撫的通僊人不死之術，更使我們相信馬嵬坡緣路祠下的楊貴妃鬼魂，在玄宗朝夕思念、深情鯁歎，與篤信方士神仙方藥之事的背景下，而有求遊仙境，盼見太眞，以造蓬壺之景。唐吳兢（670～749）《開元升平源》也記：「上皇造金仙玉眞觀，皆費鉅百萬」〔註 195〕的仙觀工程。另外，唐武宗皇帝更以好神仙方術，起望仙台，復修降眞台，並于仙台秘府，以和藥餌，希冀能到蓬瀛而得長生：

> 武宗皇帝會昌元年，夫餘國貢火玉三斗及松風石……松石一丈，瑩徹如玉，其中有樹，形若古松偃蓋，颯颯焉而涼生于其間……上好神仙術，遂起望仙台以崇朝禮，復修降眞台，春百寶屑以涂其地，瑤楹金拱，銀檻玉砌，經瑩炫耀，招道士共看希夷之理。又渤海貢馬腦櫃，工巧无比，用貯神仙之書；紫瓷盆內外通瑩，上嘉其光潔，遂處于仙台秘府，以和藥餌。〔註 196〕

綜上所述：唐人傳奇及其雜俎，盛述神仙譎怪之事，海中仙客與山中神人，都擴大了魏晉六朝的仙境格局，壺中勝境的別有洞天，更是詭幻動人，迥異於前期。且唐人傳奇雜俎，又多文采與幻想爲異趣，在以蓬萊仙境爲母題的構述中，且多將詭譎而動人的水府蛟宮、水晶宮等龍宮形象的仙道化，而成爲唐人傳奇小說的新穎題材。尤其是佛典中對於佛國淨土、天堂樂園與海底龍宮的構建，不僅啓發了中國民間傳奇小說中對於海底龍宮的書寫，並且使得道教的海上仙島與佛教的海底龍宮，這些來自人間樓閣的天上宮闕融攝爲一處位於詭奇多幻的東方海洋上。而就方壺勝地及仙館神鄉之蓬萊仙境的演化書寫論題上，本章節陸續論述《玄怪錄》裡所載笈內幻境、橘中仙境、兜玄國、和神國；《續玄怪錄》的蓬萊仙闕；《纂異記》的門中世界；《博異志》韻趣的梯仙國；《原化記》裡的採藥民進入的仙境；《河東記》的瓶中世界；《酉陽雜俎》的蓬壺勝景；《傳奇》裡張皇鬼神的神仙窟館與龍穴帝洞；《宣室志》裡的稚川仙境；《杜陽雜編》中的蛤中世界；杜光庭《神仙感遇傳》的名川幽

〔註 194〕有關唐代帝王與方士之間的互動，在唐人纂述的筆記小說中尤其詳盡。參見《唐五代筆記小說大觀》，頁 575～580、964～966。

〔註 195〕魯迅輯錄，程小銘等譯注：《唐宋傳奇集全譯》（貴州：貴州人民出版社，2009.3），頁 171。

〔註 196〕《唐五代筆記小說大觀》，頁 1390。

谷、紫府仙境;《枕中記》的枕坼天地以及《南柯太守傳》的蟻穴槐國等由海中聖島仙境轉換為陸上「樓觀五色、重門閣道」的壺中世界,並進而幻化為「丹樓瓊宇、神仙洞天」的理想世界。至於就帝王皇家園林的蓬萊仙境的載寫:《海山記》裡隋煬帝窮奢極侈的西苑,構築的蓬萊勝景則成為帝王縱情享樂,追儷神遊,與乘舸蕩舟、放浪形骸的人間仙境與雲蒸霞蔚,流連忘返的仙人府第;《隋唐嘉話》唐高宗增建的蓬萊宮,《開元升平源》唐明皇建造的金仙玉真觀,唐武宗望仙台、降真台的希冀長生,都是書寫帝王對於蓬萊仙島的體現,而於皇家宮苑築山建島、疊山理水,以企慕俗世人間的海上瓊閣,追仰仙蹤聖域。

第三節　鼓帆鯨波以弘法傳經的佛教海洋觀

　　隋唐五代時期的海路佛教傳播,西域僧人來到中土雖逐漸減少,然而中國僧人西行求法仍是絡繹不絕。東來僧人那提三藏、金剛智都是由海路來中國弘法傳教,金剛智更是成為在中國密宗信仰的創始人之一。而金剛智的弟子不空早年來中國,亦奉師遺命由海道返回師子國、天竺,廣求密藏而帶回中國,對中國密宗信仰更是起了決定性的作用。而義淨南海行紀所載泛舶海中而西行求法的僧人中,就有半數之多。而此後求法僧人亦由南海航道而行,例如唐玄宗時期之含光,即是「思尋聖跡,去時泛舶海中……抵師子國。」另外,新羅僧人慧超,亦是乘舶從海道到達天竺,並完成中西交通史的珍貴文獻——《往五天竺國傳》。新羅僧人入唐求法者絡繹不絕,其中不少是由海道來華。例如義相,在公元 661 年由海道入唐,專程來華學習《華嚴經》之義諦。而在東方海上,鑑真的東渡日本弘法,更成為該國佛教律宗之祖,對日本天台宗與真言宗的開創,亦有重大的關係;而日本遣唐的學問僧也先後到唐求法,更帶回天台宗、密宗、華嚴宗的許多經典與法器,對日本佛教界宗派的興盛起了重大的決定性作用。例如佛教法號為遍照金剛,諡號弘法大師的遣唐留學僧空海,最主要目的就是為了探尋密宗疑難,並拜真言宗(密宗)第七代傳祖惠果為師。在惠果的努力調教與空海的苦讀鑽研下,很快承襲了真言密宗的衣鉢,在學成回國時,循東方海路帶回大量的佛典經文,及佛畫、佛具,對促進中日的佛教與文化交流向度上作出不朽的貢獻。空海不僅創立日本的真言宗系統,傳授漢文化的知識外,更編寫最早的漢字詞典《篆

隸萬象名義》，著作中國文學理論《文鏡秘府論》，並借用中國漢字草體偏旁創造日本的「平假名」，教授中國藝術的書法各種形體。另外是日本天台宗創始人最澄：「亦東夷卉服中剛決明敏僧也，泛溟滓，達江東，慕天台之法門，求顗師之禪決……泛海到國，齎教法指一山為天台，斯教大行。」〔註197〕而最澄之弟子圓仁，亦以請益僧的名義隨著遣唐使來華求佛法與受學。圓仁巡禮於五台山佛教天台宗聖地，回國亦將求得的佛教之經論卷書及大量的佛具，以海路載運返回日本。他回國後弘揚大乘戒律，成為日本第三代天台座主，並將來唐求法經歷寫成《入唐求法巡禮行紀》，成為研究唐代社會政治、經濟、宗教、文化的重要史料，尤其唐武宗滅佛史事，更因其親身經歷而記載詳實可信。其他如遣唐使中的學問僧榮睿及普照，也兼負著來唐聘請華土高僧傳授戒律，並到揚州大明寺邀請鑒真東渡傳戒弘法。

總體而言，隋唐五代海上交通發達，從海路去印度弘法取經，或東渡日本隆興佛法者不乏其人。這些佛門僧人，鼓帆瀛海而九死一生；含弘佛法以冒險犯難，在鯨海巨深、滄溟萬里中，遠涉重洋，以遂弘法之悲願。此時期有關小說及僧傳中對於佛門僧侶的海洋書寫載說，雖多誇大之辭與神異譎怪，除了繼述漢魏六朝致力於佛法在海上的現奇表極、三尊威靈顯瑞；以化除海上的苦厄與磨難，彰顯海上道場的旎威之靈蹟外，更是在狂風巨濤，與泛海陵波的嶮惡海天裡，在南方海路與東方海道的佛教傳布及交流中，歷經艱辛，順利的從事佛法的播傳活動，並且載錄南海、東海各島國的風土異俗，與彼此緊密的文化流通。

一、僧伽行紀與小說中的南海佛國

有關隋唐五代求法僧對於南海航路的書寫，當以唐義淨的《大唐西域求法高僧傳》，以及《南海寄歸內法傳》的記載最為直接與翔實。在早於義淨半世紀西行取經的玄奘，其《大唐西域記・三摩呾吒國》著錄有「南海六國」：

> 三摩呾吒國，周三千餘里。濱近大海，地遂卑濕……從此東北大海濱山谷中有室利差呾羅國。次東南大海隅有迦摩浪迦國。次東有墮羅鉢底國。次東有伊賞那補羅國。次東有摩訶瞻波國，即此云林邑是也。〔註198〕

〔註197〕〔宋〕贊寧著：《宋高僧傳》（台北：文津出版社，1991 初版），頁 725。
〔註198〕《新譯大唐西域記》，頁 499。

據馮承鈞的考證，玄奘所述六國均為唐朝時期南海上的國家，如驃國、眞臘、占城、耶婆洲、蘇門答剌、爪哇等。〔註199〕玄奘雖走陸路，然對當時天竺地境許多濱海小國，或多或少都有些著墨：「耽羅栗底國，國濱海隅，水陸交會，奇珍異寶多聚此國」、「烏荼國東南境臨大海濱，有折利呾羅城，入海商人、遠方旅客往來中止之路，多諸奇寶」、「恭御陀國，國臨海濱，多有奇寶，螺貝珠璣，斯為貨用。出大青象，超致乘遠」、「秣羅矩吒國南濱海有秣刺耶山，其羯布羅香樹松身異葉，花果斯別，初探既溼，尚未有香，木乾之後，循理而析，其中有香，狀若雲母，色如冰雪，此所謂龍腦香也。秣刺耶山東有布呾洛迦山……觀自在菩薩往來之遊舍……此山東北海畔有城，是往南海僧伽羅國路。由此入海，東南可三千餘里，至僧伽羅國」〔註200〕、「蘇剌侘國居人殷盛，家產富饒……國當西海之路，人皆資海之利，興販為業，貿遷有無」、「阿點婆翅羅國，鄰大海濱。屋宇莊嚴，多有珍寶」〔註201〕。僧伽羅國即是師子國，現在的斯里蘭卡。玄奘求法取經的路途，並沒有親自遊歷該國，其所記載也都源於當時求法西行諸國僧侶的穿鑿附會，及聽聞傳說：「國濱海隅，地產珍寶，王親祠祭，神呈奇貨，都人士子往來求探，稱其福報，所獲不同，隨得珠璣，賦稅有科。」〔註202〕其中關於僧伽羅國島的二則海洋神話傳說，既荒誕離奇，而又感人至深。第一則〈寶渚傳說〉故事首先暗示著古代人對於僧伽羅族起源的認識，傳說中把師子國人的身才矮小、膚色黝黑、性情獷烈、殘忍狠毒等等民族特性歸結為他們是獅子這種猛獸的後代遺種；而第二則〈僧伽羅開國傳說〉，則是佛教徒們對僧伽羅國來歷的解釋。有關〈寶渚傳說〉人獸交合而孕男女的故事，〔註203〕道出師子國民族祖先起源於猛獸之遺種的傳奇神話。故事中不論是獅王與公主夫妻情感的矛盾、或是獅王與獅男的父子血緣的衝突，寫來情節曲折荒誕，但卻引人入勝。而獅

〔註199〕《中國南洋交通史》，頁46～47。
〔註200〕《新譯大唐西域記‧卷十》，頁499～533。
〔註201〕《新譯大唐西域記‧卷十一》，頁573～583。
〔註202〕《新譯大唐西域記‧卷十一》，頁553。在同時期慧立、彥悰所寫的佛教遊記《大慈恩寺三藏法師傳》（北京：中華書局，2008.4三刷），頁83則是記載：「是時聞海中有僧伽羅國，涉海路七百由旬方可達彼。未去間，逢南印度僧相勸云，往師子國者不須水路，海中多有惡風、藥叉、濤波之難，可從南印度東南角，水路三日行即到。」
〔註203〕《新譯大唐西域記‧卷十一》，頁539～541。有關〈寶渚傳說〉的神話色彩，《大慈恩寺三藏法師傳》，頁88亦有相同的記載。

王的一對兒女，最終被當地國王流放，爾後分別在海中島嶼中形成兩個王國。獅男在海中隨波飄蕩到此寶渚，見島上有許多珍寶美玉，就停留在海島上。後來有海商到此島尋寶，獅男便殺了商主，留下他的子女。其後繁衍後代，子孫越來越多，於是立君封臣，建築都邑，就以祖先是捕殺獅子之勇猛族裔而號「師子國」。另外，獅女的船卻是奇幻漂流到波刺斯國（波斯）的西部海島，被神鬼魅惑，生下了一群女孩子，而成為西大女國。《大唐西域記・波剌斯等三國》、道宣《釋迦方志》及《大慈恩寺三藏法師傳》對於西大女島國的故事陳述則說：

> 拂懍國西南海島有西女國，皆是女子，略無男子，多諸珍寶貨，附拂懍國，故拂懍國歲遣丈夫配焉，其俗產男皆不舉也。〔註204〕

> 狼揭羅國，近西海，入西女國路口，屬波斯。寺有百餘所，僧六千餘人……自此西北即至波辣斯國，寺有三所，僧數百人，天祠甚多，佛鉢在王宮。東境有鶴秣城，西北接拂懍國……去波斯北一萬里，西南海島有西女國，拂懍年別送男夫配焉。〔註205〕

> 波剌斯國東境有鶴秣城，西北接拂懍國，西南島有西女國，皆是女人，無男子，多珍貨，附屬拂懍，拂懍王歲遣丈夫配焉，其俗產男，例皆不舉。〔註206〕

三僧行記中所指拂懍國即是東羅馬帝國，玄奘和道宣及後來的慧立都是根據傳說述此西女國位於東羅馬西南的海島中。國中都是女人，沒有一個男子，珍奇寶貨很多，並且附屬於拂懍國，而拂懍國王每年都要派遣男子去西女國和那裡的女子匹配，這裡的風俗聲稱，生出來的男孩都養不大。顯然有關西大女國附會太多的「荒誕不經」，既云為「神鬼所魅，產育群女」；又言「拂懍國歲遣丈夫配焉，其俗產男皆不舉」，都是純屬「荒渺無稽」的海外瀛談色彩。〔註207〕在唐玄宗時期，因高仙芝兵敗於怛邏斯而給大食人俘走的杜環

〔註204〕《新譯大唐西域記・卷十一》，頁586。
〔註205〕〔唐〕道宣著，范祥雍點校：《釋迦方志》（北京：中華書局，2008.4重印），頁86。
〔註206〕《大慈恩寺三藏法師傳》，頁93。
〔註207〕相對於西女國的海外傳說，《大唐西域記》裡的「東女國」記載，則是貼近於古代「母系社會」而可能存在的統治國度。而《太平廣記・卷四百八十一》引《神異記》的「東女國」述景，則是表達一幅全然的母系氏族社會統治與風俗制度：「東女國，西羌別種。俗以女為王，與茂州鄰，有八十餘城，以所

（杜佑的族子），在其所著的《經行記》很翔實地反映當時中亞各國和大食、拂林（懷）、錫蘭、可薩突厥與摩鄰國的情況，尤其是對於伊斯蘭教教義是最早正確而又得體的紀錄〔註208〕。是書對於「師子國」、「波斯國」、「拂林國」及西女海島國的記載，可與《大唐西域記》、《釋迦方志》及《大慈恩寺三藏法師傳》三書參證：

> 師子國，亦曰新檀，又曰婆羅門，即南天竺也……拂林國在苫國西，隔山數千里，亦曰大秦……常與大食相禦。西枕西海，南枕南海。西海中有市，客主和同，我往則彼去，彼來則我歸。賣者陳之於前，買者酬之於後，皆以其值置諸物旁，待領值然後收物，名曰「鬼市」。又聞西有女國，感水而生……波斯自被大食滅，至天寶末，已百餘年矣。〔註209〕

杜環於玄宗時期親歷大食與唐二帝國邊境戰亂，其記當時的波斯國，顯然已被大食國所滅，並信奉伊斯蘭教。至於西女國在西海島上「感水而生」的聽聞，則是與玄奘記載的「神鬼所魅，產育群女，故今西大女國是也」，同為荒誕無稽之談。當時的佛僧行紀裡的「波剌斯國」，即是波斯，漢為安息，今之伊朗；是個人戶富饒，多奇珍異寶的海國：

> 波剌斯國……國大都城號蘇剌薩儻那……川土既廣，氣序亦異。引水為田，人戶富饒。出金、銀、鍮石、頗胝、水精、奇珍、異寶……人性躁暴，俗無禮義……天祠甚多，提那跋外道之徒為所宗也。伽藍二三，僧徒數百，並學小乘教說一切有部法。〔註210〕

居名康延州。中有弱水，南流，用牛皮為船以渡。戶口兵萬人，散山谷，號曰賓就。有女官，號曰高霸，平議國事。在外官僚，並男夫為之。五日一聽政，王侍左右女數百人。王死，國中多斂物，至數萬。更於王族中，求令女二人而立之。大者為大王，小者為小王，大王死，則小王位之，或姑死婦繼，無墓。所居皆重屋，王至九重，國人至六層。其王服青毛裙，平領衫，其袖委地。以文錦為小髻，飾以金耳垂璫，足履素鞋。重婦人而輕丈夫，文字同於天竺。以十一月為正，每十月令巫者齎酒餚。詣山中，散糟麥於空，大呪呼鳥，俄有鳥如雉，飛入巫者之懷，因剖腹視之，有穀。來歲必登，若有霜雪，必有大災，人死則納骨肉金瓶中，和金屑而埋之。」

〔註208〕〔唐〕杜佑著：《通典》（台北：臺灣商務印書館，1994.4 一版二刷），卷一百九十一、邊防七，頁1029 云：「族子環隨鎮西節度使高仙芝西征，天寶十載至西海。寶應初（762）因賈商船舶自廣州而回，著《經行記》。」

〔註209〕〔唐〕杜環原著，張一純箋注：《經行記箋注》（北京：中華書局，2006 重印本），頁10～24。

〔註210〕《新譯大唐西域記·卷十一》，頁586。

玄奘、道宣以佛教徒的視角來看待當時外道神廟眾多而多教信仰的波斯，文中所提到的「提那跋外道」即是一度被定為波斯帝國的國教，後被伊斯蘭教消滅的「拜火教」或「波斯教」。雖然波斯人信奉「祆教」等多教天祠，但在玄奘所記述的「伽藍二三，僧徒數百，並學小乘教說一切有部法。釋迦佛鉢在此王宮」，或是道宣「寺有三所，僧數百人，天祠甚多，佛鉢在王宮中」，都顯示了當時的波剌斯國仍有一部分人信奉佛教。而玄奘之後的慧超，在其《往五天竺國傳》裡也證明杜環記載當時大食國興起，吞併了波剌斯國：

> 又從吐火羅國月行一月，至波斯國。此王先管大寔，大寔是波斯王放駝戶，於後叛，便煞彼王，自立為主。然今此國，卻被大寔所吞……言音各別，不同餘國……常於西海泛舶入南海，向師子國取諸寶物。亦向崑崙國取金，亦泛舶漢地，直至廣州，取綾絹絲綿之類。國人愛煞生，事天，不識仏法。〔註211〕

「事天，不識佛法」說明阿拉伯世界的回教勢力強大，與當時的波斯全國均已改奉伊斯蘭教。慧超還特別提及波斯人自古即擅長海上貿易，利用南方海國師子國作為其海上販貨的轉運市場，並且遠至中國廣州批發綾絹絲綿賣售，展現波斯人海上商業的雄厚力量。前文中所論唐人小說筆記中有不少描繪波斯商胡富豪，足證當時波斯人在商業與航海有著舉足輕重的地位。至於「拂懍國」的書寫圖象，《大唐西域記》僅以「境壤風俗，同波剌斯，形貌語言，稍有怪異，多珍寶，亦富饒也」〔註212〕帶過，不若《經行記》之詳細。尤其當時「西海」的「鬼市」交易，杜環的筆述與法顯《佛國記·師子國記遊》之「市易時鬼神不自現身，但出寶物，題其價值，商人則依價諸直取物」〔註213〕極其相似，這是當時傳聞極為譎怪的海上交易方式。

對於印度洋上海島洲嶼的風俗聽聞，玄奘和道宣還筆述了僧伽羅國浮海千里以南的那羅稽羅洲，以西的大寶洲：

> 國南浮海數千里，至那羅稽羅洲。洲人卑小，長餘三尺，人身鳥喙。既無穀稼，唯食椰子……國西浮海數千里，至大寶洲，無人居止，唯神棲宅……商人往之者多矣〔註214〕。

〔註211〕〔唐〕慧超原著，張毅箋釋：《往五天竺國傳箋釋》（北京：中華書局，2006重印本），頁101。
〔註212〕《新譯大唐西域記·卷十一》，頁586。
〔註213〕《法顯傳校注》，頁125。
〔註214〕《新譯大唐西域記·卷十一》，頁554〜555。

> 僧伽羅國東南隅數千里那羅稽羅洲，人長三尺，鳥喙唯食椰子。國
> 洲東南隅有駃迦山，鬼神所遊，佛於此說此經。洲西浮海數千里孤
> 島東崖，石佛高百餘尺，東面坐，以月愛珠爲肉髻。月將迴照，水
> 即懸注，人食之矣。洲西浮海又數千里有大寶洲，無人居止，往無
> 達者。〔註215〕

南印度洋上的洲島有著許多浮幻不經的傳奇，玄奘與道宣將這些荒無人煙，
並且作爲商侶海上航行時的暫時棲息地的洲島傳說輯輯成篇，也間接反映當
時佛教界人士對於海洋的無邊想像，與當時海洋交通的無邊廣袤，以及海上
貿易的高度風險。唐代小說《酉陽雜俎》載述：

> 國初，僧玄奘往五印取經，西域敬之。成式見倭國僧金剛三昧，言
> 嘗至中天，寺中多畫玄奘麻屩及匙筯，以彩雲乘之，蓋西域所無者。
> 每至齋日，輒膜拜焉。〔註216〕

段成式筆下那向西方佛國求法弘法的玄奘，不僅贏得西域諸邦之僧俗的敬仰
及禮遇，其在中天竺國傳揚佛陀聖教的神采，更使得當地的佛寺高僧頂禮而
膜拜之，見證了玄奘發趣西天，求法印度而冥冥之間的無邊佛力。玄奘西行
佛國的神奇傳聞，在以充滿神秘怪異色彩的《獨異志》也記述二則：

> 唐初有僧玄奘，往西域取經，一去十七年。始去之日，於齊州靈嚴
> 寺院，有松一本立於庭。奘以手摩其枝曰：「吾西去求佛教，汝可西
> 長；若歸即此枝東向，使吾門弟子知之。」及去，年年西指，約長
> 數丈。一年，忽東向指，門人弟子曰：「教主歸矣！」乃西迎之。奘
> 果還歸，得佛經六百部，至今眾謂之摩頂松。〔註217〕

> 唐初僧玄奘至西域取經，入維摩詰方丈室。及歸，將書年月於壁，
> 染翰欲書，約行數千百步，終不及墻。〔註218〕

這些種種奇蹟的泫染，特別是對初唐大僧玄奘的想像誇張，都在反映了玄奘
在千山萬水，跋涉於流沙翰海而奇游西天的神異力量。《太平廣記》引《大唐
新語》筆敘：

> 沙門玄奘俗姓陳，偃師縣人也。幼聰慧，有操行。唐武德初，往西

〔註215〕《釋迦方志》，頁81～82。
〔註216〕《唐五代筆記小說大觀》，頁587。
〔註217〕《唐五代筆記小說大觀》，頁915。
〔註218〕《唐五代筆記小說大觀》，頁907。

域取經。行至罽賓國，道險，虎豹不可過，奘不知爲計。乃緤房門
而坐，至夕開門，見一老僧，頭面瘡痍，身體膿血，牀上獨坐，莫
知來由。奘乃禮拜勤求，僧口授《多心經》一卷，令奘誦之。遂得
山川平易，道路開闢，虎豹藏形，魔鬼潛跡，遂至佛國，取經六百
餘部而歸，其《多心經》至今誦之。〔註219〕

這段佛經的神異法力，亦見《大慈恩寺三藏法師傳》：

沙河，上無飛鳥，下無走獸，復無水草。是時顧影唯一，心但念觀
音菩薩及《般若心經》……逢諸惡鬼，奇狀異類，遶人前後，雖
念觀音不得全去，誦此《心經》，發聲皆散，在危獲濟，實所憑焉。
〔註220〕

通過佛典《心經》的誦持、供養，而得到佛、菩薩無邊法力的「加持」，使玄
奘能在艱險莫測，流沙翰海的西遊途中化險爲夷，逢凶化吉，而順利抵達天
竺求得六百餘部佛典而歸。這種虔心誦持「佛經寫卷」而產生的奇蹟法力，
雖然有些怪誕，但是佛經具有神奇的魅力，能驅邪避害，度厄解困，得山川
平易，道路開闢，虎豹藏形，魔鬼潛跡，發聲皆散，在危獲濟的種種奇能，
在唐代小說家的筆下卻是屢見不鮮〔註221〕。另外，在慧立、彥悰所寫的《大
慈恩寺三藏法師傳》裡，也記述一則玄奘西行取經前的神奇逸聞：

貞觀三年秋八月，將欲首塗，又求祥瑞。乃夜夢見大海中有蘇迷盧
山，四寶所成，極爲嚴麗。意欲登山，而洪濤洶湧，又無船檝，不
以爲懼而入。忽見石蓮華踴乎波外，應足而生，卻而觀之，隨足而
滅。須臾至山下，又峻峭不可上。試踊身自騰，有搏飆颯至，扶而
上昇，四望廓然，無復擁礙，喜而寤焉，遂即行矣。〔註222〕

玄奘西行禮佛前的夜晚夢兆之縱身跳入大海，忽有蓮花生於足下，托著他渡
海飛快來到蘇迷盧山下，又因山勢陡峭，無法攀登，忽有狂風颮捲，一瞬
間將他送到山頂。這時他四望天地穹蒼無垠廣袤，四方平坦，宇宙一片光
明，因而歡喜而寤，決然西行。僅管這則記載充盈著誇張與神話的成分，然
則玄奘對於佛教的無限虔敬，與想振興邊地（秦土）佛教，救濟眾生，尋

〔註219〕《太平廣記・卷第九十二》，頁606。
〔註220〕《大慈恩寺三藏法師傳・卷第一》，頁16。
〔註221〕有關佛典的種種奇蹟（跡）異能，《太平廣記》多引唐人著述之小說陳說，請
　　　　參見是書卷一百二至卷一百一十一之《釋證》、《報應》等卷，頁684～770。
〔註222〕《大慈恩寺三藏法師傳・卷第一》，頁10～11。

求真理及解釋佛典疑難的意識及使命，更驅動他帶有那不畏艱險，而且銳意於西方佛國取經的祥瑞奇蹟之顯現，而奔向佛法之中國（天竺）求解真經。〔註223〕

　　玄奘及道宣對於南海六國、僧伽羅國、波剌斯國、拂懍國以及南印度洋一些洲島的書寫，因其未曾親自走訪，均以傳說而筆錄之。其雖未及大千之疆，然而佛國遐遠，西域百二十八國之靈蹟法教、山川地理和風土人情，卻都是其所聞所履〔註224〕。而就玄奘、道宣的「中國佛僧」立場，其所書寫「佛國遐遠」的圖象，是否仍與儒家對海外遠邦之以「華夷之辨」、「非我族類，其心必異」的華夏中心視野看待呢？還是以一種「崇敬」的心態，至那「佛興西方，法流中國」的「西方佛國」求法弘教？換言之，天竺遠在海外洪溟、殊方絕域之地的「邊鄙」地位，是否因玄奘「為求大法，發趣西方，若不至婆羅門國，終不東歸。縱死中途，非所悔也」的志誓而鬆動，以致成為當時中國佛僧西行求法的「聖邦佛國」？而這種視中國為「邊鄙」，視天竺為「聖邦」的心態，是否已成為晉唐以來佛教界的一種文化心理意識，一種與儒家士大夫之「中國意識」全然相反的文化心理意識呢？以下我們即就幾本佛僧行紀來窺探「天竺中心論」的認知意識，及其為何帶給中國佛僧西行求法與學習梵語文的時代熱潮。〔註225〕

　　傳統中國儒家士大夫的「四裔」認知模式，當以《禮記・王制篇》中「中國容夷五方之民，皆有性也，不可推移。東方日夷，被髮文身，有不火食者矣。南方日蠻，雕題交趾⋯⋯西方日戎，被髮衣皮，有不粒食者矣。北方日狄，衣羽毛穴居」為典範。基於此中國王朝的優越心態，海外絕方殊域是為化外之民，蠻荒邊鄙之地。然隨著佛教東傳，傳統儒家士大夫的中國意識，

〔註223〕《大慈恩寺三藏法師傳・卷第一》，頁10載：「法師（玄奘）既徧謁眾師，備瞻其說，詳考其義，各擅宗塗，驗之聖典，亦隱顯有異，莫知適從，乃誓遊西方以問所惑，並取《十七地論》以適眾疑，即今之《瑜伽師地論》也。」可見當時玄奘誓死西行求法，其宏願即是擺脫秦土（中土）邊地的孤陋寡聞，而到佛國和文化中心的天竺，釋疑解惑，求取真經。

〔註224〕《大慈恩寺三藏法師傳・卷六》，頁134～135云：「所聞所履，百有二十八國。竊以章亥之所踐籍，空陳廣袤。夸父之所陵屬，無述風土。班超侯而未遠，張騫望而非博。今所記述，有異前聞。雖未及大千之疆，頗窮蔥外之境，皆存實錄，非敢彫華。謹具編裁，稱為《大唐西域記》。」

〔註225〕有關中國佛門的邊地意識與梵語文學習熱潮的探究，參見《晉唐時期南海求法高僧群體研究》，頁95～111。

四夷爲邊鄙之地的主張，卻在佛門逐漸鬆動，一種「四天子說」和「天竺中心論」的文化意識正逐漸傳播開來。這種迥異於儒家的「中國中心論」的論調，已由東晉的法顯開其端。《佛國記》記載：

> 道整既到中國（中天竺），見沙門法則，眾僧威儀，觸事可觀，乃追歎秦土（中國）邊地，眾僧戒律殘缺。誓言：「自今已去至得佛，願不生邊地。」故遂停不歸。法顯本心欲令戒律流通漢地，於是獨還。〔註226〕

道整與法顯誓死西行求法，其共同的願望就是邊地的孤陋寡聞，而到佛法和文化的中心天竺，來釋疑解惑，求取眞經。故當他們托身於邊塞駝鈴，波浪濤天的滄海帆影下來往於天竺之後，看到當地沙門法則，眾僧威儀，觸事可觀的佛法之盛，無不有恨居邊鄙，追歎秦土邊地僧眾戒律殘缺，自今已去至得佛，而願不生邊地的文化意識。像道整如此遠赴天竺而留戀不歸的心態，正是反映西行求法的中國僧眾對於心目中的「中國」、「聖邦」、「佛國」的孺慕之情。法顯本人當然與道整心有同感，《佛國記·中天竺》云：

> 從是以南，名爲中國（中天竺）。中國寒暑調和，無霜、雪。人民殷樂，無戶籍官法，唯耕王地者乃輸地利……佛泥洹已來，聖眾所行威儀法則，相承不絕。〔註227〕

法顯筆下稱頌且推崇不已的「中國」，即是指佛祖曾經弘化的中印度，是當時世界的中心。這是與道整秦土（華夏）的「邊地」認知意識相同的，而迥異於中國儒家士大夫在「華夷之辨」籠罩下的中原王朝意識。法顯之所以未像道整留在中國而獨還邊地秦土，主要是爲了實現其「令戒律流通漢地」的使命本衷。另外，與法顯同時代的西涼州高僧釋智嚴，更因邊地戒律不見眞容，爲驗證是否得戒而重返中國（天竺），正是這種「邊地意識」最生動的體現：

> 嚴昔未出家時，嘗受五戒……常疑不得戒……遂更泛海，重到天竺，諮諸明達。值羅漢比丘，具以事問羅漢，羅漢不敢判決，乃爲嚴入定，往兜率宮諮彌勒，彌勒答云：「得戒。」嚴大喜，於是步歸。至罽賓，無疾而化，時年七十八。〔註228〕

〔註226〕《法顯傳校注》，頁120。
〔註227〕《法顯傳校注》，頁46～47。
〔註228〕《高僧傳》，頁149。

就智嚴泛海西行的動機來看，其心中是否得戒的疑難，「邊地」秦土是無法解決的，只有到「中國」才可得到眞容。所以毅然決然，滄帆萬里，冒著葬身魚腹之險，再往天竺「諮諸明達」。這種即使客死異鄉、遠涉窮溟而到佛法和文化的中心天竺，來釋疑解惑的行動，正是「邊地意識」的淋漓展現。此後，陸續西行的求法者，就是帶著各種「邊地」的疑惑，不畏艱險，奔向佛法之「中國」求解眞容。

而尊崇佛典中的梵文爲「天書天語」，反映出當時中國佛門的一種風尙，這種崇敬心理是中國知識階層對其他胡語夷字不曾有過的情感。〔註229〕也正因爲中國佛門濃厚的「邊地意識」，與「聖邦意識」嚮往心理的抬頭，導致晉唐時期的高僧紛紛自陸路及海道西行求法，並學習梵語文字來譯經求經的流行風潮。這些佛門高僧俗眾或從陸路渡流沙、越蔥嶺，經西域諸國遠赴印度，或是歷風濤海險、橫渡重溟，由海道經南海諸國抵達天竺；他們或爲求取梵文經典，或爲決疑教理戒律，或爲求教諮詢西方大德高僧，學習西方寺院僧眾的儀軌、規範，或爲聽聞印度高僧的解經開示，或是瞻仰聖跡禮地，而形成了一場前仆後繼，持續不斷的奔向佛法之「中國」求解，開啓一股「西潮」的學習時尙。而西天的游學生涯更使求法僧對「中國」天竺的全方位了解外，他們更帶回了有系統而完整準確的佛教經典與梵文知識。如果說儒家士大夫的「中國王朝意識」是將自己定位爲優越的強勢文化，而導致一種文化的霸權與自大，那麼中國佛門的邊地意識，則無疑的將自己定位爲「邊緣文化」，因而形成了對天竺文化的「崇西」膜拜，大大地促進中國與西域，特別是與印度文化的熱烈交流。從梁末智嚴的驗證自己是否「得戒」而重返佛國天竺，到唐初玄奘、道宣、慧立、彥悰等主張在經典的引進上應徹底的原典化，一切佛門的教義學說都應回歸印度，再到義淨在戒律、儀軌上的向天竺看齊，大至佈法傳道之式，小至生活食衣住行之規，應以印度爲標準取捨的精神來看，在他們的心中，「邊地」佛教的一切疑難困惑，唯有透過「中國天竺」的「西潮」學習才能獲得眞諦、眞解。

佛教，這個精神文化的舶來品，甚至是第一次「西潮」的主流，在其東

〔註229〕《佛學研究十八講》，頁134云：「我國古代與異族之接觸雖多，其文化皆出我下，凡交際皆以我族語言文字爲主，故『象鞮』之業，無足稱焉。其對於外來文化爲熱情的歡迎，爲虛心的領受，而以翻譯爲一種崇高事業者，則自佛教輸入以後也。」梁氏所論，適足以說明中國佛教界身處「邊地意識」的認知，因而對佛國天竺文化的高度敬崇。

傳的過程中，透過千里流沙的陸上絲路，或是托身於萬里波濤的南海航道來到中土生根茁壯；或是東渡日本、高麗而開枝散葉。就佛教文化交流來說，南海航道與陸上絲路都有著同等重要的作用。而就隋唐時期這些海路的佛僧，不管是西潮東漸的傳教梵僧，或是西行求法往返的華僧，他們卻是共同架起了佛法東傳進而中印文化雙向互動的歷史橋樑，使梵語梵字的印度佛典轉化為華語華韻的漢語三藏。那許多滄海帆影、九死一生的海道傳奇與求法故事，更使我們相信佛教在此時代有著更多的海洋顏色；高僧們在航渡橫越萬里波濤的滄海世界裡，海洋不僅成為佛教文明的載體，更是中印來往高僧弘法求法歷程中的文化傳輸線路。以下我們將以論述隋唐時期那些循海路返回之求法華僧或遵海路入華之西僧，在當時小說裡的異能樣貌，及其在海路上驚駭動人的傳法故事與奇異神蹟。

二、僧傳故事與小說中循海路西來的梵僧胡僧

　　南海航道作為古代中西商貿和文化交流的重要孔道，在佛法東漸的歷程中，扮演了與陸上絲綢同等重要的角色，且時代愈後其地位也就日趨重要。而在佛教經典的傳譯運動中，這群來自佛教發源地印度，或是南海佛教國家而循海路來華傳法的西來梵僧，他們之所以歷風波、渡重溟，九死一生來到異國他鄉的中土，其直接目的就是欲將其所學或所傳承的宗派、學說傳入摩訶至那國。〔註230〕他們不僅將最熟悉、最擅長的梵語三藏傳入中國，在其海路傳法的歷程中，更有許多的神蹟奇能被書寫在小說與僧傳行紀中。

　　唐初，密教經典的傳譯始於「開元三大士」，其中善無畏以經吐番沿陸路來華，開漢地密典傳譯的先河，然而密宗其絕大部分經典主要是由金剛智、不空、寶思惟、般剌若等來自海路的西來梵僧引入漢地並譯為漢文。漢地密宗之所以能取得當時佛教界的主流地位，海路僧伽實是居功厥偉。金剛智、不空活動於海路，而且不空作為金剛智的弟子，他同時是密宗在日本、朝鮮流行的基礎奠定者，更是漢地密宗理論、實踐的集大成者。有關不空的法力與神蹟，《酉陽雜俎》則記載了多則不空的傳奇：

> 梵僧不空，得總持門，能役百神，玄宗敬之。歲嘗旱，上令祈雨，
> 不空言：「可過某日，令祈之，必暴雨。」上乃令金剛三藏設壇請雨，

〔註230〕《大唐西域記·卷五·羯若鞠闍國》頁228載：「王（戒日王）曰：『嘗聞摩訶至那國有秦王天子，少而靈鑒，長而神武。』」文中戒日王所說的「摩訶至那國」，即是古代印度人對中國的稱呼。

連日暴雨不止，坊市有漂溺者，遽召不空，令止之。不空遂於寺庭中，捏泥龍五六……有頃，雨霽。

玄宗又嘗召術士羅公遠與不空祈雨，互較功力。上俱召問之，不空曰：「臣昨焚白檀香龍。」上令左右掬庭水嗅之，果有檀香氣。又與羅公遠同在便殿，羅時反手搔背。不空曰：「借尊師如意。」殿上花石瑩滑，遂激窣至其前，羅再三取之不得。

又，邙山有大蛇，見不空，作人語曰：「弟子惡報，和尚何以見度？常欲翻河水陷洛陽城，以快所居也。」不空為受戒，說苦空，且曰：「汝以瞋心受此苦，復忿恨，吾力何及！當思吾言，此身自捨昔而來。」後旬月，樵者見蛇死於洞中，臭達數十里。不空每祈雨，無他軌則，但設數繡座，手簸旋數寸木神，念咒擲之，自立於座上，伺木神吻角牙出，日寅，則雨至。〔註231〕

段成式家多奇篇秘籍，而又博學彊記，尤其深於佛書。其所記梵僧不空怪異譎幻，能役百神、止暴雨、降大蛇、念咒行雨之術，雖有不實誇大之辭，但也反映了隋唐時人對於天竺西域胡僧多能行仙佛人鬼幻術的傳聞。關於不空經海路來唐長安弘法傳教的始末，宋贊寧的《宋高僧傳》則載：

釋不空，華言不空金剛。本北天竺婆羅門族，隨叔父觀光東國。年十五，師事金剛智三藏，初導以梵本《悉曇章》及《聲明論》，浹旬已通徹矣。師與受菩薩界，引入金剛界大曼荼羅，驗以執花，知後大興法教，譜異國書語……學《新瑜珈五部三密法》……空擬迴天竺，師夢京城諸寺佛菩薩像皆東行，乃知空是真法器，授與《五部灌頂護摩阿闍梨法》及《毗盧遮那經》、《蘇悉地軌則》……開元二十年，往五天并師子國，遂議遐征……至天寶五載還京……大曆（代宗）九年而寂。〔註232〕

不空幼年隨叔父觀光東國，由天竺舶海而來到中土，並師事於金剛智，承襲密教經典。開元二十年，不空欲學《新瑜珈五部三密法》，在其師金剛智的允許下，西舶五天并師子國求取佛法，而於天寶五年學成而歸。《酉陽雜俎》記述不空祈雨的神奇法力，已是其學成密宗教法西歸大唐長安之後，有關小說

〔註231〕《唐五代筆記小說大觀》，頁588。
〔註232〕《宋高僧傳》，頁6～7。

家的「戲說筆墨」，《宋高僧傳》裡不空祈雨伏蛇的神異描寫，則是更爲誇大荒誕，而且不遑多讓。〔註233〕

　　不空不僅成爲小說家筆下法力無邊，祈雨降魔伏妖的高僧，在當時的佛門僧傳裡更寫下許多與海洋關涉的神奇逸說。趙遷的《不空三藏行狀》云：

> （不空所乘商舶）初至訶陵國界，遇大黑風，眾商惶怖，作本天法，禳之無效，稽首膜拜，哀求大師。惠辨小師，亦隨慟叫。大師告曰：「今吾有法，爾等勿慢。」遂右執五智菩薩心杵，左持《般若佛母經》，申作法加持，誦《大隨求經》。才經一遍，惠辨亦怪之，風伏海澄，師之力也。後又遇疾風，大鯨出海，噴浪若山。有甚前患，商人之輩，甘心輸命，大師哀愍，如舊念持，亦令惠辨誦《娑竭羅龍王經》。未移時克，眾難俱彌。〔註234〕

關於不空持經像作法平災護航、怒海息波，而眾海難俱彌的神蹟瑞應，贊寧《宋高僧傳》的記載則較爲詳實：

> 初至南海郡，採訪使劉巨鄰懇請灌頂，乃於法性寺相次度人百千萬乘。空自對本尊祈請旬日，感文殊現身……後附崑崙舶，離南海至訶陵國界，遇大黑風。眾商惶怖，各作本國法禳之，無驗，皆膜拜求哀，乞加救護……空遂右執五股菩提心杵，左手持《般若佛母經》，作法誦《大隨求經》一遍，即時風偃海澄。又遇疾風，大鯨出海，噴浪若山，有甚前患。眾商甘心委命，空如舊作法，令惠辨誦《娑竭羅龍王經》，逡巡，眾難俱彌。〔註235〕

不空不僅誦經念咒，右手持菩提心杵，左手持《般若佛母經》作法，並誦持《大隨求經》（《大隨求陀羅尼經》），而小僧惠辨亦誦《娑竭羅龍王經》。這也說明不空一行僧商泛海西行求法時，隨身亦攜帶著漢本的佛典。對於這些航海的求法僧言，我們有理由相信他們不僅有高深的佛法加持外，隨身攜帶漢本佛典更有深一層的用意在。佛教經典爲三寶之一的法寶，對虔誠的佛教徒來說，普遍相信它有不可思議的法力，只要能誠心誦持，就可以產生各種的神蹟異能。不空能在兇惡黑風、大鯨出海、噴浪若山的航海波濤中化險爲

〔註233〕　《宋高僧傳》，頁8～11。
〔註234〕　〔唐〕趙遷《大唐故大德贈司空大辨正廣智不空三藏行狀》，《大正藏》，冊第五十，頁 292。參見何方耀著：《晉唐時期南海求法高僧群體研究》，頁130。
〔註235〕　《宋高僧傳‧卷第一》，頁 7。

夷，就是以誦持佛經寫卷而驅邪避害，顯現超自然的神異力量。除了漢文佛經帶來的神奇蹟外，《傳》中還記載不空往師子國并五天竺求法，南下廣州候船之際，在番禺法性寺（今光孝寺）爲南海郡採訪使開壇灌頂，而當時相次度人有百千萬眾的神蹟。趙遷的《不空三藏行狀》即記述這段誇大的灌頂儀式場景：

> 四眾咸賴，度人億千。大師之未往也，入曼陀羅（壇場），封本尊像，金剛三密以加持，念誦經行，未逾旬日，文殊師利現身。因識大願不孤，夙心已遂，便率門人含光、惠辨、僧俗二七，杖錫登舟。采訪以下，舉州士庶，大會陳設，香花遍于海浦，螽梵栝于天涯，奉送大師，凡數百里。〔註236〕

除其師金剛智外，不空當時在佛門密宗的弘傳地位可謂執其牛耳，而番禺法性寺的傳法活動與度眾儀式，其規模和影響之大當屬事實。自此廣州法性寺也成爲佛教密宗的弘傳聖地。不空這次的南天竺與師子國之行，不僅是學習充實密教之《新瑜珈五部三密法》經籍，更負有代表唐王朝充當國使，持「國信」，訪問錫蘭及印度的外交任務。贊寧的《不空傳》又載不空航海舶到達師子國時，受到錫蘭王遣使迎接的盛大場面。不空在此停留多年，開《十八會金剛瑜珈法門毗盧那》及《大悲胎藏建立壇法》，並許含光、惠辨等同受五部灌頂，廣求《密藏》及諸經論五百餘部，而本三昧耶諸尊密印儀形色像壇法標幟，文義性相，無不盡源。有關不空在海國錫蘭、五印度境的神蹟傳述，又以「伏象」而言之鑿鑿：

> 一日，王作調象戲，人皆登高望之，無敢近者。空口誦手印，住於慈定，當衢而立，狂象數頭頓皆踢趺，舉國奇之。次游五印度境，屢彰瑞應。〔註237〕

此「伏象神話」流傳久遠，所述「西域海國巷隘，而狂象群體奔突，不空遂於衢路安坐，以慈眼視之，及狂象奔至，見不空皆頓止跪伏，少頃而去」的故事，多是荒誕而穿鑿附會。贊寧的高度歌頌，很顯然地是彰明不空在佛法聲譽上的海外遠播。而不空所到的師子國（錫蘭），是更爲南傳小乘佛教的中心，早在東晉法顯時期，就已求得多部小乘經、律、論等佛籍。此次不空到

〔註236〕《大唐故大德贈司空大辨正廣智不空三藏行狀》，《大正藏》，冊第五十，頁292。
〔註237〕《宋高僧傳・卷第一》，頁8。

錫蘭求取密教經典，顯示出錫蘭在小乘律典入華中的特殊地位，更可以說，
作爲南傳小乘佛教中心的錫蘭與中國之間的佛教文化交流主要是通過海道來
進行，而海路律典上的傳譯活動則多與錫蘭相關。

　　金剛智與不空都活動於海路，而且作爲不空的師父，在唐代密宗的弘傳
地位亦屬重要。贊寧曾云：「傳教令輪者，東夏以金剛智爲始祖，不空爲二祖」
〔註238〕，從金剛智、不空到般辣若等海路僧人共譯出 107 部，152 卷密典，
使漢譯密典之體系化建設基本完成，漢傳密教作爲一個宗派亦完全建立起
來。有關金剛智經海路過師子國、周游南海佛教列國，並來唐長安弘法傳教
的始末，宋贊寧的《宋高僧傳》有如下的述說：

> 釋跋日羅菩提，華言金剛智，南印度摩賴耶國人……洎登戒法，十
> 餘年全通《三藏》。次復游師子國，東行佛誓、躶人等二十餘國。
> 聞脂那佛法崇盛，泛舶而來，以多難故，累歲方至。開元已未，達
> 于廣府……大智、大慧二禪師、不空三藏皆行弟子之禮焉……智理
> 無不通，事無不驗，經論戒律秘呪餘書，隨問剖陳。自開元七年，
> 始居番禺，漸來神甸，廣敷《密藏》，建曼拏羅，依法製成，皆感靈
> 瑞。〔註239〕

金剛智早年在印度已是開悟佛理，遍詣西印度學小乘諸論及《瑜珈三密陀羅
尼門》，歷經十餘年而是全通《三藏》的得道高僧。其後弘法佛理而舶海錫蘭、
佛誓、躶人等二十餘國，並於玄宗開元年間，來到大唐國土廣州弘揚密宗佛
理。至於金剛智的法力與海上神蹟，唐呂向《金剛智行紀》則載錄：

> 計去唐界二十日內，中間卒逢惡風忽發，雲氣斗暗，毒龍、鯨鯢之
> 屬，交頭出沒。是諸商舶三十餘尺，隨波流泛，不知所在，唯和上
> 一舶以持《隨求》得免斯難。又計海程十萬餘里，逐波泛浪，緣歷
> 異國種種艱辛，方始得至大唐聖境。〔註240〕

在這一路的航海途中，不僅緣歷異國種種的艱辛，而且海上多難，更需有超
人的毅力及信心。文中金剛智所誦持的梵本《隨求經》，即是不空後來譯爲漢
文的《大隨求陀羅尼經》。金剛智東航唐土時，與其他來華的海路僧人一樣持
有佛典，並在其虔心持誦下，產生了神奇的力量，而能在海難中得佛力佑助，

〔註238〕《宋高僧傳・卷第一》，頁 12。
〔註239〕《宋高僧傳・卷第一》，頁 4～6。
〔註240〕《大正藏》，冊 55《目錄部》，《貞元新定釋教目錄》卷十四，頁 876。此文轉
　　　　引《晉唐時期南海求法高僧群體研究》，頁 140。

免於災禍，得至大唐聖境。

　　同是「開元大三士」的善無畏，雖是經吐番沿陸路來華的中印度僧人，卻是開漢地密典傳譯的先河。〔註241〕而早期善無畏在南印度傳法弘教的過程中，亦寄身商人海舶，往遊南海諸國。贊寧就記述一則無畏的海上神蹟：

　　　　南至海濱，遇殊勝招提，得法華三昧。復寄身商船，往遊諸國，密
　　　　修禪誦，口放白光。無風三日，舟行萬里。屬商人遇盜，危於併命。
　　　　畏恤其徒侶，默諷眞言，七俱胝尊全現身相，羣盜果爲他寇所殲。
　　　　寇乃露罪歸依，指蹤夷險。〔註242〕

有關善無畏「密修禪誦，口放白光，無風三日，舟行萬里」的神奇力量，以及「屬商人遇盜，危於併命。畏恤其徒侶」而以「默諷眞言，七俱胝尊全現身相，羣盜果爲他寇所殲」的海上化險傳說，無論是眞實的存在或是想像的誇張，其實都反映了一種共同的心理，即在隨時可能面臨生命垂危的弘法途中，僧人們需要有一種能抵禦各種危難的超凡力量作爲精神或物質上的支稱，而「密修禪誦」、「默諷眞言」的密教誦持，正是顯現此超凡力量的象徵，因此得以受佛法力之護佑而免除災厄。眞言、咒語作爲弘法傳教的輔助手段早在六朝時期，就由循海路來華之梵僧耆域、杯渡以神異之術傳教於中原、嶺南等地。他們的奇術異能不僅爲世所矚目，其善信歸仰，宣書眞言、咒語的雜密經典，更是能解災度厄、治病療傷，而爲時人所重。有關密教眞言咒語展現的奇術神蹟，贊寧《宋高僧傳》則述：「釋寶達，以持密咒爲恒務……往者浙江，驚濤巨浪，爲害實深，其潮大至，則激射今湖上諸山焉。達哀其桑麻之地，悉變爲江，遂誦呪止濤神之患。」〔註243〕而對於無畏由天竺來到大唐的奇能異行，《太平廣記》引《開天傳信記》記載：

　　　　唐無畏三藏初自天竺至，所司引薦於玄宗。因謂三藏曰：「師不遠而
　　　　來，欲於何方休息耶。」三藏進曰：「臣在天竺，當時聞大唐西明寺
　　　　宣律師持律第一，願往依止焉。」玄宗可之。宣律禁戒堅苦，焚修

〔註241〕善無畏於西元716年抵達長安，其所傳譯主造爲胎藏部典籍。據《貞元錄》所載，善無畏共譯有四部密典，分別爲《大毗盧遮那成佛神變加持經》七卷（即《大日經》）、《蘇婆呼童子經》三卷、《蘇悉地羯羅經》三卷、《虛空藏菩薩能滿諸願最勝心陀羅尼求聞持法經》一卷，共四部十四卷。無畏雖譯經典少，但卻開系統密典傳譯之先河。（參見《晉唐時期南海求法高僧群體研究》，頁196。）
〔註242〕《宋高僧傳·卷第一》，頁17～18。
〔註243〕《宋高僧傳·卷第二十一》，頁547。

精潔。三藏飲酒食肉，言行麤易，往往乘醉喧競，穢污絪席，宣律頗不能甘之。忽中夜，宣律捫虱，將投于地。三藏半醉，連聲呼曰：「律師律師，撲死佛子耶？」宣律方知其異人也，整衣作禮師事焉。〔註244〕

這段無畏「飲酒食肉，言行麤易，往往乘醉喧競，穢污絪席，宣律頗不能甘之」的「示為麤相」以及「撲死佛子」的奇行傳聞，當時是佛門高僧的宣律，亦不得不敬仰有加，整衣作禮而師事焉。無畏的神奇異能，贊寧還記載：「時中印度大旱，請畏求雨。俄見觀音在日輪中，手執軍持注水於地，時眾欣感，得未曾有」、「畏以駝負經，至西州，涉於河，龍陷駝足，沒於泉下，畏亦入泉。三日止住龍宮，宣揚法化，開悟甚眾。及牽駝出岸，經無沾濕焉」、「畏嘗於本院鑄銅為塔，手成模範，妙出人天。寺眾以銷治至廣，庭除深隘，慮風至火盛，災延寶坊。畏笑曰：『無苦，自當知也。』鼓鑄之日，果大雪蔽空，靈塔出鑪，瑞花飄席，眾皆稱歎」、「暑天亢旱，帝遣中官高力士疾召畏祈雨。畏曰：『若苦召龍致雨，必暴，不可為。』帝強之。辭不獲已，有司為陳雨具，幡幢螺鈸備焉。畏乃盛一鉢水，以小刀攪之，梵言數百呪之。須臾有物如龍，其大如指，赤色矯首，瞰水面，復潛於鉢底。畏且攪且呪，頃之，有白氣自鉢而興，逕上數尺，稍稍引去。畏謂力士曰：『亟去，雨至矣。』力士馳去，迴顧見白氣疾旋，若一匹素翻空而上。既而昏霾，大風震電，風雨隨驟，街中大樹多拔焉」〔註245〕等祈雨、經入水而無沾濕、呼風喚雨等神蹟奇術。這些小說及僧傳的書寫雖是誇誕增飾，但也反映唐人對於來自西域及天竺的胡僧、梵僧在奇能異術上的高度想像。

另外，來華弘法密教的海路僧人中，般剌若（智慧）亦在唐德宗時來華，是唐代最後一位由海道入華傳譯密教經典的梵僧。其在漢地所譯之佛典有《守護界主陀羅尼經》、《華嚴後分》、《六波羅密多經》，及《心經》等唯識、般若類顯教典籍，還有《本生心地觀經》。就其為海路僧人，而與其他來華僧人一樣所攜帶的佛典寫卷，亦帶有海洋的神蹟力量：

乃泛海東邁，垂至廣州，風飄卻返，抵執師子國之東。又集資糧，重修巨舶，遍歷南海諸國。二十二年，再近番禺，風濤遽作，舶破人沒，唯慧存焉。夜至五更，其風方止。所齎經論，莫知所之。及

〔註244〕《太平廣記‧卷第九十二》，頁610。
〔註245〕《宋高僧傳‧卷第二》，頁18～21。

> 登海壖，其夾策已在岸矣，於白沙內大竹筒中得之，宛爲鬼物扶持
> 而到。乃歎曰：「此大乘理趣等經，想脂那人根熟矣！」〔註246〕

般辣若所攜帶經論不僅護庇他免於風濤駭浪之險，且能於暴風巨洋中自行登
岸，實在是神異之跡。在金剛智、不空、般辣若等海道僧人不僅譯出百餘部
卷的密教佛典，使整個漢譯密典宗派的體系化建構完成。更在他們東行弘法
的信念中，其所攜帶的佛典寫卷，或所誦持的密語呪言，似乎已升華爲佛、
菩薩超自然能力的媒介與載體，成爲弘法者在狂濤險浪旅途中不可或缺的護
身符，而在嶮惡黑風的遠帆航行裡，海洋成爲他們上演著一幕又一幕的超自
然之宗教奇蹟的神異道場。

　　唐季海路傳教譯經的西僧釋若那跋陀羅（智賢），乃是南海訶陵國人。贊
寧記載：

> 釋若那跋陀羅，華言智賢，南海訶陵國人，善三藏學。麟德年中，
> 觀禮聖跡、泛舶西遊，路經波凌，遂與智賢同譯《涅槃》後分二卷⋯⋯
> 譯畢寄經達交州，寧方之西域。至儀鳳年初入京。〔註247〕

智賢是當時南海訶陵國（闍婆）人，擅長三藏佛理。在西元664～665年間與
搭乘船舶而欲往天竺求法的華僧會寧，在訶陵國翻譯《大般涅槃經後譯荼毘
分》經。文中提到會寧泛舶西遊，路經波凌的航程，就是賈耽「廣州通夷道」
的第一段航路，此航程末經室利佛逝國（今印尼蘇門達臘島）與訶陵國（印
尼爪哇島），然後再換船過麻六甲海峽西行。當時，會寧法舶至訶陵洲，就是
在當地與智賢共同譯經三年，再往印度。另外，循海道而懷道遠方，隨緣濟
物，輾轉遊化，漸達支那之來華梵僧，贊寧還記有：「釋極量，中印度人也。
乃於廣州制止道場駐錫。眾知博達，以利樂爲心，因敷祕頤，於《灌頂部》
中誦出一品，名《大佛頂如來密因修證了義諸菩薩萬行首愣嚴經》，譯成一部
十卷。量翻傳事畢，會本國王怒其擅出經本，遣人追攝，泛舶西歸。後因南
使入京，經遂流布」〔註248〕、「釋蓮華，中印度人。以興元元年杖錫德宗，乞
鐘一口歸天竺聲擊。華乃將此鐘於寶軍國毗盧遮那塔所安置。後以《華嚴》
後分梵夾附舶來，爲信者般若三藏於崇福寺翻成四十卷焉」〔註249〕等二僧。
極量於西元705年後乘海舶抵達廣州，在廣州制止寺更菩薩戒弟子清河房融、

〔註246〕《宋高僧傳・卷第二》，頁23。
〔註247〕《宋高僧傳・卷第二》，頁27。
〔註248〕《宋高僧傳・卷第二》，頁31。
〔註249〕《宋高僧傳・卷第三》，頁47。

羅浮山南樓寺僧懷迪共同譯出《大佛頂如來密因修證了義諸菩薩萬行首愣嚴經》一部十卷，在譯出之後，因南使入京，其經遂流布。而蓮華爲中天竺僧，在西元 784 年唐德宗時期，也是循海路泛舶入華抵達廣州。蓮華入唐後，乞鐘一口送歸南天竺保軍國寺。後來，齎南印度烏荼國王所獻《華嚴經·善知識入不思議解脫境界普賢行願品經》梵本再次泛海來華。在貞元十二年，般刺若供大德圓照、智通、道恒、澄觀等將蓮華所進之梵本譯出，是爲《華嚴後分》一部、四十卷。〔註250〕蓮華求唐朝鐘置於印度佛寺，並攜回梵文佛典，在中印佛教交流史上留有聲名。另外，在唐高宗時期，下敕前往昆侖諸國採取異藥（長生不老之藥）的中印度僧伽那提三藏（福生），少出家爲僧，名師指教，志氣弘達，以弘法爲懷，曾南到師子國及南海諸國隨緣達化，並精通昆侖語。在他東來航舶中，亦攜大小乘經律五百餘夾，並於高宗永徽六年（655）創達京師，並於慈恩寺安頓。那提三藏來華弘法，正值玄奘法師譯經高潮之際，因而時僧無人理會。此時，高宗令那提前往南海採異藥，那提遂於顯慶元南（656）乘舶，杖襲南海。南海諸國主對之崇敬，別立寺院，度人授法。那提在龍朔三年（663）乘舶東歸中土長安慈恩寺，並於此譯《八曼荼羅禮佛阿吒那智》等三經要約。同年，眞臘國王要那提三藏到其國弘法，竟以「假途遠請」於唐廷，說其國有異藥，只有那提能夠識別，請求那提前來採取此藥。高宗於是下敕聽往，那提遂重返南海眞臘國弘法，至此再也沒有返回長安。

這些來自天竺、錫蘭、訶陵及南海佛教島國的海道僧人之傳譯佛典活動，不僅連結中國與南海諸國及印度、錫蘭的重要文化鈕帶，而且在中國佛教三藏體系的建立過程中有著不可忽視的重要作用，其中有許多來自海洋航線的重要佛典，更是在中國佛教傳播史上產生了深刻及長遠的影響。

除南海僧人泛海求法、傳譯佛經的旖奇異事外，東海上的新羅國僧，在當時的佛門僧傳、傳奇小說中也有寫下許多與海洋關涉的神奇逸說以及求法謠聞。隨著佛教在新羅的漸盛，來唐留學與求法的新羅僧日益增多，有的終身留在中國傳譯與注疏佛經，對中國的佛教發展作出重要貢獻；有的學成返國，成爲新羅佛教流布中的重要宗派鼻祖。《宋高僧傳》就記載新羅僧義湘所傳布的《華嚴》經卷、法器在海上的超自然奇蹟：

> 釋義湘，鷄林府人也……行至本國海門唐州界，計求巨艦，將越滄

〔註250〕《晉唐時期南海求法高僧群體研究》，頁 161～162。

波⋯⋯湘乃隻影孤征，誓死無退。以總章二年附商船達登州岸，分衛到一信士家，見湘容色挺拔，有少女麗服靚粧，名曰善妙，巧媚誨之，湘之心石不可轉也。女調不見答，頓發道心於前，願生生世世歸命和尚，習學大乘，必爲檀越供給資緣。湘趨長安終南山智儼三藏所，綜習《華嚴經》⋯⋯復至舊檀越家，謝其數稔供施，便慕商船，遂巡解纜。其女善妙預爲湘辦集法服并諸什器，可盈篋笥，運臨海岸。湘船已遠，其女呪之曰：「我本實心供養法師，願是衣篋跳入前船！」言訖，投篋於駭浪，有頃，疾風吹之若鴻毛耳，遙望徑跳入船矣。其女復誓之：「我願是身化爲大龍，扶翼舳艫，到國傳法。」於是攘袂投身於海，將知願力難屈，至誠感神，果然伸形夭矯或躍，蜿蜒其舟底，寧達於彼岸⋯⋯大《華嚴》教⋯⋯號海東華嚴初祖。〔註251〕

新羅諸國僧人入唐求法者，絡繹不絕，其航海忘軀而來趨我唐者，其中不少人皆是由海路鼓舶而來。義湘在公元661年由海道赴唐，學習《華嚴經》。在華期間，頗得時僧推崇敬重。在講宣之外，又精勤修練，莊嚴刹海，靡憚暄涼；而注疏則是解明《華嚴》性海毗盧遮那無邊契經義之例，被稱爲海東華嚴初祖。贊寧對於義湘西行入唐求法的海舶航程中，記載信女善妙於海岸邊「投法服什器之篋笥於駭浪中，有頃，疾風吹之若鴻毛耳，遙望徑跳入船矣」的神奇力量，這與天竺僧人般剌若所攜佛經寫卷之夾策於暴風巨浪中自行登岸，都是展現佛教法器、三寶經卷的神異奇蹟。贊寧又述善妙虔心佛法，至誠感神而願「是身化爲大龍，扶翼舳艫，到國傳法」，於是「攘袂投身於海，將知願力難屈，至誠感神，果然伸形夭矯或躍，蜿蜒其舟底，寧達於彼岸」；又「善妙龍恒隨作護，潛知此念，乃現大神變於虛空中，化成巨石，縱廣一里，蓋於伽藍之頂，作將墮不墮之狀。群僧驚駭，罔知攸趣，四面奔散。湘入寺中，敷闡斯經，不召自至多矣」，顯然都是在張揚佛經神力，以虔心持誦、默念《華嚴》教義而能產生不可思議的神績。同時也說明這些神幻的海洋傳說流傳於新羅諸國，《華嚴》教義大化於海東新羅諸地。這種大肆渲染佛法經卷在海上的超凡異象，當然存在著高度想像的誇張，但也反映出越洋海僧在佛法教義傳播過程中的「佛佑」奇能，與及彰顯出屢述奇異旂瑞的海洋觀。

〔註251〕《宋高僧傳・卷第四》，頁75～76。

　　從六朝隋唐以來，在佛典的大量傳譯及流通中，隨著海內外各地高僧大德不斷宣講與王公大臣貴族的大力提倡，而在佛門四眾甚至一般士庶裡，形成一種佛經崇拜的心理與氛圍，認爲誦揚佛經寫卷具有神奇的威力，能驅邪避害、度厄解困，或是入水不濡溼、火燒不燃；或怒海息波、沙漠現水；或頑疾不治而癒、災難因之而免、可起死回生等種種奇蹟。因此，佛典寫卷已成爲僧傳記聞裡著力渲染的超自然神異力量。《太平廣記》引《報應記》載述：

> 唐白仁皙，龍朔中爲虢州朱陽尉。差運米遼東。過海遇風，四望昏黑，仁皙憂懼，急念《金剛經》，得三百遍。忽如夢寐，見一梵僧，謂曰：「汝念眞經，故來救汝。」須臾風定，八十餘人俱濟。〔註252〕

這則海難中誦持《金剛經》三百遍，得梵僧以神奇的威力，使怒海息波，化險爲夷，災難因之而免，可見得持誦佛經是能攘災祈福，護身避禍。而《太平廣記》引《法苑珠林》也敘述：「釋慧慶，學通經律，每夜誦《法華經十地思益維摩》……於大雷遇風濤，船將覆沒，慶惟誦經不輟，覺船在浪中，倏忽至岸，如有人牽之。」〔註253〕以下一則傳奇也是有關《金剛三昧經》的海上傳奇，更可見識到佛經寫卷不可思議的「解疾而癒」的庇佑奇能：

> 釋元曉，新羅東海湘州人……嘗與湘法師入唐，慕奘三藏慈恩之門，息心而往……時國王置百座仁王經大會……王之夫人腦嬰癰腫，醫工絕驗，有巫言曰：「苟遣人往他國求藥，是疾方瘳。」王乃發使泛海入唐，募其醫術。溟漲之中，忽見一翁由波濤躍出登舟，邀使人入海，觀宮殿嚴麗，見龍王。王名鈐海，謂使者曰：「汝國夫人是青帝第三女，我宮中先有《金剛三昧經》，乃二覺圓通示菩薩行也。今託仗夫人之病，爲增上緣，欲附此經出彼國流布耳。」於是將三十來紙散經付授使人。復曰：「此經渡海中，恐罹魔事。」王令持刀裂使人腿傷，而內於中，用蠟紙纏膝，以藥傅之，其腿如故。龍王言：「可令大安聖者銓次綴縫，請元曉法師造疏講釋之，夫人疾愈無疑。」龍王送出海面，遂登舟歸國。〔註254〕

海中龍宮所出的《金剛三昧經》，經過元曉的造《疏》講釋後，而使新羅國夫人頑疾不治而癒，充分反映出佛經崇拜增添了佛典寫卷的神秘意義以及賦有

〔註252〕《太平廣記・卷一百二》，頁695。
〔註253〕《太平廣記・卷一百九》，頁739。
〔註254〕《宋高僧傳・卷第四》，頁78～79。

不可思議的神奇力量。這種西行求法，托身於萬里波濤的越洋海僧，在佛法
教義傳播過程中所彰顯出佛經寫卷誦持釋義之海上奇能，亦見新羅僧玄光：

> 釋玄光者，海東熊州人……迨乎成長而願越滄溟，求中土禪法。見
> 思大和尚，開物成化，神解相參。光利若神錐，無堅不犯。俄證《法
> 華》三昧，請求印可。思爲證之，光禮而垂泣，子爾返錫江南。屬
> 本國舟艦附載，離岸時，則綵雲亂目，雅樂沸空，絳節霓旌，傳呼
> 而至。空中聲云：「天帝召海東玄光禪師。」見青衣前導，少選入宮
> 城，且非人間官府。羽衛之設，無非鱗介，參雜鬼神。或曰：「今日
> 天帝降龍王宮，請師說親證法門，吾曹水府，蒙師利益。」如問而
> 談，略經七日。然後王躬送別，其船泛洋不進。光復登船，船人謂
> 經半日而已。〔註255〕

循海路乘舶來往於中土的航程中，經常是怒海駭濤，九死一生。而就佛教的
觀念而言，佛像、舍利、誦持佛經寫卷、密念呪語都是具有化險海難，一路
護持庇佑的神異力量。玄光越滄溟，涉東海以歸熊州的海帆裡，因其參證《法
華》三昧，善護念之，於海龍宮七日爲天帝、龍王親證《法華》法門，故能
平安泛洋回返新羅。上述西渡中土求法的新羅僧人所載之海洋傳奇，佛法傳
燈之士的書寫或許誇大詞飾，但其展現佛門法器、三寶經卷與親證佛典法門、
寫卷誦持釋義的神異奇蹟，不僅使海洋成爲佛教文明的載體，更是中國與新
羅來往高僧弘法與求法歷程中的文化交流網絡。

　　而對中國與新羅間佛教文化交流作出貢獻的又有西元 627 年乘海舶，越
東海而來長安留學的圓測，他起初從法常、僧辨學習佛教義理，後來更成爲
玄奘的著名弟子。圓測精通漢語、梵文，終其一身都是留在中國從事佛典的
傳譯。另外一位新羅僧金喬覺，原是新羅王族，也是航海渡溟來到安徽池州
青陽九子山（後稱九華山），面壁端坐山頭悟法傳道數十載，圓寂後肉身三年
不腐，與佛經中地藏菩薩瑞相相似，而被尊稱爲「金地藏」。至於新羅高僧慧
超亦是乘舶循海入唐，與當時密教大師南海僧人金剛智在廣州相會，並受戒
爲弟子，此後在玄宗時期鼓舶鯨波，而往五天竺巡禮求法。他的《往五天竺
國傳》不僅是中西交通史上的重要文獻外，書中更是翔實記載當時印度各國
的物產、社會風俗、軍事實力及大食和印度各國的交戰史，尤其是慧超循海
路西行，對於當時的南海部分島國如師子國、大食、波斯、拂臨等國家之宗

〔註255〕《宋高僧傳・卷第十八》，頁 444～445。

教信仰亦有涉獵。〔註256〕

《舊唐書·音樂志》云：「大抵《散樂》雜戲多幻術，幻術皆出西域、天竺為甚。漢武帝通西域，始以善幻人通中國。安帝時，天竺獻伎，能自斷手足，刳剔腸胃，自是歷代有之。」刳剔腸胃術，似即今南方江湖賣藥者，所謂揉腸破肚術。《舊唐書》又云：「睿宗時，婆羅門獻樂，舞人倒行，而以足舞於極銛刀鋒，倒植於地，低目就刃，以歷臉中，又植於背下，吹篳篥者立其腹上，終曲而亦無傷。又俯伸其手，兩人躡之，旋身遶手，百轉無已。」〔註257〕顯然唐時期的婆羅門、印度僧人或商客都是善於幻術。《舊唐書·玄宗紀上》也云：「右威衛中郎將周慶立為安南市舶使，與波斯僧廣造奇巧，將以進內。」〔註258〕更見當時天竺、波斯僧人由海路港口進入中國，而且擅於製造奇器巧術。在唐人的小說世界，這批來自海外四域的胡僧、梵僧、新羅僧更擁有神奇的幻術魔力，並且繪聲繪影的被記載書寫。《太平廣記》引《大業拾遺記》云：

> 隋煬帝時，南海郡送一僧，名法喜……喜於宮內環走，索羊頭，帝聞而惡之，以為狂言，令鏁一室。數日，三衛於市見師，還奏法喜在市內慢行，敕則所司，檢驗門鏁如舊，守者亦云，師在室內。於是開戶入室，見袈裟覆一叢白骨，鏁在項骨之上……帝由是始信非常人也……放師出外，隨意所適。有時一日之中，凡數十處齋供，師皆赴會，在在見之……俄見身有疾，常臥床，令人於床下鋪炭火，甚熱，數日而命終。至大業四年，南海郡奏云，法喜見還在郡。敕開棺視之，則無所有。〔註259〕

贊寧的《宋高僧傳》言：「法喜為南海人，年四十許。嶺表耆老則說兒童時見法喜，顏貌如今無異，蠻蜒間相傳云已三百歲矣，說晉宋朝事，歷歷如信宿前耳。」可見來自南海島國的法喜，確是一位得道而擅於怪術異能的高僧。《大業拾遺記》裡特意書寫這位海外異僧的移形幻化、死而復活的奇術怪能，顯然是誇大幻設，張皇崇飾，以惑觀者。不過，卻也反映了隋唐時期文人踵繼魏晉六朝志怪小說中的天竺、身毒僧人的善衒惑之術的形象，以及對

〔註256〕〔唐〕慧超著，張毅箋譯：《往五天竺國傳箋釋》（北京：中華書局，2006重印），頁101～118。
〔註257〕《舊唐書·卷二十九》，頁1073。
〔註258〕《舊唐書·卷八》，頁174。
〔註259〕《太平廣記·卷第九十一》，頁603～604。

於這些飄洋過海的異域僧人在佛法神力的高度迷信和極力的崇拜，呈現輿論風情中渡海西僧的幻術面向。在《法苑珠林‧卷七十六》中，釋道世就記載了貞觀年間印度僧人的種種幻術：

> 唐貞觀二十年，西國有五婆羅門來到京師。善能音樂、祝術、雜戲、截舌、抽腹、走繩、續斷⋯⋯西國天王爲漢使設樂，或有騰空走索，履屟繩行，男女相避，歌戲如常。或有女人手弄三伎，刀稍槍等，擲空手接，繩走不落。或有截舌自縛、解伏依舊，不勞人功。如是幻術，種種難述。〔註260〕

這些祝術、雜戲、截舌、抽腹、走繩、續斷、騰空走索，履屟繩行等幻術衒戲，說明佛國天竺僧人的奇能。早在魏晉時期干寶《搜神記》即載天竺胡僧斷舌吐火之術：「晉永嘉中，有天竺胡僧來渡江南，其人有數術，能斷舌復續，吐火，所在人士聚觀。」〔註261〕《獨異志》也載：「唐高祖時，有西國胡僧，能口吐火，以威脅眾⋯⋯跳躍禁咒，火出僧口」〔註262〕、裴鉶《傳奇》也記唐開成中，自天竺泛舶來華之海路僧伽金剛仙「能梵音，彈舌搖錫而咒物，物無不應。又善囚拘鬼魅，束縛蛟螭。動錫仗一聲，召雷立震⋯⋯咒水俄而水辟見底⋯⋯往番禺，泛舶歸天竺⋯⋯以藥煮爲膏，塗足，則渡海若履坦途⋯⋯後仙果泛舶歸天竺矣」〔註263〕。而《酉陽雜俎》裡的梵僧難陀，亦乘舶自天竺東來入隋，其亦具有如幻三昧、入水不濡、投火無灼、變金石、斷頭、入壁縫等化現無窮的神奇怪術：

> 有梵僧難陀，得如幻三昧，入水火、貫金石，變化無窮。初入蜀，與三少尼俱行，或大醉狂歌。戍將夜會客，與之劇飲。僧假巾幗，市鉛黛，伎其三尼⋯⋯忽起取戍將佩刀，僧乃拔刀斫之，皆踣於地，血及數丈。戍將呼左右縛僧。僧笑曰：「無草草。」徐舉尼，三枝節杖也，血乃酒耳⋯⋯百姓供養數日，僧不欲住，閉關留之。僧因是走入壁角，百姓遽牽，漸入，唯餘袈裟角，頃亦不見。來日壁上有畫僧，其狀形似，日日色漸薄。積七日，空有黑蹟，至八日，蹟亦滅，僧已在彭州矣。〔註264〕

〔註260〕　《法苑珠林校注‧卷第七十六》，頁 2254。
〔註261〕　《漢魏六朝筆記小說大觀》，頁 291。
〔註262〕　《唐五代筆記小說大觀》，頁 921。
〔註263〕　《唐五代筆記小說大觀》，頁 1110〜1111。
〔註264〕　《唐五代筆記小說大觀》，頁 597〜598。

段成式所記印度僧行幻術更是誇張，不僅能以佩刀砍斷三尼頭，而頭皆掉落於地，血噴及數丈，又慢慢舉起三尼頭，細看之下乃是三節竻竹杖，血乃是宴會所飲之酒；而且又叫人斷其頭，釘兩耳於柱上，都無血污，身體坐在席上而酒巡入喉，口能歌舞、手復擊掌應節，宴席結束後，身體自動起來，往柱取頭安之，而無瘢痕。這種「斷頭接頭而無傷痕」之起死復生、偷天換日，甚至「穿入壁縫而逡巡不見，多日後出現於遠地」之遁於無形、如幻三昧的戲法，則是過於神格化的泫染，但也反映出唐人對於這些海外遠方之僧伽法力的迷信崇拜，並賦予他們神秘離奇的譎怪力量。《太平廣記》引《王氏見聞錄》亦云：

> 唐末，禪將王宗信止普安禪院僧房，時嚴冬，房中有大禪爐，熾炭甚盛。信擁妓女十餘人，各據僧牀寢息。信忽見一姬飛入爐中，宛轉於熾炭之上。宗信忙遽救之，及離火，衣服並不燋灼。頃之，諸妓或出或入，各迷悶失音。有親吏告招討使王宗儔，宗儔徐入，一一提臂而出。視之，衣裾纖毫不燬，但驚悸不寐。訊之，云：「被胡僧提入火中。」宗信大怒，悉索諸僧立於前，令妓識之。有周和尚者，身長貌胡，皆曰：「是此也。」宗信遂鞭之數百，云有幻術。〔註265〕

《王氏見聞錄》所述雖屬離奇夸誕，然在當時對於梵僧善幻術的傳聞，應是屢見不鮮。著述《游仙窟》的中唐士人張鷟，在其《朝野僉載》即載述二則西域的幻法與胡僧的幻術，更印證唐代西域等地梵僧精究幻術與咒術：

> 河南府立德坊及南市西坊皆有胡祆神廟。每歲商胡祈福……募一胡僧爲祆主，取一橫刀，利同霜雪，吹毛不過。以刀刺腹，刃出於背，仍亂攪腸肚流血。食頃，噴水咒之，平復如故。此蓋西域之幻法也……涼州祆神祠，至祈禱日祆主以鐵釘從額上釘之，直洞腋下，即出門，身輕若飛，須臾數百里。至酉祆神前舞一曲即却，至舊祆所乃拔釘，無所損。臥十餘日，平復如故。莫知其所以然。〔註266〕

祆神，即是火祆教所崇拜之神。而火祆教出自西海波斯，西域諸國亦有崇敬之者。此種幻術，有可能是波斯、大食諸國祈禱敬神的習俗。而當時的流俗，亦大多仿效西域諸國的幻術，並多以胡僧、梵僧爲祆主施法。當然，此

〔註265〕《太平廣記‧卷三百六十六》，頁2912～2913。
〔註266〕《唐五代筆記小說大觀》，頁37～38。

等法術神奇有過事誇張之嫌，然唐代的西域幻術咒法，透過這些梵僧及胡僧的大量傳布，大行於市井之中。《朝野僉載》則記述當時市井之間所流行的西洋魔術奇蹟：「咸亨中，趙州祖珍儉有祅術。懸水瓮於樑上，以刀斫之，繩斷而瓮不落」、「又於空房密閉門，置一瓮水，橫刀其上。人良久入看，見儉支解五段，水瓮皆是血。人去之後，平復如初。」又云：「凌空觀葉道士咒刀，盡力斬病人肚，橫桃柳於腹上，桃柳斷而內不傷。復將雙刀斫一女子，應手兩斷，血流遍地，家人大哭。道人取續之，噴水而咒，須臾平復如故。」〔註267〕凡此種種幻術奇法，可以想見西域僧俗的魔術戲法，大彰於中國唐家。另外，《集異記》也記載了東海龍宮遭婆羅門僧逞其禁呪煮海之術，而使東海枯竭：

> 某東海龍也，天帝所敕，主八海之寶，一千年一更其任，無過者超證仙品。某已九百七十年矣，微績垂成，有婆羅門逞其幻法，住於海峰，晝夜禁呪，積三十年矣。其法將成，海水如雲，卷在天半，五月五日，海將竭矣。〔註268〕

另外，梵僧擅於藥術奇能，又見《酉陽雜俎》載述：

> 永貞年，東市百姓王布，藏鏹千萬，商旅多賓之。有女年十四五，艷麗聰悟，鼻兩孔各垂息肉如皂莢子，其根如麻線，長寸許，觸之，痛入心髓。父破錢數百萬治之，不瘥。忽有梵僧乞食，問女異疾，能止之。布大喜，僧見其女，乃取藥，色正白，吹其鼻中。少頃，摘去之。出少黃水，都無所苦。布賞之百金，僧不受厚施，而乞此息肉，珍重而去。行疾如飛，布亦意其賢聖。計僧去五六坊，復有一少年，美如冠玉，騎白馬，扣門問胡僧，布遽延入，具述胡僧事。其人吁嗟不悅，布驚而詰故。曰：「上帝失樂神二人，近知藏於君女鼻中。我天人也，奉帝命來取，不意此僧先取之，吾當獲譴矣。」布方作禮，舉首而失。〔註269〕

文中僧道雜錄，而又多志怪駭異之事。述梵僧「取藥，色正白，吹其鼻中。少頃，摘去之。出少黃水，都無所苦」的高明藥術，以及「行疾如飛」的奇能，呈現出天竺、身毒僧人衒惑之術的形象，以及對於這些飄洋過海的異域

〔註267〕《唐五代筆記小說大觀》，頁37。
〔註268〕《太平廣記・卷二十六》，頁173～174。
〔註269〕《唐五代筆記小說大觀》，頁564。

僧人在佛力的高度迷信和極力崇拜。對於胡僧衒幻藥術的傳聞，《太平廣記》引《集異記》載述：

> 唐故贈工部尚書邢曹進，因討叛田承嗣，飛矢中肩，而鏃留於骨，微露其末。其鏃痛楚，計無所施。忽因晝寢，夢一胡僧立於庭中。曹進訴之，胡僧謂以米汁注於其中，當自愈矣。及寤，言於醫工，工曰：「米汁即泔，豈宜漬瘡哉？」廣詢於人，莫有諭者。明日，忽有胡僧詣門乞食，乃昨之所夢，延之附近，告以危苦。胡僧曰：「何不灌以寒食湯，當知其神驗……」曹進遂悟，湯為米汁，如法以點，應手清涼，頓減酸疼。其夜，其瘡稍癢，即令如前鑷之。鉗纔及瞼，鏃已突然而出，後傅藥，不旬日而瘥矣。吁！西方聖人，恩佑顯灼，乃若此之明徵乎！〔註270〕

小說中的胡僧、梵僧之行醫術神績，與「西方聖人，恩佑顯灼之明徵」的書寫，更是對於這些飄洋過海的海外僧伽在佛法神力的高度崇拜。而胡僧、梵僧幻術也表現在知來藏往，好言人之休咎的神驗上。《宣室志》云：

> 唐故劍南節度使韋皋，既生一月，其家召群僧會齋。有一胡僧席坐於庭中……韋氏命乳母出嬰兒，請群僧祝其壽。胡僧謂嬰兒曰：「別久無恙乎？」嬰兒若有喜色，眾皆異之。韋氏先君問故，胡僧曰：「此子乃諸葛武侯之後身耳……今降生於世，將為蜀門帥。吾往歲在劍南，與此子友善，今聞生於韋氏，吾故不遠而來。」……後韋氏自左金吾節制劍南軍，累遷太尉兼中書令，在蜀十八年，果契胡僧之語。〔註271〕

隋唐五代時期，泛舶來華之海路僧伽，多來自印度、錫蘭、訶陵等南海佛教國家。他們通過驚濤駭浪、九死一生的航行來華傳譯佛經、弘揚佛法，將小乘佛典輸入中土、建立漢地律藏之學、密教經典之傳譯、唯識經論之介紹、禪門典籍之翻譯，可謂在隋唐五代時期建構了佛教的大業。而他們所被載述的海洋述奇，或許誇大詞飾，但其展現佛教法器、三寶經卷與親證佛典法門、寫卷誦持釋義的神異奇蹟，不僅使海洋成為佛教文明的載體，更是中國與南海、新羅等來往高僧弘法與求法歷程中的文化交流網絡。尤其這些被大肆傳誦的海上神蹟異能，卻一躍成為唐人小說世界裡的西方聖人，恩佑顯灼的奇

〔註270〕《太平廣記·卷第一百一》，頁675。
〔註271〕《唐五代筆記小說大觀》，頁1062。

術異僧。小說家不僅賦予胡僧、梵僧譎怪離奇的神祕力量，許多入水不濡、投火無灼、變金石、斷頭、入壁縫而遁於無形、行疾如飛，如幻三昧，禁咒煮海等化現無窮、知來藏往的神驗怪術，也反映時人習風對於這些海外僧伽在佛法神力的迷信崇拜。

　　前文提及泛舶航海西來之外僧，從金剛智到般剌若等海路僧人對於漢譯密典之體系化的貢獻。而在唐玄宗以後，唐王朝、吐番、突厥和大食，先後都曾逐鹿中亞，尤其是大食國多次向中亞進軍；在這種戰亂的情況下，中國僧侶要取道西域陸路而往天竺的確是困難重重。因此，從唐開元以後，南海道的佛法傳承已取代陸路成為印度佛典輸入中國的主要途徑。北天竺僧不空就是在玄宗時期泛舶南海，歷師子國、五印度境求法密教經典，並在天寶五年乘海船返回大唐長安的密教經典大師。當時漢地密教經典體系的主要建立者除了不空這位西僧外，華僧則是為一行。贊寧說：「釋一行，聰黠明利，有老成之風，所誦經法，無不精諷……於金剛三藏學《陀羅尼秘印》，登前佛檀，受法王寶，復同無畏三藏譯《毗盧遮那佛經》，開後佛國，其傳《密藏》，必抵淵府……天下釋子榮之。」〔註272〕一行作為海路密教經典傳譯大業的聯結者外，在唐人小說世界裡，他也被賦予書寫與這些海外梵僧同等的幻術神蹟。《酉陽雜俎》載述：「僧一行，博覽無不知，尤善於數，鉤深藏往，當時學者莫能測」、「玄宗迎問一行曰：『太史奏昨夜北斗不見，是何祥也，師有以禳之乎？』一行曰：『天將大警於陛下，夫匹婦匹夫不得其所，則隕霜赤旱。盛德所感，乃能退舍……如臣曲見，莫若大赦天下。』又其夕，太史奏北斗一星見，凡七日而復。」〔註273〕而《太平廣記》亦引《開天傳信記》與《明皇雜錄》云：「一行其聖人乎？漢之洛下閎造曆云：『後八百歲，當差一日，則有聖人定之。』今年期畢矣，而一行造大衍曆，正在差謬，并精密。則洛下閎之言信矣。」〔註274〕一行不僅博覽善數，洞徹天象異術曆行，更能祈雨。段成式記述：

> 僧一行窮數有異術。開元中嘗旱，玄宗令祈雨，一行言當得一器上有龍狀者，方可致雨……數日後，指一古鏡，鼻盤龍，喜曰：「此真龍矣。」乃持入道場，一夕而雨……此鏡五月五日，於揚子江心鑄

〔註272〕《宋高僧傳・卷第五》，頁91～94。
〔註273〕《唐五代筆記小說大觀》，頁563～564。
〔註274〕《太平廣記・卷第九十二》，頁608。

之。〔註275〕

一行與不空、金剛智等海外天竺僧伽，都曾在玄宗時期示現祈雨異端之術，而其占其災福，若指於掌，言多補益。《酉陽雜俎》又載：

> 一行嘗至天台國清寺，見一院，古松數十步，門有流水。一行立於門屏間，聞院中僧於庭布算，其聲籟籟。而謂其徒曰：「今日當有弟子求吾算法，已合到門，豈無人導達耶？」即除一算，又謂曰：「門前水合卻西流，弟子當至。」一行承言而入，稽首請法，盡受其術焉。而門水舊東流，今忽改爲西流矣。〔註276〕

唐時小說多述胡僧、梵僧異術奇能，而又多與循海路來華之天竺西域僧伽有關。一行爲漢地密宗傳譯之華僧宗師，顯然也在「密教」經典傳譯過程中，被賦予神格化的書寫。因此，這些泛舶來唐的海外僧伽，其被大肆傳誦的海上神蹟異能，不僅一躍成爲唐人小說世界裡的西方聖人，恩佑顯灼的奇術異僧，其經由海路的傳譯活動在中國佛教三藏體系的傳播及建立過程中，更有著不容忽視的深遠作用。

循海路西來的梵僧及胡僧在唐人小說中展現的幻術奇能，小說家不僅賦予他們譎怪離奇的神祕力量，許多入水不濡、投火無灼、變金石、斷頭、入壁縫而遁於無形、行疾如飛，如幻三昧等化現無窮、知來藏往的神驗怪術，也反映時人習風對於這些海外僧伽在佛法神力的迷信崇拜。而在《太平廣記》的「異僧」與「釋證」引述條文中，華僧知往藏來、而有神驗之說亦多所記載。其中於海上顯現奇瑞的高僧神蹟，《太平廣記》引《獨異志》云：

> 揚州西靈塔，中國之尤峻峙者。唐武宗末，拆寺前一年，有淮南詞客劉隱之薄游明州。旅泊之宵，夢中如泛海，見塔東渡海。時見門僧懷信居塔三層，憑闌與隱之言曰：「暫送塔過東海，旬日而還。」數日，隱之歸揚州，即訪懷信。信曰：「記海上相見時否？」隱之了然省記。數夕後，天火焚塔俱盡，白雨如瀉。〔註277〕

關於懷信送塔過東海的奇蹟，顯然過於誇大怪誕，然懷信現於劉隱之夢，則懷信應是知往藏來、事往果驗，且深不可測的高僧。贊寧則是記述：

> 釋寶達，遁名山，高乎道望，以持密咒爲恆務。其院有印沙牀，照

〔註275〕《唐五代筆記小說大觀》，頁 588～589。

〔註276〕《唐五代筆記小說大觀》，頁 602。

〔註277〕《太平廣記・卷第九十八》，頁 654。

佛鑑。往者浙江也，驚濤巨浪，爲害實深。其潮大至，則激射今湖
上諸山焉。達哀其桑麻之地，悉變爲江，遂誦呪止濤神之患。一
夜，江濤中有偉人，玄冠朱衣，導從其繁而至，謂達曰：「弟子是吳
伍員復仇雪恥者，師慈心爲物，員已聞命矣。」言訖而滅。寺僧
怪問：「昨夜車馬之喧爲誰？」具言其事，其冥感神理，多此類也。
〔註278〕

將民間濤神伍員的傳說，納編入佛僧高異的神蹟，顯然是在張揚釋家的法力。
尤其唐際密宗盛行，許多海外的梵僧胡僧多以密呪持誦爲法，以顯神奇之力
量。寶達能持誦呪文以止濤神之患，猶如不空三藏在疾風、大鯨出海，噴浪
若山的海上誦念密教經典《大隨求》，進而風澄海伏，眾難俱弭。

三、僧傳故事與僧伽行紀及小説中的中日高僧

　　前言海路僧眾略可分爲西來傳教之梵僧與求法歸來之華僧。此兩類接續
而來的群體，共同撐架起佛法東傳進而中印文化雙向互動的歷史橋樑。而作
爲身處中國佛門的漢地求法僧，之所以甘冒命懸一線之險，泛海西行求法，
學習梵語梵字，求梵書梵策，其最主要目的乃在求取中國佛界當時所缺乏、
所急需之佛典三藏。而就海路求法僧來說，義淨又爲譯經最多之華僧。其所
傳譯的範圍，也相當的廣泛。義淨之求取佛教律藏，以印度正統的典範，來
糾正當時中國佛教的偏誤，矯正時弊而力挽佛門頹廢之風。唐代時期，中國
佛教達於鼎盛高峰，不僅僧尼人數眾多，而且寺院經濟興盛，出家爲僧除了
追求來世福報外，還可享受許多豁免賦稅徭役等現世利益。權利與金錢雖帶
給佛教繁榮的景象，也爲僧尼營造了腐化的溫床，在興盛背後卻是隱藏無限
的危機，而佛門戒律的鬆馳腐壞即是其一。因此，對於時代佛門僧伽無法持
守正規，有心之士無不痛心疾首，思考如何正本清源，合力尋求解決要方。
此時，義淨甘冒海駭浪濤橫天，不辭洋路險駭、縱死海洋而無所悔的到天竺
求法，正是嘗試以印度的正統律典，來矯正這時中國佛界的戒律鬆馳之弊端。
唐代海上交通發達，從海路去印度求法取經的高僧多如過江之鯽，然西行求
法將重點放在律典之上，並將近二十部薩婆多部律典譯成漢文的，當屬義淨
爲最。

　　義淨比從陸路去的玄奘約晚半個世紀，比循海路返國的法顯晚二百六十

〔註278〕《宋高僧傳・卷第二十一》，頁547。

二年，卻也是第一個往返都走海路的西行取經高僧。有關義淨二十五年的南海紀行，贊寧《宋高僧傳》述：

> 義淨年十五，便萌其志，欲遊西域，仰法顯之雅操，慕玄奘之高風……咸亨二年，至番禺，得同志數十人，及將登舶，餘皆退罷。淨奮勵孤行，備歷艱險。所至之境，皆洞言音。凡遇酋長，俱加禮重。咸遂周遊，並諧瞻矚。諸有聖跡，畢得追尋。經二十五年，歷三十餘國……得梵本經律論近四百部。〔註279〕

贊寧敘述義淨南海行歷二十五年，歷三十餘國。因通曉各國方言、梵語，得到南海諸國君長的禮遇有加。在印度留居「十載求經」，先後遊歷天竺諸國等地的名寺古剎，瞻矚佛陀菩薩的聖跡，並取得許多梵文藏經近四百部。另外，義淨所寫的《大唐西域求法高僧傳》記南海行程又為要詳：

> 于時咸亨二年，至廣府，與波斯舶主期會南行……十一月遂乃面翼軫，背番禺……于時廣莫初飆，向朱方而百丈雙挂，離箕創節，棄玄朔而五兩單飛；長截洪溟，似山之濤橫海，斜通巨壑，如雲之浪濤天。未隔兩旬，果之佛逝，經停六月，漸學聲明，王贈支持，送往末羅瑜國。復停兩月，轉向羯荼，至十二月舉帆還乘王舶，漸向東天矣。從羯荼北行十日餘，至裸人國……從茲更半月許，望西北行，遂達耽摩立底國，即東印度之南界也。〔註280〕

唐時與印度間的海上航線，主要是在揚州、廣州等地乘船南行，繞過印支半島、馬來半島、馬六甲海峽和孟加拉灣，到達印度。而當時印度、中亞、南亞、東南亞等地小國林立、敵對，海上旅行困難，海賊戕盜，時有所聞；而海路上更是「似山之濤橫海」、「如雲之浪濤天」的諸般天險存在。義淨於唐咸亨二年（671）十一月於廣州搭乘波斯船出發，二十餘天即到達佛逝國（今蘇門答臘東南巨港一帶），並在此學習梵文。《大唐西域求法高僧傳》所說：「經停六月，漸學聲明」，聲明為研究梵語文的專門知識，當時的佛逝國是古代南洋航海的樞紐，也是佛教的中心聖地之一；而義淨在此地停留六個月等待中轉過程裡，亦順道研習梵文。義淨在其所譯之《根本說一切有部百一羯磨》經中註語：「又南海諸洲，咸多敬信，人王國主，崇福為懷，此佛逝廓下僧眾千餘，學問為懷，并多行鉢，所有尋讀乃與中國（天竺）不殊，沙門軌

〔註279〕《宋高僧傳・卷一》，頁1。
〔註280〕《大唐西域求法高僧傳校注》，頁151～153。

儀悉皆無別。若其唐僧欲向西方爲聽讀者，停斯一二載，習其法式，方進中天亦是佳也。」〔註281〕可見，以佛逝國爲中心的南海諸國亦是求法僧眾梵文訓練的要站。《大唐西域求法高僧傳》便記載了：「運期師者，交州人也。旋迴南海，十有餘年，善崑崙音，頗知梵語，往室利佛逝國歸俗」、「彼岸法師及智岸法師歸心勝理，乃觀化中天，泛舶海中，所將經論咸在室利佛逝國」、「大津師，永淳二年，振錫南海，泛舶月餘，達室利佛逝洲，停斯多載，解崑崙語，頗習梵書」、「貞固弟子，隨師共至佛逝，解骨崙語，頗學梵書，後戀居佛逝，不返番禺」、「道宏者，與義淨、貞固等共至佛逝」、「法朗隨義淨同越滄溟，屆乎佛逝，業行是修，學經三載，梵漢漸通」〔註282〕等多位唐代泛海西行的高僧，停留在佛逝國接受語言訓練，通曉梵語文字。這些泛舶求法者，前撲後繼地要往印度，其主要目的就是求取佛典眞經，適疑解惑。正如義淨在《大唐西域求法高僧傳》開篇所講：「觀夫自古神州之地，輕身循法之賓，顯法師則創辟荒途，奘法師乃中開王路。其間或西越紫塞而孤征，或南渡滄溟以單逝。莫不咸思聖蹟，罄五體而歸禮；俱懷旋踵，抱四恩以流望。」〔註283〕從法顯、玄奘到義淨，莫不在求眞、求知的驅動下，於此流沙翰海中甘冒命懸一線之險而西行求法。義淨泛舶杖錫南海，學梵語梵文，求梵書梵策，其主要目的更是要求得中國佛門當時所缺乏、所急需的梵本佛典三藏；而鑽習精熟於梵文梵語，是爲打通進入梵本佛典的重要法門，爲中國佛教界介紹及引進更全面、更準確的梵文知識。

佛逝及訶陵都是向西航行海船的中轉站，而由西向東的海舶，也要在此兩國進行休整，然後揚帆向東北行。《大唐西域求法高僧傳》也提到當時多位高僧經駐訶陵（印尼爪哇島）以爲中轉，再附舶入峽西去：「常愍禪師附舶南征，往訶陵國，從此附舶往末羅瑜國」、「明遠法師振錫南遊，屆於交阯，鼓舶鯨波，到訶陵國，次至師子洲密取佛牙」、「會寧律師杖錫南海，泛舶至訶陵，停駐三載，共訶陵國多聞僧若那跋陀羅譯經」、「曇潤法師於交阯泛舶南上，期西印度，至訶陵北」、「道琳法師杖錫遐逝，鼓舶南溟，越銅柱而屆郎迦，歷訶陵而經裸國」、「法振禪師整帆上景之前，鼓浪訶陵之北，巡歷諸島」、「不空及弟子含光、慧辨等二十七人，附崑崙舶離南海，經訶陵而達師

〔註281〕《晉唐時期南海求法高僧群體研究》，頁114。
〔註282〕《中國南洋交通史》，頁54～58。
〔註283〕《大唐西域求法高僧傳校注》，頁1。

子國」，並進而揚帆天竺。在義淨求法西航中，更爭取到當時佛逝國王的幫助
及資助，接著穿過麻六甲海峽，來到末羅瑜國（蘇門答臘島占碑一帶），停留
二個月後，再轉向羯茶（箇羅），北行十餘日到裸人國（尼科巴群島）。停半
月許，望西北行，最後到達東印度的耽摩立底國（印度加爾各答西南），時已
是咸亨四年八月。義淨在此國停留一年，復學梵語，習練《聲論》，後又到中
印度等地佛教聖跡瞻禮，並在印度著名的那爛陀寺，十載求經與譯經（676～
685）。而從義淨或高僧之泛海南行天竺的去程記載中，大致是與賈耽廣州通
海夷道相合的。或以自廣州，歷佛逝、末羅瑜、羯茶、裸國到耽摩立底國；
或以占波、訶陵、裸國達耽摩立底國；或以合浦、交州、佛逝、末羅瑜、羯
茶歷那伽鉢亶那（印度泰米爾納德邦納加帕蒂南）等國。

義淨在印度留居十年求經，在當地最頂尖的寺院那爛陀寺生活。他先後
遊歷了摩陀羅國、毗舍離國、拘夷那竭和波羅夸城的鹿苑與雞嶺等地的名刹
古寺，取得許多的梵文藏經，紀錄了自己對印度與南海各地僧伽制度和宗教
戒律的所見所聞，並於垂拱元年（685）離開那爛陀寺，登舟東歸。《大唐西
域求法高僧傳・卷上》記述：

> 十載求經，還耽摩立底。未至之間，遭大劫賊，僅免剚刃之禍，得
> 存朝夕之命。於此升舶，過羯茶國，所將梵本三藏五十餘萬頌，唐
> 譯可成千卷，權居佛逝矣。〔註284〕

義淨返程循來時航線，先至耽摩立抵國，中途不幸遭遇海盜，幸而免於罹難。
後攜梵本三藏五十餘萬頌，乘舶歷羯茶、末羅瑜國，並在佛逝國留居四載。《南
海寄歸內法傳》亦云：「仰蒙三寶之遠被，賴皇澤之遐霑，遂得旋踵東歸，鼓
帆南海，從耽摩立底國，已達室利佛逝，停住已經四年，留連未及歸國矣。」
〔註285〕義淨權居佛逝多年，中間曾因持續抄譯梵典經文，而回返廣州補充筆
墨外，〔註286〕其遲遲不逕還本國，除因西南信風已息的原因外，也因長期在
此著述、上書，並請學該國廣學五天竺名僧釋迦雞栗底。〔註287〕在南海佛逝

〔註284〕《大唐西域求法高僧傳校注》，頁154～155。
〔註285〕《南海寄歸內法傳》，頁252。
〔註286〕《大唐西域求法高僧傳校注・卷下・貞固傳》云：「淨於佛逝江口升舶，附書
　　　　憑信廣州，見求墨紙，抄寫梵經，並雇手直……於永昌元年達於廣州……廣
　　　　府法俗，悉贈資糧，即以其年十一月附商舶去番禺，望占波而陵帆，指佛逝
　　　　以長驅。」（轉引《中國南洋交通史》，頁49。）
〔註287〕《南海寄歸內法傳》，頁252云：「然今古諸師，並光傳佛日。有空齊致，習
　　　　三藏以為師；定慧雙修，指七覺而為匠。其西方現在……南海佛逝國則有釋

期間，義淨於天授二年，以其親身經歷撰寫《南海寄歸內法傳》四卷和《大唐西域求法高僧傳》二卷，詳細記載了南海航行的地理情況及西行求法的高僧傳記，並新譯雜經論十卷。同年，他遣在佛逝之唐僧大津法師回國，委託大津將上述著作進呈武后，並望請天恩於西方造寺。

贊寧《宋高僧傳》說：「義淨於周長壽三年夏離開佛逝，乘舶至廣州，於天后證聖元年還至河洛，得梵本經律論近四百部，合五十萬頌，金剛座真容一鋪、舍利三百粒。天后親迎於上東門外，敕命佛授記寺安置。」後來又從「證聖元年至證歷二年（695～699），在洛陽參與于闐三藏實叉難陀等共譯《華嚴經》。並於久視元年（700）起，自立譯場，於長安、洛陽譯經數百卷。」〔註288〕義淨在中國佛教史上的地位受到卓著高譽的推崇，而其乘舶西行求法而與海洋的宿緣交通，更是匪淺。尤其在南海諸國及中印佛教文化的交流史裡，其全然信仰的佛教徒生命，為此寫下許多可歌可泣而不朽的海洋傳奇。

而這些泛海以渡滄溟，歷海路險兀之濤天巨浪的求法高僧，中途命喪於汪洋大海、或病卒於西天印度而壯志未酬者，不計其數。從義淨在西元 685～691 年間撰寫於佛逝國的《大唐西域求法高僧傳》所載多位高僧魂歸於異代、船沉身沒、在路而終、遇疾而亡的記載中，更可以看見義淨對這群一心求法而與海博鬥的高僧，書寫其海洋生命的禮讚與崇敬：「常愍禪師，附舶南征，往訶陵國。從此附舶往末羅瑜國，復詣中天，然所附商舶載物既重，解纜未遠，忽起滄波，不經半日，遂便沉沒。時商人爭上小舶，互相戰鬥，其舶主高聲唱言師來上船，常愍以言順菩提心，亡己濟人，斯大士行。於是合掌西方，稱彌陀佛，念念之頃而船沉身沒，聲盡而終」、「明遠法師振錫南遊，鼓舶鯨波到訶陵國、師子洲，為君王禮敬，密取佛牙，望歸本國，以興供養……然在路而終」、「義朗律師與同州僧智岸，附商舶，掛百丈，陵萬波。越舸扶南，綴覽郎迦戍，蒙國王待以上賓。智岸於此遇疾而亡，朗公懷死別之恨，附舶向師子洲披求異典，頂禮佛牙，後復不聞，多是魂歸異代」、「會寧杖錫南海，泛舶西國。比於所在，每察風聞，尋聽五天，絕無蹤緒，準斯理也，即其人已亡」、「木叉提婆泛舶南溟，經遊諸國，大大覺寺，徧禮

迦鶏栗底。斯並比秀前賢，追蹤往哲。曉因明論，則思擬陳那；味瑜珈宗，實罄懷無者。」

〔註288〕《宋高僧傳‧卷一》，頁 1～3。

聖蹤，於此而殞」、「窺沖法師與明遠同舶，而泛南海，到師子洲、向西印度，共詣中土。到王舍城，遘疾竹園，淹留而卒」、「大乘燈禪師泛船往杜和羅鉢底國出家……思禮聖蹤，情契西極，遂越南溟。到師子國禮佛牙，備盡靈異。過南印度、往耽摩立底國遭賊破舶，在俱戶城而歸寂滅……淨睹之潸然而涕，嘆昔在長安，同游法席，今於他國，但遇空筵……傷嗟矣死王，其力彌強。傳燈之士，奄爾云亡。神州望斷，聖境魂傷。眷余悵而流涕，慨布素而情傷」、「彼岸法師、智岸法師歸心勝理，遂乃觀化中天，泛舶海中，遇疾俱卒」、「法振禪師同州僧乘悟禪師、乘如禪師，整帆上景，鼓浪訶陵之北，巡歷諸島，漸至羯荼，未久法振而卒……乘悟附舶東歸，有望交阯，覆至瞻波（林邑國）又卒。獨有乘如，瞻波人傳說已歸故里」、「法朗隨義淨同越滄海，屆乎佛逝，學經三載。往訶陵國，在彼經夏遇疾而卒。」〔註289〕看到這些從萬里之遙，橫越南海滄溟的同袍傳燈之士，想到他們壯志未酬身已先死，撒手西歸，而自己卻是孤身西遊東歸，命等逝川，朝不保夕，長留佛逝海國而前途未卜，不免使「英雄淚流滿襟」而「一灑同情之心」；感從中來，而哀死者之不幸，悵生者之路遙。

海洋是西征求法者情契西極，觀化中天，思禮聖蹤的聯繫紐帶，卻也是他們奄爾云亡，神州望斷，聖境魂傷的埋魂所在。義淨對這些殞身海上、病卒亡故於海外異國他鄉的傳燈之士雖多傷情憑弔，但在哀悼中卻賦予他們橫越海濤、勇闖海涯的生命禮讚。

其次，從義淨的記載裡，佛經寫卷亦在航海途中顯現護佑解厄的神蹟力量。通過對這些佛經寫卷的誦持、供養，求法者不僅湧現心靈的崇高念力，而且得到佛、菩薩無邊法力的加持，使自己在艱險困厄的海洋旅程中能逢凶化吉、轉危為安，順利抵達印度五天。《大唐西域求法高僧傳》云：「大乘燈禪師，攜經論，越南溟」、「彼岸法師、智岸法師，觀化中天，泛舶海中，所將漢本《瑜珈》及餘經論，咸在室利佛逝國」、「大津法師振錫南海……乃齎經像泛舶，達室利佛逝。」〔註290〕供養、誦讀佛典寫卷是佛徒每日必修功德之一，遠赴西天求法僧亦不能免俗。其海上航程生死莫測，當然無法如住廟僧眾般定時「朝暮課誦」，然讀誦、供養佛經，仍為其必修之「淨業」。求法者在旅途中遇夏依舊「坐夏」，而坐禪、頌經則是坐夏的常業。如義淨在《大

〔註289〕以上條述見《大唐西域求法高僧校注》，頁36～207。
〔註290〕以上條述見《大唐西域求法高僧校注》，頁88～89、95～96、108。

唐西域求法高僧傳》中自述：「從齊州出發南下，到達揚州時按佛教的規定坐夏三個月。秋天南行，十一月在廣州搭乘波斯商船，航海到佛逝，經停六月，漸學聲明。」文中雖未言明在佛逝是否坐夏，然以注重戒律著稱的義淨，必然會按戒坐夏。當時期沿海道赴印的求法僧伽，大多於冬季在廣州或交州出航，停住佛逝、訶陵等南海諸國一年半載，再繼續西行。顯然這些求法僧亦必然在此二國坐夏。佛門戒律要求坐夏的工夫，而讀誦佛典經卷又為坐夏內容；且泛舶濤海，觀化中天最少需一年多，故其行囊之中，漢本佛典乃是必備之物，以供航海中讀誦之用。當然，求法者誦持佛典除為坐夏、常業之用外，更可用來祈福去災，護身避禍。前文已言東來梵僧不空於海遇疾風、大鯨出海噴浪如山的海難窘境中，虔心誦讀而在險克濟，怒海息波，眾難俱彌。可見佛教經典在航海中有其不可思議的法力，可以產生各種神異非凡而超自然的力量及海上神蹟。義淨返唐註譯佛典《根本說一切有部百一羯磨》時述云：「耽摩立底即是升舶入海歸唐之處……泛舶若有福力扶持，所在則樂如行市。如其宿因業薄，到處實危若傾巢。」〔註291〕所謂的「福力扶持」，即是虔誠持誦佛典，期盼那不可思議的神異法力能在「危若傾巢」的海上航行中，得著護庇與平安。

　　而就海路求法者來說，義淨為譯經最多之華僧。在其所譯68部佛典中有21部律典，這些律典又全為小乘說一切有部之毘尼〔註292〕。此外，義淨還翻譯了8部密教典籍。贊寧云：「淨雖徧翻三藏，而偏攻律部，譯綴之暇，曲授學徒。學侶傳行，徧於京洛……其傳度經律，與奘師抗衡。比其著述，淨多文。性傳密呪，最盡其妙，二三合聲，爾時方曉矣。」義淨於大周長壽三年夏離開佛逝，乘舶還至廣州。他比循海路來華，於玄宗時期傳譯密教之西僧金剛智、不空、釋無畏更早傳譯密典。而這些密宗梵僧、譯師在航海途中，或在唐土弘法時，以其密教經典、呪文以作法誦持，默諷真言，皆感靈瑞而解旱象、海厄之神蹟者，於當時之僧傳、小說中時有聞載。贊寧指出義淨能「性傳密呪，最盡其妙，二三合聲，爾時方曉」，可見梵言念呪不僅能祈雨開霽，更能在遇大黑風、大鯨出水、海盜侵襲之情況下，即時風偃海澄、指蹤夷險而眾難俱息。義淨重視密呪，往返天竺求法均走海路，而汪洋中之黑風濤浪、鯨鯢形怪、大劫賊均為海險。因此，持經誦持或是念呪止凶，更為海

〔註291〕《長安與南海諸國》，頁209。
〔註292〕《晉唐時期南海求法高僧群體研究》，頁177。

槎生命之護持與福災祈禳之必要。義淨這位海路僧伽，在其求法傳經的活動工程中，不僅爲中國建構了更深化的佛教文明外，舉凡是大小乘佛典的輸入、漢地律藏的建立、密教典籍的傳譯、唯識經論的傳入與禪門典籍的翻譯，在在的使得他成爲唐朝時期於海路求法弘法僧伽中的典範。

　　南海是義淨西行求法的中心場域，亦是佛教文明傳播的樞紐要帶。義淨舉帆南海，緣歷三十餘國而震錫西天，不僅展現出對南海諸國佛教文化的巡聖禮讚，其所記諸國人情習俗，又爲極珍貴之海洋風情圖象。首先是南海諸國佛教教律部派的分析，在《南海寄歸內法傳》裡說：「五天之地及南海諸洲，皆云四種尼迦耶（佛教部派），然其所欽，處有多少……東裔諸國，雜行四部（東裔海涯有室利察呾國、郎加戍國、杜和鉢底國、臨邑國）。師子洲並皆上座，而大眾斥焉。」〔註293〕義淨將佛教部派按「律」分爲四部，即大眾部、上座部、根本說一切有部及正量部。就天竺東邊海涯各國即屬雜行四部，而師子國則是信奉上座部。《南海寄歸內法傳》又云：「南海諸洲有十餘國，純唯根本有部，正量時欽，近日已來，少兼餘二。（從西數之有婆魯師洲、末羅遊洲、莫訶信洲、訶陵洲、呾呾洲、盆盆洲、婆利洲、掘倫洲、佛逝補羅洲、阿善洲、末迦漫洲等）斯乃咸遵佛法，多是小乘，唯末羅遊少有大乘耳。」〔註294〕而就南海諸島洲國，其皆信奉根本說一切有部，不分信仰正量部；這裏的僧人都遵奉小乘佛法，只有末羅瑜國有大乘的信徒。從義淨的分析顯示，南海諸島國及師子國（錫蘭）都是信奉小乘佛教；而義淨返國所譯律典又全爲小乘說一切有部之梵典，顯然作爲南傳小乘佛教中心的錫蘭與義淨所譯之律典相當密切，更暗示出錫蘭在小乘律典入華中的特殊地位。

　　對於南海與中南半島信奉佛教的海國，義淨介紹說：「諸海國周圍，或可百里，或數百里。大海雖難計里，商舶慣者准知。良爲掘倫初至交廣，遂使揔喚崑崙國焉。唯此崑崙，頭捲體黑，自餘諸國，與神洲不殊。赤腳敢曼，揔是其式，廣如《南海錄》中具述。」〔註295〕就義淨對「崑崙國」的認知，則是泛指南海諸國捲髮黑身之人，包括北至占城，南至爪哇，西至馬來半島，東至婆羅州皆屬崑崙之地。前文已言唐人小說中的黑身之人爲「崑崙奴」：

〔註293〕《南海寄歸內法傳・卷一》，頁23。
〔註294〕《南海寄歸內法傳・卷一》，頁23～24。
〔註295〕《南海寄歸內法傳・卷一》，頁30。

如《太平廣記·陶峴傳》之「摩訶善游水而勇捷，稱海船崑崙奴」、《太平廣記·周邯傳》的「得一奴，名曰水精，善於探水，乃崑崙、白水之屬」及《太平廣記·豪俠類》之「磨勒崑崙奴，能負人逾垣……頃刻間，不知所向」，與義淨的描述不差。又曰：「驩州正南步行可餘半月，若乘船纔五六潮，即到匕景。南至占波，即是臨邑。此國多是正量，少兼有部，西南一月至跋南國，舊云扶南，先是躶國，人多事天，後乃佛法盛流。惡王今并除滅，迥無僧眾，外道雜居」〔註296〕、「南海諸國中，唯波剌斯及躶國、土番、突厥，元無佛法，餘皆遵奉」，則是指出當時中南半島及南海國家的佛教信仰狀況。至於陳述南海國家的衣物穿著：「從莫訶菩提，東至臨邑，有二十餘國。西南至海，北齊羯濕彌羅，並南海中有十餘國及師子洲，並著二敢曼矣。大海邊隅有波剌斯及多氏國，並著衫袴。裸國則迥無衣服，男女咸皆赤體……及速利諸胡、土蕃、突厥不著敢曼，氈裘是務」〔註297〕；關於睡眠的枕頭習慣：「南海十島，西國五天，並皆不用木枕支頭，神州獨有斯事」〔註298〕；有關醫藥的知識：「五天之病者，絕食為最，若絕食不損者，後乃隨方處療。西天羅荼國，絕食或經半月、一月，要待病可，然後方食。中天極多七日，南海二三日矣」〔註299〕、「西方藥味與東夏不同，互有互無。且如人參、茯苓、當歸……神州上藥，西國不見有。西方多訶黎勒、鬱金香……阿魏豐饒，南海出龍腦，豆蔻在杜和羅，兩色丁香生堀淪國。唯斯色類，是同所須，自餘藥物，不足收探」〔註300〕；關於天象及竿影水漏的時間觀測：「贍部洲中，影多不定，隨其方處，量有參差。室利佛逝國，至八月中以圭測影，不縮不盈，日中人立，并皆無影……日向北邊，南影同介。神州則南溟北朔更復不同……行海尚持圭去……觀水觀日，是日律師、「南海骨侖國，則銅釜盛水，穿孔下流，水盡之時，即便打鼓……由斯漏故，長無惑午之辰，終罕疑更之夜」〔註301〕等等風俗習慣，都呈現出極為殊特的海洋島國生活之寫景。

另外，對於裸人國（今尼科巴群島）的記載，義淨則有特別的詳盡描述：

〔註296〕《南海寄歸內法傳·卷一》，頁30。
〔註297〕《南海寄歸內法傳·卷二》，頁123。
〔註298〕《南海寄歸內法傳·卷三》，頁185。
〔註299〕《南海寄歸內法傳·卷三》，頁207。
〔註300〕《南海寄歸內法傳·卷三》，頁203。
〔註301〕《南海寄歸內法傳·卷三》，頁216～217。

> 但見椰子樹、檳榔林森然可愛。彼見舶至，爭乘小艇，有盈百數，
> 皆將椰子、芭蕉及藤竹器來求市易。其所愛者，但唯鐵焉，大如兩
> 指，得椰子或五或十。丈夫悉皆露體，婦女以片葉遮形……傳聞斯
> 國，當蜀川西南界矣。此國既不出鐵，亦寡金銀，但食椰子薯根，
> 無多稻穀，是以盧呵最為珍貴。其人容色不黑，量等中形，巧織圓
> 籐箱，餘處莫能及。若不共交易，便放毒箭，一中之者，無復再
> 生。〔註302〕

顯然在南海三十餘島國裡，這裸人國的書寫角度，與唐人小說中對海外那些
鑠耳貫胸、殊琛絕贐的島國異族動輒以「海外鬼方」、「華夷之辨」、「非我族
類」、「王權聲教難通」的偏差描述上，義淨是親身經歷而貼近事實的。同時，
也不因長期航海所妄生的恐懼心理，而有對海外荒陬異族服飾習俗、生活習
慣等偏見性的誤讀與傳揚。

　　義淨以一個虔敬的佛教徒鼓帆南海，掛百丈，陵萬洋，越山濤橫海之洪
溟，通雲浪濤天之巨壑，振錫南遊而鼓舶鯨波，奮勵孤行而備歷風口浪尖之
艱險。海洋是他仰蒙三寶、遠被西天的操練戰場；也是他求法東歸，載譽中
土，了悟生死輪迴的宗教道場。

　　同樣以海洋為仰蒙三寶，遠被西天求法的操練道場，為傳燈佛法而橫海
越濤的唐代高僧，更是前仆後繼、九死一生地為中國佛教開創新頁。《大唐西
域求法高僧傳》記云：「道琳法師欲尋流討源，遠遊西國，乃杖錫遐逝，鼓舶
南溟，越銅柱而屈郎迦，歷訶陵而經裸國。經乎數載到耽摩立底國……與智
弘相隨，覆向北天而歸國」、「曇光律師南遊溟渤，望禮西天，至訶利雞羅國，
在東天之東」、「慧命師泛舶以行，至占波，遭風而屢遘艱苦，適馬援之銅柱，
息上景而歸唐」、「靈運師，與僧哲同遊，越南溟，達西國，於那爛陀寺畫慈
氏真容，齎以歸唐」、「僧哲禪師，泛舶西域，到三摩呾吒國，住王寺……僧
哲弟子玄遊者，高麗人也，隨師於師子國出家，因住彼矣」、「智弘禪師與無
行禪師，同至合浦升舶，長泛滄溟……復往海濱神灣，隨舶南遊，到室利佛
逝國……後聞與琳公為伴，西天求法而不知何所」、「無行禪師與智弘為伴，
東風泛舶到室利佛逝……乘王舶達末羅瑜洲、羯荼……泛海到師子洲觀禮佛
牙，從師子洲復東北泛海到東天」、「大津師，振錫南海……齎經像，與唐使
相逐，泛舶達尸利佛逝洲，停斯多載，解昆侖語、習梵書……歸唐望請天恩，

於西方造寺」、「貞固律師與淨同附商舶，共之佛逝，後與淨同返廣府」、「貞固弟子懷業，隨師共至佛逝，解骨崙語，學梵書，後戀居佛逝，不返番禺」、「道宏者，與義淨、貞固等共至佛逝，同還廣府。」〔註303〕義淨所書道琳等高僧，都是爲望禮求法西天、畫慈氏眞容；或是觀禮佛牙、〔註304〕解骨崙語、學梵書。他們杖錫遐逝，鼓舶南溟，一路上遭風而屢邁艱苦，周遊南海列國以達西天求取佛法眞要。他們不僅征服海洋的險濤駭浪，更拋灑生命的熱血，以弘揚中國的佛法精諦。而《續高僧傳》亦載慧日爲躬詣竺乾、禮謁聖跡，而既經多苦，獨影孤征南海：「慧日遇義淨三藏，心恆羨慕，遂誓遊西域。始者泛舶渡海，自經三載，東南海中諸國，崑崙、佛逝、師子洲等經過略遍，乃達天竺。在外總十八年，方還長安。」〔註305〕在贊寧的《宋高僧傳》也說：「釋慧日，造一乘之極，躬詣竺乾，心恆羨慕……泛舶渡海，自經三載，乃達天竺，禮謁聖跡。尋求梵本，訪善知識，一十三年……後振錫還鄉，獨影孤征，既經多苦……方達長安。進帝佛眞容、梵夾等開悟帝心，賜號慈愍三藏。」〔註306〕而不空弟子含光、慧辨於開元二十九年隨師附崑崙舶，離廣州至訶陵國，兩遭海上黑風濤浪，遂抵師子國，同受五部灌頂法。暫寧則述：「釋含光，開元中見不空三藏頗高時望而附焉……思尋聖跡。去時泛舶海中，遇巨魚望舟，有吞噬之意。兩遭黑風，天吳異物之怪，既從恬靜，俄抵師子國，并慧辨同受五部灌頂法。」〔註307〕含光在天寶六年返至京師長安，助不空師譯經，弘傳密法。

綜上所述，由海路經南海諸國到印度求法之高僧多如過江之鯽，而作爲受印度文化影響深遠和佛教盛行的南海諸國，便成爲聯繫中國唐朝與印度佛教文化交流的中繼與橋樑。南海諸國不僅成爲中國華僧與印度梵僧弘法、求法的場所，更是中國密宗經典傳譯的源頭。而中國高僧之求法、著述、譯經、弘法及頂禮佛牙舍利等活動，更是與南海航道、海島諸國等緊密的聯繫。透過海洋的聯結，不僅成就了這些高僧的求法夙願與歷史光環，也完備了他們屢現奇

〔註303〕《中國南洋交通史》，頁 55～57。
〔註304〕海路赴印求法之中國僧人往往經斯里蘭卡中轉，或入此島國頂禮佛牙舍利。如晉之法顯，唐之明遠、義朗、義玄、無行、智弘等均曾至師子國頂禮佛牙。而且海路佛僧所譯佛典，特別是小乘經、律、論大多直接由印度或錫蘭傳入中國。尤其是錫蘭的巴利語系小乘佛典，更又其獨特的作用。
〔註305〕《中國南洋交通史》，頁 59。
〔註306〕《宋高僧傳·卷第二十九》，頁 721～722。
〔註307〕《宋高僧傳·卷第二十七》，頁 678。

瑞的傳燈生命，更爲中國佛教傳播史寫下可歌可泣的南海求法傳奇。

在初唐時期的佛教海洋傳播交流史裡，可謂雙峰並峙、二水分流的在地華僧，一爲南海道的義淨（635～713），一是東海道的鑒眞（688～763）。義淨鼓舶南海，杖錫天竺求法傳譯，爲海南傳燈之大士；而鑒眞整帆東海，振錫日本，是海東授戒之導師。如果《南海寄歸內法傳》的聲譽，使義淨獲得時流僧伽的慕仰，那麼《唐大和上東征傳》的標榜，則爲鑒眞贏取過海大和尚的美名。唐人小說《唐國史補》則云：「佛法自西土，故海東未之有也。天寶末，揚州僧鑒眞，始往倭國，大演釋教，經黑海蛇山，其徒號過海和尚。」〔註308〕關於鑒眞弘法日本的過海傳奇，及其在中日佛教文化交流中的歷史定位，唯有透過其與海洋的交緣過程，才有一個更爲清晰和細微的面貌呈現。

贊寧對於鑒眞的書寫，在《宋高僧傳》裡記述：「釋鑒眞，廣陵江陽人。俊明典謁，器度宏博……從道岸律師受菩薩戒……觀光兩京，名師陶誘。三藏教法，數稔該通。言旋淮海，以戒律化誘，鬱爲一方宗首。」〔註309〕鑒眞十四歲到揚州大雲寺出家爲僧，得到名僧智滿禪師的指導與教誨，專心修行。十七歲的鑒眞離開大雲寺，到越州拜道岸爲師學戒律，受「菩薩戒」。十九歲外出游歷求學，入洛陽、長安，並由律宗法師主持在寺登壇受「具足戒」，逐漸地在佛教界嶄露頭角。開元元年，鑒眞學成歸來，在揚州開壇講授戒律，並組織僧侶精心抄寫經書。由於其德高望重、聲名遠播，四十六歲便榮獲「授戒大師」的稱號。對於鑒眞東渡日本弘法的時代因緣，則是當時日本崇尚佛教，但是戒律弛壞不嚴，綱紀不興；再加上統治階級的橫斂苛征，大批不堪負荷的人民紛紛逃亡。當時日本的寺院有免賦免課的特權，因此而有私戒自戒爲僧，或投靠寺院當僧衹戶，以逃避沉重的課稅負擔。在大量寺院僧籍的擴展下，因而需要建立嚴格的授戒制度，以杜絕規避苛稅的弊病。所以「日本國有沙門榮叡、普照等東來募法，用補缺然。於開元中，達于揚州，爰來請問，禮眞足曰：『我國在海之中，不知距齊州幾千萬里。雖有法而無傳法人，譬猶終夜有求於幽室，非燭何見乎？願師可能輟此方之利樂，爲海東導師乎！』」〔註310〕日學問僧榮叡、普照以佛法東流至日本，雖有其法而無傳法人

〔註308〕《唐五代筆記小說大觀》，頁 168。
〔註309〕《宋高僧傳·卷第十四》，頁 349。
〔註310〕《宋高僧傳·卷第十四》，頁 349。

為由，懇請鑒眞渡海興化。而鑒眞也認定日本是「佛法隆興有緣之地」，便決定東渡日本傳經。然而當時東海航路充滿艱險，弟子僧祥亦曰：「彼國太遠，性命難存，滄海淼漫，百無一至。人身難得，中國難生；進修未備，道果未剋。是故眾僧咸默無對而已。」〔註311〕顯然，當時的船舶越東海欲達日本的航線，確是一條「滄海淼漫的危險之路」。在鑒眞的堅持之下，當眾宣布：「是爲法事也，何惜生命？諸人不去，我即去耳。」〔註312〕當下有弟子僧二十一人響應，願隨師赴日。從此，鑒眞及其弟子等便踏上六次東渡日本的艱險海程，並譜寫海路庶奇異的神蹟。

鑒眞東渡日本興化弘法，前五次均告失敗。第一次東渡的時間是在天寶二年（743）：「是歲，天寶二年癸末，海賊大動煩多，台州、溫州、明州海邊，并被其害，海路堙塞，公私斷行。僧道航言如海等少學，可停卻矣⋯⋯如海大瞋，上採訪廳告曰有僧道航造舟入海，與海賊連⋯⋯時採訪使差官人於諸寺搜捕賊徒⋯⋯造舟沒官。」〔註313〕當時唐朝法律規定，僧人私渡日本是違法的。而且高麗僧如海密告官府，說道航與日本僧等人與海盜有所勾結，採訪使則是派兵到有關寺院搜尋中日僧侶，所造過海船隻及儲備乾糧全部沒入，鑒眞的東渡初次計劃因此告吹。

天寶二年十二月，鑒眞準備二次東渡，用鉅款向嶺南節度使買艘軍用船，又準備不少乾糧、佛像、經疏、佛具、香料、藥品，並招集技術人員共八十五人，由揚州鼓帆東海：「大和上出爐八十貫錢，買得軍舟一隻，雇得舟人⋯⋯儲備海糧：米一百石、麵五十石⋯⋯寶像、金漆泥像、金字《華嚴經》、《大品經》、《涅槃經》、章疏雜經⋯⋯沉香、龍腦香、安息香、甘松香六百餘斤⋯⋯舉帆東下。」〔註314〕鑒眞師徒由揚州出港，順長江而下，向東行駛，當航抵狼溝浦時，遇狂風惡浪，舊船破損，無法行駛。船上眾人只得暫避淺灘，搶修船隻；不料又逢漲潮，水至人腰，又正值隆冬寒時，冬風刺骨，糧物受浸，第二次東渡也宣告流產。鑒眞此行中，皆攜帶了許多的漢譯佛典經論寫卷與如來舍利、佛像、律論、疏章、衣鉢，除了作爲其弘法日本的備籍外，更是爲海上庇佑平安的要具。此趟東行弘法或遇怒海波濤，或臨惡風巨浪；登山涉海，滄溟萬里，無一不足以置人於死地。佛教經典作爲三寶之一的法寶，

〔註311〕《唐大和上東征傳》，頁40～41。
〔註312〕《唐大和上東征傳》，頁42。
〔註313〕《唐大和上東征傳》，頁44～45。
〔註314〕《唐大和上東征傳》，頁47～51。

在虔誠的佛教徒普遍都相信它有不可思議的法力。

第三次的東渡為鑑眞在狼溝浦修船完畢後，再次啓航，計劃由大坂山而直驅日本。當船轉向下嶼山，因風向的不對，以及突遇暴風；舊船才避險灘，又觸暗礁，再次破損沉海，淡水、食物損失殆盡。一行人爬上孤島，饑渴了三天，才有漁民前來救援。在登上陸地後，鑑眞僧徒即被官府軟禁在鄞縣之名刹阿育王寺中，此行亦告失敗。〔註315〕而第四次的佛法東流，在「榮叡、普照等為求法故，前後被災，艱辛不可言盡，然其堅固之志，曾無退悔。大和上悅其如是，乃遣僧法進，將輕貨福州買船，具辦糧用」〔註316〕的計畫下，為掩人耳目，選擇在福州登舟啓航。當鑑眞以巡迴朝聖佛跡為由，轉道福州時，弟子靈祐在揚州得知此事，不忍其師甘冒「滄溟萬里，死生莫測」之險，於是聯合眾僧告官，府衙追回鑑眞，東渡壯舉又被迫中斷。

天寶七年（748），日僧榮叡、普照又到揚州崇福寺拜謁鑑眞，再度計議東渡。他們從崇福寺出發，至揚州河口登舟揚帆，入長江東航，當船行至舟山群島時又遇到颱風的考驗：「風急波峻，水黑如墨。沸浪一透，如上高山；怒濤再至，似入深谷。人皆荒醉，但唱《觀音》。舟人相告欲沒，即牽棧香籠欲拋，空中有聲，言莫拋！莫拋！即止。中夜，舟人言有四神王把杖。」〔註317〕。晉唐時期，僧伽商眾鼓舶南溟，泛海遇黑風暴雨，心靈難免惶怖驚恐，而爾時一心念《觀世音》及歸命漢地眾僧，則能蒙威神佑，化危解厄而願威神歸流，得到所止。鑑眞一行正是在此風口浪尖之時，與海浪相搏而死生莫測，船在「蚖海」、「飛魚海」、「飛鳥海」中飄蕩流離。〔註318〕而漂流海上十四天的無寄之苦，終能在險克濟，眾難俱彌，顯然誠心所感誦持佛經寫卷，而得到神靈化池及護佑。〔註319〕鑑眞一行僧伽從東海漂入南海，來到海南島南端的崖縣。而第五次的東渡，亦宣告失敗。但他東渡之志彌堅，繼續籌措物資，等待鼓帆東溟。

天寶十二年冬，鑑眞第六次的東渡滄溟，同隨的僧徒弟子有法進、法成、義靜……及寺尼智首等三人，揚州優婆塞潘仙童，胡國人安知寶，崑崙國人軍法力，瞻波國人善聽共二十四人，並將如來舍利、經像、律論、疏章、隨

〔註315〕《唐大和上東征傳》，頁52。
〔註316〕《唐大和上東征傳》，頁58。
〔註317〕《唐大和上東征傳》，頁63～64。
〔註318〕《唐大和上東征傳》，頁64。
〔註319〕《唐大和上東征傳》，頁66。

身衣鉢等寄載第二船，與其他遣唐使團三舟從揚子江口的黃泗浦駛向東方。可見這次的東渡，參與的弘法團隊包括遣唐使團、僧、尼及西域和南海信仰佛教國之僧伽商眾；而所攜帶的佛教經典寫卷與佛像舍利亦是完備充實。當船隊進入東海，即被強風吹散，三舟經過艱苦航行，先後抵達阿爾奈波島（沖繩島）。不久，海上刮起難得的南風，三船繼續啓航，其中的第一船又告觸礁，無法行動，而鑑眞所乘第二船經多彌（日本種子島）到達益救島（日本屋久島），並拋舶候風十天，等待他船會合。鑑眞船隻後來從益救島續航，又遇海上風暴，飽嘗顛簸之苦後，終於抵達薩摩國的秋妻屋浦（日本鹿兒島縣）。多日後，在日僧延慶的引導下進入日本的太宰府，並航行達難波（大阪灣），被迎入奈良的東大寺，日本天皇敕授「傳燈大法師」，並爲皇族授戒，開始他東渡的傳法宏願。鑑眞東渡，不僅成爲日本佛教律宗之祖，對於日本天台宗與眞言宗的開創，也有很大的關聯。甚至當時日本寺院所用經典，都是由朝鮮半島傳輸，而口口相承傳襲下來，以致經文錯誤很多，因而校正經疏的錯誤，亦委任給鑑眞一行徒眾。鑑眞到日本曾攜有兩王（王羲之、王獻之）的眞跡法帖，還將中國文學、醫藥、繪畫、建築、佛像雕塑、中製糖法及豆漿製作等文化科學技術廣泛介紹給日本各界，爲中日文化的交流，作出非常鉅大的貢獻。

　　鑑眞浮海日本，東傳弘法、傳燈的事業，更使得後世日本僧伽追念懷思，遣唐學問僧前仆後繼，航海忘軀地越洋趨唐，取勝至法。日請益僧圓仁（794～864），幼年即落髮爲僧，圓仁爲日本天台宗創始人最澄的弟子，而鑑眞又爲圓仁師徒譜系的師傅，換言之，圓仁和尚自幼就間接接受到中、日文化的薰習。唐開成二年（837），圓仁隨最後一批遣唐使渡海來華，途中歷盡鯨波駭濤之險，首航就遇到海上颶風的侵襲，有一百多人葬身海底，隨行的僧伽也多如驚弓之鳥，不再登船過海。可是圓仁求法傳燈的信念未曾動搖，再次登船鼓舶橫海，在開成三年隨遣唐使僧航渡揚州。他最初在揚州開元寺受學，本想赴浙江天台山學習求法，但卻未能得到官方得批准而受阻。後轉向五台山佛教天台宗聖地巡禮拜謁，最後到達長安。圓仁在中國求法十載，足跡走遍半個中國，寫下著名的《入唐求法巡禮行紀》，留下中唐時期珍貴的遊歷見聞史料。而此書與玄奘《大唐西域記》、義大利旅行家馬可波羅《東方見聞錄》，同列爲世界三大旅行遊記，名播四海五洲，並成爲研究中唐時期中日佛教交流史的不可或缺之典籍。在圓仁即將回國時，適逢唐武宗的會昌滅佛運動，

他親遭法難，對於佛教蒙難的事件尤以僧尼還俗、拆毀寺院而有切膚之痛。在歷經艱辛奔波、幾經曲折後，在揚州登船，浮海東渡日本。圓仁此次鼓帆東海，杖錫日本，攜帶在揚州、五台山、長安等地求得的佛教經論五百多部、佛經寫卷七百多卷及佛具法物和詩文雜集典籍。圓仁對這些佛典的闡揚，不僅使得他成為日後日本佛門的宗師，更以堅定卓越的信念渡海來唐求法，實踐宏偉的傳燈夙願，在中日佛教史上留下千古的佳話。

有關南海佛國之高僧胡僧，以及海路西行求法華僧的歷風濤海險、橫渡重溟的海上靈蹟，在唐人小說傳奇裡，這些被大肆傳誦的海上神蹟異能，卻一躍成為唐人小說世界裡的西方聖人，恩佑顯灼的奇術異僧。小說家不僅賦予胡僧、梵僧譎怪離奇的神祕力量，許多入水不濡、投火無灼、變金石、斷頭、入壁縫而遁於無形、行疾如飛，如幻三昧，禁咒煮海等化現無窮、知來藏往的神驗怪術，也反映時人習風對於這些海外僧伽在佛法神力的迷信崇拜。隋唐五代小說展現的佛教海洋觀不僅遞承漢魏六朝有關佛門海上旅威顯瑞、現奇表極的靈蹟外，在演變的過程中佛門海洋不僅為中外高僧眾伽仰蒙三寶、遠被西天的操練戰場，也是他們求法東歸，載譽中土，了悟生死輪迴的宗教道場。海洋成就了高僧們的求法夙願，也完備了他們傳燈的生命，更為中國佛教傳播史開出了可歌可泣的滄海求法之傳奇。

小　結

綜合以上的論述，隋唐五代的小說家對於儒道佛海洋觀點的開出，可從幾個面向來看。首先是就儒家海洋觀來看，不僅反映了當時期海外交通的繁華帶動起中西雙邊的多元文化交流關係外，更呼應出統治者「君臨區宇，深根固本，人逸兵強，九州殷富，四夷自服」恩化綏懷的海上「王土」思想之經略，體現隋唐五代招徠四鄰夷國，入貢來朝，與歲獲厚利，兼使外蕃輻輳中國的政治聲威。而透過海上的貿易與朝貢，這些鏤耳貫胸、殊琛絕贐的海外諸國風情民俗，顯現文人對於遠邀瀛海、怪類殊種；珠翠奇寶、遠方異珍的集體意想與幻設。另外，在唐代傳奇小說中關於寶珠與胡商（胡僧）的交易，不僅使胡商的形象蒙上一層神祕的面紗外，胡商的商業活動又往往與宗教活動聯繫在一起，而且也反映出唐代社會文化經濟與海外胡商的多重交流，尤其在生意上所賺取巨大財富的胡商，更成為唐代文人筆下所寄寓識寶

鬻珠的書寫型象。

　　其次，關於道家海洋觀點的書寫，小說家們不管是海上仙島的地景，或是陸上的方壺勝境，甚至是在皇家樓苑窮妙極妍的仙苑複建，都如實地書寫人間心靈對海上蓬瀛聖域的求羨。尤其在那波浪滔天、神奇變幻的海洋世界裡，有那傳說中的海島仙域樂園，島上有金銀雕鏤的仙家宮闕，有長生不死的藥草，以及滿目的奇獸珍物與異寶。這些海上仙島神境，不僅是歷代帝王所要找尋的長生國度，更是一般士民好奇探索的世外樂土。尤其是佛典中對於佛國淨土、天堂樂園與海底龍宮的構建，不僅啟發了文人雅士在傳奇小說中對於海底龍宮的書寫，並且使得道教的海上仙島與佛教的海底龍宮，融攝為一處位於詭奇多幻之東方海洋上的仙境，並成為小說家筆墨下的理想天國與不死的仙鄉神山。由於這些海島的與世隔絕，更增添書寫上的幻想奇思與美麗傳奇，成為當時期寫境的典範。而陸上方壺勝境與壺中世界那移天縮地的趣喻，在隋唐五代的小說中，不但繼續增衍其洞天神鄉等瓊樓華闕、金玉臺閣的仙景，而顯得更加的瑰奇而邈遠譎幻。至於書寫帝王與文人對於蓬萊仙島的體現，而於皇家宮苑築山建島、疊山理水，以企慕仙山瓊閣，更體現出對海上蓬萊仙境的永恆追求。

　　而隋唐五代小說及僧傳行紀故事中有關佛僧海洋觀的書寫，總體而言，隋唐五代時期海上交通發達，從海路去印度弘法取經，或東渡日本隆興佛法者不乏其人。這些佛門僧人鼓帆瀛海而九死一生；含弘佛法以冒險犯難，在鯨海巨深、滄溟萬里中，遠涉重洋，以遂弘法的悲願。在尊崇佛典中的印度梵文為「天書天語」，反映出當時中國佛門的一種風尚，而這種崇敬心理是中國知識階層對其他胡語夷字不曾有過的情感。也正因為中國佛門濃厚的「邊地意識」，與「聖邦意識」嚮往心理的抬頭，導致晉唐時期的高僧紛紛自陸路及海道西行求法，並學習梵語文字來譯經求經的流行風潮。這些佛門高僧俗眾或從陸路渡流沙、越蔥嶺，經西域諸國遠赴印度，或是歷風濤海險、橫渡重溟，由海道經南海諸國抵達天竺；他們或為求取梵文經典，或為決疑教理戒律，或為求教諮詢西方大德高僧，學習西方寺院僧眾的儀軌、規範，或為聽聞印度高僧的解經開示，或是瞻仰聖跡禮地，而形成了一場前仆後繼，持續不斷的奔向佛法之「中國」求解，開啟一股「西潮」的學習時尚。就隋唐五代時期這些海路的佛僧，不管是西潮東漸的傳教梵僧與學問僧、訪問僧，或是西行求法往返及東渡日本的華僧，他們卻是共同架起了佛法東傳，進而

中印、中日文化雙向互動的歷史橋樑。那許多滄海帆影、九死一生的海道傳奇與求法故事，更使我們相信佛教在此時代有著更多的海洋顏色；高僧們在航渡橫越萬里波濤的滄海世界裡，海洋是西征求法者情契西極，觀化中天，思禮聖蹤的聯繫紐帶，卻也是他們奄爾云亡，神州望斷，聖境魂傷的埋魂所在。透過海洋，不僅成就了這些高僧的求法夙願與歷史光環，也完備了他們屢現奇瑞的傳燈生命。

第六章　宋元小說中的儒道佛海洋觀

　　宋元時期社會經濟繁榮，堅持海上開放政策，加上當時期航海技術的提高，與海圖、指南針的使用，促使海上絲綢之路的空前繁盛。尤其是南海航路上表現更為突出精進，不僅與海外諸國來往比過去更加頻繁，交往範圍更加擴大，航線更長而航程縮短，而且對沿途國家和地區的地理分布狀況，進出口貨物的品種和數量的增加，都有了更加清楚的樣貌描述。趙汝适《諸蕃志‧序》言：「國朝列聖相傳，以仁儉為寶，聲教所暨，累譯奉琛，於是置官於泉廣，以司互市……海外環水而國者以萬數，南金象、犀、珠香、玳瑁珍異之產，市於中國者，大略見於此矣」〔註1〕、而汪大淵《島夷誌略》書中的兩篇〈序言〉也分別說：「中國之外，四海為之。海外夷國以萬計，唯北海以風惡不可入，東西南數千萬里，皆得梯航以達其道路，象胥以譯其語言。惟有聖人在乎位，則相率而效朝貢互市。雖天際窮髮不毛之地，無不可通之理焉」〔註2〕、「皇元混一聲教，無遠弗屆，屈宇之廣，曠古所未聞。海外島夷無慮數千國，莫不執玉貢琛，以修民職；梯山航海以通互市。中國之往復商販于殊庭異域之中者，如東西洲焉」〔註3〕，都能清楚地勾勒此時期海外交通鼎盛的社會背景與慕王化、修職貢、互通市的繁華盛景。

　　宋元小說家在此「千帆競發，百舸爭流」、「八荒爭湊，萬國咸通」的全盛航海事業階段裡，又如何從「慕王化、修職貢，聲教所暨，累譯奉琛，梯山航海以通互市」的儒家視角，來作此時期的海洋觀書寫呢？而隨著海商遠

〔註1〕　《諸蕃志校釋》，頁1。
〔註2〕　《島夷誌略校釋》，頁5。
〔註3〕　《島夷誌略校釋》，頁385。

涉異邦殊國,對當地民情風土的傳述,到底又以什麼樣的面貌進入小說家的筆下?是否還是踵繼了漢魏六朝志怪小說裡的「似人似獸」、「海外異邦島國之獸化非人境」、「鬼靈崇拜」,與漢譯佛經中常談的「賈客飄入鬼國」的偏見,而以很典型的華夏中心主義的書寫史觀,來強調化育遠邇荒域的封建「華夷之辨」的海洋觀點嗎?再則,宋代學術課題爲理學崇儒,並容釋道二家思想及神仙誕謾之說,然而從宋人信仰本根於夙鬼,加上帝王自身的崇尚仙道,則宋代傳奇及雜俎小說與話本又多神仙幻誕之談。而元代又暢談三教,道教全眞教的興起,與宋同以重視仙道釋門,專論不死求僊與世道無常及仙境神殿的幻設意想,自然充盈於時人的小說文本中。〔註4〕

在面對此時期海洋交通的開放,那方士與神仙傳說所構築了中國海上蓬萊仙島的美麗傳奇:蓬萊三神山、海上五仙島、十洲五島及七山蜃景,所造就了集體社群對於「神山仙島」勝景仙境的極致渴慕與心靈上的造圖,是否又有了新的演變樣貌?道教傳說的「有長年之光景,日月不夜之山川。寶蓋層台,四時明媚,金壺盛不死之酒,琉璃藏延壽之丹,桃樹花芳,千年一謝,雲英珍結,萬載圓成」的神奇仙境世界是否更爲瑰麗奇幻?另外,皇家宮苑築山建島、疊山理水,以企慕構建俗世人間的仙山瓊閣,與人境不必外求於神山仙島,而衍繹爲一種與仙島地景不同的「方壺勝境」、「世外桃源」、「仙館洞穴」、「壺中世界」的理想天地,是否依然爲宋元小說家所承遞,並且賦予新的書寫樣態呢?

面對隋唐五代高僧的渡海求法,鼓帆瀛海以含弘佛法的行紀時代裡,宋元小說裡又呈現何種遞承與改變的佛僧海洋觀?在變化莫測的狂風巨濤、泛海陵波中,又如何孕育了佛門高僧在海上的靈異傳說神蹟,而彰顯出此時期佛教徒的海洋思維呢?至於宋元時期所記載的海洋神靈的形態樣貌,尤其是海龍王家族成員、南海觀音菩薩以及媽祖天妃,在儒家文學、佛經文學與道教文學的普及化與民間化的融攝過程中,並透過當時士人的改寫與吸收,是

〔註4〕 有關本章論述宋元時期的小說範疇,孟瑤《中國小說史》,頁 137 說:「宋雜俎志怪之大要,在風格上可分兩類,一走《世說新語》路線,記人言行,以補正史之不足,如孫光憲《北夢瑣言》、歐陽修《歸田錄》、王讜《唐語林》、蘇轍《龍川別志》、趙令時《候鯖錄》、周煇《清波雜志》、岳珂《程史》……都屬這一類;一是張華《博物志》路線,而更往搜奇志怪路上發展,如徐鉉《稽神錄》、吳淑《江淮異人傳》、郭彖《睽車志》、劉斧《青瑣高議》、洪邁《夷堅志》、張師正《括異志》……都屬這一類。宋一代文人志怪,既平實而乏文采,但數量遠較傳奇爲多,也較傳奇爲出色。」

否建構出極爲典型的本土化與世俗化的海洋神靈樣態呢？關於上述的論題，我們將在以本章節鋪敘建構宋元小說中有關儒道佛海洋觀的書寫。

第一節　王化澤被而梯航畢達執玉貢琛的儒家海洋觀

儒家的海洋觀既是一個以政經爲焦點的海洋思維，因此在「八荒爭湊，萬國咸通，集四海之珍奇，會寰區之異味」的宋元海洋時代裡，儒家的海洋思維展現了一種執玉貢琛以修民職，梯山航海以通互市的海洋觀。這樣的海洋思維不僅開啓宋元二代海上經貿的通道，更打開了與海外諸國在外交及文化上的邦誼，豐富了小說記載有關海外風情民俗，及四夷累譯奉琛、相率來貢互市的奇珍異品之詭奇夸飾的書寫內容。尤其以「華夷之辨」的中原儒教文化視角來看待那山奇海異、萬物殊方、朝貢歲至的絕域邦國之風土民情，更使得宋元時期的傳奇，話本及海外行紀典籍充滿了「王化澤被」的意味與風貌。

吳淑（947～1002）撰筆記小說《江淮異人錄》，所記爲唐代及南唐時道流、俠客、術士凡二十五人的奇異事蹟。魯迅云：「《江淮異人錄》三卷，皆傳當時俠客術士及道流，行事大率詭怪……至薈萃諸詭幻人物，蓋爲專書者，實始於吳淑。」〔註5〕吳淑雖喜語怪誕，然而所載亦非荒誕無稽之說，其中亦有史書之補助。其書卷下〈耿先生〉寫南唐將校耿謙之女，明慧綽姿，又好書能詩，明于道術，能拘制鬼魅、通于黃白之術，變怪之事。該文記載大食國進龍腦漿、薔薇水，龍腦漿有壯陽之效，而薔薇水則香氣濃郁。在描述女道士耿先生運用其神奇的點石成金之道術，而製成香氣酷烈的龍腦漿時，更富傳奇：

> 南海嘗貢奇物，有薔薇水、龍腦漿。薔薇水清泚郁烈，龍腦漿補益男子，上常寶惜之。每以龍腦漿調酒服之，香氣連日不絕于口。亦以賜近臣，先生見之……乃取龍腦，以細絹袋之，懸于琉璃瓶中……曰：「龍腦已漿矣。」上自起附耳聽之，果聞滴瀝聲。且復飲。少選，又視之，見琉璃瓶中湛然勻水矣。明日發之，已半瓶，香氣酷烈，逾于舊者遠矣。〔註6〕

〔註5〕《中國小說史略》，頁166。
〔註6〕《宋元筆記小說大觀》，頁256。

龍腦香爲大食國所貢之奇物香料，耿先生製龍腦漿之用黃白之術、變怪巧思
之事，的確令人奇偉恍惚，諸多誕怪之想。吳淑這段記載反映出香料在「舶
貨」中占有舉足輕重的地位，尤其在上層社會更以龍腦漿滋補蔚爲風尚；而
龍腦的香氣非常，更代表當時南海島國以香料作爲朝貢的珍品。〔註7〕樂史《楊
太眞外傳》也提到當時交趾國所貢龍腦香，此物香氣宛然，有蟬蠶之狀，相
傳波斯國言老龍腦樹節方有，而宮廷裡稱爲「瑞龍腦。」〔註8〕有關瑞龍腦香
的傳奇，樂史《楊太眞外傳》記載：

> 昔上夏日與親王碁，貴妃立於局前觀之……時風吹貴妃領巾於臣巾
> 上，良久，迴身方落。及歸，覺滿身香氣，乃卸頭幘，貯於錦囊中。
> 今輒進所貯幘頭。上皇發囊，且曰：「此瑞龍腦香也。吾曾施於暖池
> 玉蓮朵……況乎絲縷潤膩之物哉！」〔註9〕

可見這種香料已成爲宮廷嬪妃的裝扮所用，而且其久放後，香氣依然宛然而
令人懷念。宋、元二代進口的香料不下百餘種，其中較爲重要的就有沉香、
烏香、檀香、丁香、乳香、龍涎香、安息香、雞舌香、龍腦香與奇楠木及
薔薇水等。〔註10〕北宋蔡約之所著《鐵圍山叢談》六卷，書雖嫌雜，但多詼
奇可喜，間有奇聞異事，傳寫亦往往曲折委婉，可怖可駭。該書《卷五》
記載：

> 舊說薔薇水，乃外國采薔薇花上露水，殆不然。實用白金爲甑，采
> 薔薇花蒸氣成水，則屢采屢蒸，積而爲香，此所以不敗。但異域薔
> 薇花氣，馨烈非常。故大食國薔薇水雖貯琉璃缶中，蠟密封其外，
> 然香猶透徹，聞數十步，洒著人衣袂，經十數日不歇也，亦足襲人
> 鼻觀，但視大食國眞薔薇水，猶奴爾。〔註11〕

從蔡約之的紀錄上來看，可知當時大食國所進薔薇水的香氣濃郁襲人，成爲

〔註7〕 《海上絲路史話》，頁106云：「當時大食諸國航海來宋需兩年方可到達，但
　　　大食諸國對宋仍貢賦不絕。據史料記載，從宋初開寶元年（968）到南宋乾道
　　　四年（1168）約兩百年間，僅以大食國首領名義來宋貢賦的就有四十九次之
　　　多，同時還有大批商人來宋經商，他們以香料貿易爲主，香料就有四十餘種，
　　　其中以乳香、龍涎香、蘇合香油、薔薇水、安息香等爲大宗。」

〔註8〕 東忱注譯：《宋傳奇小說選》（台北：三民書局，2010.1初版），頁65～66。

〔註9〕 《宋傳奇小說選》，頁81。

〔註10〕《諸蕃志校釋》，頁172云：「薔薇水，大食國花露也。五代時番使蒲訶散以
　　　十五瓶效貢，厥後罕有至者。今多採花浸水，蒸取其液以代焉。其水多偽雜，
　　　以疏璃瓶試之，翻搖數四，其泡周上下者爲眞。其花與中國薔薇不同。」

〔註11〕《宋元筆記小說大觀》，頁3109。

進口香料的大宗。而從《諸蕃志》和《島夷誌略》所載，南海之東、西洋的許多國家與地區都出產各種香料。趙汝适也提及：「蕃商貿易至，市舶司視香之多少為殿最」〔註12〕，更說明了香料成為當時社會生活各方面需要，而要大量的進口。陸游（1125～1210）撰《老學庵筆記》十卷，所記多為耳聞目睹之事，內容十分豐富，不僅紀錄當時大量的史實和掌故，可以補正史之闕；而且反映了陸游的政治思想和文學觀點，所論時事人物，亦多平允，而載述的軼聞舊典，往往足備考證，是研究陸游及其作品的核心資料。《老學庵筆記·卷十》就說明了福建的特殊民間宗教組織「明教」在信徒活動時，以燒翔貴的乳香香藥為主：「閩中有習左道者，謂之明教……燒必乳香，食必紅蕈，故二物皆翔貴。」〔註13〕

錢易著《南部新書》十卷，其書內容多涉朝野掌故與遺聞軼事，亦兼及五代。其中又以記載主要官職的興廢，朝章制度的因革和官場儀式的掌故為主。《南部新書·辛卷》則載述有關嶼國異島所貢山琛海寶之珍物：

> 懿宗賜公主出降幕三丈，長一百尺，輕亮。向空張之，紋如碧絲之貫赤珠，雖暴雨不濡濕。云以鮫人瑞香膏傅之故爾。云得自鬼國。

> 大中時女王國貢龍油絹，形特異，與常繒不類。云以龍油浸絲織出，雨不能濡。又寶庫中有澄水帛，外國貢……暑月辟熱。細布明薄可鑒，云上傅龍涎，故消暑毒。〔註14〕

這些深受皇室喜愛的出降幕、龍油絹，都是來自奇方洋域、藏山隱海的斗絕海國所貢的蕃布寶物。所謂梯山航海，執玉貢琛，以修民職而來的瑰詭譎怪之舶產。

龔明之（1090～1182）晚年所著《中吳紀聞》，多記吳中地區文人名士的遺聞逸事、詩文酬對以及該地區的名勝古跡、風土民情、鬼神夢卜、僧道行踪等。書中有一則事蹟是敘述高麗屢次航海修貢，宋神宗派使者往諭之：

> 陳睦，嘉祐六年登進士科……熙寧、元豐間，高麗屢航海修貢，朝廷以為恭，選使往諭之。初命林希子中，力辭。更命睦，睦即日就道。神宗大喜……假睦起居舍人，直昭文館，特賜黃金帶。受命七日而行，涉海逾月，出入驚濤中，遂抵其國。使還，乃真拜所假官

〔註12〕《諸蕃志校釋》，頁163。
〔註13〕《宋元筆記小說大觀》，頁3541。
〔註14〕《宋元筆記小說大觀》，頁363。

職，且令服所賜黃金帶，又賜黃金盞于令式外以爲寵。〔註15〕
北宋神宗期間，高麗與宋兩國主要通過海道來交往，當時兩國官方使節的交
往，或是民間貿易往來都是極爲頻繁。文中所述高麗屢次航海修貢，悅慕皇
化，浮海貢琛，可見當時高麗派遣使節來宋修職貢、獻方物的次數相當的多，
即使因爲後來高麗、宋、遼三國緊張複雜的外交關係所影響，而中斷四三十
年，高麗還是在神宗時期頻繁地加以朝貢，延續暢通了兩國的朝貢外交。高
麗與宋雖然緊臨，然而走海道亦有波濤之險，海中遇黑風則是常事。《宋史》
也說：「由海道奉使高麗，瀰漫汪洋，洲嶼險阻，遇黑風，舟觸礁則敗，出急
水門至群山島，始謂平達，非數十日不至也。舟南北行，遇順風則歷險如夷，
至不數日。」〔註16〕《中吳紀聞》述及林希力辭高麗，其原因就在於海洋中
多黑風、洲嶼，一不小心則往往舟舶觸礁而敗。又史實提及「造兩艦於明州，
皆名爲神舟，自定海絕洋而東，既至，國人歡呼出迎」，顯示當時宋室在明州
打造的鼎新利涉懷遠康濟神舟，和循流安逸通濟神舟兩巨船到達高麗，其高
大精致的船舟受到高麗人民傾國聳觀，歡呼嘉嘆。而明州地理位置顯要，當
時明州港「城外千帆海舶風」、「萬里之舶，五方之賈，南金大貝，委積市肆
而不可數知」，是宋朝與日本、高麗及南海蕃舶交通的主要港口，也是南海香
料、藥材及珍寶的集散地。明州在元代改爲慶元，當時斯港繁景，「是邦控島
夷，走集聚商舸，珠香雜犀象，稅人何其多」〔註17〕，而進口的舶貨更高達
二百多種。

另外，樂史的《楊太眞外傳》也提到當年唐高宗大破高麗國，所獲得的
兩件寶物：

> 新豐有女伶謝阿蠻，善舞〈凌波曲〉。舞罷，阿蠻因進金粟裝臂環，
> 曰：「此貴妃所賜。」上持之，淒然垂涕曰：「此我祖高帝破高麗，
> 獲二寶，一紫金帶，一紅玉支。朕以賜岐王金帶，紅玉支賜妃子。
> 後高麗知此寶歸我，乃上言：『本國因失此寶，風雨愆時，民離兵
> 弱。』朕乃命還其紫金帶，唯此不還。〔註18〕

《舊唐書·東夷列傳》載：「唐高宗乾封元年十一月，命司空、英國公李勣爲
遼東道行軍大總管，率裨將郭待封等以征高麗……自此所向克捷，置安東都

〔註15〕《宋元筆記小說大觀》，頁2851。
〔註16〕《宋史·卷四百八十七》，頁14052。
〔註17〕《中國海外交通史》，頁116。
〔註18〕《唐宋傳奇集》，頁383。

護府以統之。」〔註 19〕唐代發動征伐高麗的渡海戰爭，明顯帶有爭取異民族
的歸順和賓服，亦有維護「王土」的穩定與安全，而經略海上的用意，並
確保海疆安全的色彩。史載高宗破高麗之實，而樂子正雖託之於史，又長於
海外寰輿之識，故以獲紫金帶、紅玉支二寶爲飾筆，除彰顯其善習地理之
長外，亦有「率土之濱，莫非王臣」的慕化綏懷之用心。而所述「高麗國因
爲失落了這兩件寶物，風雨不順，民散兵弱」，奇特而不見雋語，乃是宋人
士習拘謹之致。樂史之後有亳州秦醇所撰傳奇《趙飛燕別傳》，記飛燕妹得寵
爲昭儀，恃寵而驕，後宮人凡孕子者皆殺之，又引誘漢成帝淫亂，帝崩後
而自縊。魯迅以「秦子復撰文頗欲規撫唐人，然辭意皆蕪劣，惟偶見一二好
語，點綴其間；又大抵託之古事，不敢及近，則仍由士習拘謹之所致矣」、
「《趙飛燕別傳》，序云得之李家牆角破筐中，記趙后入宮至自縊，復以冥報
化爲大黿事……但文辭殊勝而已。」〔註 20〕就趙昭儀自殺後以成帝託夢飛燕
皇后，復以冥報化爲北海大黿之事，此爲秦醇所增情節，詭異譎怪中而多嗜
奇之文：

> 適吾（趙后）夢中見帝，問帝：「昭儀安在？」帝曰：「以數殺吾子，
> 今罰爲巨黿，居北海之陰水穴中，受千歲水寒之苦。」後北鄙大月
> 氏王獵於海上，見巨黿出於穴上，首猶貫玉釵，顒望波上，睊睊有
> 戀人意。〔註 21〕

秦子復以趙昭儀在世爲惡，而有化爲大黿，囚困於北海陰水受千歲水寒之苦，
顯然也是當時神道異怪因果冥報之說；而北海亦爲神話裡之終北之地、幽都
之門、積雪千里而終年不見日照的幽冥黑暗地獄之所在。當然，這些化外之
地，蠻荒僻遠之荒陬，亦是綏懷慕義的王土所達之境。經略海上王土，並向
海外民族展土擴疆的渡海戰爭意識，在元世祖更是強烈。元初忽必烈曾兩次
大規模渡海東征日本，且在南海以南征占城、安南及爪哇，海洋疆土的開發
成爲元朝統治者的國策關注點。在第二次的征伐日本，周密的筆記小說《癸
辛雜識》載述：

> 至元十八年，大軍征日本。船軍已至竹島，與其太宰府甚邇，方號
> 令翌日分路以入，夜半忽大風暴作，諸船皆擊撞而碎，四千餘舟所

〔註 19〕《舊唐書·卷一百九十九上》，頁 5327。
〔註 20〕《中國小說史略》，頁 169。
〔註 21〕《宋元筆記小說大觀》，頁 1070。

存二百而已。全軍十五萬人，歸者不能五之一，凡棄糧五十萬石，
衣甲器械稱是。是夕之風，蓋天意也。〔註22〕

周密描述元朝十五萬大軍及四千餘艘戰艦，在這次的征伐日本戰役中之所以
大敗，歸究其主因乃是海上暴風大作所致。據《元史・世祖本紀》〔註23〕及
《元史・外夷列傳・日本》〔註24〕記載的遣使國書的內容來看，顯然征伐日
本、南海諸國都是基於被征戰國家的不歸順、不賓服。而將日本視爲蠻荒僻
遠荒陬的化外之地，正是元世祖以綏懷慕義的王土視角，期待諸國能畏威懷
德而通和好，稱貢來朝；以宣敷教化、維繫王朝爲天下共主來撫綏外國之統
治心態的展示。在這次的東征日本之戰，歷史記載的敗戰場景，則是說明了
海上颶風對元軍征戰勝負的關鍵性作用。而這次動員的海軍數量高達十五萬
人，更可知中國當時的優越造船能力。〔註25〕

　　北宋劉斧所輯《青瑣高議》，內容涵括神道志怪、傳奇小說、詩話異聞與
紀傳雜事。清王士禎指出此書爲《剪燈新話》之前茅，也對明代傳奇小說
產生重大影響。魯迅則以《青瑣高議》爲劉斧雜輯古今裨說，而文辭拙俗。
〔註26〕該書《卷三・高言》一文，以描寫高言因個性豪放、不拘小節，一時
因忿怒，殺了寡恩忘義的友人而奔竄南北鬼方苦寒之境，並且身旅海外異島
奇國，所見奇人事俗等詭異譎怪的傳奇經歷。文章繼承了《山海經》、《博物
志》等地理博物體著述記載海外地理風情民俗的傳統，又借鏡唐人張說（梁
四公記）描述殊方海外奇風異俗的寫境。在其海外瀛談裡，論及大食國、林
明國則是載述：

會有大舶入大食，吾願執役從焉。舶離岸，海水滔滔，鯨鯢出沒，
水怪萬狀，二年方抵大食……王金冠，身佩金珠瓔珞，有佛腦骨藏
於中宮。人亦好鬥，驅象而戰……大食南有林明國，大食具舟欲
往，吾又從之，一年方至。國地氣熱甚於大食，稻一歲數熟。人皆
裸，惟用布蔽形。盛暑則以石灰塗屋堅密，引水其上，四簷飛注如
瀑布，激氣成涼風，其人機巧可知也。王坐金車。有刑罰：殺人者
復殺之……王之宮極富，以金磚甃地，明珠如梔李者莫知其數，沉

〔註22〕《宋元筆記小說大觀》，頁5821。
〔註23〕《元史・卷十一》，頁233。
〔註24〕《元史・卷二百八》，頁4628～4629。
〔註25〕曹永和著：《中國海洋史論集》（台北：聯經事業出版，2000年初版），頁67。
〔註26〕《中國小說史略》，頁194。

香如薪，亦用以爨。〔註27〕

〈高言〉文中所記大食、林明二國風土民情，顯然有太多的虛構誇張，且雜輯史書裨說，而錄述大體相仿。〔註28〕張斧所輯殊方異域之海外風物、民風國情，顯然充盈了荒誕怪譎，豔羨而又誇飾的視野。其以「竄服鬼方苦寒無之境」的書寫視角，顯然作者還是擺脫不了海外異方異域恐怖的心靈架構，將海外視爲「鬼方」的偏見心態。元人周致中撰《異域志》二卷，所述外國風土，眞僞參半，而夾雜著許多怪異的傳說。像「穿胸國」、「羽民國」、「三首國」之名，皆襲自《山海經》；而「女人國」、「後眼國」、「狗國」等，亦爲小說家言。全書強調雜錄志怪的成分，並盡採《酉陽雜俎》、《嶺外代答》、《事林廣記》及《山海經》等書，而雜論二百一十個國家和民族之風俗物產。尤其書寫「聶耳國」、「近佛國」之「其人與獸相類，在無腹國東，其人虎文，耳長過腰，手捧耳而行」，「其國人性與禽獸同，在東南海上，多野島，蠻賊居之，號『麻奴』，商舶至其國，群起擒之，以巨竹夾而燒食。父母死則招親戚鼓共食其尸肉，非人類比也」〔註29〕，與張斧所輯將海外視爲「鬼方」的偏見心態如出一轍，同以特定的文化視角來強調與歪曲海外殊方異域爲鬼邦、非人獸性之境，而對比於華夏中土的儒教優越心態，與特定的「華夷之辨」。這種牢不可破的華夏文化的意識優越感，所形成的中央與四裔的偏見地理方位觀，正是傳統士大夫對於海內外四裔爲被髮文身、雕題交趾、不生聖哲，蠢蠢然如鹿豕也的解讀格局，並成爲宋朝文人奉之爲圭臬。《青瑣高議‧高言》一文所述小人國、女子國不僅瑰詭譎怪，更踵繼魏晉六朝之志怪小說與史書所述之寫景：

> 林明國曾發船，十年不及南岸而歸。中間有一國，莫知其名，人長數寸，出必聯絡。禽高數尺，時食其人。聞東南有女子國，皆女子，每春月開自然花，有胎乳石、生池、望孕井，群女皆往焉。咽其石，飲其水，望其井，即有孕，生必女子。舟人取小人數人載回，中道而死。海中有大石山，山有大木數十本，枝上皆生小兒。兒頭著木枝，見人亦解動手笑焉；若折枝，兒立死。〔註30〕

文中所言「枝上皆生小兒。兒頭著木枝，見人亦解動手笑焉；若折枝，兒立

〔註27〕　《宋元筆記小說大觀》，頁1029。
〔註28〕　《舊唐書‧卷一百九十八》，頁5311～5314。
〔註29〕　〈中國古代海外傳說誤讀的文化成因〉，頁68～72。
〔註30〕　《宋元筆記小說大觀》，頁1029。

死」的情節，明顯承襲《述異記》所載：「大食王國，在西海中。有一方石，石上多樹幹，赤葉青枝。上總生小兒，長六七寸，見人皆笑，動其手足，頭著樹枝。使摘一枝，小兒便死。」而所記女子國：「有胎乳石、生池、望孕井，群女皆往焉。咽其石，飲其水，望其井，即有孕，生必女子」的傳說，則又發源考究於《後漢書·東夷列傳》之「闚神井而生子」、《梁書·諸夷列傳》之「競入水而受孕」、《梁四公記》之「浴水而受孕」、《嶺外代答》之「遇南風盛發，裸身而受孕」等記載。〔註31〕

　　至於「日慶國」的風俗記聞，則說：

> 結髮如鳥雀，王坐石床上，無禮儀亂雜，最爲惡穢。爭鬥好狠，婦女動即殺戮。無邢罰，犯罪，王與人共破其家而奪之……火燃山晝夜不息。火中有鼠，時出火邊，人捕之，織其毛爲布造衣，有垢污則火中燃之即潔也。〔註32〕

「火浣布」的神奇事蹟，則是承續王嘉《拾遺記·卷九》所述：「羽山之民獻火浣布萬匹；羽山之上有文石，生火，烟色以隨四時而見，有不潔之衣，投于火石之上，雖滯污漬涅，皆如新浣」，與〈梁四公記〉所載：「火洲之南，炎崑山丘之上有火鼠，其毛可以爲褐，皆焚之不灼，汗以火浣」爲底本而加以構築潤色。爾後的周密在其《齊東野語》也提到火浣布的奇異之用：

> 東方朔《神異經》所載，南荒之外有火山，晝夜火然。其中有鼠重有百斤，毛長二尺餘，細如絲，可作布。取其毛緝織爲布，或垢，浣以火，燒之則淨。又《十洲記》云：「炎州有火林山，山上有火鼠，毛可織爲火浣布，有垢，燒即除。」……昔溫陵有海商漏舶，搜其橐中，得火鼠布一匹，遂拘置郡帑……每浣以油膩，投之織火中，移刻，布與火同色。然後取出，則潔白如雪，了無所損。〔註33〕

對於火浣布非火鼠所製的說法，蔡約之《鐵圍山叢談》則說：

> 國朝西北有二敵，南有交趾，故九夷八蠻，罕所通道。太宗時，靈武受圍，因詔西域若大食諸使，是後可由海道來。及哲宗朝，始得火浣布七寸，大以爲異。政和初，進火浣布者已將半仞矣，投之火中則潔白，非鼠毛也。御府使人自紡績，爲巾褵布袍之屬，多至不

〔註31〕有關「女子國」譎怪荒誕之受孕的論述，請參見《古典小說縱論》，頁15～16。
〔註32〕《宋元筆記小說大觀》，頁1030。
〔註33〕《宋元筆記小說大觀》，頁5581。

足貴。〔註34〕

〈高言〉一文所講大食、林明、女子、小人與日慶五國嶼島，皆是位於海南諸國，地窮邊裔；其記述域外地理風物則又以山奇海異，怪類殊種的筆法書寫其譎誕。而後的《西遊記》、《鏡花緣》等長篇小説的構寫靈感，也似乎受到了此文情節委婉、取材傳奇、史書等角度的影響。它大致上也反映了當時文人對於化外山海嶼國的浪漫想像，並以中原文化的高度來醜化這些化外之民，與不堪陋俗，表現出典型「皇澤遠服」的天朝文化與華夷之辨的觀點。

南海安南交趾，位處海外荒陬，也是聲教懷柔遠覆，皇化而浮海來貢之國。周密（1232～1308）所撰《齊東野語》，是一部記載南宋史料，雜記朝章國典，考正古史古義，而上探天文曆法，下及草木蟲魚、醫方藥典、詩文品藻、兼及軼事瑣聞的廣博旁徵之典籍。在《齊東野語・卷十九》記述安南國王陳日煚的軼事瑣聞，頗能廣徵博引，引述史料，而具知識性與可讀性：

> 安南國王陳日煚者，本福州長樂邑人，姓名爲謝升卿……好與博徒豪俠游，屢竊其家所有，以資妄用……會是家有姻集，羅列器皿頗盛。至夜，悉席捲而去，往依族人之仕于湘者。至半途，呼渡，舟子所須未滿，毆之，中其要害。舟遽離岸，謝立津頭以俟，聞人言舟子殂，因變姓名逃去。至衡，爲人所捕，適主者亦閩人，遂陰縱之……有邕州永平寨巡檢過永，一見奇之，遂挾以南，與交趾鄰近。境有棄地數百里，每博易，則其國貴人皆出爲市。國相乃王之婿，有女亦從而來，見謝美少年，悅之，因請以歸。令試舉人，謝居首選，因納爲婿。其王無子，以國事授相。相又昏老，遂以屬婿，以此得國焉。〔註35〕

安南本爲南越交趾之地，歷任國王亦以蠻酋海裔，辟處荒隅而修職貢、獻方物，奉表稱臣。安南國王陳日煚原爲舉子業，好與博徒豪俠游，其後能爲安南國王，完全因爲裙帶關係，由相婿而得國。周密以其廣徵博引、搜羅奇聞軼事的手法，將安南國王陳日煚得國的傳奇性一生，寫得絲絲入扣而精細詳盡。而據《宋史・外國列傳・交趾》記載，交趾郡王李公蘊有國，至八傳子孫共二百二十餘年，其間安南屢次入貢稱臣。後來因安南國王無子，以女昭聖主國事，遂爲其婿陳日煚所有。爾後陳日煚乞表稱貢，又受宋賜封安南大

〔註34〕　《宋元筆記小説大觀》，頁3108。
〔註35〕　《宋元筆記小説大觀》，頁5669。

國王，加食邑，賜物頗厚。〔註36〕

　　宋、元時期，隨著海外交通商貿的繁榮，加上海外貿易在國家財政收入中占有相當比重的地位，尤其宋室南遷，「市舶之利最厚」〔註37〕，「市舶之利，頗助國用；以招徠遠人，阜通貨賄」因而統治者更重視並且鼓勵海外貿易，〔註38〕尤其是鼓勵中國商人出海貿易的政策。因而有許多的海商相率出洋，足跡遍布日本及東南亞一帶。宋《諸蕃志》即載有當時中國海商經略於南洋島國的實錄：「真臘國……番商興販，用金、銀、瓷器、假錦、涼傘、皮鼓、酒之屬」、「闍婆國……番商興販，用金銀器皿、五色絹、皂綾、川芎、白芷、朱砂、硼砂、漆器、鐵鼎、青白瓷器交易」、「麻逸國……商人用瓷器、貨金、鐵鼎、烏鉛、五色硫璃、珠、鐵針等博易」、「三佛齊國……番商興販，用金、銀、瓷器、錦、綾、絹、糖、鐵、酒、米、大黃、樟腦等物博易」、「凌牙斯國……番商興販，用酒、米、荷池、絹、瓷器等為貨」、「渤泥國……番商興販，用貨金、貨銀、假錦、建陽錦、五色絹、五色茸、琉璃珠、白錫、烏鉛、胭脂、漆椀楪、青瓷器等博易……船回日，其王亦酬酒椎牛祖席，酢以腦子、番布等，稱其所施。舶舟雖貿易迄事，必候六月望日排辨佛節然後出港，否則有風濤之厄。」〔註39〕當時的「番商」，是指中國到外國經商或與外人交易者，如同現在所稱的「洋商」。從趙汝适所記番商與各國交易的情況來看，當時不僅華商足跡遍布南洋島國洲嶼，中國商人在南洋貿易更受到極大的歡迎，而行銷海外的中國貨物最多者為瓷器（碗碟）、絹、錦、金、銀、

〔註36〕《宋史‧卷四百八十八》，頁 14066～14072。

〔註37〕北宋神宗講過：「東南利國之大，舶商亦居其一」；南宋高宗也認為：「市舶之利最厚，若措置得宜，所得動以百萬計。」而明末清初顧炎武也分析過：「經費困乏，一切倚辦海舶。」（轉引《海洋迷失──中國海洋觀的傳統與變遷》，頁 72、217。）而《宋史‧卷三三七‧范祖禹傳》，頁 10796 云：「國家根本，仰給東南。」江南一帶包括了廣大的沿海地區，已經成為國家的經濟命脈所在。另外《元史‧卷一六九‧賈昔刺傳》，頁 3972 則說：「海舶，為軍國之所需。」可見得宋、元兩朝的海外貿易的財稅營收，對國家整體的財政與經濟上的幫助，是相當有貢獻的，甚至是占有相當的比重。

〔註38〕宋朝政府是極力的招徠海外諸國來宋貿易。對於那些招商工作而有業績，且能增加市舶收入的官員與商人，更給予加官晉爵的獎勵。在《宋史‧卷一八五‧食貨七下》，頁 4537～4538 就記載：「能招誘舶舟，抽解物貨，累價及五萬貫、十萬貫者，補官有差。大食蕃客囉辛販乳香直三十萬緡，綱首蔡景芳招誘舶貨，收息錢九十八萬緡，各補承信郎。閩、廣舶務監官抽買乳香每及一百萬兩，轉一官，又招商入蕃興販，舟還在罷任後，亦依此推賞。」

〔註39〕以上條述，請參見《諸蕃志校釋》，頁 18～59。

米、酒、糖、樟腦等物品。有些海商更因許多原由而長期住在蕃地，成為海外的移民。《宋史・闍婆國傳》記載：「中國賈人至者，待以賓館，飲食豐潔……淳化三年，其王遣使朝貢。朝貢使泛舶至明州……今主舶大商毛旭者，建溪人，數往來本國，因假其鄉導來朝貢。」〔註 40〕闍婆即是爪哇，這位中國大海商毛旭已極受當地人之優待，並且樹立了商業上的地位。毛旭不僅經營海外商貿，又從事國民外交，故能鄉導當地使臣來華，成為成功的傑出海外移民。小說《青瑣高議》所述高言因殺人逃過而奔竄南北，身踐數異國；《齊東野語》也述舉子業士人謝升卿，因犯過而南逃至安南，進而為相婿，又因國王無子，而以相婿繼承國王之位。可見當時因犯過而潛逃海外嶼國以避禍，甚至出海而長期定居下來的士子、停替胥吏、海商、水手等為數一定不少。而且從地區分佈來看，主要限於與中國距離較近的日本、高麗、中南半島與印尼列島等地。據《宋史・高麗傳》載：「王城有華人數百，多閩人因賈舶至者，密試其所能，誘以錄仕，或強留之終身」〔註 41〕，可見當時有許多商賈定居於高麗城。而周達觀《真臘風土記》是根據作者親身經歷，詳細記載了真臘（今柬埔寨）的歷史、地理、政治經濟、風俗習慣、物產貿易與自溫州至柬埔寨航線所經沿途各地情況。該書也載：「唐人之為水手者，利其國中，不著衣裳，且米糧易求，婦女易得，屋室易辦，器用易足，買賣易為，往往皆逃逸於彼。」〔註 42〕另外汪大淵《島夷誌略》也記載加里曼丹國勾欄山：「嶺高而樹林茂密……唐人與番人叢雜而居之。男女椎髻，穿短衫，繫巫崙布。」〔註 43〕從以上的陳述可知，在海外貿易政策的鼓舞之下，不論是官方文書，或是史書，都很少把這些留寓海外的商人、逃逸犯科的水手、胥吏視為「盜賊」或是「叛逆」，甚至是大加遣責。究其原因不外是宋、元時期興起的海外移民風潮，以及當時社會氛圍對商人泛海貿易發家致富的讚美。尤其在元代因為海外貿易獲利甚豐，沿海地區的社會風氣又從重視農本經濟而轉變為看重「舟楫之利」的風尚。當時有詩曰：「何如棄之去，逐末利百千。矧引賈舶人，入海如登仙。遠窮象齒微，深入驪珠淵。大貝與南琛，錯落萬斛船。」〔註 44〕這種逐利於大海，入海如登仙的心境，充分展現時人以從事海

〔註 40〕《宋史・卷四百八十九》，頁 14092。
〔註 41〕《宋史・卷四百八十七》，頁 14053。
〔註 42〕《真臘風土記》，頁 24。
〔註 43〕《島夷誌略校釋》，頁 248。
〔註 44〕轉引《海洋迷失──中國海洋觀的傳統與變遷》，頁 169。

外貿易作爲發財致富的捷徑，培養出一種出海而冒險求富的精神。所謂的「珠璣大貝，產於海外蕃夷之國，去中國數萬里，舟行千日而後始至。而風濤之與凌，蛟龍之與爭，皆利者必之焉。幸而一逐，可以富矣。幸而再逐而大富。」〔註45〕顯然集體社會的風氣與海洋觀念的變遷，再再地引發逐利於海而富的時代氛圍。

宋、元海外貿易興盛，所謂的「市舶之利，以招徠海中蠻夷商賈，阜通貨賄。」而此時前來中國的外國商人、水手、宗教人士等不斷增多，在史書上稱之爲「蕃客」。宋朱彧撰《萍洲可談》，所記多爲朱彧隨父朱服遊宦所至見聞，其書《卷二》則詳記北宋廣州、泉州、明州、杭州市舶司的職能政策，以及舶船航海、外商蕃客、蕃坊坊商的各項規定與生活動態。朱彧在航海法中提到當時當時「舟師識地理，夜則觀星，晝則觀日，陰晦觀指南針，或以十丈繩鈎，取海底泥嗅之，便知所至」，這個紀錄可說是世界上最早記載利用指南針進行海上的導航，推動海外貿易的發展。而當時的船舟規模更是巨大宏偉，更帶動了遠行南洋的繁景。周去非的《嶺外代答》則說：

> 浮南海而南，舟如巨室，帆若垂天之雲，舵長數丈。一舟數百人，中積一年糧，豢豕釀酒其中……蓋其舟大載重，不憂巨浪，而憂淺水也。又大食國更越西海，至木蘭皮國，則其舟又加大矣。一舟容千人，舟上有機杼市井。〔註46〕

可見當時宋代建造海船，便是以適合爲遠洋貿易爲主。朱彧在書中又提到當時海奴交易在廣州的興盛：

> 廣中富人，多畜鬼奴，絕有力，可負數百斤。言語嗜欲不通，性淳不逃徙，亦謂之野人。色黑如墨，唇紅齒白，髮卷而黃，有牝牡，生海外諸山中。食生物，采得時與火食飼之，累日洞泄，謂之換腸。緣此或病死，若不死，即可畜。久畜能曉人語，而自不能言。有一種近海野人，入水眼不眨，謂之崑崙奴。〔註47〕

〔註45〕元代時期，海貿地位號爲天下之最當屬泉州（剌桐）。元人吳澄撰：《吳文正公集·送姜曼卿赴泉州路錄事序》言：「泉，七閩之都會也。番貨遠物、異寶珍玩之所淵藪，殊方別域富商巨賈之所窟宅，號爲天下最。其民往往機巧趨利……」（《中國海外交通史》，頁114。）在這樣「大舶高檣多海寶」、「蠻胡賈人舶交其中」、「蕃舶之饒，雜貨山積」與「貨通民富」的時代趨勢下，當然人人趨利於海。

〔註46〕《嶺外代答校注·卷六》，頁216～217。

〔註47〕《宋元筆記小說大觀》，頁2313。

《萍洲可談》中提到的鬼奴與崑崙奴，都是屬於南洋海上貿易的奴隸。「船忽發漏，既不可入治，令鬼奴持刀絜自外補之，鬼奴善游，入水不瞑」〔註48〕，可見當時這些鬼奴、崑崙奴善於入海游水，與唐傳奇《甘澤謠》裡所提及崑崙奴善游水勇捷的異能相同：

> 陶峴有海船崑崙奴名摩訶，善游水而勇捷，遂悉以錢而貫之，曰：「吾家至寶也。」……行次西塞山，見江水黑而不流，曰此必有怪物，乃投劍環，命摩訶下取。見泊沒波際，久而方出，氣力危絕，殆不任持，曰：「劍環不可取也。」有龍高二丈許，而劍環置前。某引手將取，龍輒怒目。峴曰：「汝與劍環，吾之三寶。今者二物俱亡，爾將安用，必須爲吾力爭之也。」摩訶不得已，被髮大呼，目眥流血，窮泉一入，不復還也。久之，見摩訶支體磔裂，污於水上，峴流涕水邊。〔註49〕

文中的鬼奴摩訶，不僅善於泅水，更忠於主人，最終亦爲龍所殺而支體磔裂，死於水中。朱彧提到當時廣州富人蓄奴風盛，這些來自南海海上蕃客交易下的奴隸，不僅勇捷有力，更能通曉人語而忠於主人。朱彧也記載當時很多的外國大海商與華女通婚定居：

> 元祐間，廣州蕃坊劉姓人娶宗女，官至左班殿直。劉死，宗女無子，其家爭分產，遣人撾登聞院鼓。朝庭方悟宗女嫁夷，因禁止，三代須一代有官，乃得娶宗女。〔註50〕

文中的蕃坊劉姓人，顯然是一個蕃客，亦即外國海商。當時宋朝對於外國海商與中國女子通婚顯然是不聞不問的，但是對於華室宗女的通婚則是有條件的加以限制。當時的外國大海商在華定居與通婚，甚至是置產，有逐漸增多的趨勢，並且也衍生很多「富盛甲一時」的外國蕃客。岳珂（1183～約1242）的《桯史》，多記兩宋朝政得失、南渡佚事、賢達詩文、世俗諧語與圖讖神怪等等，其中一則〈番禺海獠〉就記述當時富盛甲一時的蒲姓外國海商：

> 番禺有海獠雜居，其最豪者蒲姓……既浮海而遇風濤……願留中國，以通往來之貨……舶事實賴給其家。歲益久，定居城中，屋室稍侈靡逾禁。使者方務招徠，以阜國計，且以其非吾國人，不之問，

〔註48〕《宋元筆記小說大觀》，頁 2309。
〔註49〕《太平廣記‧卷四百二十》，頁 3422。
〔註50〕《宋元筆記小說大觀》，頁 2315。

> 故其宏麗奇偉，益張而大，富盛甲一時……其揮金如糞土，輿皂無
> 遺，珠璣香貝，狼藉坐上，以示侈。〔註51〕

蒲姓海商，由占城浮海來華貿易，歲益久，定居城中，屋室稍侈靡逾禁，顯然因爲他的財力侈靡，脫離在其蕃坊中居住，而遷居到城市的中心。岳珂就其親眼所見，蒲姓海商「富盛甲一時。其揮金如糞土，輿皂無遺，珠璣香貝，狼藉坐上」，反映了當時海外貿易的興盛，而崛起一批經營有成的「蕃商」。處於宋末元初的周密亦撰《癸辛雜識》六卷，是一部以記述朝野遺事和社會風俗的史料筆記。其書內容廣泛，敘述翔實，具有較高的史料價值。它記載了當時泉州市舶司大食國人巨賈蒲壽庚其女婿佛蓮的財力：

> 泉南有巨賈南蕃回回佛蓮者，蒲氏之婿也，其家富甚，凡發海舶八
> 十艘。癸巳歲殂，女少無子，官沒其貲，見在珍珠一百三十二石，
> 他物稱是。〔註52〕

蒲氏家族財富一方，〔註53〕海外商貿成爲當時致富的重要管道。尤其有海舶八十艘的航運實力，更是彰顯出這些海外商人之親屬至戚在悅慕皇化、綏懷恩仁的政策鼓舞下，不限遠邇陬域而能浮海互市、並且阜通貨賄，以獲取航貿商販的極大利潤。但是在隨著蒲壽庚女婿佛蓮的去世及其勢力的消退後，這八十艘海舶與府中貲財及高達一百三十石的珍珠存貨亦一併爲官府沒收，自此就未見蒲氏與海舶之跡。針對外國海商僑人的財產處理，自唐以來即有「海商死者，官管其貲；滿三月，無妻子詣府，則沒入」〔註54〕的政策規定。因此，外商死後，如無近親，則全由政府沒收。當然，此項政策的執行，亦

〔註51〕《宋元筆記小說大觀》，頁4425～4427。

〔註52〕《宋元筆記小說大觀》，頁5822。

〔註53〕對於宋、元之際的大食國海商蒲氏在華顯赫富有的商貿勢力，《宋史·卷四十七·瀛國公本紀》，頁942記載：「蒲壽庚提舉泉州舶司，擅蕃舶利者三十年。」《元史·卷一五六·董文炳傳》，頁3673亦述：「昔者泉州蒲壽庚以城降，壽庚素主市舶，謂宜重其事權，使爲我扞海寇，誘諸蠻臣服。」蒲壽庚在南宋後期，以經營海外貿易爲業，交結官府，而得以出任泉州市舶使。他乘機擴大自己的勢力，在南宋末年已是致產巨萬，家僮數千，成爲一支強大的海上力量。蒲壽庚也是元初著名的官僚海商，在元軍南下時，蒲壽庚開城降元，被任命爲福建行省中書左丞，主管泉州的海外貿易事務，因擅招來外商，善營蕃舶之利而長達三十年之久，在泉州、廣州間深具影響力。又因元朝取泉州建功甚偉，故元世祖予以酬庸，封其子蒲師文爲正奉大夫宣慰使左副都元帥兼福建道市舶提舉，繼續掌控泉州海外的貿易。

〔註54〕《新唐書·卷一六三》，頁5009。

有人性面的考慮。南宋樓鑰的《攻瑰集・卷八六・崇獻靖王趙伯圭行狀》則記載：

> 眞里富國大商死，囊齎巨萬，吏請沒入。王曰：「遠人不幸至此，忍因以爲利乎？」爲具棺斂，屬其徒護喪以歸。明年致謝曰：「吾國貴近沒，尚籍其家；今見中國仁政，不勝感慕，遂除籍沒之例矣。」來者言：「死商之家，盡捐所歸之貨，建三浮屠，繪王像以祈壽，島夷傳聞，無不感悅。」至今國人以琛貢至，猶問王安否。〔註55〕

這位眞里富國（柬埔寨）的海商在寧波港（明州）病逝，遺留下來幾萬貫的財產，當時的崇獻靖王趙伯圭鎮守明州。這位親王雖然是政府官員，卻沒有將這位外國海商的財產沒入府庫，甚至派遣他的僕人護送棺木和財產回國，自己分文不取。此舉不僅贏得南海島夷在朝貢外交上的穩固，更替自己建立了斐譽的聲名。

當時南海邦國與中國商貿呈現出「千帆競發、百舸爭流」的繁華美景，而其聯繫往來的國度、地區就包括了阿拉伯半島、印度半島、馬來半島、印尼群島、中南半島、菲律賓群島等海嶼國家。而在整個南海航道中，居於東西交通及國際貿易的轉運周轉樞紐及貿易口岸，是爲三佛齊。朱彧《萍洲可談》對於三佛齊國的描述是：

> 海南諸國，三佛齊最號大國……地多檀香、乳香，以爲華貨。三佛齊舶齎乳香至中國，所在市舶司以香系榷貨，抽分之外，盡官市。近歲三佛齊亦榷檀香，令商就其國主售之，直增數倍，蕃民莫敢私鬻，其政亦有術焉。是國正在海南，西至大食尚遠，華人詣大食，至三佛齊修船，轉易貨物，遠貫輻湊，故號最盛。

三佛齊扼守新加坡海峽東南處的海口，不僅是東西交通與國際商貿的轉運要衝，更是宋元二代舶商直航貿易的主要港口。據《宋史・外國列傳》記述三佛齊與占城爲鄰，居眞臘、闍婆之間，泛海使風二十日到廣州，月餘可達泉州。且連年遣使浮海貢琛，悅慕皇化，慕義來庭。其中更載舶主、蕃商載著大批香藥、犀角、象牙等舶貨泛海來貿。可見當時三佛齊與中國不僅有朝貢的關係，在民間的商貿互市也是往來熱絡。蕃商李甫誨大量進口香藥、犀角、象牙的記載，更說明當時浮海經商的可觀獲利。

不僅在宋元之際，大批的海外商人從事商貿而富甲一方，本地華人富商

〔註55〕《中西交通史》，頁 201。

也因經營海貿有成，紛紛招募水手，建造船隻，滿載絲綢、瓷器、銅鐵製品，駛向海外貿易。朱彧《萍州可談‧卷二》就記載了商舶滿載陶瓷、絲織之品輸蕃：「舶船深闊各數十丈，商人分占貯貨，人得數尺許，下以貯物，夜臥其上。貨多陶器，大小相套，無少隙地……住蕃雖十年不歸，息亦不增。富者乘時畜繒帛陶貨，加其直與求債者，計息何啻倍蓰。」〔註56〕這群華商足蹟遍及亞、非兩大洲幾十個國家，許多人也都獲得了厚利。南宋洪邁的《夷堅丁志‧卷第六》也記載了泉州楊姓商人，在海外貿易十多年，累積了無數的財貨：

> 泉州楊客爲海賈十餘年，致貲二萬萬。每遭風濤之厄，必叫乎神明，立誓許以飾塔廟，設水陸。然纔上岸，則遺忘不省。紹興十年，泊海洋，夢諸神來責償。楊曰：「今方往臨安，俟還家時，當一一賽答。」神曰：「汝那得有此福？皆我力爾。心願不必酬，只以物見還。」楊甚恐，以至錢塘江下，幸無事，不勝喜，悉輦貨物置街主人唐翁家，身居客館。楊自述前夢，且曰：「今有四十萬緡，姑以十之一酬神願，餘攜歸置生業，不復出海。」舉所齎沉香、龍腦、珠璣珍異納于土庫中，他香布、蘇木不減十餘萬緡，皆委之庫外。次日，聞外間火作，驚起，望火起處……良久，見土庫黑烟直上，屋即摧塌，烈燄亘天，稍定還視，皆爲煨盡矣。〔註57〕

楊姓海商航海貿易多年，資本積攢到了二萬萬貫。紹興十年，他又出海作買賣，販回了沉香、龍腦、珍珠、蘇木等珍品，運至首都臨安，轉手就賣了四十萬貫，成爲名符其實的「暴發戶」。雖然文中高談因果報應的迷信思想，述其楊商因未酬謝海洋神明，而終其一生心血煨於火盡，得到報應。然而也說明當時海外貿易在利潤上頗爲可觀，幾年下來這些海商就賺進了大把的鈔票而富甲一方。當時期由於許多沿海居民紛紛投入海外貿易，以追逐巨大的海上交易利潤爲目的，北宋中葉時的謝履所作《泉南歌》：「泉州人稠山谷瘠，雖欲就耕無地僻；州南有海浩無窮，每歲造舟通異域」〔註58〕，就足以說明出海經商已蔚爲時代之風氣。陶宗儀《南村輟耕錄》也載：

> 杭州張存……至元丙子後，流寓泉州，起家販舶，越六年壬午，回

〔註56〕《宋元筆記小說大觀》，頁 2309～2310。

〔註57〕〔宋〕洪邁撰，何卓點校：《夷堅志》（北京：中華書局，2006.10 二版），頁 588～589。

〔註58〕參閱《海洋迷失──中國海洋觀的傳統與變遷》，頁 130。

杭。自言于蕃中獲聖鐵一塊，厚闊僅及二寸，作法撒沙布地，嚙鐵

於口，刀刃不能傷其身。〔註59〕

張存於泉州起家販舶，從事海外貿易六年，並且還從海外蕃國中獲得一塊刀刃不能傷其身的聖鐵異寶。從張存海外發跡的事件來看，當時民間海外販舶的風氣非常的興盛。

《夷堅三志・己卷第六》也載述泉州人王元懋南海舶商，數年間便獲息數十倍：

泉人王元懋，少役僧寺，其師教以南番諸國書，盡能曉習。嘗隨海舶詣占城，國王嘉其通番漢書，延爲館客，仍嫁以女，留十年而歸。所蓄貲具百萬緡，而貪利之心愈熾。遂主舶船買易，其富不貲。留丞相諸葛侍郎皆與其爲姻家。淳熙五年，使行錢吳大作綱首，凡火長之屬一圖帳者三十八人，同舟泛洋，一去十載。十五年七月還，次惠州羅浮山，獲息數十倍……貨物沉香、眞珠，腦麝，價直數十萬。〔註60〕

泉州巨商王元懋原先因通曉南番諸國書，隨海舶詣占城館客十年，並娶占城國王女兒爲妻，所積蓄貲具有百萬緡。後來因海上貿商潛藏著巨大的商機利益，因而誘使其走洋行商，經營舶船買易而致富不貲，占城貴族世家及丞相諸葛侍郎皆與其結爲姻家，而權傾一時。當時海商經營買賣的貨物，也大都以價值匪淺的沉香、眞珠，腦麝等珍稀物品爲主。而吳自牧的《夢粱錄・江海船艦》就載述當時的福建泉州，已成爲海貿商舶的重要港口：「若欲船泛外國買賣，則是泉州便可出洋。」〔註61〕可見對外貿易的興盛，已使泉州成爲海商蕃販的集散地，是宋元時期最繁榮的市舶站，也是各種人雜居的國際性海都。元代時期馬可波羅所撰《馬可波羅行紀》就曾寫下刺桐港海舶商貿的繁榮景象：

福州城珍珠寶石之交易甚大，蓋有印度船舶數艘，常載不少貴重貨物而來。此城附近有刺桐港在海上……印度一切船舶運載香料及其他一切貴重貨物咸薈此港。是爲一切蠻子商人常至之港，由是商貨寶石珍珠輸入之多竟至不可思議，後由此港轉賣蠻子境。我敢言亞

〔註59〕《宋元筆記小說大觀》，頁6434。

〔註60〕《夷堅志》，頁1345～1346。

〔註61〕轉引《中國海外交通史》，頁114。

> 歷山大或其它港運載胡椒一船赴基督教國，乃至此刺桐港者，則有
> 船舶百餘，所以大汗在此港征收税課，爲額極巨。凡輸入之商貨，
> 包括寶石珍珠及細貨在内，大汗課額十分取一，胡椒值百取四十四，
> 沉香、檀香及其他粗貨，值百與五十。此處一切生活必需之食甚豐
> 饒，製作碗瓷器，既多且美。〔註62〕

馬可波羅的視景，形容泉州已是「纏頭赤腳半蕃商，大舶商船多海寶。」不
僅蕃商遠道前來泉州，另一方面泉州的商人也積極的出海貿易。元末泉州商
人陳寶生、孫天富二人結爲兄弟，輪流出海商貿，其所涉獵的諸方異國就有
「高句驪外，若闍婆、羅斛，與凡東、西諸夷，去中國無慮數十萬里……諸
國之來王者且飄蔽海上而未已，中國之至彼者如東西家然。」〔註63〕泉州商
人遠至東、西諸夷，去中國無慮數十萬里的島國殊邦商貿，在元代的行紀典
籍更是多有記載。《馬可波羅行紀・爪哇大島》云：「在爪哇島中見有船舶商
賈甚眾，運輸貨物往來，獲取大利。大汗始終未能奪取此島，蓋因其距離甚
遠，而海上遠征需費甚巨。刺桐及蠻子商人在此大獲其利」〔註64〕、汪大淵
《島夷志略》是他兩次出海的所見所聞與前人的記載加以校正寫成，共記有
兩百二十多個海外國名與地名。它記載各國山水、物產、貨幣、商品、貿易
及風土民情等，反映了元代海外貿易的的繁榮，是元代在遠洋交通和海外貿
易重要的原始資料，也是唐、宋以來對南洋、印度洋的地理知識的總歸。在
該書中敘述泉州商人到吉里地悶國（今帝汶）貿易：「昔泉之吳宅，發舶梢眾
百有餘人，到彼貿易。」〔註65〕可見當時泉州海商已遠涉到印尼、帝汶商
貿，在海外相當的活躍。另外，這些海外諸國之來王者且飄蔽海上而未已的
回回（波斯、大食等阿拉伯國家）蕃商，在華人社會裡也形成某些看來特殊
的原鄉生活風貌。《南村輟耕錄》就載述多則回回人的奇俗異術，其中所述
木乃伊的浸製過程，是爲埃及法老王之木乃伊法，在元末時期中國人已略有
所聞：

> 回回田地有年七八十歲老人，自願舍身濟眾，絕不飲食，惟澡身啖
> 蜜。經月，便溺皆蜜，既死，國人殮以石棺，仍滿用蜜浸，鐫志於

〔註62〕 沙海昂註，馮承鈞譯：《馬可波羅行紀》（台北：臺灣商務印書館，2006.6 二
　　　　版一刷），頁399～401。

〔註63〕 轉引《中國海外交通史》，頁115。

〔註64〕 《馬可波羅行紀》，頁427。

〔註65〕 《島夷誌略校釋》，頁209。

棺蓋，瘞之，俟百年啓封，則蜜劑也。凡人損折肢體，食匕許，立愈。雖彼中不多得。俗曰蜜人，番言木乃伊。〔註66〕

元時，亦有爲數不少的回回醫生遊歷中國，留下了許多的奇術療法。例如陶宗儀所載：「回回醫者所隸之廣惠司，修制御用回回藥物及和劑，以療諸宿衛士及在京孤寒者……司惠卿爲回回醫人，爲皇族駙馬治墜馬奇疾」〔註67〕、「回回醫者療治鄰家小兒頭疼，用刀劃開額上，取一小蟹，堅硬如石，頃焉方死，疼亦遄止……又過客馬腹膨脹倒地，回回老醫於左腿內割取小塊出，不知何物，其馬隨起即騎而去」〔註68〕等，可見元代大食、波斯等海外西域來華之阿拉伯世界的醫人，多有奇術異能之行。而南宋曾敏行撰《獨醒雜志》十卷，全書所記上自五代，下訖紹興年間，凡朝廷政事，典章沿革，名人軼事，多有記載。作者世居江西，故對當地風土人情、歷史遺跡、士大夫階層中得各類人物動態，記述尤其詳盡。其書記載江西風土民情，亦談及有盧陵海商到廣州、南洋蕃部作買賣，浮海得異珠的傳聞軼事：

盧陵商人彭氏子市于五羊，折閱不能歸。偶知舊以舶舟浮海，邀彭與俱。彭適有數千錢，漫以市石蜜。以舟彌日，小憩島嶼。舟人冒驟暑，多酌水以飲。彭特發盒出蜜，遍授飲水者。忽有蟹丁十數躍出海波間，引手若有求，彭漫以蜜覆其掌，皆欣然舐之，探懷出珠貝爲答。彭因出蜜縱嗜群蟹，報謝不一，得珠貝盈斗。又某氏忘其姓，亦隨舶舟至蕃部，偶携陶瓷犬鷄提孩之屬，皆小兒戲具者登市。群兒爭買，一兒出珠相與貿易，色徑與常珠不類，亦漫取之，初不知其珍也。舶既歸，忽然風霧盡晦，雷霆轟吼，波濤洶湧，覆溺之變在頃刻。主船者曰：「吾老于遵海，未嘗遇此變，是必同舟有異物，宜速棄以厭之。」相與詰其所有，往往皆常物。某氏曰：「吾昨珠差異，其或是也。」急啓篋視之，光彩炫目，投之于波間，隱隱見虹龍攫拿以去，須臾變息。暨舶至止，主者諭其眾曰：「某氏若秘所藏，吾曹皆葬魚腹矣。更生之惠不可忘！」客各稱所携以謝之，于是舶之凡貨皆獲焉。〔註69〕

文中所述二位盧陵海商，皆是往返於蕃部貿易。彭氏海商以數千錢市石蜜，

〔註66〕《宋元筆記小說大觀》，頁6174。
〔註67〕《宋元筆記小說大觀》，頁6246。
〔註68〕《宋元筆記小說大觀》，頁6421。
〔註69〕《宋元筆記小說大觀》，頁3296。

在小憩於島嶼間，忽有群蟹引手以求石蜜，並以珠貝爲報答，最終得珠貝盈斗。雖然這則故事稍有夸誕譎飾，不過群蟹以珠貝報之，顯見寶珠翠貝爲海物中之珍品，並作爲中國與南海嶼國的重要交易。而這則海商於夷島市石蜜而得珠貝高利的情節，更成爲明凌濛初《初刻拍案驚奇》裡的〈轉運漢遇巧洞庭紅　波斯糊指破鼉龍殼〉，士人文若虛在海外吉零國販橘而致富的書寫摹本。〔註70〕第二則故事的海商以陶瓷做成的孩提戲物爲互市的物品，也說明宋元時期中國在青白陶瓷、綾緞絲織業的發達，並成爲海商浮舶於南海蕃部，以作爲交易互市的重要商品。此異珠光彩炫目，投之于波間，隱隱見虬龍攫拿以去，須臾風勢變小，全船均安的情節雖然充滿神怪荒誕，但也同樣的凸顯出異珠寶物是爲南洋蕃部海上交貿的首宗要物，與它在獲利上的豐厚。

眞珠作爲南海越地合浦郡區的海洋寶物，在宋時樂史的《綠珠傳》也有記載：

> 綠珠者姓梁，白州博白縣人，州則南昌郡，古越地，秦象郡，漢合浦縣地……綠珠生而美豔。越俗以珠爲上寶，生女爲珠娘，生男爲珠兒。綠珠之字，由此而稱。晉石崇爲交趾採訪使，以眞珠三斛致之。崇有別廬在河南金谷澗，澗中有金水，自太白原來。崇即川阜製園館，綠珠能吹笛，又善舞〈明君〉。〔註71〕

樂史（930～1007）書寫綠珠的貞操節義，令人動容，而介紹綠珠的出身背景，則又強調越地風俗以珍珠爲上寶，生男生女皆以珠兒、珠娘爲名。南昌郡乃古越地，秦爲象郡，而漢爲合浦。合浦郡在西漢時就以珍珠貿易而得名，東漢時期更加繁榮，當時的合浦郡傳聞：「郡不產穀實，而海出珠寶，與交趾比境，常通商販，貿糴糧食」，可見合浦、交趾兩地通海，而以商貿珍珠聞名。石崇在擔任交趾採訪使時，便與珍珠海商交好，有利可圖而致富；又以三斛眞珠，買下了綠珠，養在其名廬金谷園。樂史的記述同樣是反映了當時的南越嶼島，以眞珠爲海上交易的首宗寶物。《鐵圍山叢談》也提到斷望池所產的合浦珠最爲美麗而碩大：「合浦珠大抵四五所，皆居海洋中間。地名訖寶，名斷望者最，而斷望池近交趾，號產珠，尤美大。」〔註72〕此外，《鐵圍山叢談》

〔註70〕參看〔明〕凌濛初著，劉本棟校訂：《初刻拍案驚奇》（台北：三民書局，1995.2五版），頁4～15。

〔註71〕《唐宋傳奇集全譯》，頁352。

〔註72〕《宋元筆記小說大觀》，頁3110。

也陳述了當時負責採珠的蜑人，在深海裡的工作辛酸與艱辛，與如同搏命的
無奈：

> 俗言珠母者，謂蚌也。凡採珠人，號曰蜑戶，丁爲蜑丁……常業捕
> 魚生，皆居海艇中，男女活計，世世未嘗舍也。採珠弗以時，眾咸
> 裹糧會，大艇以十數環池，左右以石懸大繩至海底，名曰定石，則
> 別以小繩繫諸蜑腰，蜑乃閉氣，隨大繩直下數十百丈，舍繩而摸取
> 珠母。曾未移時，然氣已迫，則亟撼小繩。繩動，舶人覺，乃絞取。
> 人隨大繩上，出輒大叫，因倒死，久之始甦……其苦如是，世且弗
> 知也。〔註73〕

蜑人從事採珠的職業有極高的危險，尤其葬於黿鼉蛟龍之腹者，比比有焉。《南
村輟耕錄・卷十》也載述：

> 廣海采珠之人，懸繩於腰，沉入海中，良久得珠，撼其繩，舶上人
> 挈出之，葬於黿鼉蛟龍之腹者，比比有焉。〔註74〕

海中採珠是這群蜑工搏命換來的代價，也象徵了從事這項職業的高風險性。
至於其他捕獲海物的漁人，同樣也有其職業上的危險。《夷堅支戊卷第二》就
提及一則捕取海中鰒魚的艱苦辛酸：

> 元善與嘗監惠州淡水鹽場。場在海濱，左近居民數百戶，皆漁人也。
> 見其捕取海物至艱苦，云鰒魚只有一邊殼以自蔽，漁者搴舟至其所
> 產處，以麻繩繫腰，縛一頭于舵尾，然後沒水。或深入五六十丈……
> 或知人且至，則黏著石上，牢不可拔，雖椎擊至碎亦然……迫欲出
> 水，則循繩扳緣，足蹣以升。或久而不出，而有泡沫堆突起於水面
> 者。妻子在舟中見其狀，皆拊胸慟哭，蓋已爲大魚銜去矣。〔註75〕

樂史除了《綠珠傳》外，尚有《楊太眞外傳》傳世。在《楊太眞外傳》裡所
提到唐玄宗賜給楊貴妃神奇的水晶嵌寶屏風：

> 屏風乃「虹霓」爲名，雕刻前代美人之形，可長三寸。其間服玩之
> 器、衣服，皆用眾寶雜廁而成。水精爲地，外以玳瑁、水犀爲押，
> 絡以珍珠瑟瑟。間綴精妙。〔註76〕

這個以水晶作底，周圍以玳瑁、水犀押邊，用各種寶物、珍珠所拼鑲嵌起的

〔註73〕《宋元筆記小說大觀》，頁 3110。
〔註74〕《宋元筆記小說大觀》，頁 6268。
〔註75〕《夷堅志》，頁 1068～1069。
〔註76〕《宋傳奇小說選》，頁 59。

屏風，可以推測玄宗開元、天寶年間，這些珠、犀、玳瑁、水晶等稀世之珍，可說是溢於中國而不可勝用。最令人驚奇的番賈之物，以周密《癸辛雜識》所述之「海井」爲最：

> 華亭縣市中有小賣鋪，適有一物，如小桶而無底，非竹、非木、非金、非石，不知其名，不知何用……一日，有海舶老商見之，驚有喜色，撫弄不已……漫索五百緡。商嘻笑償以三百，其老取錢付之。商問其物，海舶老者告曰：「此至寶也，其名曰海井。尋常航海須載淡水自隨，今但以大器滿貯海水，置此井於水中，汲之皆甘泉也。平生聞其名於番賈，而未嘗遇。」〔註77〕

對於這些海外來的方物奇寶，更足以說明元代的南海島國朝貢與海外通商貿易的興盛局面。

與民間及外蕃的海商相比，當時大官僚經營海貿的風氣，與投資經營的勢力也不遑多讓。宋元二代由於海上貿易的繁榮發展，一些官僚權貴，尤其是廣東、福建、浙江沿海的地方官吏，在經濟利益的誘惑驅使下，拋卻了恥於經商的傳統觀念，而以各種方式來從事海外貿易活動。《宋史·張鑒傳》記載：「廣州知府張鑒在南海，以貲付海賈往來貿市。」〔註78〕而《宋會要輯稿·市舶司》也述說官吏串通市舶司官員進行走私貿易的活動：「先是南海官員及經過使臣，多請托市舶官，如傳譯、蕃友，所買香藥，多汙價值。」〔註79〕儘管宋朝政府嚴令禁止「朝廷綏撫遠俗，比來食祿之家，不許與民爭利」〔註80〕，然而官僚權貴經營海外貿易的風氣仍舊是屢禁不止，官吏違法貿易和私商海上的貿易活動卻是更加的猖獗，甚至是「以公侯之貴，牟商賈之利。占田疇，擅山澤，甚者發舶舟，招蕃賈，貿易寶貨，犯法冒禁，專利無厭」〔註81〕，來從事海上販運以獲取「暴利」〔註82〕。南宋羅大經撰《鶴

〔註77〕《宋元筆記小說大觀》，頁5775。
〔註78〕《宋史·卷二百七十七》，頁9417。
〔註79〕轉引《海洋迷思──中國海洋觀的傳統與變遷》，頁65。
〔註80〕轉引《海洋迷思──中國海洋觀的傳統與變遷》，頁65。
〔註81〕《宋史·卷三百八十八》，頁11902。
〔註82〕宋元二朝統治者對包括官僚權貴在內所從事的私人海上交易貿貨，曾有過種種的限制，尤其在元朝曾推行大規模的官本船貿易制度。據《元史·卷二百五·盧世榮傳》，頁4566載：「造船給本，令人商販。官有其利七，商有其三。禁欲泛海者，拘其先所蓄寶貨，官賣之。匿者，許告，沒其財，半給告者。」這種加強朝廷對海外貿易的壟斷政策，卻是成效不彰，在海外貿易利藪驅動

林玉露》十八卷，是書或考證經史，或記述時事；記載的若干人物逸事亦頗具小說價值，常為後世小說、戲曲所採用。其書《丙編卷二·老卒回易》記載了一則大官僚經營海上貿易的時事，反映了宋、元時期逐海為利的時代氛圍：

> 張循王嘗春日遊後圃，見一老卒臥日中……王曰：「汝會做甚事？」對曰：「諸事薄曉，如回易之類，亦粗能之。」王曰：「汝能回易，吾以萬緡付汝，何如？」對曰：「不能百萬，亦以五十萬緡方可耳。」王壯之，予五十萬，恣其所為。其人乃造巨艦，極其華麗；市美女能歌舞音樂者百餘人；廣收綾錦奇玩、珍饈佳果及黃白之器；募紫衣吏軒昂閒雅若書司、客將者十數輩，卒徒百人……忽飄然浮海去，逾歲而歸。珠犀香藥之外，且得駿馬，獲利幾十倍。循王得此馬大喜，問其何以致此，曰：「到海外諸國，稱大宋回易使，謁戎王，饋以綾錦奇玩。為具招其貴近，珍饈畢陳，女樂迭奏。其君臣大悅，以名馬易美女，且為治舟載馬，以犀珠香藥易綾錦等物，饋遺甚厚，是以獲利如此！」〔註83〕

文中老兵以五十萬緡回易，造巨艦，買美女、絲綢錦綾、奇玩、珍饈、佳果等，浮海而去。一年後歸來，卻滿載珍珠、犀角、象牙、香料、駿馬等物而獲利數十倍。這次的航海貿易活動，老兵以張循王所給五十萬緡為本錢，到海外諸國，稱大宋回易使，拜見各國國王，贈以綾錦奇玩，籠絡親疏大臣，珍饈畢陳而女樂迭奏。各國的君臣大悅，便以犀珠香藥易綾錦等物，饋遺甚厚，因此能獲利數十倍。當然，若沒有大官僚的巨額投資，老兵是無法獲得這麼高的利潤，可見當時王公大臣們私營海外貿易的勢力是如此的巨大，而市舶之利更是十分的豐厚。海貿帶來的利益誘惑，更使一般的民間商人趨之若鶩。朱彧《萍洲可談·卷二》記載：

> 海舶大者數百人，小者百餘人，以巨商為綱首……船舶深闊各數十丈，商人分占貯貨，人得數尺許，下以貯物，夜臥其上。貨多陶器，大小相套，無少隙地。〔註84〕

這些出海貿易的民間商人擠在狹小的艙房下，忍受飄洋越海之苦，帶著中國

　　下，對禁商敕令形同具文而聊備一格，而海商的勢力日益的壯大。
〔註83〕《宋元筆記小說大觀》，頁5334～5335。
〔註84〕《宋元筆記小說大觀》，頁2309。

的陶瓷器遠販異域，其最大的願望不外「經營有成，獲利百倍」。在官方市舶政策的鼓勵及經濟利益的驅動下，海外貿易活動的商人，已悄然的由沿海向內地拓展。前文已談南宋曾敏行《獨醒雜志》描寫二位住在江西盧陵的內地商人，以石蜜、陶瓷、犬雞、提孩之屬等當地土特產品，隨舶舟出海販運至蕃部買賣，換取了珍珠等海外珍物，獲取了高額的利潤。〔註85〕顯然在宋代時期，官民所投入的海貿行列，舟楫極蠻島，而趨海爲利已成爲一種熱潮。從事海上貿易的人不斷增多，顯現當時人向海洋發展的新趨勢。

另外，陶宗儀《南村輟耕錄‧卷五》更記載了元代著名的官僚海商，江蘇太倉的張瑄、朱清二人經營海運商貿有成而發財致富，名利雙收：

> 宋季年，群亡賴子相聚，乘舟鈔掠海上，朱清、張瑄最爲雄長，當時海濱沙民富家以爲苦……若捕急，輒引舟東行，往來若風與鬼，影蹟不可得……廷議，兵方興，請事招懷。清、瑄即日來，以吏部侍郎左遷七資最下一等授之……二人者從宰相入見，授金符千戶……二人者建言海漕事，試之，良便。初年不過百萬石，後乃至三百萬石。二人者父子致位宰相，弟姪甥婿皆大官，田園宅館遍天下，庫藏倉庾相望，巨艘大舶帆交番夷中。左右皆爲萬戶、千戶，累爵積貲，氣意自得。〔註86〕

朱清、張瑄的發跡，與太倉港密切相關。太倉位於昆山東北，不僅是蘇州理想的外延港，外可通海，內與太湖水系及大運河相聯結；而且江面寬闊，近海口外闊有二里，是長江下游的天然良港。朱、張二人便是利用此港爲基地向北方海運漕糧，並發展海外貿易，在數年間就已湊集成市，番漢間處，閩廣混居，巨艘大舶帆交番夷中；漕運萬艘，行商千舶，番賈如歸，糧艘海舶，蠻商夷賈輻輳而貨盈市集，民物繁伙如通都大邑，很快的成爲各國商人雲集，並且外通於日本琉求等六國的重要海外貿易港埠。而朱清、張瑄〔註87〕之出身爲鈔掠海上流亡之徒，然元朝統一天下，廷議招懷二人，並以吏部侍郎左遷七資最下一等授之。元朝海運儲糧，亦由張瑄、朱清建言，南糧北運達到三百萬石之規模。因爲海漕有功，父子均致位宰相，弟姪甥婿皆做大官。又以官僚從事海貿輸運，而逐海利於萬倍。不僅田園宅館遍天下，庫藏倉庾相

〔註85〕 《宋元筆記小説大觀》，頁 3296。

〔註86〕 《宋元筆記小説大觀》，頁 6197。

〔註87〕 據《元史‧董文炳傳》，頁 3672 記載當時張瑄的海上勢力不可忽視：「有眾數千，負海爲橫……文炳諭以威德，瑄降，得海舶五百。」

望，巨艘大舶帆交番夷中，糧艘海舶，蠻商夷賈，輻輳而雲集；而且左右皆佩於菟金符，為萬戶、千戶，義氣而自得，勢力浩大。也正由於朱、張二人行事乖張，又仗既有權勢用己錢入番為賈，以「巨艘大舶帆交番夷中」而利入私囊，導致元朝政府收入減少而遭政治清算。《元史・董文炳傳》曰：「有聚斂之臣，為奸利事發，得罪且死，詐言所遣舶商海外，未至，請留以待之」〔註88〕，這裡所說的「聚斂之臣」，即是朱清、張瑄。而二人最終的下場乃是封籍其家貲，拘收其軍器海舶，子孫流放遠方。〔註89〕

　　當時因為海舶貿易帶來的「商機利益」，不僅充斥著所謂的「聚斂之臣」，而元朝政府自身的官箴敗壞，更是屢見不鮮。姚桐壽（1300～？）撰《樂郊私語》筆記小說一卷，全書以敘海塩一州之事，實概括了元末東南大事。其中記傳聞軼事，筆墨細緻，刻劃入微而饒有趣味。其〈澉浦市舶〉一文，著意於市舶官風不振、貪污舞弊之事：

> 澉浦市舶司，前代不設。國朝至元三十年，以留夢炎議置市舶司。初議番舶貨物十五抽一，惟泉州三十取一，用為定制。然近年長吏巡徼上下求索，孔實百出，每番船一至，則眾皆歡呼，曰：「亞治廡廩，家當來矣。」至什一取之，猶為未足。昨年番人憤憤，至露刃相殺，市舶勾當，死者三人，主者隱匿不敢以聞。射利無厭，開釁海外，此最為本州一大後患也。〔註90〕

澉浦位於錢塘江口杭州灣北岸，在宋淳祐六年（1246）開始設市舶機構，淳祐十年設市舶場，元至元十四年（1277）設立市舶司，並且很快成為遠涉諸蕃，近通福、廣，商賈往來的衝要之地，有「小杭州」的美稱。《馬可波羅行紀》記述當時澉浦港為一優良的港灣，所有來自印度的貨船都在此地停泊。〔註91〕元末官府當時嚴禁私自泛海商貿，借以加強朝廷對海外貿易的壟斷。但是由於海外貿易乃利藪所在，不僅官僚權貴違法經商，一般的海商也私自下海貿易，對禁商敕令視同具文。甚至市舶官府本身也是弊端叢生，抽稅聚斂而猶未知足，因此當時澉浦市舶司有番人反動，並殺害貪污官差。另外，製鹽的產業，在元代亦為國家所統一管理。製鹽為國家之利，姚桐壽還特別書寫海鹽州廉吏〈范巡檢〉打擊走私鹽販的犯罪事蹟：

〔註88〕《元史・卷一百五十六》，頁3676。
〔註89〕《元史・卷二十一》，頁447～452。
〔註90〕《宋元筆記小說大觀》，頁6105。
〔註91〕《馬可波羅行紀・第一百五十一章》，頁378。

州瀕海，鹽爲國利，然亡命得以私販擅之，每操兵飛棹，往來貫販，
雖吏兵莫之敢櫻。至正丁酉，灤城范廉卿以陰補蘆瀝巡檢。其爲人
恂恂儒者，顧長騎射，無論鳥獸，不及飛竄，雖海涂跳魚子蟹之細
捷，射之百不失一。夜每懸火竿上，去竿三百步，從暗中射火，無
不滅也。於是亡命心懼，毋敢於州北私販。〔註92〕

元末時期，東南海域騷動不安，當時運鹽走私的風氣極爲猖獗，陶宗儀的《南
村輟耕錄》也提及張士誠兄弟兼業私販運鹽：

張士誠弟兄四，淮南泰州白駒場人。泰州地濱海，海上鹽場三十有
六，隸兩淮運鹽使司。士誠與弟士義、士德、士信，并駕運鹽網船，
兼業私販，初無異於人。〔註93〕

當時的鹽商有利可圖，顯赫一時，但在利之所趨下，許多人私運販鹽，不惜
鋌而走險。〔註94〕

　　至於有關海商在航海中的奇聞軼事，所到各國、島的風情怪俗，《夷堅志》
裡搜羅了相當多神怪荒誕的素材，大肆宣揚海外鬼邦的醜化形象，並在華夏
中心主義的支配視角下，大量書寫與宣揚慕王道、覆聲教，化育遠邇荒域的
封建「華夷之辨」觀點：

宣和間，明州昌國人有爲海商，至巨島泊舟，數人登岸伐薪，爲島
人所覺，遽歸。一人方溷，不及下，遭執以往，縛以鐵縺，令耕田。
後一二年，稍熟，乃不復縶。始至時，島人具酒會其鄰里，呼此人
當筵，燒鐵箸灼其股，每頓足號呼，則哄堂大笑……用以爲戲。後
方悟其意，遭灼時，忍痛齰齒不作聲，坐上皆不樂，自是始免其苦。
凡留三年，便得舟脫歸，兩股皆如龜卜。〔註95〕

文中巨島人以燒鐵箸灼人股的奇風異俗，反映了海外瀛談往往多是荒誕而譎

〔註92〕《宋元筆記小說大觀》，頁6103。

〔註93〕《宋元筆記小說大觀》，頁6504。

〔註94〕元代鹽商從事貨殖而獲暴利，使得讀書人痛加諷刺。楊維楨的〈鹽商行〉尤
　　　其反映了傳統「賤商」的觀念：「人生不願萬戶侯，但願鹽利淮西頭。人生不
　　　願萬金宅，但願鹽商千料舶。大農課鹽析秋毫，凡民不敢爭錐刀。鹽商本是
　　　賤家子，獨與王家埒富豪。亭丁焦頭燒海榷，鹽商洗手籌運幄。大席一囊三
　　　百斤，漕津牛馬千蹄角。司綱改法開新河，鹽商添力莫誰何。大艘鉦鼓順流
　　　下，檢制孰敢懸官鉈。吁嗟海王不愛寶，夷吾笑之成伯道。如何後世嚴立法，
　　　祇與鹽商成富媼。」（參見余英時著：《中國思想傳統的現代詮釋》（台北：聯
　　　經出版事業，1992.2五印），頁361～362。）

〔註95〕《夷堅志·夷堅甲志·卷第十》，頁86。

怪，想像意會中充滿了文人的笑謔怒罵，與視海外為鬼邦的偏激成見。洪邁對於海島嶼國的民情想像，除了自身的幻設意想外，極大部分也取材於史書之以聲教覆露方域、四海蠻戎夷狄之絕島文陋、無禮儀而亂雜的偏見與曲解的書寫視野：〔註96〕

> 泉州僧本偁說，其表兄為海賈，欲往三佛齊。法當南行三日而東，否則值焦上，船必糜碎。此人行時，偶風迅，船駛既二日半，意其當轉而東，即回舵，然已無及，遂落焦上，一舟盡溺。此人獨得一木，浮水三日，漂至一島畔。度其必死，捨木登岸。行數十步，得小徑，路甚光潔。久之，有婦人至，舉體無片縷，言語啁啾，不可曉。見外人甚喜，攜手歸石室中，至夜與共寢。天明，舉大石室其外，婦人獨出。至日晡時歸，必齎異果至，其味珍甚，皆世所無者。留稍久，始聽自便。如是七八年，生三子。一日，縱步至海際，適有舟抵岸，亦泉人，以風誤至者，及舊相識，急登之。婦人奔走號呼，度不可回，即歸取三子，對此人裂殺之，。極口悲啼，撲地，氣幾絕。其人舉手謝之，亦為掩涕。此舟已張帆，乃得歸。〔註97〕

「海賈一日縱步至海際，適有舟抵岸，亦泉人，以風誤至者，及舊相識，急登之。婦人奔走號呼戀戀，度不可回，即歸取三子，對此人裂殺之」，與《青瑣高議・高言》曰慶國「會有船歸林明國，吾登其船，娶婦方生一子逾歲，奔而呼吾。回國舟已解，知吾意不還，執子而裂殺之」〔註98〕的情節相同，都是反映出絕島荒域的無禮儀亂雜，與「非人性情」的醜化描寫。在度日如年而如坐針氈的鬼方世界，總是使故事中的主人翁毫無依戀停留，而極力的想脫離這樣的蠻邦野人世界。同樣的以泉州海客風濤敗舟，飄流而遇島上婦人的書寫視野，也出現在以下的情節中：

> 王之父賈泉南，航巨浸，為風濤敗舟，同載數十人俱溺。王得一板自托，任其簸蕩，到一島嶼傍，遂陟岸行山間，幽花異木，珍禽怪

〔註96〕 史書中不乏視這些海外蠻夷島國為野獸後裔，獸性而非人境的醜化偏見，並以華夷之辨的華夏中心主義之優越心態，而與小說記載相呼應。最典型的如《南史・卷七十九・扶桑傳》，頁1977云：「扶桑國……女則如中國，而言語不可曉。男則人身而狗頭，其聲如吠」；南朝《宋書・卷九十七・倭國傳》，頁2395云：「東征毛人五十五國……王道融泰，廓土遐畿，累葉朝宗，不愆于歲」等。

〔註97〕《夷堅志・夷堅甲志・卷第七》，頁59~60。

〔註98〕《宋元筆記小說大觀》，頁1030。

獸，多中土所未識……忽見一女子至，問何以至此？王以舟行遭溺
告，隨女而去。女容狀秀美，髮長委地，不梳掠，語言可通曉，舉
體無絲縷蔽形。王默念一身無歸，不若姑聽之，乃從而下山。抵一
洞，深杳潔邃，晃耀常如正晝，女留與同居。朝暮飼以果實，或使
勿妄出。歲餘，生一子，迨及周晬，女授果未還，王信步往水涯，
適有客舟避風於岸隩，認其人，皆舊識，急入洞抱兒至，徑登之。
女繼來，度不可及，呼王姓名罵之……王從蓬底舉手謝之，亦爲掩
涕。此舟已張帆，乃得歸楚。〔註99〕

《夷堅志》爲洪景廬晚年遣興之書，對於四海外族州島風俗民情的認知，雖
有浪漫的好奇，甚至是豔羨的誇張，然大體不脫「王化聲教」、「華夷之辨」
的視野。書寫海邦島人爲舉體無片縷，言語啁啾，化外陋俗之地。情節雖多
變怪之談，廣見博聞，極鬼神事物之幻，文卻平實簡率，失去六朝志怪的古
樸，也沒有唐人傳奇的纏綿俳惻，只是以幻誕好談海外瀛風，鬼怪之蠻人夷
邦而多所著述。是書又載「猩猩國」披髮人形，遍身生毛，木葉自蔽，而言
語啁啾䬝舌的海島蠻國：

金陵商客富小二，以紹興間泛海，至大洋，覺暴風且起，喚舟人下
釘石整帆檣以爲備，未訖而舟溺。富生方立蓬頂，與之俱墜，急持
之，漂蕩抵絕岸。行數十步，滿目皆山巒，全無居室……俄有披髮
而人形者，接踵而至，遍身生毛，略以木葉自蔽。逢人皆喜，挾以
歸，言語極啁啾，每日不火食，唯啖生果。環島百千穴，悉一種
類，雖在岩石，亦秩秩有倫，各爲匹偶，不相揉雜。眾共擇一少艾
女子以配富，旋誕一男。富凤聞諸舶上老人，知爲猩猩國，生兒全
肖父，但微有長毫如毛。時慮富竄伏，才出輒運巨石室其實，或倩
它人守視。既誕此男，乃聽其自如。時時偕往深山，摘採果實。自
料此生無由返故鄉……凡三歲，攜男獨縱步，望林杪高桅，趨而
下，爲主人道其故，請得附行，即抱男以登。無來追者，遂得歸。
男既長大，父啓茶肆於市，使之主持，賦性極馴，人目之爲猩猩八
郎。〔註100〕

泛海大洋，而遇暴風漂流入荒島，可以說是宋、元小說中對於海洋探險的書

〔註99〕《夷堅志‧夷堅支甲志‧卷第十》，頁787。
〔註100〕《夷堅志‧夷堅志補卷‧第二十一》，頁1742。

寫模式。文中金陵海商富小二漂入荒島猩猩國，奇遇披髮人形，遍身生毛，略以木葉自蔽，而言語啁啾，不火食、啖生果的化外族群。雖然此地駃舌荒僻，然其風俗秩秩有倫，各爲匹偶，不相揉雜，亦有人倫之教。最終富姓商客携子返鄉，復還人文喧囂之邦，亦是荒島遊歷的結束格局。此文書寫遠邦島人爲舉體無片縷，言語啁啾，情節雖多變怪之談，然大體不脫「王化聲教」的書寫視角。

　　洪邁對於海外崇怪遠國、貢物奇琛、鳩異詭譎的談論，多是承襲《列子》、《山海經》、《博物志》、《拾遺記》、《酉陽雜俎》與《杜陽雜編》等書。在《夷堅志》裡所記「長人島」、「長人國」則載：

> 明州人泛海，值昏霧四塞，風大起，不知舟所向。天稍開，乃在一島下。兩人持刀登岸，欲伐薪，方蹲踞摘葉，忽聞拊掌聲，視之，乃一長人，高出三四丈，其行如飛。兩人急走歸，其一差緩，爲所執，引指穴其肩成竅，穿以巨藤，縛之高樹而去。俄頃間，首戴一鑊復來。此人從樹杪望見之，知其且烹己，大恐，始憶腰間有刀，取以斫藤，忍痛極力，僅得斷，遽登舟斫纜，離岸已遠。長人入海追之，如履平地，水才及腹，遂至前執船。發勁弩射之，不退。或持斧斫其手，斷三指，落船中，乃舍去。指粗如椽，徐競明叔嘗見之。〔註101〕

> 密州板橋鎮人航海往廣州，遭大風霧，迷不知東西，任帆所向。歷十許日，所齎水告竭，人畏渴死，望一島嶼漸近，急奔赴之。登其上，汲泉甘甚，乃悉罄瓶甖之屬，運水入舟。彌望皆棗林，儲以爲糧。睠睠未忍還，共入一石罌中憩息。俄有巨人四輩至，身皆長二丈餘，被髮裸體，唯以木葉蔽形。見人亦驚顧，相與耳語，三人徑去，行如奔馬。罌下大石，度非百人不可舉，其留者獨挈之，以塞罌口，亦去。然兩旁小竅，尚可容出入，諸人相續奔入船，趣解維。一人來追，跳入水，以手捉船。船上人盡力撐篙，不能去。急取搭鈎鈎止之，奮利斧斷其一臂，始得脫。臂長過五尺，舟中人淹之以鹽，携歸示人。高思道時居板橋，曾見之。〔註102〕

兩文所記長人國、長人島所在地皆爲：「遭大風霧，迷不知東西，任帆所向；

〔註101〕《夷堅志・夷堅乙志・卷第八》，頁249〜250。
〔註102〕《夷堅志・夷堅丙志・卷第六》，頁415〜416。

泛海，值昏霧四塞，風大起，不知舟所向，望一島嶼」，而整體情節亦平實簡率。描寫長人：「高出三四丈，其行如飛；長人入海追之，如履平地，水才及腹，遂至前執船。發勁弩射之，不退；指粗如椽」，或是「長二丈餘，被髮裸體，唯以木葉蔽形。見人亦驚顧，相與耳語；啣下大石，度非百人不可舉，其留者獨挈之，以塞竇口，跳入水，以手捉船。船上人盡力撐篙，不能去。急取搭鉤鉤止之，奮利斧斷其一臂，始得脫。臂長過五尺，」等特徵，又不失其高聳力大、譎異變怪。文末以「徐競明叔嘗見之」、「高思道時居板橋，曾見之」，又想以「可信」示人。洪邁所意想幻設的「長人島國」，最終主旨在於表述海洋浩渺難測，海國遠溟崇怪，以示天地間無所不有。郭象（？）撰《睽車志》六卷，書承六朝志怪體，專記耳聞目睹之神鬼異談，多為宋時建炎、紹興與乾道、淳熙間事。尤其本書多因果報應之事，以寓作者勸懲垂戒之意。所書大率詭怪，它載有長人島之詭幻人物：

> 建炎間，泉州有人泛海，值惡風，漂至一島。其徒數人登岸……行入一大林，有溪限其前，眾皆揭涉，入大山谷間。俄見長人數十，身皆丈餘，耳垂至腹，即前擒數人者，每兩手各挈一人，舉大鐵籠罩之。長人常一人看守，倦即臥石上……時揭罩取一人，褫去其衣，眾共裂食之。內一人竊于罩下抔土爲窟，每守者熟睡即極力掘之，穴透得逸。走至海邊，值番舶得還。言其事，莫知其何所也。
> 〔註103〕

郭象描述的長人：「身丈餘，耳垂至腹，前擒數人者，每兩手各挈一人，提携而去；倦即臥石上，捲其耳爲枕焉。時揭罩取一人，褫去其衣，眾共裂食之。」尤其是食人肉的野蠻風俗，反映了長人島是個未化聲教，海外荒蠻陋俗之邦。他同樣以華夏中心主義的視角，把海外人種都看爲鬼獸之地，視異域荒島爲非人境的偏見。關於長人島的蠻俗傳奇，《太平廣記》記載：

> 永徽中，新羅日本皆通好，遣使兼報之。使人既達新羅，將赴日本國，海中遇風，波濤大起，數十日不止。隨波漂流，不知所屬。忽風止波靜，至海岸邊，維舟登岸，約百有餘人。岸高二三十丈，望見屋宇，爭往趨之，有長人出，長兩丈，身具衣服而言語不通。見人至，大喜，于是遮擁令入宅中，以石填門……乃簡閱唐人膚體肥充者，得五十餘人，盡烹之，相與食噉，兼出醇酒，夜深皆醉。諸

人因得至諸院，後院有婦人三十人，皆前後風漂，爲所擄者，自言男子盡被食之，唯留婦人，使造衣服……至水濱，皆得入船……使者及婦人並得還。〔註104〕

《太平廣記》所記長人島「簡閱船人膚體肥充者，得五十餘人，盡烹之」的情節，與《睽車志》所載食人肉的野蠻風俗、《夷堅志》裡所記「利斧斷其一臂，始得脫」，「臂長過五尺」等長人國特徵，幾乎是一致的。換言之，「長人島」在宋、元小說之偏見而又醜化歪曲的書寫模式下，不外身長數丈，言語咽啾而不通，而且還嚼食人肉，是個聲教不化，荒蠻陋俗的野人島國。

《夷堅志》裡也多次談到海物的詭譎，與變怪崇飾之說。〈海山異竹〉載述：

溫州巨商張愿，世爲海賈，往來數十年，未嘗失時。紹興七年，涉大洋，遭風飄其船，不知所屆。經五六日，得一山，修竹戛雲，彌望極目。乃登岸，伐十竿，擬爲篙棹之用。方畢事，見白衣翁云：「此是何世界，非汝所當留，宜急回，不可緩也。」船人拱手白曰：「某輩已迷失路，將葬魚腹，仙翁幸教如何可達鄉閭？」翁指東南方，果得善還。十竹已雜用其九。臨抵岸，有倭客及崑崙奴，望桅檣捫膺大叫「可惜」者不絕口。既泊纜，眾凝睇船內，見一竹存，爭欲輮買……愿曰：「此至寶也，我適相戲耳。非五千緡勿復議。」崑崙尤喜，如其數，輦錢授之，而後立約。約定，愿問之：「不識此竹是何寶物，而汝曹競欲售如此？」對曰：「此乃寶伽山聚寶竹，每立竹於巨浸中，則諸寶不采而聚。吾輩世舶游，視鯨波拍天如平地。然但知竹名，未嘗獲睹也。雖累千萬價，亦所不惜。」愿始嗟歎。〔註105〕

文中島山的異竹爲寶伽山聚寶竹，據倭客及崑崙奴的說法，該竹每立於巨浸中，則聚海中之諸寶，顯然已將海山異竹的神奇性夸誕飾大，極事物之神怪之變，而又緣以稀有見珍。《夷堅乙志卷第八》亦載：

紹興二十年七月，福州甘棠港有舟從東南漂來，載三男子、一婦人，沉檀香數千斤。其一男子，本福州人也，家於南臺。向入海，失舟，偶值一木浮行，得至大島上。素喜吹笛，常置腰間。島人引

〔註104〕《太平廣記·卷第四百八十一》，頁3961～3962。
〔註105〕《夷堅志·夷堅支丁卷第三》，頁987。

> 見其主，主鳳好音樂，見笛大喜，留而飲食之，與屋以居，後又妻
> 以女。在彼十三年，言語不相通，莫知何國。而島中人似知為中國
> 人者，忽具舟約同行，經兩月，乃得達此岸……其舟刳巨木所為，
> 更無縫罅，獨開一竅出入。內有小倉，闊三尺許，云女所居也。二
> 男子皆其兄，以布蔽形，一帶束髮，跣足。與之酒，則跪坐，以手
> 據地如拜者，一飲而盡。〔註106〕

福州男子入海失舟，漂流的島國，仍被描述為「言語不相通，莫知何國」、「以
布蔽形，跣足束髮」的化外嶼國；而「島中人似知為中國人者」的陳述，顯
然又以「聲教覆露方域」，而對王化恩仁、矜憫綏懷的悅慕。

《夷堅志》裡的海物變怪奇譎，多漫誕之誇；而海洋浩渺難測，又多
荒怪之談。《夷堅補志・卷第二十一》形述海外怪洋之駭異驚悚，更是令人
寒慄：

> 大觀中，廣南有海賈使帆，風逆，飄至一所。舟中一客，老於海
> 道，起望四顧變色，語眾曰：「此海外怪洋，我昔年飄泛至此，百怪
> 出沒，幾喪厥生。今性命未可知也！」至日沒，天水皆黃濁，有獨
> 山峙水中央，山巔大石崩，巨聲振屬，激水高丈餘，黑雲互山，橫
> 起雲中。兩朱塔，隱隱然有光。老者趣移舟，曰：「是龍怪也。」令
> 眾持弓矢滿引，鳴鉦鼓，叫譟而行。巨人長丈餘，出水面，持金剛
> 杵。眾齊聲誦觀音救苦經文，乃沒。老者曰：「此不宜夜泊，盍入怪
> 港。」指示篙師，轉盼即到。二更時，有大舟峨然來，欲相並，亟
> 擲飯與之，且唾且罵。彼人爭奪而食。頃刻舟益多，或出或沒，擲
> 飯如前。四更，始散。老者曰：「是皆覆舟鬼也，視舟行月中無影。
> 若無以充其饑，害吾人必矣。」天將曉，張帆盲進，水氣腥穢，大
> 蟒千百，出沒波間……斷髮沿水疾駛至舟中，急解維，幸風便，猶
> 數月到家。〔註107〕

廣南海賈使帆誤入無垠的海外怪洋，猶如經歷了一齣海上的歷險記。這些海
商先後在此怪洋中遇到龍怪及巨人的襲擊。好不容易脫身後，船又被吹入怪
港中，而碰到幽靈船、覆舟鬼的騷擾。第二天將曉，又張帆盲進，水氣腥穢，
見千百大蟒出沒波間，生死就在一瞬之間。舟船這時又被颺至一個食人肉的

〔註106〕《夷堅志》，頁251～252。
〔註107〕《夷堅志・夷堅志補卷第二十一》，頁1744。

－454－

巨人島，遭到巨人的活捉，險些成為島人飲宴刀俎之下的魚肉，幸而急中生智，設法解開纜繩逃離，遇到順風，得以數月返家。海洋的渺不可測與事物變怪之說，可謂增添了對當時的瀛海汪洋、嶼國遠人的奇幻想像，與「怪力亂神」、「詭譎多變」的心靈偏見。

金元好問（1190～1257）撰《續夷堅志》，雖有一定的史料價值，也記載不少的神怪故事。其中一則遠國海島婦人的描寫，也是多怪誕崇飾及醜化夷蠻的視野：

> 王內翰元仲集錄：近年海邊獵人航海求鶻，至一島，其人穴居野處，與諸夷特異，言語絕不相通，捫血而笑。獵者見男子則殺之，載婦人還。將及岸，悉自沉於水……船人人執一婦，始得至其家。婦至此不復食，逾旬日，皆自經於東岡大樹上。

元好問摹寫的異國荒島遠人，依然以中原文化的視角，而不脫離「穴居野處，與諸夷特異，言語絕不相通」的夷蠻圖象。文中海邊獵人載回的婦女雖然來自荒蠻島嶼，在被縛中卻表現出：「悉自沉於水」、「不復食而自經於東岡大樹上」，表彰了這種華夏中心主義視野下之剛烈而又不屈的氣節。

李昉集體編纂的《太平廣記》，搜羅許多對於海外夷蠻島國荒誕不經，而又詭譎漫怪的傳說軼聞。其書引《嶺表錄異》所言海外六國：

> 陵州刺史周遇不茹葷血，嘗語劉恂云：「頃年自青社之海，歸閩，遭惡風，飄五日夜，不知行幾千里也。凡歷六國：第一狗國，同船有新羅，云是狗國。逡巡，果見如人裸形，抱狗而出，見船驚走。又經毛人國，形小，皆被髮蔽面，身有毛如狨。又到野叉國，船抵暗石而損。遂般人物上岸，伺潮落，閣船而修之。初不知在此國，有數人同入深林採野蔬，忽為野叉所逐，一人被擒，餘人驚走。回顧，見數輩野叉，同食所得之人，同舟者驚怖無計。頃刻，有百餘野叉，皆赤髮裸形，呀口怒目而至，有執木鎗者，有雌而挾子者。篙工賈客五十餘人，遂齊將弓弩鎗劍以敵之。果射倒二野叉，即拽明嘯而遁。既去，遂伐木下寨，以防再來。野叉畏弩，亦不復至。駐兩日，修船方畢，隨風而逝。又經大人國，其人悉長大而野，見船上鼓噪，即驚走不出。又經流虬國，其國人么麼，一概皆服麻布而有禮。競將食物，求易釘鐵。新羅客亦半譯其語，遣客速過，言此國遇華人飄泛至此，慮有災禍，既而又行，經小人國。其人裸形，小如五六

歲兒。」〔註108〕

周遇海上飄泛，所經六國分別爲狗國、毛人國、野叉國、大人國、流虬國與小人國。其中五國國度的共同圖象無非是「赤髮裸形、被髮蔽面、身有毛如狄、食人、長大而野」，極盡荒蠻陋僻之性的醜化描寫。而對於流虬國的陳述則以「服麻布而有禮，競將食物，求易釘鐵，言語能通」，是爲一聲教遠服、覆露方域的有禮之邦。

而徐鉉（916～991）《稽神錄·青州客》所記海賈客泛海飄至鬼國，可謂奇幻靈怪而又張皇海外鬼國島景：

> 朱梁時，青州有賈客，泛海遇風，漂至一處，遠望有山川城郭。海師曰：「自頃遭風者，未嘗至此。吾聞鬼國在是，得非此耶？」頃之，舟至岸，因登之，向城而去。其廬舍田畝，皆如中國……已至城，有守門者，揖之亦不應。入城，屋室人物殷富。遂至其王宮，正值大宴群臣，侍宴者數十，其衣冠器用、絲竹陳設之類，多如中國。客因升殿，俯逼王座以窺之。俄而王疾，左右扶還，亟召巫者示之。巫云：「有陽地使人至此，陽氣逼人，故王病。其人偶來爾，無心爲祟，以飲食車馬謝遣之可矣。」即具酒食，設坐于別室，王及其群臣來祀祝。客據案而食。俄有僕夫馭馬而至，客亦乘馬而歸。至岸登舟，國人竟不見。復遇便風，得歸。〔註109〕

徐鉉所記海島鬼國雖有中國氣息：「遠望有山川城郭，廬舍田畝，皆如中國。見人皆揖之，而人皆不應。入城，屋室人物殷富。至其王宮，正值大宴群臣，侍宴者數十，其衣冠器用、絲竹陳設之類，多如中國」，然而「陽氣逼人而王病」之說，卻充盈著詭怪幻誕之氣，視海外異島爲鬼邦之境。對於鬼國的載述，北宋樂史（930～1007）所著《太平寰宇記·四夷·鬼國》則是形容：「駮馬，其地近熱海，去長安萬四千里……鬼國，在駮馬國西，六十日行，其國夜遊晝隱，身著渾剝鹿皮衣，眼鼻耳與中國人同，口在頂上。食用瓦器。土無米粟，噉鹿及蛇。」〔註110〕顯然樂史與徐鉉所記略同，然文化多荒陋野蠻，亦多玄怪奇誕之思。洪邁《夷堅志補卷第二十一》、《夷堅支癸卷第三》相繼載述海島鬼國之奇誕荒怪的書寫視野：

〔註108〕《太平廣記·卷第四百八十三》，頁3978～3979。
〔註109〕《宋元筆記小說大觀》，頁163～164。
〔註110〕《太平寰宇記》，頁3838～3839。

> 建康巨商楊二郎，本以牙儈起家，數販南海，往來十有餘年，累貲
> 千萬。淳熙中，遇盜於鯨波中，一行盡遭害。楊偶先墜水得免，逢
> 一木，抱之沉浮，自分必死，經兩日，漂至一島，捨而登岸，信腳
> 行。俄入一洞，其中男女雜沓，急來聚觀，大抵多裸形，而聲音可
> 辨認。一婦人若最尊者，稱爲鬼國母。〔註111〕

楊氏流飄鬼國島地，所遇皆極鬼神事物之變，幻誕巫鬼之說，而多無稽之言。換言之，宋人小說裡的「海外」不啻爲一個「鬼怪」的地域，是「鬼鄉」而又缺乏「人性」的「獸性」之境，這種特意突顯而又扭曲的華夷偏見，正是典型的華夏中心主義所造成的誤讀效應。

在此「八荒爭湊，萬國咸通，集四海之珍奇，會寰區之異味」的宋元海洋時代裡，宋元小說中的儒家海洋觀展現了政治與經濟兩大面向。首先就經濟層面的效應上，小說中所載敘的海外貿易政策與海上經商、海外舶產海物、海船儀器等等描述的場面，則是包含了「朝貢貿易」及「市舶貿易」兩種形式。朝貢貿易更帶有濃厚的政治交往色彩，這種海外國家派遣使節，以向宋、元王朝輸誠，呈獻各種海外奇國的貢物，而宋元王朝則以「回賜」的方式，回贈相應或高於貢物價值的中原物品。當然，宋元王朝利用「朝貢」的手段來羈縻海外國家，借以造成萬國來朝的盛大氣勢，提升中原王朝的政治威望，建立海外國家中的宗主地位，以達到「梯航畢達，海宇會同」的王化理想境界。至於市舶貿易雖有官府的嚴格管制，但最主要目的卻是籠絡海商專利之權以歸國家之用，追求的是動以萬計的經濟利益。尤其當時的官僚權貴違法經營海外貿易之風熾盛，所謂的「食祿之家，不許與民爭利」更成爲一句口號。南宋的「公侯之尊……發舶舟，招蕃賈，易寶貨」、元朝的「諸王、駙馬、權豪、勢要、僧道、諸色人等下蕃博易，并仰依抽解」，更是形成「逐利於海」、「舟楫極蠻島」的全民運動。至於兩宋建置水軍，與遼金兩朝隔海對峙；元世祖忽必烈兩次的渡海東征日本、南征占城、安南、爪哇等經略海疆的軍事活動，主要也都是維護「王土」的穩定與安全，爭取異民族的歸順、賓服及綏懷。在陳敘海商所到之異方殊域奇遇的風土民情之寫景描摹，基本上亦是踵繼了漢魏六朝志怪小說裡的「似人似獸」、「海外異邦島國之獸化非人境」、「鬼靈崇拜」，與漢譯佛經中常談的「賈客飄入鬼國」的偏見，更擴及史書秉筆者對外夷列傳的依傍聽聞和得於市舶之口傳民俗風情，這些都

〔註111〕《夷堅志‧夷堅志補卷第二十一》，頁1741～1742。

是很典型的儒家華夏中心主義的書寫史觀，強調慕王道、覆聲教，化育遠邇荒域的「華夷之辨」觀。

第二節　蓬瀛紫府滄溟仙境演變的道教海洋觀

魯迅云：「《太平廣記》採摭宏富，自漢晉自五代小說家言，賴以本書考見⋯⋯《太平廣記》以李昉監修，中有徐鉉、吳淑，皆嘗爲小說⋯⋯當宋之初，志怪又欲以可信見長，而此道于是不復振也。」〔註112〕又說：「宋代雖云崇儒，並容釋道，而信仰本根，夙在巫鬼，故徐鉉、吳淑而後，仍多變怪讖應之談⋯⋯逮徽宗篤信神仙⋯⋯至於南遷，此風未改，高宗亦愛神仙幻誕之書⋯⋯《稽神錄》、《夷堅志》又以著者之名與卷帙之多稱於世。」〔註113〕若以宋代學術課題爲理學崇儒，並容釋道二家思想來看，神仙誕謾之說，自然不符時宜；然而從宋人信仰本根於夙鬼，加上帝王自身的崇尚仙道，則宋代傳奇小說與平話本又多道教神仙幻誕之談，自然也就不足爲奇了。至於元代暢談三教，專論不死求僊與世道無常及仙境神殿的幻設意想，亦充盈於時人的小說文本中。

一、蓬山掩映的海島閬苑與瀛洲勝境

《青瑣高議後集》之〈朱蛇記：李百善救蛇登第〉裡所寫湖上仙山龍宮，與李復言《續玄怪錄・卷四・李衛公靖行雨》山裡的龍宮地景，同是朱門大第、墻宇甚竣而紫閣臨空、砌礱寒玉的壺天好景：

> 大宋李元，字百善，慶歷年經吳江，見一朱小蛇⋯⋯放于茂草中⋯⋯有一青衣同展謁，與善過長橋，有彩舫移岸。與元同泛舟，桂楫相舉，舟去如飛。俄至一山，有公吏數十立于岸。元乘肩輿既至，則朱扉高闊，侍衛甚嚴。修廊繩直，大殿雲齊，紫閣臨空，危亭枕水，寶飾虛檐，砌礱寒玉，穿珠落簾，磨壁成牖，雖世之王侯之居莫及也⋯⋯器皿金玉，水陸交錯，出清歌妙舞之姿，奏仙詔鈞天之樂，俱非世所有⋯⋯王曰：「前日小兒閒遊江岸，幾死群小之手，賴君子仁義存心而救之⋯⋯吾乃南海之鱗長，有薄功于世，天帝詔使居此，仍封爲安流王，幸而江闊湖深，可以栖居。吾有女年未及笄，贈君

〔註112〕《中國小說史略》，頁 164～165。
〔註113〕《中國小說史略》，頁 167。

子爲箕帚，並贈白金。」出宮……後登科第〔註114〕。

朱扉高闕，修廊繩直，大殿雲齊，紫閣臨空，危亭枕水，寶飾虛檐，砌甃寒玉，穿珠落帘，磨壁成牖；而又器皿金玉，水陸交錯，出清歌妙舞之姿，奏仙韶鈞天之樂，俱非世所有的龍宮仙境，乃是天帝詔之南海鱗長栖居的所在。文本以救蛇善報爲敘述主軸，旨在勸善人心因緣果報；而李元以救南海鱗長之子，除以龍女爲嫁外，百善之榮登科第，顯赫耀祖，更是報恩所致。與〈朱蛇記：李百善救蛇登第〉相似情節的無名氏（元人？）撰《湖海新聞夷堅續志·前集卷二》，對於水國魚鄉、南海鱗宮的描寫則是：「樓殿寶飾，侍衛森嚴。俄一人高冠道服，乃南海之鱗安流王。」〔註115〕

而《青瑣高議後集》〈王榭：風濤飄入烏衣國〉以海洲烏衣國爲場景，實際上是演述家中堂梁上的雙燕呢喃，而其所止之州國乃是燕子國：

> 唐王榭，金陵人。家巨富，祖以航海爲業。一日，榭具大舶，欲之大食國。行逾月，海風大作，驚濤際天，陰雲如墨，巨浪走山，鯨鰲出沒，魚龍隱現，吹波鼓浪，莫知其數。然風勢欲壯，巨浪一來，身若上于九天；大浪既回，舟如墮于海底。舉舟之人，顛而又撲，不久舟破，獨榭一板之附又爲風濤飄蕩。開目則魚怪出其左，海獸浮其右……三日，抵一洲，舍板登岸。行及百步，見一翁媼，皆皂衣服，年七十餘。喜曰：「此吾主人郎也，何由至此？」乃引到其家……翁引榭見其國君……王衣皂袍，烏冠，榭即殿階而拜。王曰：「卑遠之國，賢者何由及此？」榭以：「風濤破舟，不意及此」……翁曰：「家有小女，年十七，欲以結好，少適旅懷，如何？」榭答：「甚善。」翁乃擇日備禮，王亦遺酒肴采禮，助結姻好……榭詢女其國名，曰：「烏衣國也。」後常飲宴……女多泪眼畏人，愁眉蹙黛。榭曰：「何故？」女曰：「恐不久暌別……」不久，海上風和日暖，女泣曰：「君歸有日矣。」令侍中取丸靈丹來，曰：「此丹可召人之魂魄，死未逾月，皆可使之更生……此丹海神秘惜，若不以昆侖玉盒盛之，即不可逾海。」以玉盒付以繫榭左臂，大慟而別。王命取飛雲軒來，乃一烏氈兜子。命榭入其中，戒曰：「當閉目，少息即至君家。不爾即

〔註114〕 《宋元筆記小説大觀》，頁1153～1155。

〔註115〕 〔元〕無名氏編纂：《湖海新聞夷堅續志》（北京：中華書局，2006.9二版），頁118。

墮大海矣。」榭合目，但聞風聲怒濤，既久，開目，已至其家。坐
堂上，四顧無人，惟梁上有雙燕呢喃。榭仰視，乃知所止之國，燕
子國也。須臾，家人出相勞問，都曰爲風濤破舟死矣。榭曰：「獨我
附板而生。」亦不告所居之國。榭一子，去時方三歲，問家人，曰：
「死已半月。」榭感泣，思靈丹之言，命開棺取屍，如法炙之，果
生。至秋，二燕去……明年，燕亦不來。〔註116〕

〈王榭〉與《南柯太守傳》槐安蟻國，同屬幻設，兩文作者經營的勝境各有
分殊。淳于棼以夢入槐安國，後遭罷絀，恍然驚夢而看透人生浮虛，棲入道
門。王榭以家巨富，祖以航海爲業。在一次的海商途中，遇風濤而入烏衣國，
見其舊僕翁媼，與其女結好，並爲烏衣國上賓。後來國王令榭歸家，與翁媼
女泣然話別。當榭還歸之日，贈以丸靈丹藥與海神秘丹、飛雲軒毡。榭聞風
聲怒濤，既久開目，已到其家。堂上四顧無人，惟梁上有雙燕。榭仰視，乃
知所止之國爲燕子國。唐劉禹錫〈烏衣巷〉所說的「舊時王榭堂前燕，飛入
尋常百姓家」，也許爲本篇故事帶來靈感，而《列子》之海外理想國度——華
胥國，也成爲「烏衣國」所臨摹的世外桃源勝地。

趙令時（1061～1134）撰寫的《侯鯖錄》，皆是其所見聞于北宋時期的瑣
聞趣事。而海上「靈芝宮」的仙境傳聞，甚囂塵上，同時期的文人，也多所
載述：

王平甫熙寧癸丑歲直宿崇文院，夢有邀之至海上，見海水中宮殿甚
盛，其中作樂，笙簫鼓吹之妓甚眾，題其名曰：「靈芝宮。」邀之者
欲俱往，有人在宮側隔水曰：「時未至，他日當迎之。」至此恍恍夢
覺，時禁中已鳴鐘……後四年，平甫病卒，家人哭訊之曰：「君嘗夢
往靈芝宮，果然乎？」卜曰：「然。」昔人至海上蓬萊，見樓台中有
待樂天之宮，樂天爲詩以志，與平甫之詩蓋相似。〔註117〕

《侯鯖錄》不僅記載有「靈芝宮」的海中宮殿，其言東坡醉臥而夢于廣利王
所居的海中宮殿，更是媲美「水精宮」的海底仙境：

東坡醉臥，有魚頭鬼身者，自海中來告：「廣利王來請。」被褐草履
黃冠而去，不知身步在水中，但聞風雷聲暴如觸石，知在深水處……
真所謂水精宮殿也。其下有驪目、夜光、文犀、尺璧、南金、火齊，

〔註116〕《宋元筆記小說大觀》，頁 1184～1187。
〔註117〕《宋元筆記小說大觀冊二》，頁 2061。

炫目不可仰視，而琥珀、珊瑚又不知多少……廣利且歡笑，頃南溟
夫人、東華眞人亦造焉，自知不在人世〔註118〕。

而王平甫夢至靈芝宮的載述，散見於北宋僧人惠洪（？～1128？）所撰的《冷
齋夜話・卷二・王平甫夢至靈芝宮》〔註119〕及趙與時（1175～1231）所撰之
《賓退錄・卷第六》〔註120〕。然而《賓退錄》又增衍其事，並且構述「芙蓉
城」、「紫府眞人宮」、「空明軒」與「玉華侍郎」等仙境神居：

> 石曼卿卒後，其故人有見之者，云恍惚如夢中，言：「我今爲仙也，
> 所主者芙蓉城……見道左宮闕甚壯，曰：「紫府眞人宮也……望韓公
> 坐殿上，衣冠若神仙」……公遣之歸，遂寢……王平甫夢有人邀至
> 海上，見海中宮闕甚盛，題其宮曰：「靈芝宮。」呂獻可在安州，一
> 日坐小軒，因合目見碧衣童云：「玉帝南遊炎洲，召子行，糾正群仙。
> 炎洲苦熱，賜子清涼丹一粒。呂拜而吞之，若冰雪然，自知不久于
> 世……筆作三詩，有「中宮在半天，其上乃吾家……仙都非世間，
> 天神繞樓殿」……李莊簡南遷，其子孟博卒于瓊州。先是數月，孟
> 博夢至一所，海山空闊，樓觀特起。雲霄間有軒，榜曰：『空明』……
> 遂寢。臨終，雲氣起于寢，冠服宛然，自雲中舟舟升舉，瓊人悉見
> 之……東坡《芙蓉城詩》、靈芝宮亦記其事。〔註121〕

趙與時敘及的仙境有靈芝宮、芙蓉城、紫府與玉華宮，而白樂天詩云：「近有
人從海上回，海山深處見樓臺；中有仙龕虛一室，多傳此待樂天來。」有關
白居易海上仙籍之事，在（宋）葉夢得（1077～1148）《避暑錄話・卷一》中，
更引述盧肇的《逸史》：

> 《白樂天集》自載李浙東（君稷）言海上有仙館待其來之說……頃
> 讀盧肇《逸史》，記述此事的差詳：「李浙東，李君稷也。會昌初爲
> 浙東觀察使，言有海賈遭風飄海中。至一大山，視其殿榜曰：『蓬萊。』
> 旁有一院，扃鐍甚嚴。花木盈庭，中設几案。或人告之曰：『此白樂
> 天院，在中國未來耳。』」此既見于樂天詩，當不謬。近世多傳王平
> 甫館宿，夢至靈芝宮，與樂天事相類。〔註122〕

〔註118〕《宋元筆記小說大觀冊二》，頁2096。
〔註119〕《宋元筆記小說大觀冊二》，頁2178。
〔註120〕《宋元筆記小說大觀冊四》，頁4199。
〔註121〕《宋元筆記小說大觀冊四》，頁4198～4201。
〔註122〕《宋元筆記小說大觀冊三》，頁2587。

葉夢得的引述全文，亦見《太平廣記‧白樂天》，其文曰：

> 唐會昌元年，李師稷中丞爲浙東觀察使，有商客遭風飄蕩，不知所止。月餘，至一大山，瑞雲奇花，白鶴異樹，盡非人間所睹……道士鬚眉悉白，與語曰：「汝中國人，茲地有緣方得一到，此蓬萊山也。」左右引於宮內遊觀，玉臺翠樹，光彩奪目。院宇數十，皆有名號。至一院……客問之，答曰：「白樂天院。」〔註123〕

這種海上蓬萊見樓臺，以待樂天之宮的傳說，更加地憑添宋人在仙境構築上的多元想像與演變。王平甫夢遊的不似人間、笙簫作樂的海中宮殿——「靈芝宮」，與蘇軾〈海市〉所言的「珠宮貝闕」，或是《侯鯖錄》廣利王所在的「水精宮」，甚至是《柳毅傳》裡「柱以白璧，床以珊瑚，簾以水精，雕琉璃于翠楣，飾琥珀于虹棟。奇秀深杳」的「靈虛殿」，都是以海中或湖中的「龍宮仙境」爲構事的場景。而不管是以芙蓉城、靈芝宮或玉華宮等海上的仙境傳奇，它們都成爲了宋人筆端下所津津樂道的海中蓬瀛勝境。

（唐）徐堅等著的《初學記》，是唐玄宗時期官修的類書，在其書卷二十七以引述：「《華山記》曰：『華山頂上有池，生千葉蓮花，服之者羽化，令人不老』……魏曹植《芙蓉賦》：『奮纖枝之璀璨，其始榮也，曒若夜光尋扶桑……』宋鮑照《芙蓉賦》：『潤蓬山之瓊膏，耀蔥河之銀燭；冠五華之仙草，超四照之靈木。』」〔註124〕從服之者羽化而令人不老，與曒若夜光尋扶桑；潤蓬山瓊膏、冠五華仙草來看，更可見在魏晉到唐朝時期，芙蓉就已成爲文人慕仙求道所歌詠的仙境藥草。宋朱或《萍洲可談‧東海神廟》就提及：「東海神廟東望芙蓉島，水約四十里，島之西水色白，東側則碧，與天接……在蓬萊閣西，後枕溟海。」〔註125〕朱或所說的「芙蓉島」，與東海神廟一衣帶水，海神龍宮又與芙蓉城傳聞相近；則眞實的芙蓉海島，又彷彿是夢境中的芙蓉仙城。

《楓窗小牘》有記「艮岳」之築，其中談及：「于南山之外，爲小山，橫亙兩里，曰：『芙蓉城』，窮極巧妙。山之西北，有老君洞，因瑤華宮火，取其地作大池，名『曲江』，中有堂曰：『蓬壺』。」〔註126〕可見「芙蓉城」與「蓬壺」早已在北宋徽宗之前，也已成爲宮苑園囿所構築的仙境符碼。「芙蓉城」

〔註123〕《太平廣記》，頁299。
〔註124〕《初學記》，頁666。
〔註125〕《宋元筆記小說大觀冊二》，頁2320。
〔註126〕〔宋〕袁褧撰：《楓窗小牘》，《宋元筆記小說大觀》，頁4764。

不僅在帝王宮闕中仿製，也在名士大夫的園林庭院中，成爲爭先仿效的仙境
地景。宋周密（1232～1308）的《癸辛雜識・吳興園圃》也載述：「沈德和尙
書園，依南城，內有聚之堂，中有小山，謂之『蓬萊』……趙氏園，依城曲
折，亂植拒霜，號：『芙蓉城』。」〔註127〕

在陳述「芙蓉城」的仙境場景中，蘇東坡的《芙蓉城詩》〈敘〉云：「世
傳王子高與仙人周瑤英游芙蓉城。元豐元年三月，余始識子高，問之信然，
乃作此詩。」詩云：

> 芙蓉城中花冥冥，誰其主者石與丁；珠簾玉案翡翠屏，雲舒霞捲千
> 娉停……天門夜開飛爽靈，無復白日乘雲軿，俗緣千劫磨不盡，翠
> 被冷落凄餘馨……仙宮洞房本不扃，夢中同躡鳳凰翎，徑度萬里如
> 奔霆，玉樓浮空聳亭亭……仙風鏗然韻流鈴，蓬蓬形開如酒醒……
> 世間羅綺紛羶腥，此生流浪隨滄溟。〔註128〕

蘇軾構寫這仙宮洞房，玉樓聳亭，仙風韻鈴的芙蓉城，是充瑩著珠簾玉案、
雲舒捲霞、天門飛靈而白日乘軿的海上滄溟中的極樂仙境。東坡以爲石曼卿
爲芙蓉城主，這又與《賓退錄》的說法相同。而在周密的《癸辛雜識》也有
記載葉李紀夜夢芙蓉仙境：「宋時豪士石曼卿，帝命作主芙蓉城……芙蓉爛漫
錦欲似，帝皇錫以主殿名。」〔註129〕葉夢得在以泛話古今雜事及道老交親戚
之言的《避暑錄話》中，就已說到：「子瞻亦喜言神仙，當時與方士喬全、姚
丹元交往，而丹元曾言其從子瞻時，且言：『海上神仙宮闕，吾皆能以術致之，
可使空中立見。』」〔註130〕夢得以爲神仙本出於人，孰不可爲？而在與方士交
往且喜好神仙的氛圍下，子瞻不免也將珠宮貝闕，靈芝宮與芙蓉城，置入其
仙境題材的文本創作。

宋朝胡微之（？）曾有撰寫《芙蓉城傳》，雖然是書已經散佚，但是在趙
彥衛的《雲麓漫鈔・卷十》也記載著「王子高從學于荊公，舊有周瓊姬事，
胡微之爲作傳，而東坡復作《芙蓉城》詩，以實其事。」〔註131〕看來「芙蓉
城」的仙境題材在宋朝時期，是被世人信以爲眞的。從南宋時期的傳奇集《綠
窗新話・王子高遇芙蓉仙》的增益，及施元之、顧禧《註東坡先生詩》與《王

〔註127〕《宋元筆記小說大觀》，頁 5702～5704。
〔註128〕《蘇東坡全集上冊》，頁 106。
〔註129〕《宋元筆記小說大觀》，頁 5798。
〔註130〕《宋元筆記小說大觀》，頁 2587～2588。
〔註131〕《雲麓漫鈔》，頁 168。

狀元集註分類東坡先生詩》所抄錄的片斷上看,「芙蓉城」的故事普遍的被傳承下來,並成爲後世小說增衍其事的摹本。〔註132〕《芙蓉城傳》略云:

> 王子高……行西城道上,遇青衣曰:「君東齋有客。」君歸,家延女客,華冠盛服……君疑其爲妖,正色遠之……女曰:「我爲周太郎之女,名瑤英,自是朝去暮來。」一日,出藥與君服,遺詩曰:「陰魄陽精寶鍊成,服之一日可長生。芙蓉闕下多仙侶,休羨人間利與名」……君覺其身飄然,與周同舉,須臾,過一嶺及一門,珍禽佳木,清流怪石,殿閣金碧相照,循廊至一殿亭,甚雄壯,下有三樓,亦甚雄麗……登東箱之樓,憑欄縱觀,山川清秀……夢之明日,周來,君問何地,周曰:「芙蓉城也」……春花秋月,悽悽悲泣而去。〔註133〕

王子高夢與周瑤英繞棲飛步高坽墄,來到所謂的「殿閣金碧相照」、「玉樓浮空聳亭」的「芙蓉城」。胡微之的《芙蓉城傳》讀來似夢還眞、似眞又如夢。子高以與瓊英交往之事,告訴其父;而虞曹公狀其事以奏帝,瓊英與子高不得不淒然分手。世傳王迴與周瓊英遊芙蓉城,這「休羨人間利與名」的傳說仙境,更成爲當時人建構另一別緻風格的蓬瀛仙境。

《冷齋夜話》不僅傳述王平甫夢遊靈芝宮的海上仙境,更言黃魯直夢遊蓬萊仙境:

> 黃魯直,元祐中晝臥蒲池寺,夢與一道士升空而去,望見雲濤際天。問道士:「無舟不可濟,且公安之?」道士曰:「與公游蓬萊」……俄覺大風吹鬢,毛骨戰栗,道士曰:「且斂目。」唯聞足底聲如萬壑松風,有狗吠,開目不見道士,唯見宮殿,張開千門萬戶。魯直徐入,有兩玉人導升殿。見仙宮執玉麈,仙女護侍之。〔註134〕

惠洪處在崇尚道流羽客的徽宗時期,談玄話仙的文本自然會去創作。以王平甫(王安石之弟)及黃庭堅(字魯直)夢入蓬瀛神宮仙境,確實反映出帝王及士大夫們求仙慕道的時代風氣。

張邦基撰《墨莊漫錄》,向爲治小說史者所珍視。是書中有相當數量的傳奇志怪,且多談釋道仙佛靈異,更是膾炙人口;尤其摹寫海外桃源眞境之天

〔註132〕《宋傳奇小說選》,頁175。
〔註133〕《宋傳奇小說選》,頁169~174。
〔註134〕《冷齋夜話》,頁2210~2211。

宮，以及登覽蓬萊島的仙境，更是接踵魏晉六朝「海外仙山」傳奇，並賦予新的構築元素：

> 明州士人陳生，欲航海至通州而西，在大洋，忽遇暴風，舟失措，東行數日而風方止。恍然迷津，不知涯涘，遂維碇登岸。徑路左右佳木薈蔚，珍禽鳴弄。見一精舍，金碧明煥，榜曰：「天宮之院。」遂瞻禮而入，堂上一老人惻然憫之，乃授館饌客，器皿皆金玉，食飲精潔，蔬茹皆藥苗，極甘美而不識名。老人自言我輩皆中原人，避唐末巢寇之亂，不知今幾甲子。陳生言：「自李唐之後，更五代，凡五十餘年，今皇帝趙氏，國號宋……」老人曰：「我輩號處士，非神仙，老人唐丞相裴休……」至于竣極，有一亭，榜曰：「笑秦」，意以秦皇遣徐福求三山神藥為可笑也。二人遙指一峯，突兀干霄，峰頂積雪皓白，曰：「蓬萊島」，山腳有蛟龍蟠繞，故異物畏之，莫可犯干也……老人言：「爾以夙契，得踐此地。當助爾舟楫，一至蓬萊，登覽勝境而後歸」……波聲騰沸，洶湧澎湃。聲若雷霆，赤光勃郁，洞貫太虛。頃之天明，見重樓復閣，翬飛雲外，迨非人力之所為。同來處士云：「近世當有人蹟至此，群仙厭之，故超然遠引鴻濛之外矣。唯呂洞賓一歲兩來，臥聽松風耳……」陳生歸，老人贈以山中良玉美金，再三交告，皆修身養性……令人導之登一舟，轉盼之久，已至明州海次，時元祐。比至里門，妻子已死。惶惶無所之，方悔其歸，復欲求往，不可得也……後病狂而死。〔註135〕

老人自言我輩皆中原人，因避黃巢之亂，而居地於金碧明煥的海外天宮，這種島中無甲子，而歷經唐末五代十國到宋初的歲差，與《桃花源記》之民避秦亂，同屬不知有漢、无論魏晉的超時空仙境，沒有憂戚慮患的海外樂園。「笑秦亭」雖然嘲諷始皇遣方士徐福求三山神藥為愚談，然而又記蓬萊仙山真境，所說「重樓復閣，翬飛雲外，非人力之所為，瑞霧蔥蘢而已」的瓊樓玉宇之貌；又寫「近世當有人蹟至此，唯呂洞賓一歲兩來，臥聽松風耳」仙人遊滄海蓬萊的美麗傳奇。作者似乎刻意書寫「近世常有人蹟至此，群仙皆飄然遠引于鴻濛之外」，顯然海上三山神話中的蓬萊仙山，已為世俗人蹟追尋可到的車馬喧囂之地，遂以「群仙厭之，超然遠引鴻濛之外」，試圖建構新的神聖而又縹緲無邊，人間天上永隔的蓬壺仙境。張邦正「天宮之院」仙境的崇飾譎

〔註135〕《宋元筆記小說大觀冊五》，頁 4664～4665。

怪，又多勝於岳珂的「天門」、「鈞天之宮」的嚴冷平實。然而宋代士子大夫雅志的海上三山真境，已成為當時爐鼎丹藥、慕仙成道的時代風氣。陳鵠《西塘集耆舊續聞・卷第一》就記載著陳太傅輪，神采秀異，好為方外遊，其七歲時語：「昔時家住海三山，日月宮中屢往還。无事引他仙女笑，謫來為吏在人間。」〔註136〕

《湖海新聞夷堅續志》是繼宋洪邁《夷堅志》、金元好問《續夷堅志》之後，在元代出現的一部志怪小說集。此書有一則浮海登島遇仙的陳述：

> 台州士人陳夢協，平生隱居不出仕。宋咸淳中，偶遇商人浮海，求
> 從之。一日，遭颶風，飄至海中一山下。見山上喬松不可以萬計，
> 望山巔只露些子樓閣，岸側有小茅庵，榜以「雪溪」兩字。檐下坐
> 一老人，旁侍小童。陳與長揖，老人曰：「既住天台，今葉夢鼎安樂
> 否？」陳答曰：「已拜相。」老人曰：「煩拜意，亟投黃扉之榮，早
> 尋綠野之樂。更逾十數年，宋鼎移矣，恐有後患。」陳曰：「先生是
> 何神仙？」老曰：「今主海上雪溪。」撫手曰：「快循岸去，便可尋
> 船。」陳歸，密以告葉。後葉罷相歸鄉，朝廷再召不赴者以此，信
> 知大事神仙久矣。〔註137〕

這則士人浮海登仙島的敘說模式，寫來嚴冷平實；形容仙境又粗具梗概，文末寫神仙預知「宋鼎移矣，恐有後患」的情節更缺乏文采，不若魏晉六朝「海外仙山」傳奇的靈異，只是反映出有元一代文化淪喪、人事擾攘的寫作格局。另外，陶宗儀（1316～？）撰《南村輟耕錄》三十卷，全書涉及廣泛，大凡朝廷典章，法令制度，文人軼事，風俗趣聞，均有涉及。至於里巷叢談、奇聞怪事，亦津津錄之，而為後世小說家所采摘。其書《卷二十一・誤墮龍窟》以述海島龍洞珍寶異石，寫來平實貧乏，不如魏晉唐人之幻設譎怪、奇幻動人：

> 商人某，海舶失風，飄至山島，匍匐登岸，深夜獨黑而墮一穴。其
> 穴險竣，不可攀緣。穴中微有光，見大蛇无數，蟠結在內。蛇芫吞
> 噬，所苦飢渴不可當，見蛇舐石壁小石，商人取小石噙之，頓忘飢
> 渴。一日，聞雷聲隱隱，蛇相繼伸展騰升，才知其為神龍，遂挽龍
> 尾得出，附舟還家。攜其噙石數十至京城，皆鴉、鶻等寶石，乃信

〔註136〕《宋元筆記小說大觀冊五》，頁 4800。
〔註137〕《湖海新聞夷堅續志・後集卷一》，頁 138。

神龍之窟多異珍焉，自此貨之致富。〔註138〕

挽龍尾而飛升，情節如同《列仙傳》中的黃帝左右群臣乘龍髯而升天；而龍窟小石嚙之而不覺飢渴，又與《搜神後記》之「龍穴石髓」、「仙館玉漿」相似。然而陶宗儀陳述海商誤入荒島之龍穴仙館，內有異寶奇珍，猶如入海中神境，只是張皇鬼怪，稱道靈異的情節，卻不如前人神幻、譎怪而增飾動人。

上述小說中極盡描摹道教奇麗的海上仙境意象，將「有長年之光景，日月不夜之山川。寶蓋層台，四時明媚，金壺盛不死之酒，琉璃藏延壽之丹，桃樹花芳，千年一謝，雲英珍結，萬載圓成」美好的蓬萊海上神仙世界寄寓在現實世界的文本書寫中。

二、雲蒸霞蔚的壺天好景與仙館神鄉

唐人傳奇小說中建構的蓬壺仙境，其場景的多元化與神奇化，宋人踵繼其後，當然也不遑多讓。生於五代至宋初的黃休復（？），撰有《茅亭客話》十卷；所記自蜀王建到宋真宗時期，而多道家異事，而其傳奇志怪又依循六朝，文筆簡捷又多奇趣。是書《卷一・車轍蹟》所寫仙洞勝境，人壽八百，充盈奇譎之幻設：

> 綿州羅瞶山，昔羅真人修道上升之所。太平興國五年歲中秋……聞音樂環珮之聲，但見車轍之蹟，直至洞門，迤邐狹小，不知神仙乘車出洞矣。音樂之聲，晝夜不絕，遂聞諸州縣。縣都尉尋詣仙洞，觀之轍蹟樂聲……虎耳先生于洞前設醮禮。虎耳先生大名府有道之士，時呼李八百，云已八百歲，如五十許，童顏鬒法……先生步无差跌，神氣自若，出洞衣履無泥沾污之蹟。〔註139〕

洞中仙樂飄飄而異香襲人的壺中洞天，這是道教徒一貫構築的仙境場域。而虎耳先生八百歲的奇聞，夸誕有如安期生之千歲翁。黃休復以道觀為仙境勝場，又見其〈程君友〉。故事的仙齋鋪排，則是別有洞天的青城山中：

> 遂州石城鎮仙女村民程翁君友，墾耕力作，人質鄙僕……開寶九年春，遇一道士，古貌神俊……與之攜柱杖藥囊到青城山……見怪石夾道，生細竹桃花，飛泉鳴籟，響亮山谷。望中有觀宇。道士曰：「爾

〔註138〕《宋元筆記小說大觀・冊六》，頁6445～6446。
〔註139〕《宋元筆記小說大觀》，頁401～402。

> 有仙表，得至于此。」傾丹一粒，令吞之……君友懇祈願住仙齋……
> 歸家，出門向來所遇皆失。問一負薪者，云是青城山洞天觀路……
> 又復還其家，時有眞仙降，輝光燭空，升床連榻……三月三日復騰
> 空而去，已在霄漢，音樂與香風終日不止。〔註140〕

黃休復所說成仙歷程中的修煉仙境，皆是道觀洞天之勝境。〈崔尊師〉文中詳載：「嘗讀《仙傳拾遺》云：二十四化各有一大洞，或深廣千里、五百里，其中有日月飛精，謂之『伏晨之根。』下照洞中，有仙王仙官，如世之職司……有青城、峨眉、益登等洞，洞府之仙曹，如人間之州郡。」〔註141〕這種仙班卿相的秩序系統，其言洞府仙曹，如是世俗有司，反應了道教徒人間性格的仙境面貌。〈天倉洞〉以「遙望雲霞隱映，嘈棟樓閣，棕楠花果，景象幽奇，如宮觀狀，若神仙之洞，凡人不可妄造次」〔註142〕，極力構築道徒靈山洞府的仙觀勝境。

　　劉斧的《青瑣高議》描述的神道志怪，王士禎譽其爲《剪燈新話》之前茅。〔註143〕其文詞雖拙俗，〔註144〕頗似唐人傳奇，更有奇幻的意設仙境。是書《慈雲記》書寫：「袁道夢與一僧入甕，甕中世界朗若月光，樓臺高下，車馬往來。益以秋試，官拜相。後因觸聖怒，逆龍鱗，罷相而斬東市。時刃拂然及頸，道乃覺身在甕傍。回視僧拭目方起，恍然而醒，蘧然而興。僧送道出門，而僧與寺俱不見。」〔註145〕整齣甕中勝境，情節宛如蟻穴的「槐安國」，枕中的徊翔臺閣。牛益以甕中飛黃騰達，權傾國都，一時之盛，榮耀顯赫。然而卻以危言直諫，得罪上方，罷相並斬于東市。夢中倏忽，蘧然而興，益感人生浮虛，而修行純潔，棲心佛門。李公佐的蟻國幻境，或者是沈既濟《枕中記》盧生崇盛赫奕的黃梁一夢，都以夢中仙境爲道場，規誨人生浮虛、富貴無常的釋道二教宗門義理。

　　《溫泉記》載述西蜀張俞過驪山而宿溫湯市邸，合眼入夢蓬萊第一宮太眞妃所處之仙境：

> 碧衣童曰：「吾乃海仙之侍者，被命召子。」俞曰：「仙何人也？」

〔註140〕《宋元筆記小說大觀》，頁 402～403。
〔註141〕《宋元筆記小說大觀》，頁 407。
〔註142〕《宋元筆記小說大觀》，頁 448～449。
〔註143〕《宋元筆記小說大觀》，頁 997。
〔註144〕《中國小說史略》，頁 194。
〔註145〕《宋元筆記小說大觀》，頁 1020～1021。

童曰：「蓬萊第一宮太眞妃也。」行百里，道左有大第，朱扉屼立，金獸銜環，萬戶生烟，千兵守御。入門雖台殿相向，金碧射人，帘挂瓊鉤，砌磨明玉，金門瑤池，採楹瑣窗，幕捲輕紅，甃浮寒碧。童入報，上仙召子溫泉浴。迤邐見絳旌見驅，翠幢雙引，赭傘玲瓏，仙車咿軋，彩仗鱗鱗，紋竿裊裊，霞光明滅五色雲中。至一宮，仙妃降車，俞亦下馬。偷視仙，高髻堆雲，鳳釵橫玉，艷服霞衣，瓊環瑤珮，鸞姿鳳骨，仙格清瑩……仙與俞入後院，坐曲室，視則白璧爲楹，碧瑤甃地，繡帛蒙窗，珠絲翳戶，飾瓊玉于虛軒。
〔註146〕

《溫泉記》與《長恨歌傳》中的海上仙境，都是場景雷同的蓬萊太眞宮院，文中的仙妃姿艷，又如楊玉環，而唐明皇已爲玉羽川眞人。太眞妃與張俞的奇緣，卻在事涉天理的籠統成因陳述下，僅是榻寢共浴于仙境瑤宮，瓊臺玉檻，寫來不如貴妃明皇的纏綿悱惻與動人心絃。然而在蓬萊仙境的鋪陳構築，與魏晉隋唐相比，則是金碧射人，壺天世界的好景與勝境，如在眼前。敘仙宮、仙車、仙人都能極盡摹寫霞光明玉的蓬萊瑤臺仙路與鸞姿鳳骨，霞衣橫玉而仙格清瑩的海中神姬。

而〈桃源三夫人〉又以續演「桃源勝境」、「世外仙踪」爲敘事主軸：

陳純，因遊桃源，愛其山水秀絕，裹糧沿溪而行……有青衣採苹岸下，曰：「此桃源三夫人之地。上府玉源，中府靈源，下府桃源。後夜中秋，三仙將會于此。其夕，水際台閣相望，三夫人坐絳殿中……」玉源謂純曰：「子能繼桃源之什乎？」純乃曰：「仙源嘗誤到……清樽歌越調，仙棹泛晴川……」玉源曰：「此書生好！莫與仙葩食。」將曉，以舟送純歸。〔註147〕

陳純進入的桃花仙源，水際台閣相望，皓彩盈碧而清光射川。只因詩云：「仙源誤到」的失言，而與仙境絕緣。陳生與武陵漁人的入境桃源，同爲機緣一場；而那不知有漢，無論魏晉的世外仙地、壺天好景，也繼續成爲文人慕求高蹈遠引的構築眞境。

宋代文瑩（？）撰《湘山野錄》，多記高僧道士舉止行藏、稀珍異寶與鬼怪奇聞。其架設的的佛門仙境，又是別緻神幻：

〔註146〕《宋元筆記小說大觀》，頁 1059～1060。
〔註147〕《宋元筆記小說大觀》，頁 1218～1219。

> 興國七年，嘉州通判王衮奏：「往蛾眉山提點白水寺，忽見光相，寺
> 西南瓦屋山皆變金色，有六丈金身。次日，有羅漢二尊空中行坐，
> 入紫色雲中。」〔註148〕

《湘山野錄》布局的佛門勝場不僅譎幻誕謾，其融攝道、佛二家的僧仙奇緣，
又以書寫奇異詭怪的山中仙景：

> 成都無名高僧，誦《法華經》有功，雖王均、李順兩亂，亦不敢害。
> 一日，忽一山童至寺，言：「先生來晨請師誦經，在藥市奉候。」至
> 則引入溪嶺數重，烟嵐中構一跨溪山閣，乃其居……將齋，以藤盤
> 竹秋一盂，杞菊數甌，不調鹽酪，美若甘露……遣僕送僧出路口。
> 僧問僕先生何姓，僕曰：「孫思邈」三字。僧大駭。欲再往，僕遽失
> 之，凡山中尋三日，竟迷歸路，歸視其資，皆良金；由茲一膳，身
> 輕無疾。天禧中，已一百五十歲，長遊都市，後隱不見。〔註149〕

佛僧受惠于道家仙場，食膳後而身輕無疾，百餘壽數，顯然是崇道抑釋、美
化道士孫思邈。

南宋陸游所撰寫的《老學庵筆記》也寫有：「有僧契虛遇異境，有人謂之
曰：『此稚川仙府也。』」〔註150〕葛稚川《抱朴子》多溺于神仙鍊丹之術，是
以道教的仙府即是佛門的勝境。王明清（1127～1203）《投轄錄‧趙洗之》的
尼院洞碑，正是佛門的蓬壺仙境：

> 徽考朝，有宗室洗之者，自南京來赴春試。暇日步郊外，過一尼院，
> 見一碑所甚高，生試以手撫之，忽洞開若門宇。生試入，視之則皆
> 非世所睹也。樓觀參差，萬門千戶，世所謂玉宇金屋者皆不足道。
> 香風馥然，有婦引生登堂，若人間宮殿，金璧羅列粲然，多所不識……
> 樂聲呦嘹，真鈞天之奏……非人間……既出，則身在相國寺三門下，
> 恍如夢覺，腰間古玉環與北珠直系在焉。〔註151〕

樓觀參差，萬門千戶，世所謂玉宇金屋者皆非世所睹。而香風馥然，有婦人
數十，皆國色也。堂若人間宮殿，金璧羅列粲然，多所不識，而樂聲呦嘹，
真鈞天之奏，這是佛門寺院中的蓬壺仙境、極樂之地。宋代時期儒、釋、道
三家雖相互入室操戈，然亦彼此在義理之境互相融攝。道家的仙境蓬壺，不

〔註148〕《宋元筆記小說大觀》，頁 1393。
〔註149〕《宋元筆記小說大觀》，頁 1422～1423。
〔註150〕《宋元筆記小說大觀》，頁 3469。
〔註151〕《宋元筆記小說大觀》，頁 3874～3875。

菩為佛門的勝境真地。

王明清《投轄錄》素以奇聞異事為經，又間以君主惑於方士無稽之術，而以諷政為緯，所寫的〈蓬萊三山〉志怪幻設，諷諭統治階層而又宛然動人，意在言外而不著痕跡：

> 祥符中，封禪事竣，真宗曰：「治平無事，久欲與卿等至一二處未能」，遂引群公及內侍數人入一小殿……山面有洞，群公從行。初覺暗甚，行數十步，則天宇豁然，千峰百嶂，雜花流水，盡天下之偉觀。至一所，重樓復閣，金碧照輝，與二道士所論皆玄妙之旨，而肴醴之屬，又非人間所見。鸞鶴舞于堂，笙簫振林木……晨下因以請于上，上曰：「此道家所謂蓬萊三山者。」〔註152〕

魯迅以：「宋人傳奇小說士習拘謹，篇末又多垂誡，增其嚴冷；志怪則平實乏文采，託往事而避近聞，擬古且遠不逮，更無獨創之可言。」〔註153〕宋代理學勃興，士子多言義理之學，不語怪力亂神，這是時代的學術風氣使然。然而小說傳奇並非想像空疏，文采動人而意想幻設亦別具一格，尤異於唐人文風。王明清身處南宋高宗時期，聽聞徽宗惑于林靈素，奉道流羽客之隆重，而荒於朝政；文中又以真宗祥符治平無事為敘述背景，確實以對比垂誡之語，反映統治階層惑于方術道士。其以宮中奇殿為蓬萊三山仙境之構設，雖然仿習魏晉六朝洞穴山原的壺中天地之夸誕，以「天宇豁然，千峰百嶂，雜花流水，盡天下之偉觀」、「重樓復閣，金碧照輝，肴醴之屬，又非人間所見。鸞鶴舞于堂，笙簫振林木」等蓬瀛地景的再造，然而在情節鋪排中，對帝王沉迷於方士奇術的關切，則是溢於言表；而理學家的士習拘謹，則不免反映時代的學術風氣。《投轄錄・曾元賓》一文以「仁靜」、「仁粹」、「仁嬌」、「仁玉」、「仁姝」為「蓬萊島五真仙」的構設格局，更可看出理學義理的普遍化，存在於以「蓬萊仙境」為題的小說文本中：

> 溫州平陽東溪人曾元賓者，有三子。紹興丁巳夏初，幼子長翰縱走山谷，睹小青衣容貌奇麗，夷然而前，曰：「真仙欲邀君言少事。」長翰恍惚若驚，迂行數里，至一林下，異香馥郁，非塵俗比。俄有五女子，珠珮盛飾，奇容艷妝，世所稀見，真神仙中人也。翰問曰：「子為誰乎？」曰：「吾五人，乃蓬萊島之真仙。一曰『仁靜字德

〔註152〕《宋元筆記小說大觀》，頁3858。
〔註153〕《中國小說史略》，頁180。

　　後』、二曰：『仁粹字德材』」、三曰：『仁嬌字德懋』、『仁玉字德全』、

『仁妹字德高』。」吾與君家有宿緣，欲私授汝等昆仲。〔註154〕

儒家士子與道家女妹的仙境情緣，自魏晉六朝以來，即是一個屢見不鮮的題

材。宋代雖然士習拘謹，究天理中也講人欲。王明清以山林下異香馥郁，非

塵俗比；有五女子，珠珮盛飾，奇容艷妝，世所稀見，構設其蓬萊島真仙的

壺中勝境。而宋學中的「仁」、「德」義理的內涵，也成為道家仙妹的教導典

範。這種「多垂誡而增嚴冷」，「援儒而為道」的蓬壺仙境，呈現其直書時代

的風氣。而郭彖所撰《睽車志》多言志怪異談，其構築「高闕長廊，金碧輝

煥」的仙境，同樣可見斷塵緣入瀛關，「彈指紅塵二十年，歸來瀛海浩無邊」

〔註155〕那種道家式的勸戒真言。

　　南宋洪邁（1123～1202）所撰《夷堅志》多為神仙鬼怪、奇聞靈異之筆，

並成為宋、元以來戲曲話本取法的材料庫。是書中神怪荒誕的仙境傳奇，不

僅譎幻崇飾，更以宣揚儒教倫理、佛門因果報應，流現宋代士習規戒拘謹之

風。魯迅以言：「洪邁字景盧作《夷堅志》四百二十卷，似皆嘗呈進以供上覽。

書大都偏重事狀，少所鋪敘，與《稽神錄》略同，顧《夷堅志》獨以著者之

名與卷帙之多稱於世。而《夷堅志》則為晚年遣興之書，始刊于紹興末，絕

筆于崇熙初，卷帙幾與《太平廣記》等，多奇特之事。」〔註156〕〈九華天仙〉

所說的仙境勝景分別為：「繞繞雲梯，上徹青宵霞外，姮娥奏樂簫韶，仙音異

品的瑤臺瓊宮、山染青螺，縹渺人間難陟，珠珍光照，仙景無極的蓬萊宮、

紫雲絳靄，高擁瑤砌，光中無限剖列，肅整天仙殊音的玉清宮、日月常晝，

風物鮮明可愛，無陰晦，朱欄外乘鳳飛，寶樂齊吹，瓊姿天妓，異果名花，

千般盈袂的扶桑宮、顯煥明霞，萬丈祥雲高布，仙官衣帶曳曳，臨香砌，滿

高穹的太清宮。」〔註157〕《夷堅志》裡的仙景建構，多是崇飾譎幻的臺觀宮

闕，並以流現漢魏六朝十洲三島金闕銀台，珠光珍照，異果名花，奇獸盤

龍，仙人衣帶紛飛高穹，而縹渺人間難陟的聖域仙所。〈華陽洞門〉的壺中洞

天，直是人間中的桃花源境、蓬萊佳景：

　　　李大川以星禽術游江淮，政和間至和州，歲暮正旦，與逆旅主人往

　　　近郊，見懸泉如簾，下入洞穴中，正黑如夜。觸石壁，循而下，似

〔註154〕　《宋元筆記小說大觀》，頁 3886～3887。
〔註155〕　《宋元筆記小說大觀》，頁 4079。
〔註156〕　《中國小說史略》，頁 167～168。
〔註157〕　《夷堅志・夷堅乙志卷第十三》，頁 291～292。

　　有微徑可步，稍進漸明，方石池荷花爛熳，大洞中，了不通天日，
　　而晃曜勝人間……已出曠野間，自喜再生，緩行，逢僧曰：「相傳茲
　　山有洞，是華陽洞，然素無至者……」墜七日，才如一晝。僧邀李
　　尋故谿，不容復進。〔註158〕

李生與僧再尋故谿，不容復進的杳迷仙境；與武陵漁人扶向路，處處誌之，
詣太守，遣人隨其往，尋向誌而遂迷不復其路的桃花源，情節如出一轍；晃
曜勝人間的仙境，正所謂是「縹渺人間難陟」。〈蔡箏娘〉記載陳道光罷官，
過洞庭，道經藍田驛，夜宿而夢綵衣童子，導行而至仙境：

　　俄入洞戶，棟宇華煥，金璧絢赫，佳花美木，世所未睹。抵中堂，
　　望一麗女方笄歲，姿態縹渺，宛若神仙中人，正隱几寫佛書……室
　　中皆錦綺文繡之飾。女子曰：「人間方三伏，此處則無暑氣。」但覺
　　清涼如深秋。從容言：「君仙材，但世故膠膠，不容久居此」，因出
　　白玉牌授之。陳操筆立成十絕句：「玉貌青童洞裏回，洞中仙子有書
　　催……碧芙蓉朵亞銀塘，始知身在蕊珠宮……于今始信蓬山上，肯
　　憶人間有問時……一到仙宮白玉堂，疑是諸天異國香……瓊漿飲罷
　　日西沉，玉水本流三島上，劉阮昏迷錯往還」……曲終而寤，自是
　　不復再逢。〔註159〕

洪邁用劉晨、阮肇錯入天台山仙境及巧遇神女的比喻，以陳道光夢進棟宇華
煥，金璧絢赫，佳花美木，世所未睹的仙境洞天，並與眞人麗女相會。又敍
此蓬壺佳景宛如芙蓉城、蕊珠宮與蓬山三島。洪景盧構築的蓬壺仙境，大體
上融攝與完備了漢魏六朝與隋唐小說文本中的諸多仙景，爲南宋仙境寫本中
的翹楚。〈蘇文定夢游仙〉的「金泉洞天」，意想幻設譎幻的人間壺天勝地，
兼論儒、老同異與長生之道，其瀛洲、方壺又如咫尺之近：

　　熙寧十年，蘇文定在南京幕府。閑取《山海經》，不覺假寐。夢薄游
　　一所，樓觀巍樓觀巍然，金朱晶熒，叢以奇花香草，雜以丹霞紫烟……
　　門牓曰：「神府。」堂之牓曰：「朝眞。」自堂趨殿……九人坐其間，
　　所披鶴氅……其一蒼冉白髮曰：「此爲金泉洞天。」蘇曰：「孔孟之
　　道，心有我祈：顏冉之學，意有所感。若夫神仙之事，了未嘗攖慮。」
　　與之劇論儒老之同異，遂及長生。曰：「金丹之術百數，其要在神水

〔註158〕《夷堅志·夷堅丁志卷第八》，頁600～601。
〔註159〕《夷堅志·夷堅支甲卷第七》，頁762～763。

> 華池；玉女之術百數，其要在還精采氣……迷於煉石化金，惑于金
> 籙玉檢，以求長生，非吾所謂道也。」命酒同酌，抵掌而歌曰「處
> 兮人間世，白雲深處兮神仙地，仙家春色萬年，北看瀛洲兮咫尺，
> 西顧方壺兮三百里，逍遙無爲兮古洞天……」良久，遂寤，乃作夢
> 仙記。〔註160〕

儒士蘇文定所夢的金泉洞天，仍襲漢魏六朝「樓觀巍然，金朱晶熒，叢以奇
花香草，雜以丹霞紫烟」的十洲三島仙景。文中論及儒、道同異，與神仙長
生方術，反映出宋代理學士習之風。方壺瀛洲仙境本非塵中之人所往，而儒
家之入世與道家之出世又爲迥然不同的境界；蘇子的信步而然，顯然已沾染
心意有爲，而洞天仙人駁其「形累」的認知，又可見宋代文人在筆端之中所
寄寓的人間仙境，正是在儒、道互相操戈與磨合過程中的產物。

〈洞天眞人殿〉中的「壁中世界」，歘然豁開，樓閣參差，殆非凡世可比，
情節的詭奇神幻，又宛如魏晉六朝的壺中仙境：

> 鄞縣連生，嘗過近村人家，其側有古屋一區，敗壁欹危。連生詣其
> 中，見小道人踞其地，與之揖，共談神仙飛昇事。道人笑之，指壁
> 間，歘然豁開，樓閣參差，殆非凡世可比。引之入視，碧瓦參差，
> 玉階鱗甃，層樓對峙，清池澄澈，寶殿標曰：「洞天眞人殿。」一人
> 著王服坐其上，金紫侍立，玉女對舞霓裳羽衣曲，仙袂飄颻，眾樂
> 競奏，響徹雲表……出至門外，回望來處，敗屋如初。道人謂：「汝
> 明日可來，當奏之眞人。」言畢，跳訴壁中不見。明日復往，則一
> 切類前所睹。〔註161〕

跳入壺中的仙境世界，雖然源起漢魏六朝，卻不斷的在後世增衍；唐時《枕
中記》盧生的夢入枕坼異境，已極盡窮摹壺中的勝景，而洪景邁指壁中的樓
閣佳景、碧瓦參差、玉階鱗甃與層樓對峙，更是譎幻動人的殊致仙地。這種
跳壺與跳壁的釋、道譎怪寫本，已反映出宋人摹寫方壺仙境的多元想像。其
以「指壁勝境」爲稱道靈異、張皇鬼神的仙景，體現宋代時期在儒、釋、道
三家操戈融攝的過程中，將道教洞天眞觀作爲通達蓬壺仙境與桃源佳景的另
一道神秘的窗口。洪邁雖然擅寫極摹鬼神事物之變，「跳壁世界」的詭譎神幻，
然而篇末亦不忘垂誡諷諭，增其嚴冷而又拘謹的士習之風。

〔註160〕《夷堅志·夷堅支癸卷第七》，頁1270～1271。
〔註161〕《夷堅三志·辛卷第二》，頁1394。

　　《夷堅志》所經營架構的仙境，大多以名山洞天，道觀福地爲場景。〈武夷道人〉裡的洞天是「宮殿崔嵬，金鋪玉戶，積行累功，高仙所聚」的高山深谷，是回望失處，晉非昨境的方壺勝地。〔註162〕〈三山尾閭〉〔註163〕又如《列子‧湯問》之「歸墟」，是東方海域上的「不死仙境」。〈仙舟上天〉中，那艶艶如霞的「天表」〔註164〕、〈郴卒唐顚〉白鹿洞天的「洞中大有佳境，山川邑屋，別一人間」〔註165〕、〈李氏二童〉麻姑山中的「屋宇華麗，風物清絕，不似人境」〔註166〕，〈白术苗〉樵夫「冥行幾三晝夜，殊不覺饑渴」的山中仙境、〈洞口先生〉漁人與道人共載小舟，其行如飛，迤邐窮河源，登石岸，到山巖中「奇花珍果，芬香錯落，全不似塵世」〔註167〕、〈石六山美女〉巖谷奇偉、山容秀絕的石六山：「入石室，但見窮樓瑤砌，碧玉階梯，中鋪寶帳，名香芬馥，奇葩仙卉，不可殫述。及家，已三更，妻孥言失之兩月」〔註168〕、〈二姜夢更名〉的大洞眞人殿：「樓觀崢嶸，金壁光炫」〔註169〕與〈趙榮陽禱雨〉：「行青碧雲氣中，路氣益清，一金甲神人持節引至殿闕門外，遙望上帝服黃袍，坐龍椅」〔註170〕的天門仙殿等。

　　宋代小說中建構的蓬瀛仙境，除以「天宇豁然，千峰百嶂，雜花流水，盡天下之偉觀」、「重樓復閣，金碧照輝，肴醴之屬，又非人間所見。鸞鶴舞于堂，笙簫振林木」、「高闕長廊，金碧輝煥、重樓復閣，翬飛雲外，非人力之所爲，瑞霧蔥蘢」、「窮樓瑤砌，碧玉階梯，中鋪寶帳，名香芬馥，奇葩仙卉」、「樓觀巍然，金朱晶熒，叢以奇花香草，雜以丹霞紫烟」等沿襲前朝方壺勝天、海上十洲三島的仙景外，同時也增色了「殿閣金碧相照」、「玉樓浮空聳亭」、「珍禽佳木，清流怪石，殿閣金碧相照」、「玉樓聳亭，仙風韻鈴」的芙蓉城景，與「海水中宮殿甚盛，其中作樂，笙簫鼓吹之妓甚眾」、「不似人間世」的靈芝宮闕。同時，在仙境神域的構景上，也反映了當朝崇儒與並容佛道的學風士習。以「菩薩示現的清涼勝境」、「樓觀參差，萬門千戶，

〔註162〕《夷堅乙志‧卷第十二》，頁288～289。
〔註163〕《夷堅乙志‧卷第十六》，頁318～319。
〔註164〕《夷堅丁志‧卷第十六》，頁671。
〔註165〕《夷堅丁志‧卷第十九》，頁698。
〔註166〕《夷堅支景‧卷第十》，頁959。
〔註167〕《夷堅支癸‧卷第四》，頁1251～1252。
〔註168〕《夷堅三志‧己卷第一》，頁1304～1305。
〔註169〕《夷堅三志‧己卷第六》，頁1349。
〔註170〕《夷堅志‧補卷第二十三》，頁1766。

世所謂玉宇金屋者皆非世所睹。而香風馥然，堂若人間宮殿，金璧羅列粲然，多所不識，而樂聲喨嘹，眞鈞天之奏」，爲佛門寺院中莊嚴殊勝的蓬壺仙境、極樂之地；以「棟宇華煥，金璧絢赫，佳花美木，世所未睹、樓觀崢嶸，金壁光炫」的場景、爲道教洞天福地的仙境。而「朱扉高闕，修廊繩直，大殿雲齊，紫閣臨空，危亭枕水，寶飾虛檐，砌甃寒玉，穿珠落帘，磨壁成牖、柱以白璧，床以珊瑚，簾以水精，雕琉璃于翠楣，飾琥珀于虹棟。奇秀深杳」，又爲龍宮水府、靈虛殿閣的仙境構景。而在天庭、天門的仙景建構，則以「青碧雲氣中，路氣益清，一金甲神人持節引至殿闕門外，遙望上帝服黃袍，坐龍椅」、「金碧焜耀」、「嚴邃宏麗，光明奪目」。總之，宋人仙境的構築雖多承襲，而且語多平實，拘謹中又帶嚴冷垂誡；洞府仙官與福地仙曹，亦與人世有司，同列序位，各有所職，成爲後世小說天庭眾神羅列位序的摹本。

金人元好問（1190～1257）撰《續夷堅志》，其名雖續洪景盧，所記卻以中原陸沉時事爲主，少齊諧志怪、蓬瀛仙遇之神幻。其後元人無名氏所撰《湖海新聞夷堅續志》踵繼洪氏，多宣述神仙鬼怪、道佛奇事。其書《前集卷二拾遺門·武夷洞天》所述：

> 武夷山周迴百二十里，峰巒疊石，秀拔奇偉，上亘斗絕之壁，下際無底之淵，清溪九曲，流出其間。巖壑之中，悉神仙所居……始皇二年，武夷君嘗致酒於慢亭峰頂，宴曾孫，歌曲奏樂，行酒進食，非世所有，今遺跡猶在。〔註171〕

元人書寫的仙境場景，多襲前人，少崇飾，又未能獨創。「武夷洞天」的敘述格局，不脫宋人福地洞天的仙景框架。〈四仙奕棋〉的巴人橘中仙叟，與〈二仙隱竹〉〔註172〕的竹中仙翁，都以承繼魏晉時人的構境，無所變化。〈道人寄書〉所述臨川石山下有洞天福地，有一承局在浙，叩石而入，其「朱門洞開，碧瓦參差，亭臺窗戶，殊異人間世。以年月計之，則已過一年以外。見穀十數粒，乃瓜子金，因知仙境在石山下，承局亦無緣分」〔註173〕，仙境場景與時間流變，不若「入天台之劉晨阮肇」的志怪神異、窈窕多思；〈二吳遇仙〉中的吳潛、吳淵未第，逢遇道人，道人以墨刷一小壁，腰下出銅篦劃

〔註171〕《湖海新聞夷堅續志》，頁66～67。
〔註172〕《湖海新聞夷堅續志》，頁132。
〔註173〕《湖海新聞夷堅續志》，頁137。

開：「中有五色祥雲，覆以寶殿，屛上金裝吳潛字，隨掩去。後潛登相，淵參政」〔註174〕，又不若「跳壺」、「跳壁」之譎幻動人、幻設意想。〈江神通書〉：「投入水中，豁然宮殿宏麗，見八九十座水晶床」〔註175〕的水府晶宮，無以類比宋人「龍宮」、「珠宮貝闕」的勝境；〈蛤蜊顯聖〉則以複述唐人〈蛤中二僧〉，而未能出陳推新。〈夢遊仙府〉以張生夢入海中蓬瀛之境：「聞天風海濤聲振林木，徐見海中樓闕金碧，瓊琚琅佩者數百人……忽覺身墮萬仞山而覺」〔註176〕，又未能在「海上金玉宮殿樓閣」的敘述成規中而有所突破與造境。

　　元代士人的筆記小說中，因襲宋人道、佛神仙鬼怪之事，反映當時宗教的盛行，而以蓬壺勝地爲敘景，卻少有勝境。姚桐壽（1301？～？）所撰《樂郊新語・金粟寺放光記》，載述佛門光明殊勝世界，福德莊嚴，大光照曜：「時佛日朗映，俄見天地樓閣，皆成五彩，似從放光石中看金碧世界，此瑞爲世稀有。」〔註177〕陶宗儀（1316～？）所撰《南村輟耕錄》，亦有里巷叢談，奇聞怪事。是書《卷七・委羽山》記載仙家所謂「空明洞天」的仙景：

> 委羽山，州人以爲勝。山旁廣而中深，青樹翠蔓，陰翳蓊郁，幽泉
> 琮琤，若鳴珮環于修竹間，千變萬態。中藏洞穴，仙家所謂空明洞
> 天是也。〔註178〕

以仙家爲洞天福地的文本，多充盈于宗教盛行的宋、元時期。《南村輟耕錄・卷十六・書陶華陽譜》更是記載：「神仙上景多雲霞，下景多山水，物多金玉，色多紫碧」〔註179〕仙境景致的殊異。然而魯迅說道：「元代擾攘，文化淪喪，更無論矣」〔註180〕的看法，指出元代文人小說創作上的蓬壺天地，多因襲宋人造景，在書寫上則是平淡無奇。

三、招飛仙於蓬萊的帝王園林

　　五代十國到宋初時期的陶穀，在其《清異錄・卷上》就記載了南唐後主

〔註174〕　《湖海新聞夷堅續志》，頁 137。
〔註175〕　《湖海新聞夷堅續志》，頁 216。
〔註176〕　《湖海新聞夷堅續志》，頁 279。
〔註177〕　《宋元筆記小說大觀》，頁 6107。
〔註178〕　《宋元筆記小說大觀》，頁 6216。
〔註179〕　《宋元筆記小說大觀》，頁 6340。
〔註180〕　《中國小說史略》，頁 206。

李煜降宋後，仿海上三神山的宮苑建築：「違命侯苑中鑿地廣一頃，池心疊石象三神山，號小蓬萊。」〔註181〕而宋代帝王構築的宮苑仙境，又以宋徽宗的「艮嶽」最爲瑰奇美幻。艮嶽的宮苑建築不僅融於山水之中，也注入古人神仙傳說，更闢建了池山之築、山水園林的宮苑典範。在花遮柳護、鳳樓龍閣中，神遊於雲蒸霞蔚、山壑溪池、曲徑通幽而茂林蔽天裡；沉浸於攬勝瀏臺，蓬壺笙歌中。王明清《揮塵後錄・卷之二》引述了御記內容，說明當時興築「艮嶽」的歷史場景：

> 按圖度地，異徒僝工，累土積石……取瑰奇特異瑤琨之石……草養以雕欄曲檻，而穿石出蟀，崗連阜屬，吞山懷谷，高峰崎立……綠萼承趺，芬芳馥郁。八仙館，屋圓如規；紫石之岩，析真之橙，攬秀之軒，龍吟之堂，清林秀出，壽山嵯峨。瀑布入雁池，水清泚漣漪……騰山赴壑，窮深探嶮，綠葉朱苞，華閣飛升，與神合契，遂忘塵俗之繽紛，飄然有凌雲之志……此山並包羅列，又兼其絕勝，颯爽溟涬，參諸造化，若開闢之素有。山在國之艮，名之曰艮山……李質賦曰：「……蔭檀欒之芸館，豁凝思之雅堂。備上台之珍文，若星爛而霞章……方壺員嶠，同紀于昆侖……惟吾皇之至神，擴廣愛之遐想，曾何遠于九重，邁蓬瀛之清賞……朱欄倚空，晴雲縹邈，綺疏凝霧，天香散風。招飛仙于蓬壺……《艮岳百詠詩》云……丹台紫府无塵事，倚覺壺中日月長……佳時自有群仙到，笑語雲霞縹渺中……行到水雲空洞處，恍如身世在壺中……只知樓閣是蓬瀛，月圍攜下九重天。〔註182〕

宋徽宗竭國力而營建的「艮岳」，景幽侈游更甚於前朝。雲蒸霞蔚而郊郭寰會，紛華填委而天造地設；點景起亭、攬勝築臺而飛瀑颯爽。在這種花遮柳護，鳳樓龍閣，山明溪美而曲徑通幽的人間仙境中，有如「蓬壺殿裡作笙歌」與「萬歲山前珠翠繞」。人間裡的仙人府第，已是「丹台紫府无塵事，倚覺壺中日月長」，而朱欄倚空，晴雲縹邈，綺疏凝霧，天香散風，又不禁令人「招飛仙于蓬壺」。徽宗的宮苑仙境，廣袤深闊，在這樣的人間勝境悠遊般樂，爲狹邪遊，又何需天上的蓬萊仙境！《李師師外傳》所言：「童貫、朱湎輩復導以聲色狗馬宮室苑囿之樂，凡海內奇花異石，搜采殆遍，築離宮于汴城之北，

〔註181〕《宋元筆記小說大觀》，頁 11。
〔註182〕《宋元筆記小說大觀》，頁 3633～3646。

名曰：『艮岳。』帝般樂其中。」〔註183〕又根據《宋史・姦臣列傳》載述：「京每爲帝（徽宗）言，於是鑄九鼎、建明堂、修方澤……又欲廣宮室求上寵媚，召童貫輩五人，爭以侈麗高廣相夸尚，而延福宮、景龍江之役起，浸淫及於艮嶽矣。」〔註184〕徽宗不僅追逐其世間帝王的侈遊享樂，那蓬瀛樓殿、仙人館閣的人間仙境，也投射出其帝王心靈追慕的永恆駐域。

南宋帝王雅愛池山佳境，在其宮苑樓閣構築眾水繞山、疊山理水的仙人府第有高宗與孝宗。孝宗詩文所言：「聖心仁智情幽閒，壺中天地非人間；蓬萊方丈渺空闊，豈若坐對三神山」〔註185〕的山光水色，更使這位帝王能求羨壺中天，而遊宮圃，草木春，人不老。元人陶宗儀（1316～？）《南村輟耕錄・卷十八・記宋宮殿》記載宋楊煥然所寫《汴故宮記》，文中所言宋朝宮殿樓閣規模與造景：「長生殿東曰：『湧金殿』，湧金之東曰『蓬萊殿』。長生西浮玉殿，浮玉之西曰：『瀛洲殿』……山背芙蓉閣……三山五湖，洞穴深杳……宋之宮闕，概可見矣。」〔註186〕又其書《卷一・萬歲山》記述金代宮苑樓殿：「萬歲山在太液池之陽，金人名曰：『瓊花島』」〔註187〕的太液蓬池造景與《卷二十一・宮闕制度》提及元代至元四年宮殿造景：「峙萬歲山，浚太液池，負山引河，壯哉帝居……瓊花島水流入太液池……瀛洲亭在溫石浴室後……太液池周回若干里，植芙蓉」〔註188〕，都說明宋元帝王宮室樓閣蓬萊一池三山的壺中宏麗造景。

這些歷代帝王造景蓬萊仙境于宮苑中，無異就是即境即仙，金銀宮闕亦可現於人鬟；而方壺天地的人間仙境近在咫尺，又何必涉海天涯，遠求方士妄語的海上神山。帝王雖能從神話中甦醒，卻也無法躲開神話的催眠而成爲仙庭的囚徒；海上三神山不可遠涉以求，就只能在自家的宮苑亭閣裡，笙歌蓬瀛，精神遊思。

而唐宋元文人雅士的私有園林，在帝王世家皇苑的一池三山造景下，仍然呈現的是蓬瀛山水與壺中勝境的建築風格。如中國四大名園中的蘇州拙政園中的水中三島：荷風、雲香與待霜亭，與蘇州留園池中小島名爲「小蓬萊」，

〔註183〕《唐宋傳奇集全譯》，頁 455～456。
〔註184〕《宋史・卷四百七十二》，頁 13726。
〔註185〕《夢梁錄》，頁 197。
〔註186〕《宋元筆記小說大觀》，頁 6365～6368。
〔註187〕《宋元筆記小說大觀》，頁 6143。
〔註188〕《宋元筆記小說大觀》，頁 6402～6403。

在建築美學上都體現蓬萊煙景，天漢波瀾的仙境本色，及山島、竹塢、松崗與曲水融合的自然妙趣。宋末元初周密在其《癸辛雜識前集·吳興園圃》敘說吳興山水清遠，士大夫多盛園圃，而當時南沈尙書園的建築風格，亦以鑿大池幾十畝，中有小山，謂之「蓬萊」的造景。可見當時的文人以「人境壺天」、「瓶隱」爲生命的志趣，都說明了對蓬壺天地與壺中仙境的精神審美與求羨。另外，唐朝詩人元結：「巉巉小山石，數峰對崇亭，崇石堪爲樽，狀類不可名；巡回數尺間，如見小蓬瀛」〔註189〕以「崇樽」之狀如「蓬瀛」的比喻，更說明時人在生命志趣上的審美意象的表露，對蓬瀛壺狀仙境的慕羨。李白的「三山期著鞭，寥落壺中天」的仰望「蓬壺」〔註190〕，宋蘇東坡的〈壺中九華〉歌詠友人李正臣所蒐集的異石九峰，也以「五嶺莫愁千嶂外，九華今在一壺中」〔註191〕壺中勝境的比喻，讚賞其異石的玲瓏宛轉，如「壺中九華」的仙境意象。文人的山水園林不僅是其遠塵避世的心靈棲所，那瑤臺浮島，飛重樓霞，與人境壺天、壺中九華的仙境造景，始終成爲士大夫們企羨仙庭府第、蓬壺瓊閣的生命志趣與審美上的永恆印記。

宋元時期的傳奇小說家，除了繼承先秦誇誕玄奇的海洋神話傳說，與漢魏六朝志怪、志人的小說養分，及隋唐傳奇小說的意想幻設下，在對海島神山與龍宮仙境，則有更爲廣博生動，並充滿神蹟奇能的書寫布局。徐鉉《稽神錄》、吳淑《江淮異人錄》、黃休復《茅亭客話》、張師正《括異志》、劉斧《青瑣高議》等典籍不僅張皇神鬼奇異之事，仙道因果報應，佛道輪迴轉世之說，以及海洋志怪傳說，靈山洞府、神仙洞窟之理想世界的殊寫外，更有對蓬萊海洋仙境之詭異荒誕色彩的書寫演化。

另外，「蓬萊仙境」的「方壺勝境」與「壺中天地」那移天縮地的趣喻書寫，在宋元的小說中，不但極力構築道徒靈山洞府的仙觀勝境，並繼續成爲文人慕求高蹈遠引的名山眞境。尤其歷代文人經營的仙境符碼常是「人跡不可到」、「非世間之音而餘韻不絕」的山中絕嶺、靈洞龍穴，或者是海外的奇島佳境，然在宋人卻好以人倫、慈愛、忠孝的儒家道德規範滲入于求仙經道的文本裡。本是蓬島瀛洲的佳境仙園，雖有儒家積極入世的精神，最終則又歸宿於「坐折壺中四季花」、「萬里蓬壺第一程」；「彈指紅塵二十年，歸

〔註189〕〔唐〕元結撰，楊家駱主編：《新校元次山集》（台北：世界書局，1963年），頁41。
〔註190〕《李白集校注》，頁640。
〔註191〕《蘇東坡全集》，頁465。

來瀛海浩無邊」那種道家出世眞門之中。至於帝王構築的宮苑仙境之書寫，又以宋徽宗的「艮嶽」最爲瑰奇美幻。帝王雖能從神話中甦醒，卻也無法躲開神話的催眠而成爲仙庭的囚徒；海上三神山不可遠涉以求，就只能於皇家宮苑築山建島、疊山理水，以企慕構建俗世人間的海上仙山瓊閣，企慕蓬萊聖域。

第三節　杖錫航海以傳燈弘法的佛僧海洋觀

　　北宋前期，西域陸道尙未完全受阻，因而仍有部分中國僧人取道西北陸路前往印度求法巡禮，唯數量上遠不如隋唐五代。北宋中期以後，華僧西行者漸少，這一方面固然與西域陸道所受之政治影響有關，另一方面則是由於印度佛教本身在發展過程中出現漸趨式微的瓶頸，而東傳之佛教卻已在中國發苗茁壯、安穩落戶，即中土之佛教在經、律、論業已完齊大備。與前代不同，北宋時期往返於中國、印度之間的僧人，除了禮拜聖跡和攜帶佛經、佛像、佛器外，往往還兼負一些政治使命，代國主傳遞國書，有些大的訪問團還由官方派遣或頒賜詔書以方便通行。值得觀察的是，宋代時期有部分華僧、西僧在回程及東來中土，皆是循著海路而行，也爲中印佛教的海洋交流史寫下許多奇異的故事傳說。元代興起後，又以崇尙釋教爲最，許多的海外西域高僧不僅多爲帝師，〔註192〕其所流傳的海上旅奇感應事蹟，亦呈現當時佛教徒的海洋思維。

　　而宋、元時期的中日佛教文化交流，雖不若唐代之頻密，然《大藏經》之傳入，宋禪宗之東渡，更是影響日本佛教文化甚鉅。這時期有不少的入宋僧、入元僧和入籍宋僧、入籍元僧的往來。北宋時由於日船來華稀少，所以入宋僧爲數不多，較爲著名的有奝然（938～1016）、寂昭、成尋等人。這些入宋僧來宋不爲求法，也不拜訪高僧，而是巡禮法跡，多去天台山、五台山等地巡遊。其中來華最早，影響力較大且爲中日史籍並載者當推奝然。其他如寂昭在咸平六年（1003）入宋晉謁宋眞宗，受封爲圓通大師。而到南宋，由於中日海外貿易的大量開放，入宋僧陡增至一百多人。這些入宋高僧除了繼續巡禮法跡外，有的爲傳習律宗，有的更爲學習禪宗而來。他們將南宋盛行的禪宗引入日本，榮西兩次渡海來華，回國成爲臨濟宗的創始者、道元成

〔註192〕《元史·卷二百二》，頁4517。

為曹洞宗的創始者，並使日本禪宗大興。此外，還有不少的宋僧泛海赴日，對日本佛教界產生頗大的影響力。如西蜀僧人蘭溪道隆於淳佑六年（1246）往日本傳法，為日本臨濟宗建長寺派的開創人。當時大量宋版書籍輸入日本，促使日本印刷術的發展；日人藤四郎隨高僧道元入宋，學製陶法於天目山，學成回日，以開啓日本聞名世界的精美陶瓷器；高僧榮西攜茶種而歸日，致有今日茶道之盛行；而南宋僑居在鐮倉的中國鑄造師，更是參與東大寺大佛的建造工程，均為南宋時期中日佛僧透過泛洋東海而形成的文化交流之佳話。另外有關中、韓佛教的交流史，在北宋時期，高麗國曾出高價委託中國商人在杭州雕造夾注《華嚴經》，用海舶裝載去繳納；神宗時期著名的高麗僧人義天，在中國求法旅歷期間更購買佛經章疏三千餘卷，〔註193〕對中、韓的佛教文化交流作出具體貢獻。

　　到了元代，由於日本商船來華頻繁，因而促使中日兩國僧侶交流密切，入元僧也因此隨之大增，僅史冊留名的就有二百多人。其中有不少的傑出傳燈之士與得道高僧，他們不僅在中國學習佛法，更把中國的儒學、詩詞、書法、繪畫、建築、印刷等先進文化傳輸回國，促進日本文化與經濟上的深遠發展。同時，元僧之赴日者亦不在少數，宋末元初的名僧無學祖元（1228～1286）應日本幕府執政之邀而東渡，被任為鐮倉建長寺主持，並被救賜為佛光國師之尊號。其他如東明惠日、靈山道隱、清濁正澄、明極楚俊、大拙祖能等，都是名重一時的元高僧。〔註194〕

一、宋元史傳與釋典故事中的佛僧與海洋

　　宋元時期，各種宗教經過海路傳入我國的港口城市，在文化交流起了積極性的影響。而有關佛門在海上的動人記載，雖不及隋唐五代中、印高僧與海洋多方的交緣跋涉，然此時期往返於中國、印度之間的僧人，除了禮拜聖跡、參訪佛法和攜帶佛經、佛像、佛器外，往往還兼負一些政治使命，代國主傳遞國書，有些大的訪問團還由官方派遣或頒賜詔書以方便通行。《宋史・天竺傳》就載「周廣順三年，西天竺僧薩滿多等十六族來貢名馬」；「乾德三年，滄州僧道圓自西域還……住五印度六年，還經于闐，與其朝貢使偕至，太祖召問所歷山川道里，一一能記」；「乾德四年，僧行勤等一百五十七人

〔註193〕《中國海外交通史》，頁140。
〔註194〕《歷代中外行紀》，頁580～581。

詣闕上言，願至西域求佛書。以其所歷甘、沙、伊、肅等州，焉耆、龜茲、于闐、割祿等國，又歷布路沙、加濕彌羅等國，並詔諭其國令人引導之。」〔註195〕行勤僧伽之訪問團，不僅有太祖的詔諭而有行國派使引導，更完成政治上的使命，使得天竺國派僧持梵夾來獻者不絕，甚至由東印度王子穰結說囉親自來宋朝貢。〔註196〕值得注意的是，當時天竺國王所進表文，都是由一位在華之梵僧施護所譯。施護為烏填曩國人，其國屬北印度。施護來華應該也是兼負政治使命，代其國主傳遞國信。而其萬里跋涉的路線則是經由北印度、中印度、南印度到供迦奴挐國至海，自南印度南行六月程得南海，〔註197〕再乘舶橫越南海而到中國。太平興國八年，華僧法遇則由南海道自天竺取經回國，在航海途中至三佛齊國，巧遇天竺僧彌摩羅失黎語不多令，附表願至中國譯經，得到宋太宗優詔召之。法遇後來募緣製龍寶蓋袈裟，並兼負政治使命，代國主太宗傳遞國書，而再一次的乘舶鼓帆前往天竺，表乞給所經南海諸國敕書。遂賜三佛齊國王遐至葛、古羅國王司馬佶芒、柯蘭國主讚怛羅、西天王子謨馱仙等國書遣之。

宋太宗至道二年，有天竺僧隨舶至海岸，持帝鐘、鈴杵、銅鈴各一，佛像一軀，貝葉梵書一夾；仁宗天聖二年，西印度僧愛賢、智信護等來獻梵經，各賜紫方袍、束帛。天聖五年，僧法吉祥等五人以梵書來獻；仁宗皇祐三年，僧善稱等九人貢梵經、佛骨及銅牙菩薩像，賜以束帛。從以上的史載得知，北宋年間之中、印高僧除為求法弘法之任務外，還兼有為國主傳遞國書的政治使命。

而宋初渡海來華的日僧奝然（938～1016），更是中日文化交流的重要推手。奝然在日本佛教史上的地位受到卓著的推崇，其乘舶浮海西渡求法修行，而與海洋的宿緣交通，更是匪淺。尤其是浮泛東海來華，及在中日佛教文化的交流史裡，其全然信仰的佛教徒生命，更為此寫下許多不朽的海洋傳奇。這些泛海以渡滄溟，歷海路險兀之濤的入宋僧伽，中途因颱風命喪或病卒於汪洋東海而壯志未酬者，更是有之。海洋是日本求法僧伽情契西極，觀化中天，思禮聖蹤的聯繫紐帶，也是他們奄爾云亡，神州望斷，聖境魂傷的埋靈所在。在《宋史‧日本傳》中記載奝然在回國後，遣其弟子喜因來表的

〔註195〕《宋史‧卷四百九十》，頁14103～14104。
〔註196〕《宋史‧卷四百九十》，頁14104。
〔註197〕《宋史‧卷四百九十》，頁14104～14105。

謝函就記述當年橫越海濤、勇闖海涯，參拜聖燈、稟學三藏，慕恩皇德的生命禮讚。〔註 198〕

　　謝表中，陳述奝然浮海來華，觀化宋土，詣傳燈之盛、巡寺優游的生命禮贊；也是渡過萬里波濤、信風東別、越山越海的海洋心靈告白。雍熙元年，宋太宗親自召見了奝然師徒。《宋史·日本傳》記載：「雍熙元年，日本國僧奝然與其徒五六人浮海而至，獻銅器十餘事……太宗召見奝然，存撫之甚厚，賜紫衣，館於太平興國寺……奝然之來，復得《孝經》一卷、《越王孝經新義第十五》一卷，皆金鏤紅羅褾，水晶爲軸。」〔註 199〕奝然這次浮海來華，不僅爲取經求法、朝拜聖跡外，還肩負持國信、充國使，並向太宗進獻了用金鏤紅羅褾水晶軸做成的卷子本《鄭氏注孝經》和《越王孝經新義第十五》各一卷。過海獻書的奝然還向太宗提及：「國中有《五經》書及佛經、《白居易集》七十卷，並得自中國」〔註 200〕，可見當時日本舉國上下對於中國五經經典、佛籍及《白居易文集》的熱愛程度。

　　當然，奝然杖錫鼓舶來華的最主要目的是：「荒外之跋涉；宿心克協，粗觀宇內之瑰奇，望堯雲於九禁之中，拜聖燈於五臺之上。就三藏而稟學，巡數寺而優游，遂使蓮華迴文，神筆出於北闕之北，貝葉印字」的傳燈之旅。奝然三年在華期間，還在汴梁太平興國寺向印度那爛陀寺的三藏法天學習悉曇梵書，並從事梵文傳譯佛經的工作，對於日後返國傳法譯經的工作，更有著一定的影響力。

　　奝然入宋三年，不僅「詣中華之盛」、「佛詔傳於東海之東」、「越山越海」，而且感懷「敢忘帝念之深，不勝慕恩之至。」他此次泛海而至，不但從日本帶來中國佚書，同時也從中國運回大量尚未傳入日本的佛門經典。尤其是帶回宋太宗所賜詔的最新刻本《大藏經》一千多卷。另外在奝然的渡海行囊中，還從中國帶回宋太宗所賜的新譯經二百八十六卷，以及珍貴的旃檀釋迦像、十六羅漢畫等佛教聖物。〔註 201〕與唐代鼓舶南溟，西行求法的高僧一樣，在托身萬里波濤，身陷狂風巨浪、海上鯨鯢之險時，求法僧希望而且相信他們所信奉的超凡力量保佑他們能在海上逢凶化吉，化險爲夷。旅程中帶著這些佛像、佛畫及佛經等聖物，自然能有不可思議的佛門法力，爲求風偃海澄，

〔註 198〕《宋史·卷四百九十一》，頁 14135。
〔註 199〕《宋史·卷四百九十一》，頁 14131～14135。
〔註 200〕《宋史·卷四百九十一》，頁 14131。
〔註 201〕《中日交流史話》，頁 65～68。

行囊中的佛門聖物自然是不可或缺的護佑載具。

　　北宋時期日本國僧浮海來華除了前仆的胬然外，後繼鼓帆西征者又以寂照、誠尋、仲回等僧伽最為矚目。真宗景德元年，日本國僧寂照與其同行僧伽等八人冒鯨波之險，附商舶，掛百丈，陵萬濤而杖錫東海，橫渡來華。寂照不曉華言，而博識文字，真宗賜號：「圓通大師」，並賜紫方袍。神宗熙寧五年，又有國僧誠尋泛舶浮海，振錫西游，觀禮中華。神宗以其遠人而有戒業，處之開寶寺，又盡賜同來僧伽紫方袍。於是後來之使者連貢方物，而來者皆為僧也。神宗元豐元年，日使通事僧仲回信風泛舶，橫東溟而振錫來華，賜號慕化懷德大師。南宋以後，日本政府轉趨開放，來華僧伽除繼續巡禮法跡外，更以傳習律宗、學習禪宗而大舉來華。他們將南宋盛行的禪宗思想引入日本外，榮西（1141～1215）學問僧更是兩度浮海鼓帆來宋參學，返日後弘揚臨濟禪風。榮西在南宋孝宗乾道四年（1168）杖錫東海，鼓舶洪溟來華，巡禮天臺山，並參拜聖跡，傳燈法業。他越山千里優遊數寺、稟學三藏後，得天台章疏等三十餘部越海返回日本。在孝宗淳熙十四年（1187），又再度浮海泛舶來華，在天台山虛庵懷敞門下參禪。懷敞乃是臨濟宗黃龍派第八代傳人，在禪林頗有聲譽。榮西在此隨其習禪五年，並在光宗紹熙二年（1191）越海返回日本，在鎌倉、京都之間，著書立說，傳布與宣揚臨濟禪宗，並融合了天台、真言二宗的兼修禪。榮西再傳弟子道元，又傳入曹洞宗禪法。隨著榮西、道元浮海趨宋，學習禪宗的風潮一時大興，來華的日本禪僧甘冒鯨波之險，附舶西征而大舉來華習禪，中日禪僧交流呈現前所未有的繁榮景象。〔註202〕

　　相對於日本國僧的浮海來華，北宋時期的高麗國僧亦航海忘軀，來趨我宋，至求佛教勝法。當時對中韓佛教界的文化交流貢獻彌多，頗負盛名的就屬義通（927～988）和大覺國師義天（1055～1101）。義通出身高麗王族，「幼梵相異常，從龜山院釋宗為師，受具後學華嚴、起信，為國宗仰。」〔註203〕五代石晉時期，泛海來華遊學，後到天台螺溪參謁聖跡，聞一心三觀之旨，從義寂（螺溪大師）受學天台教義，爾後成為遊學中國有成的海外高僧。義通深受太宗優渥，又為義寂門下之高第，《佛祖統紀・寶雲紀》說義通「敷揚

〔註202〕　《赴日宋僧無學祖元研究》，頁46～49。

〔註203〕　〔宋〕志磐撰，釋道法校注：《佛祖統紀校注》（上海：上海古籍出版社，2012.11初版），頁206。

教觀，幾二十年」、「二紀敷揚，家業有付」〔註204〕，都可說明義通在弘揚天台學說的高深成就。在宋韓佛教文化交流史上，義通為高麗王族僧人，當時走北路航線，泛舶浮海來華。他由朝鮮半島西岸的瓷津，靠順風橫渡北部黃海，到達山東半島北側之登州、萊州或是密州，再由此遊學中國，稟學天台教觀而有成。義通以一海外異僧，居然成為中國佛教宗派的一代祖師，更是中國佛教界之少見。

義天以高麗王子的身分，數次入宋求法，與海洋有著濃郁的不解之緣。他浮海鼓舶、杖錫黃海，從山東半島密州登陸，循路南下台州，入天台山國清寺禮參勝跡，學習佛法，浮海回國後創建天台宗，是韓國天台宗派的始祖。他也深受宋代茶文化的影響，復興了高麗的喝茶文化。尤其義天還在杭州西湖重建了高麗寺，對於中韓佛教文化的交流，起著典範性的作用。義天的絕海洋，趨我宋，至終求得佛法的旅程，不僅說明了海洋承載了中韓佛教文化的交流網絡，更呈現當世代佛教僧伽與廣大海洋的交緣關係。據《佛祖統紀·淨源傳》記載：「高麗僧統義天，航海問道，申弟子禮。」〔註205〕當時，淨源禪師弘宣華嚴宗，然先前華嚴宗文獻散失殆盡，義天浮海來華，便帶來了一批華嚴宗章疏，遂使淨源重新獲得了這些寶貴文獻，大開華嚴宗之法席。同時，義天也向淨源執儀弟子之禮。而義天回國後，又將《金書華嚴》三個譯本共一百八十卷，寄贈給淨緣。也由於淨源有了較多的華嚴宗章疏，因而被稱為華嚴宗的「中興教主」，「四方宿學，推為義龍」〔註206〕，可見高麗僧統義天對於當時華嚴宗派發展的重大影響。宋元祐元年（1086），義天離開明州赴定海（寧波）。其隨身不僅攜帶大量的佛教經典寫卷與佛教聖物，並在定海隨本國朝賀回使船放洋回國。他出洋過海，出當國使也連帶使宋朝與高麗的政治經貿交流起了發揮性的重大作用，在中韓佛教史冊裡留下寬闊偉哉的一頁。

在南宋末年，越山越海，遠涉重洋，東渡扶桑的中國僧人，又以無學祖元最為出色。他在東渡日本臨行前曾說：「古人逾海越漠，而至中華，有大法可傳。今日元上座赴日本平將軍之招⋯⋯豈不見道：『羽嘉生應龍，應龍生鳳凰，鳳凰生眾羽。』諸人但看雲馳月運，莫說舟行岸移，會得朝朝相見。其

〔註204〕《佛祖統紀校注·卷第八》，頁207。
〔註205〕《佛祖統紀校注·卷第三十》，頁657。
〔註206〕《佛祖統紀校注·卷第三十》，頁656。

或未然，遠引孤帆，不勝依戀。」〔註207〕語中全然地表達出自己效法達摩當年逾海越漠，東渡中華弘法的聖心，以及要讓禪法在日本承遞傳續的信心。這種絕海洋，越滄溟的信心，亦是其東渡日本弘禪的原動力。無學祖元的一生，在日本的最後七年，他忍受東渡黍離孤寂之苦，克服語言上的障礙，揚帆東渡，弘法傳道，而爲中國禪宗在日本禪林界裡開出具體燦爛的成績。

元興，崇尚釋氏，而喇嘛教不僅成爲元朝佛教的大宗，更爲帝師大繁盛期〔註208〕。而帝師從中獲取的政治勢力及利益，更是富有可見，其氣焰熏灼，延於四方。當時建造佛塔，又每每兢奢崇侈，爭高比美，以紺珠璃紫磨黃金莊嚴，飾以寶珠瓔珞金、銀、琉璃、珊瑚、琥珀、硨磲、瑪瑙等佛門七寶，宣稱浮屠能護佑國安，威鎮海災。〔註209〕

帝師僧伽們擁有極大的政治權勢，並且受到帝王備至的禮遇與推崇。至元二十年，世祖欲復征日本，並以其俗尚佛，二次遣派高僧眾伽充當國使，浮海東瀛，期盼宣諭日本遣使來貢。當時的僧伽不僅寵渥有加，更是帝王選派海洋國使的不二人選。至元二十年八月，忽必烈聽取普陀寺住持愚溪如智的進言：「若復興師致討，多害生靈。彼中亦有佛教文學之化，豈不知大小強弱之理？如令臣等賚奉旨宣諭，則必多救生靈也。彼當自省，懇心歸附。」〔註210〕於是派遣提舉王君治、如智持詔宣諭日本。一行國使過黃海黑水洋時，卻遭遇強烈颶風襲擊，所搭乘的船舶被海上黑風吹回普陀山，第一次遣使浮海宣諭日本的行動未能成功。而在成宗大德三年三月：「遣江浙釋教總統補陀僧寧一山者，加妙慈弘濟大師，附商舶往使日本。」〔註211〕成宗對於此次奉璽書通好日本的行動相當重視，親自下詔。〔註212〕這次的浮海通好，惇好息民之事，航渡過程相當的順利。六月，一行人抵達博多港。十月，到達鎌倉。因是敵國的使者，執政的幕府北條貞時下令將華使僧寧一山幽禁在伊豆修禪寺，在得知他是有道高僧後，迎請其住持建長寺。寧一山終老日本，他以精深博大的禪學修養，獲得幕府與朝廷的皈依，促進了禪宗在日本的傳播與發展，并以其在宋代理學、文學、藝術等領域的高深造詣，爲日本培養

〔註207〕轉引《赴日宋僧無學祖元研究》，頁111。
〔註208〕《元史・卷二百二》，頁4517。
〔註209〕《元史・卷二百二》，頁4523。
〔註210〕轉引《赴日宋僧無學祖元研究》，頁21。
〔註211〕《元史・卷二百八》，頁4630。
〔註212〕《元史・卷二十》，頁426～427。

與造就了很多的優秀人才。

宋元時期中日僧侶的文化交流，不僅是佛教法脈事業的傳習流通，在國家政治經濟的交往方面，也都發揮了重要的影響力。這個時期的高僧除爲求法弘法巡禮之宗教任務外，高僧鼓舶洪溟，杖錫海上，以持國書奉使的政治任命相當的普及。而從元世祖兩次的伐日戰役後，更促使當時元、日雙方因戰爭陰影的籠罩，而帶來海上關係的緊張。在隨著鎌倉幕府政權的滅亡，以及元朝後來諸帝對海上貿易政策的鬆綁與寬懷下，雙方高僧透過海洋聯結的佛教交流，卻是益發的活絡頻繁，對禪宗學派在日本的發揚與開創，更有著深厚的影響力。其中有不少的傑出傳燈之士與得道高僧，他們不僅在中國學習佛法，滿載佛經寫卷而揚帆東歸，更把中國的儒學、詩詞、書法、繪畫、建築、印刷等先進文化傳輸回國，促進日本文化與經濟上的深遠發展。當時入元二十一年，遍歷中國各地名刹，巡禮聖跡，而聲譽卓著的日僧邵元，更爲山東靈岩寺及河南嵩山少林寺，撰寫當時得道高僧息庵義讓禪師畢生弘揚佛法及其生平事蹟碑文〔註213〕。此碑文不僅是日本僧人在中國最早的撰寫，像邵元這樣泛海客槎來華的日僧在仰瞻中國佛法義締，巡禮佛寺聖跡的文化交流史中，更是表現的具體而出色。

宋元時期的禪宗東傳日本，在政治上，它鞏固了幕府的統治地位；在社會上，學禪修禪成爲日後數百年經久不衰的社會潮流；在文化上，它對五山文學的興起，與茶道、花道、劍道、武士道的形成和發展，以及朱子學的傳播都產生巨大及深遠的影響。這批德行高潔、學養豐富的中國傳燈禪僧浮海東渡日本，在弘揚中國禪風的同時，更積極的傳播程朱理學在內的中國文化，直接參與鎌倉文化的創建，在中日海洋佛教文明交流史中，功不可沒。

二、宋元小說中的佛僧與海洋

宋代筆記小說裡的得道梵僧，都是從西域天竺鼓帆渡海來華之僧伽。北宋太祖、太宗年間，印度西域之僧伽齎梵經來中土者，陸續不絕。當時來華之梵僧有曼殊室利、可智、法見、眞理、蘇葛陀、彌維、法天、鉢納摩、護羅、吉祥、天息災、施護等高僧。此諸人中，又以天息災、施護、法天最爲有名。〔註214〕而北宋佛門譯經之業，又以太宗時爲最盛。太平興國五年，法

〔註213〕《山東半島東方海上絲綢之路》，頁245～246。
〔註214〕蔣維喬著：《中國佛教史》（香港：香港聯合書刊物流，2013.1初版），頁379。

天三藏始受命來京師譯經，其後，天息災（明教大師）、施護（顯教大師）、法天（傳教大師）、法護等諸三藏亦陸續到來太平興國寺，進駐譯經院。太宗詔令三梵僧各譯一經進上，又詔令華籍梵學僧人法進、常謹、清沼等擔任筆受、綴文；另選十名義學僧人擔任證義，朝廷部分官員負責潤文和都監，並以學通梵文的華籍僧人惟淨參與譯事，成爲宋代知名的華籍譯師。從眞宗天禧四年到仁宗清曆三年，朝廷不斷地派遣中樞大員充任譯經使及潤文官，而當時的翰林學士楊億即在其中任職〔註215〕，並且是禪宗《景德傳燈錄》的定稿者。〔註216〕《宋史・楊億傳》說他：「天性穎悟……留心釋典禪觀之學」〔註217〕；宋吳處厚《青箱雜記・卷十》也說：「楊文公深達性理，精悟禪觀。」〔註218〕在楊億口述的《楊文公談苑》就記述這些譯經僧伽的神蹟法力：「太宗太平興國初，有梵僧法賢、法天、施護三人，自西域來，雅善華音，太宗遂建譯經院於太平興國寺……三梵僧譯擇未經翻者，集義學僧評議。論難鋒起，三梵僧以梵經華言對席讀，眾僧無以屈，譯事遂興」〔註219〕、「大中祥符初，有西域僧覺稱來，館於傳法院，其僧通四十餘本經論……其敏惠，而文理甚富。」〔註220〕可見這批杖錫南海、滄溟來華的梵僧，有著深厚的佛經傳譯學問，在當時的佛門四眾甚至一般士庶中，形成一種佛經崇拜的領導氛圍，展現出佛經譯事的神奇魅力。

前文述說日遣使僧奝然杖錫鼓舶來華的最主要目的即是：「荒外之跋涉；宿心克協，粗觀宇內之瑰奇，望堯雲於九禁之中，拜聖燈於五臺之上。就三藏而稟學，巡數寺而優游，遂使蓮華迴文，神筆出於北闕之北，貝葉印字」的傳燈之旅。而在《楊文公談苑》筆記小說裡的奝然奉使浮海來華之形象描敘則是：

> 雍熙初，日本僧奝然來朝，獻其國《職員令》、《年代記》。奝然依錄自云，姓藤原氏，爲眞連，國五品官也。奝然善筆札而不通華言，有所問，書以對之。國有《五經》及釋氏經教，幷得於中國。有《白居易集》七十卷。第管州六十八，土曠而人少，率長壽，多百餘

〔註215〕郭朋著：《中國佛教史》（台北：文津出版社，1993.7 初版），頁233～234。
〔註216〕郭朋著：《中國佛教史》，頁243。
〔註217〕《宋史・卷三百五》，頁10083。
〔註218〕《宋元筆記小說大觀》，頁1690。
〔註219〕《宋元筆記小說大觀》，頁529。
〔註220〕《宋元筆記小說大觀》，頁530。

歲。國王一姓，相傳六十四世。文武僚吏皆世官……奝然後歸國，
附商人船奉所貢方物爲謝……後亦累有使至，多求文籍釋典以歸。
〔註221〕

楊億口述的日僧奝然出身藤原氏，家世顯貴，父爲五品官。其此番冒鯨波之
險來華，不僅具有越山越海，陵萬里波濤、乘風破浪以冒險犯難的海洋性
格，他這次的浮海來華除了取經求法、朝拜聖跡，更肩負持國信、爲國使，
並向宋太宗進獻了《鄭氏注孝經》和《越王孝經新義第十五》各一卷。這兩
部書當時在中國已經失傳，在日本卻成爲珍本。過海獻書的奝然還向宋太宗
提及：「國中有《五經》書及佛經、《白居易集》七十卷，並得自中國。」可
見，當時日本舉國上下對於中國五經典籍、佛典寫卷和《白居易文集》的瘋
狂熱愛。奝然亦熱愛自己的國家，其描述當地土廣而人稀，民多率長壽，能
活百餘歲；其國王與文武僚吏，也都爲世襲。奝然入宋三年，不僅拜詣中華
佛教之盛，而且感懷「帝念之深，不勝慕恩之至。」他在西元 985 年季夏解
台州之纜，而在孟秋即達本國之郊，順著海上西南季風，搭乘台州寧海縣商
人鄭仁德的赴日貿易船平安返國。奝然此次泛海而至，不但從日本帶來中國
佚書，同時也從中國運回宋太宗所賜詔的最新刻本《大藏經》一千多卷，爲
日本佛教的弘揚而開啓了思想的波濤。奝然滿載佛門文物而揚帆東渡後不
久，便遣其弟子喜因來表謝函，文中更是追懷當年橫越海濤、勇闖海涯，參
拜聖燈、稟學三藏，慕恩皇德的生命禮讚。其後往來中日的浮海僧使，不僅
傳燈佛法義締外，更以多求中國文籍釋典以流布東瀛。

　　北宋時期日本國僧浮海來華除了前仆的奝然外，後繼鼓帆西征者又以寂
照最爲矚目。對於寂照形象的描述，在《楊文公談苑》裡談及：

景德元年，有日本僧人貢，遂召問之。僧不通華言，善書札，命以
牘對。云：「住天台山延歷寺，寺僧三千人，身名寂照，號圓通大師……
國每歲春秋二時集貢士，所試或賦或詩。國中專奉神道，多祠廟，
伊州有大神，或托三五歲童子降言禍福事。書有《史記》、《漢書》、
《文選》、《五經》、《論語》、《孝經》、《爾雅》、《御覽》、《玉篇》、《老
子》、《列子》、《神仙傳》、《朝野僉載》、《白集六帖》、《初學記》。本
國有《國史》、《秘府略》、《混元錄》等書。釋氏論及疏鈔傳集之類
多有，不可悉數。」寂照領徒七人，皆不通華言。國中多有王右軍

書，寂照頗得其筆法。上召見，賜紫衣束帛，其徒皆賜以紫衣，復

館於上寺。〔註222〕

眞宗景德元年，日本國僧寂照與其同行僧伽師徒等八人冒鯨波之險，附商舶，

掛百丈，陵萬濤而杖錫東海，橫渡來華。《佛祖統紀・法智紀》載：「咸平六

年（景德元年），日本國遣寂照持源信法師問目二十七條請答釋。」〔註223〕

當時寂照來華除了持國書爲貢使外，更兼求問佛法之事。而寂照不曉華言，

卻博識文字，其繕寫王右軍筆法之妙，凡問答並以筆札，眞宗並賜號：「圓通

大師」，賜師徒等八人紫方袍，館於太平興國寺。《楊文公談苑》還敘述當時

日本國中取才考試的狀況，尤其先前來往中日間的浮海僧使，不僅傳燈佛法

義諦外，更以多求中國文籍釋典。所以日本國中不僅釋氏論及疏鈔傳集之類

多有，而《史記》、《漢書》、《文選》、《五經》、《論語》、《孝經》、《爾雅》、《御

覽》、《玉篇》、《老子》、《列子》、《神仙傳》、《朝野僉載》、《白集六帖》、《初

學記》等書，亦不可悉數。可見當時遣使日僧來華不但是學習佛法，更是滿

載中國的儒學典要、道家要籍、詩詞、書法、繪畫等文書揚帆東渡，促進了

日本文化的多元發展。在寂照巡禮天台山聖跡，優游佛法要諦時，不僅勤學

江浙方言，對於楊億的慇懃款待和拜謁中華佛教之盛更是心念感懷：

寂照留止吳門寺……漸通此方言，持戒律精至，通內外學。寂照東

歸，予遺以印本《圓覺經》并詩送之。後寄書舉予「身隨客槎遠，

心學海鷗親」而不可忘。

我們不僅感受到宋代時期中日佛教僧眾的熱情交流外，更看到當時入宋日僧

與宋朝士大夫間的友好私誼。寂照雖以泛海而客槎東歸，內心卻如不時造訪

的海鳥，優游翱翔在壯闊的大海上。在寂照返回日本後，先後以自己及友人

捎來書信致意，體念海洋懸隔的兩地情誼，與多年的聖門拜謁之思：

後南海商人船自其國還，得國王弟與寂照書，末書云：「嗟乎！絕域

殊方，雲濤萬里。昔日芝蘭之志，如今胡越之身。非歸雲不報心懷，

非便風不傳音問，人生之限，何以過之？」……又左大臣藤原道長

書，略云：「商客至，通書，誰謂宋遠？用慰馳結。先巡禮天台，更

攀五台之游，既果本願，甚悅。懷土之心，如何再會」……又治部

卿源從英書，略云：「所諮《唐歷》以後史籍，及他內外經書，未來

〔註222〕《宋元筆記小說大觀》，頁481。

〔註223〕《佛祖統紀・卷第八》，頁209。

> 本國者，因寄便風爲望。商人重利，唯載輕貨而來。上國之風絕而
> 無聞，學者之恨在此一事。分手之後，相見無期。生爲異鄉之身，
> 死會一佛之土。」書中報寂照俗家及墓事甚詳悉……凡三書，皆二
> 王之蹟，而寂照章草特妙，中土能書者亦鮮及。〔註224〕

這三封有著二王之蹟，而又絕域殊方，雲濤萬里的海洋書信，不僅述說非歸
雲不報心懷，非便風不傳音問的大洋萬里，風濤蹴天而胡越遠隔之痛，與胡
馬獨向北風，上人莫忘東日的思懷外；更陳敘昔日拜聖燈於五臺之上，就三
藏而稟學，巡數寺而優游的傳燈習法之歲月。最終雖是分手之後而相見無期，
卻盼望生爲異鄉之身，而死會一佛之土。大海，對於寂照懷土之心來說，並
不是一道遙遠無際的阻隔巨牆，而是開啓中日佛教交流的一扇親近的法窗，
爲日本佛教界帶來思想狂濤的萬頃波淼。而從寂照及其日友與楊億往來的書
信中，他們不僅是對傳燈佛法義締的探求深思與篤厚的私人交誼外，更透過
宋、日往來商舶載運中華之史籍經典，以通宋朝上國文化之風。

　　當時期日僧前撲後繼地杖錫航海，忘軀汪洋，來趨我宋，至求佛法的精
神，更是令佛門僧眾動容。南宋羅大經的《鶴林玉露》便記載了日本國僧安
覺絕海洋，乘信風，破萬浪，來宋求得佛法的艱毅精神：

> 予少年時，于鍾陵邂逅日本國一僧，名安覺，自言離其國已十年，
> 欲盡記一部藏經乃歸。念誦甚苦，不舍晝夜，每有遺忘，則叩頭佛
> 前，祈佛陰相。是時已記藏經一半矣。夷狄之人，異教之徒，其立
> 志堅苦不退轉至於如此。〔註225〕

南宋中葉以後，執政的武家平清盛，撤消了禁止日商出海貿易的命令，從而
日本商船又重新活耀在中日兩國航線上。也由於日宋雙方海貿商舶往來頻
繁，附舶西來的入宋僧人大增，至少有百餘人。這些浮海來華的僧伽除了繼
續巡禮名寺聖跡外，有的更是爲傳習律宗、禪宗而不惜冒海鯨波之險，泛槎
我宋。羅大經所記載的日僧安覺正是此波入宋巡禮法跡的學問國僧。當時，
中日佛教文化交流密切，奝然東渡日本所攜回的蜀版《大藏經》典，新譯佛
經寫卷二百八十六卷，以及宋代禪宗思想的傳入，更爲日本佛教界掀起前所
未有的狂濤巨浪，引發劇烈的文化變革。安覺身處在日本佛教思想變動的浪
頭，附船西來中國十年，只爲能「盡記一部藏經乃歸」，這種「念誦甚苦，不

〔註224〕《宋元筆記小說大觀》，頁 481～482。
〔註225〕《宋元筆記小說大觀》，頁 5357。

舍晝夜，每有遺忘，則叩頭佛前，祈佛陰相」的求法精神，不僅贏得當時中國士人的尊敬外，其飄洋過海，來趨我宋，拜謁聖門的懇切情操，更成為佛門僧伽的禮拜對象。

北宋朱彧的《萍州可談》多記市舶司的職能，與船舶航海、外商風俗為最。對於當時航行於海上之中外貿商來講，南洋與天竺番僧的唸經與佛卷的持誦，常常是渡海危難時的解厄力量：

> 商人重番僧，云渡海危難禱之，無不獲濟，至廣州飯僧設供，謂之羅漢齋。〔註226〕

宋元兩朝為我國海外交通之鼎盛時期，當時中國之往復商販於殊庭異域之中，而商舶歲獲厚利，兼使外蕃輻輳中國，梯山航海而至者又不計其數。尤其是北宋時期籠絡海商得法，宋朝政府從進出口貿易中獲得可觀的收入，同時也加強與海外諸國的聯繫，招徠遠人而阜通貨賄。這條東起中國泉州、廣州、西抵大食、中有三佛齊、闍婆、故臨等蕃國富盛寶貨的航線〔註227〕，不僅是中蕃海商冒鯨波之險，軸轤相銜，以其物泛海來售的交易航道；其緣歷異國種種艱辛，方始得大宋方境，也因此祈禱其海上的風平浪靜，便成為商販最大的盼求。在南海道上，大抵船舶風便而行，一日千里，若遇朔風，則是為禍不測。因此這些海商托身於萬里波濤、狂風巨浪的生命險境裡，希望透過得道弘法番僧所信奉的超凡力量保佑他們能於海旅中逢凶化吉，化險為夷。而佛僧在海上行念誦佛典并予祝禱以怒海息波，庇祐商僧航海的平安，遂成為最重要的儀式。朱彧提到當時的番僧都有超凡的法力，能於海上遇到危難而虔心祝禱，瞬間在險克濟，風伏浪澄而眾難俱弭。船舶安抵廣州後，海商們則為眾僧伽設置供養羅漢齋，以資答謝。從這樣的記載反應出宋元時期的海商其共同的心態，即在隨時面臨滅頂鯨吞的航海途中，需要有克險弭難的高僧，以佛法的奇異力量來戰勝海上的險阻，以完成這趟梯山航海的商旅；佛僧們的祝禱誦持經典寫卷所展現的超越力量，遂成為海上商販的必備儀式，以伴隨他們萬里跋涉，航渡鯨海。周去非的《嶺外代答》也提到：「天竺國之屬，國有聖水，能止風濤，若海揚波，以硫璃瓶盛水灑之，即止。」〔註228〕姑不論此傳言是否過於誇誕無稽，然海上之難，期能得佛陀聖者庇佑

〔註226〕《宋元筆記小説大觀》，頁2310。
〔註227〕《嶺外代答校注》，頁126。
〔註228〕《嶺外代答校注》，頁95。

而怒海息波，在險克濟，似乎是所有航海者的共同心聲。就佛教的觀念來說，誦持祝禱佛經寫卷不僅具有的神蹟奇能外，就佛門中的聖物，諸如佛像與稀有難得的舍利，也都具有庇佑海上危難的神奇力量。

《春渚紀聞》除了記載「元豐初年二學士奉使三韓，濟海舟中安貯佛經及所過收聚敗經餘軸，以備投散。放洋二日，風勢海濤洶湧，舟相繼失，俱見海神百怪，攀船而上，以經軸爲求……其鬼懇求甚切，是載經而有大功德……指頤之間，風濤恬息，舟獲安濟」〔註229〕的佛經寫卷之能祈福穰災，護身避禍於海濤黑風外，更提及佛聖物舍利能悠然退散水龍海怪之難：

> 涵山令李伯源，宣和間，侍其季父仲將爲廣東憲，解秩由江道還楚。
> 舟過小孤，風勢雖便而篙櫓不進，與季父焚香龍以祈安濟。有言者
> 曰：「龍知還自番禺，或有犀珠之要。」顧視行李，獨有番琉璃貯佛
> 舍利百餘。因以啓龍，一擲而許，而水面忽大裂開，顧見其間神鬼
> 百怪，寶幢羽蓋，鳴鑼、擊鼓鈸，執金爐迎導者甚眾，而不沾濕。
> 一人拱手上承，舍利既下，水即隨合。〔註230〕

番禺自西漢以來就已經成了繁榮的海上貿易中心，爲一「珠璣、犀、玳瑁、果、布之湊」的都會。尤其是從南海輸入的「犀珠之要」，更是廣州港的重要珍奇物品，因而成爲江道往還番禺間的禱祭珍物。舟中雖無犀珠之要，卻有番琉璃舍利百餘的佛教聖物，並作爲投散水龍百怪，而以解除厄難，舟舵輕揚。可見佛舍利如同佛經寫卷的法力加持，具有怒海息波，舟獲安濟的神秘力量。

佛門高僧的海上神蹟，所顯旀瑞靈應的記載，亦見何薳《春渚紀聞》的「僧淨元救海毀」：

> 錢塘法輪寺僧淨元，年三十通經，遍參明目。政和癸巳，海岸崩毀，
> 浸壞民居，百有餘里。朝廷遣道士鎮以鐵符及大築堤防，且建神祠
> 以穰御之，毀益不支。紹興癸丑，師謂眾曰：「我釋迦文佛歷劫以來，
> 救護有情，捐棄軀命，而吾何敢愛此微塵幻妄，坐視眾苦而不赴
> 救？」即起禪定，振履經行，視海毀最甚處……而海風激濤，噴湧
> 山立，師將褰衣而前，眾爭挽引……頌畢，舉手謝眾，踊身沉海。
> 眾視。驚呼，有頓足涕流者，謂葬魚腹矣。移時風止，海波如鏡，

〔註229〕《宋元筆記小說大觀》，頁 2374。
〔註230〕《宋元筆記小說大觀》，頁 2374。

遙見師端坐海面，如有物拱戴者，順流而來，直抵崩岸。爭前挽掖
而上，視師衣履，不濡也。逮視岸側，有數大鯉，昂首久之，沉波
而去。即揚聲謂眾曰：「自此海毀無患也。」不旬日，大風漲沙，悉
還故地。蜀山之民深德之……至紹興乙卯，安坐而化。〔註231〕

紹興年間的海潮毀堤致使海岸崩壞，百有餘里。這場海難不僅浸壞民居財
產，更引發海風激濤，勢同噴湧山立，近海村落沒入海水之中，民眾苦不堪
言。這突來的天災，頓時使得朝野上下惶惶不安，朝庭不僅派道士拿鐵符鎮
海，也叫人大築堤防，甚至建神祠驅邪，然而景況卻是日益嚴重，海水照樣
上侵，百姓只能後退避災。僧淨元不忍坐視民苦，而捨身赴救，先以頌經，
合掌祝禱祈求，復以踴身沉海，振履經行。沿岸居民一片驚呼，以爲葬身魚
腹，因而頓足捶胸，涕泗橫流。然神異之跡彰顯，瞬間怒海息濤，海面上風
伏浪澄，平靜如鏡。遙見淨元端坐海面，有物拱戴而順流飄岸。民眾爭前挽
掖而上，視師衣縷，斯毫不見水波濡濕，并見有數大鯉，昂首久之，沉波而
去。不到十天，只見海岸上大風漲沙，悉還故地，自此海毀無患。淨元以頌
佛經寫卷，並向天祝禱沉海而去，此舉不僅護佑他免於滅頂海難之災，且能
於海風激濤、暴雨巨浪之中，由大鯉拱戴，順流登上崩岸。凡此海毀至此無
患、入海而衣不濡濕的種種奇蹟，盡在敘述虔心頌持佛典的神秘力量，彰顯
佛法無邊、能生無量功德的奇異大能。

　　當然，佛法有不可思議的神異力量，能趨邪避害、度厄解困；或入水不
濡、怒海息波；能災難免之而起死回生，已成爲佛門僧伽的普遍認知。陸游
《老學庵筆記》更記載佛塔隨波傾颭，往海東行化的奇蹟：

宣和末，有巨商舍三萬緡，裝飾泗州普照塔，煥然一新。建炎中，
商歸湖南，至池州大江中。一日晨興，忽見一塔十三級，水上南
來。金碧照耀，而隨波傾颭，若欲倒者。商舉家及舟師人人見之，
皆驚怖誦佛。既逝近，有僧出塔下，舉手揖曰：「元是裝塔施主
船。淮上方火災，大師將塔往海東行化去。」語未竟，忽大風，塔
去如飛，遂不見。未幾，乃聞塔廢於火。舒州僧廣勤與商船同行，
親見之。〔註232〕

佛塔過海之說，屢見釋門僧傳載述，其說雖夸言荒誕，然如同舍利、佛像、

〔註231〕《宋元筆記小說大觀》，頁 2400～2401。
〔註232〕《宋元筆記小說大觀》，頁 3526。

佛經之有超凡力量，以彰顯佛教徒信奉的神奇之蹟。周去非《嶺外代答》就記載了南海諸蕃國佛教信仰下的「聖佛」傳說：

> 南海諸蕃國皆敬聖佛。相傳聖佛出世，在眞臘國之占里婆城。聖佛，女子也，有夫。渡海而舟爲龍王所蕩，乃謂龍王曰：「使我登岸，當歲生一子以奉龍王。」既，海神送其舟於占里婆城，乃顯神異。人有慢輕，必降禍焉；人有祈求，必赴感焉；人有自欺於前，必報驗焉。南蕃皆敬事之……每歲正月十三日，設盧於廟前，積禾於中，請聖像出廟，而焚禾以祭。十四日聖佛歸廟，二十日聖佛生子，乃忽有一圓石出其身。夜，舉國人民不寢，以聽佛之生子。明日國人皆奉珍寶、犀象獻佛。其所生子，舟載而投諸海以奉龍王。〔註233〕

周去非所記「聖佛」神話傳說，不見於《諸蕃志》及《島夷誌略》等海外行紀典籍。尤其是周達觀出使眞臘國三年，對於該國風俗民情，頗爲熟悉，在其所著《眞臘風土記》，亦不見「聖佛」故事。考《嶺外代答》、《眞臘風土記》二書相距不到一百二十年，「聖佛」之事不應消失無踪。周去非所述，或者是過往蕃客信眾之「海外瀛談」，隨意編造的妖祥怪誕之說；而文中聖佛與龍王之事混慢，亦有可能出於海外僧伽之杜撰傳聞，爲佛門增添的海上奇蹟。

宋代小說中除了記述佛門高僧的海上神蹟，所顯的旂瑞靈應外，對於因果善惡報應的行紀傳奇，亦多有論及。洪邁《夷堅志》則是載敘幾則海上因緣果報之說：

> 明州定海縣人蔣員外者，輕財重義，聞子姪不肖鬻田產者，必隨其價買之……嘗泛海欲歸郡，爲回風所擊，遂溺水。舟人挽其衣救之，不可制。舟行如飛，方號呼次，遙見一人冉冉立水上，隨風赴舟所，視之，乃蔣也。問所以，曰：「方溺時，覺有一物如蓬藉吾足，適順風吹蓬相送，故得至。」人以爲積善報云。〔註234〕

前言過海僧伽，常攜佛門聖物以托身萬里波濤，遇狂風巨浪而得以怒海息波、風伏海澄，以在險克濟，眾難俱弭。佛門強調念誦修持，更重修十善業，發菩提心而深信因果業報之淨業。文中蔣員外平日行德以修十善業，又常發菩提心，輕財以重義。此番泛海趨郡，爲狂風所擊而溺水，卻能受菩薩無邊法

〔註233〕《嶺外代答校注》，頁434。
〔註234〕《夷堅志・甲志卷七》，頁54。

力的加持，化險爲夷，順風而回舟所，彰顯海上因果之報而逢凶化吉，轉危爲安。《夷堅志》又述：

> 福州南臺寺塑新佛像，而毀其舊，水上林翁要者，求得觀音歸事之。後數月，操舟入海，舟壞而溺，急呼觀音曰：「我曾救汝，汝寧不救我？」語訖，身便自浮，得一板乘之。驚濤亘天，約行百餘里，隨流入小浦中，獲遺物一笥，人以佛助。〔註235〕

就佛教的觀念來看，佛像、舍利、經卷都具有海上庇佑的神奇功能。文中觀音聖像在狂風巨浪、驚濤亘天的海上，展現了神奇的救助力量，就在彰顯佛門聖物能於海難中祈福禳災，護身避禍。至於描述海人造業，佛門果報之論，《夷堅志》載：「奉化海上漁人虞一，以取斫螺爲生。每得時，率用生絲線作圈套其上，候吐肉出，則盡力繫縛之，急一拔，了無餘蘊。數年後，右手臂生惡瘡，五指及皮俱脫落，痛苦之甚。追悔前業，誓不復更爲……遂棄妻子，捨身爲寺家奴」〔註236〕及「臨安民張四，世以鬻海蜒爲業。每浙東舟到，必買而置於家，計逐日所售，入鹽烹炒，杭人嗜食之，積戕物命百千萬億矣……蜒盡緣壁登屋，上床繞衣，粘著肌膚而不可脫。張慨然有悟，發誓不復造此惡業」〔註237〕兩則殘害海物，具足鑑戒而終行善業之談。

　　元興，崇尚釋教，而帝師僧伽的地位高漲，擁有極大的權勢。在元代崇佛的社會氛圍中，書寫佛僧與海洋交緣的神幻故事，則以《張生煮海》中的沙門島上煮起滾沸的海水最爲動人。〔註238〕有關「煮海」母題的故事淵源，或以來自漢譯佛經中的印度故事，如《出曜經·第十二卷》的煮海逼龍故事，〔註239〕以及《賢愚因緣經·大施抒海緣品第三十九》〔註240〕和《大意經·大意入海探寶珠》〔註241〕的煮海降龍情節；或以來自唐傳奇小說中的佛門道法，如《廣異記·寶珠》：

> ……士人取珠見胡……群胡合錢市之。及邀士人，同往海上，觀珠

〔註235〕《夷堅志·丙志卷十三》，頁475。

〔註236〕《夷堅志·支丁卷三》，頁990。

〔註237〕《夷堅志·支丁卷三》，頁991～992。

〔註238〕臧晉叔：《元曲選》，頁1711。

〔註239〕參見黃賢撰：《元雜劇龍女形象研究》，首都師範大學碩士論文，2008年4月，頁11～12所引《中華大藏經·第50冊》（北京：中華書局，1992年版），頁718。

〔註240〕《中華大藏經·第51冊》，頁115～127。

〔註241〕《法苑珠林校注·卷二十七》，頁828～829。

之價。士人與之偕行東海上，大胡以銀鐺煎醍醐，又以金瓶盛珠，於醍醐中重煎。甫七日，有二老人及徒黨數百人，齎持寶物，來至胡所求贖（寶珠）……後有二龍女，投入諸瓶中，珠女合成膏……胡云：「此珠是大寶，合有二龍女衛護。」群龍惜女，故以諸寶來贖……胡以膏塗足，步行水上，捨舟而去，諸胡以所煎醍醐塗船，得便風還家。〔註242〕

和《原化記》裡「異珠煎海」：

……生破其胡人左臂，果得一珠，大如彈丸……忽有胡客到城，因以珠市之，但索五十萬耳……生詰其所用之處，胡云：「漢人得法，取珠於海上，以油一石，煎二斛，其則削。以身入海不濡，龍神所畏，可以取寶。」〔註243〕

胡人以「取珠於海上，以油一石，煎二斛，其則削」的「煎海」方法，可以使身體進入海中而不沾濕，讓龍神畏懼，而直接拿取海中寶物。這種神奇的取珠煎海術，都可視為「煮海」母題的類型。另外在《集異記》及《仙傳拾遺》裡，也記載婆羅門僧逞其捲海幻術，也可以看是「煮海枯竭」情節的另一種型態：

「某東海龍王也，天帝所敕，主八海之寶，一千年一更其任，無過者超證仙品。某已九百七十年矣，微績垂成。有婆羅門逞其幻法，住於海峯，晝夜禁呪，積三十年矣。其法將成，海水如雲，捲在天半，五月五日，海將竭矣。統天震海之寶，上帝制靈之物，必為幻僧所取。」乞賜丹符垂救。至期，師敕丹符，飛往救之，海水復舊，其僧愧恨，赴海而死。明日，龍王齎寶貨珍奇以來報。〔註244〕

這些傳奇小說顯然將「煮海而竭」的幻術，融合了佛教及道教的奇門異法。

元代雖然崇佛，但也尚道，許多「道家方士之流，假禱祠之說，乘時以起。」〔註245〕在《張生煮海》中更陳述了佛僧領儒生入海藏龍宮的奇能異術，將凡塵與仙境兩隔的難題聯通，更是取法於佛經故事與道教小說。這種入海藏龍宮的神秘通道，唐傳奇《柳毅傳》以「武夫出於波間，揭水指路，引毅以進，謂當閉目數息而可達」、《柳毅傳書》則寫「巡海夜叉分開水面，水中

〔註242〕《太平廣記・卷第四百二》，頁 3238。
〔註243〕《太平廣記・卷第四百二》，頁 3244。
〔註244〕《太平廣記・卷第四百二》，頁 173。
〔註245〕《元史・卷二百二》，頁 4517。

閃開金沙路，秀才合眼而入」、而《張生煮海》則以「法雲長老將這水指一指飜爲土壤，分一分步行坦蕩，直著你如履平原草徑荒」，三者似都陳述了「揭水指路」的神奇法術。不管是湖中武士、巡海夜叉或是法雲佛僧，這種分開湖（海）水，進而現出一條金沙路、平原荒草徑的書寫想像，應是來源於佛典與道教小說。《大意經》所說：「大意爲眾生故，發意入海取明月寶珠。初入海中至白銀城、金城、水精城及琉璃城取四寶珠以還。雖然大意在還本國，經歷海中而遭海神奪珠，然大意一心以器，想抒竭盡那深三百三十六萬由旬的海水，進而感動四天王來助，最後海神知其意盛，歸眾寶珠以與大意。意平安歸國，恣意大施，境界無復飢寒窮乏之者」，即是一齣「入海求珠，如履平地」的弘法說本。而干寶所撰寫的《搜神記・青洪君》一文，更是中國小說「揭水指路」的原型：

> 盧陵歐明，從賈客，道經彭澤湖。每以舟中所有投湖中，云：「以爲禮。」積數年。後復過，見湖中有大道，上多風塵。有數吏，乘馬車來候明，云：「是青洪君使邀。」須臾達，見有府舍，門下吏卒，明甚怖。吏曰：「青洪君感君前後有禮，故邀君。必有重遺君者。君勿取，獨求如願耳。」見青洪君，乃求如願……數年，大富。〔註246〕

青洪君應是商帆賈舶往來都陽湖上，祈求平安、順風無災的湖神，也是民間奉祀的道教神明。商人歐明受到青洪君的邀請入湖，干寶以「忽見湖中有大道，上多風塵。有數吏，乘馬車來候明」的動態書寫，可以說明凡夫俗子要能入湖或是入海，都須有湖中武夫官吏「揭水指路」的神通才能成行。在魏晉六朝佛典與道教小說神通幻術的傳揚下，隋唐宋元的傳奇小說作家們自然有了「取法」的途徑。不管是《柳毅》的「武夫揭水指路，引毅以進」、《柳毅傳書》的「覷水中閃出金沙路，走將那巡海的夜叉來」、或是《張生煮海》筆下法雲禪師的「將這水指一指飜爲土壤，分一分步行坦蕩，直著你如履平原草徑荒」，這種如何由凡間的水岸邊到達那海中龍宮的仙境處，小說家在佛道二家神話法術的薰陶影響下，便創造出進入那仙境的神秘法門，「揭水指路」的道佛神通。〔註247〕這些「煮海」與「入海」的小說情節，可說是結合佛、

〔註246〕《漢魏六朝筆記小說大觀》，頁307～308。

〔註247〕「揭水指路」的神蹟不是中國小說文學獨有，西方《聖經》早已載錄以色列人逃離埃及城，來到紅海，在後有法老王特選的六百輛軍車追兵時，摩西向海伸杖，立刻分開海水，指出一條乾道，讓以色列人順利渡過紅海，往流著奶與蜜的迦南美地前去。在《舊約聖經・出埃及記》第十四章21～22節記：

道、儒三家的文學神話，讓海洋成為「儒道佛合一」的書寫場域。

　　宋元時期，華僧西行者漸少，這一方面固然與西域陸道所受之政治影響有關，另一方面則是由於印度佛教本身在發展過程中出現漸趨式微。宋代時期有部分華僧、西僧在回程及東來中土，皆是循著海路而行，他們不僅肩負持國信、充國使的政治使命，也為中印佛教的海洋交流史寫下許多奇異的故事傳說。元代興起後，又以崇尚釋教為最，許多的海外西域高僧不僅多為帝師，其所流傳的海上旌奇感應事蹟，亦呈現當時期佛教徒的海洋文化思維。

　　此時期佛教有關小說、僧傳行紀、佛經故事中對於佛門僧侶的海路庶奇異的神蹟載述：如元念常《佛祖歷代通載》、宋贊寧《高僧傳》、宋釋志磐《佛祖統紀》、《元史‧釋老傳》裡大量記載宋元二代僧侶的海洋傳聞，而所建構的佛教道場，是一個旌威顯瑞、現奇表極的佛門海洋，是中外群僧在縣邈的山海帆影遠涉、冒險洪波中，忘形徇道，委命弘法的苦海普渡。另外諸多的海洋行紀如：《嶺外代答》、《萍州可談》與小說：《夷堅志》、《楊文公談苑》、《太平廣記》、《太平御覽》、《春渚紀聞》、《鶴林玉露》及佛經故事等記載佛像、佛經與佛僧旌瑞威靈而顯化大海，有超自然的神異力量與不可思議的法力奇蹟與宗教海洋神話的傳述。從海路西來之梵僧施護、循南海道求法之法遇、或橫渡滄溟、絕海洋、掛百丈、陵萬波、捨身忘軀來趨我唐的日僧奝然、寂照、誠尋、榮西、邵元，華僧無學祖元，或高麗僧義天等，莫不為滿足於橫海求法和東渡弘法；他們輕舟揚帆，在洶湧的思想波濤中尋求佛法的聖界。

小　結

　　從以上的論述來看，宋元時期的小說家對於儒道佛海洋觀的開出，可從幾個面向來看。首先是關於儒家海洋觀的書寫，大體而言也是將它置放在一個政經網絡上的貢納體系，與商業民生關係上的海上貿易。小說家建構了商舶遠屆來王，用德以懷遠的海外風教外，更以說奇誕怪的瀛海想像，來書寫

「摩西舉手向海伸杖，耶和華使用大東風，使海水一夜退去，水便分開，海就成了乾地。以色列人下海中走乾地，水在他們的左右作了牆垣……當日，耶和華這樣拯救以色列人脫離埃及人的手。」(《聖經》和合本：(台北：聖經資源中心，2011.9 二版二刷)，頁86～87。)

諸番君長，遠慕望風，寶舶薦臻，商貿於中國的景象。小說在載述有關這些海外奇國進貢的奇珍異寶，不僅反映當時中國與海外國家的多元文化交流與朝貢的體制外，更將想像的觸角伸向了無遠弗屆的四海邦國，紀錄更多山奇海異的怪國殊寶與未名之珍。而宋、元時期興起的海外移民風潮，以及當時社會氛圍對商人泛海貿易發家致富的讚美，沿海地區的社會風氣又從重視農本經濟而轉變為看重「舟楫之利」的風尚。這種逐利於大海，入海如登仙的心境，更充分展現時人官民以從事海外貿易作為發財致富的捷徑，培養出一種趨海而冒險求富的精神，反映了宋、元兩朝「逐海為利」的時代熱潮，進而使小說家筆下的海商、鬼奴、海外遠國多了些傳奇與譎怪性的書寫及立傳。另外，小說家所輯殊方異域的海外風物、民風國情，顯然充盈了荒誕怪譎，豔羨而又誇飾的視野。其以「竄服鬼方之境」的書寫視角，顯然還是擺脫不了海外異方異域恐怖的心靈架構，將海外視為「鬼方」的偏見心態。其以特定的文化視角來強調與歪曲海外殊方異域為鬼邦、非人獸性之境，而對比於華夏中土的儒教優越心態，與特定的「華夷之辨」，正是傳統士大夫對於海內外四裔為「被髮文身、雕題交趾、不生聖哲，蠢蠢然如鹿豕也」的解讀格局。

　　其次，宋元小說中有關道教的海洋觀書寫視野，從那「丹霞樓宇，宮觀異常；真仙墺墟，神官所治」的海上蓬島景象，依然衍繹與傳遞隋唐五代的仙話場景。不管是海上仙島、仙闕奇獸的地景，或是陸上桃源玄地、玉堂樓觀的方壺勝境，甚至是在皇家樓苑、士人園林，游觀侈靡的仙苑複建，都是如實的書寫人間心靈對海上蓬萊仙境的企羨。小說家醉心於那三山十島荒誕詭幻的仙島營造，如朱扉高闢，修廊繩直，大殿雲齊，紫閣臨空，危亭枕水，寶飾虛檐，砌甃寒玉，穿珠落箔，磨壁成牖，器皿金玉，水陸交錯，出清歌妙舞之姿，奏仙韶鈞天之樂的龍宮仙境；與重樓復閣，翬飛雲外，瓊樓玉宇，仙宮洞房，玉樓聳亭，仙風韻鈴，珠簾玉案，雲舒捲霞的「珠宮貝闕」、「水精宮」、「靈虛殿」、「芙蓉城」、「靈芝宮」或玉華宮等海上的仙境傳奇，都是小說家們逞意幻設「金樓玉堂，森列天表」的真仙靈境、海外蓬島。另外，「蓬萊仙境」的「方壺勝境」與「神鄉仙館」那移天縮地的趣喻，不但繼續增衍其瓊樓華闕、玉樹仙家的真境外，一幕幕的世外桃源寫景，成為小說家們極力構築道徒靈山洞府的仙觀勝境，並繼續成為文人慕求與高蹈遠引的名山仙境。尤其歷代文人經營的仙境符碼常是「人跡不可到」、「非世間之音而餘韻

不絕」的山中絕嶺、靈洞龍穴，或者是海外的奇島佳境，然在宋人卻好以人倫、慈愛、忠孝的儒家道德規範滲入於求仙經道的文本裡。本是蓬島瀛洲的佳境仙園，雖有儒家積極入世的精神，最終則又歸宿於「坐折壺中四季花」、「萬里蓬壺第一程」；「彈指紅塵二十年，歸來瀛海浩無邊」那種道教出世真門之中，並將道教洞天真觀作爲通達蓬壺仙境與桃源佳景的另一道神秘的窗口。至於帝王構築的宮苑仙境，又以宋徽宗的「艮嶽」最爲瑰奇美幻。艮嶽的宮苑建築不僅融於山水之中，也注入古人神仙傳說，更關建了池山之築、山水園林的宮苑典範。在花遮柳護、鳳樓龍閣中，神遊於雲蒸霞蔚、山壑溪池、曲徑通幽而茂林蔽天裡；沉浸於攬勝瀏臺，蓬壺笙歌中。

再來，有關宋元小說與僧傳故事中有關佛僧海洋觀的書寫，說明當時往返於中國、印度之間的僧人，除了禮拜聖跡、參訪佛法和攜帶佛經、佛像、佛器外，往往還兼有爲國主傳遞國書的政治使命。這些航海僧伽更是甘命懸一線之險，托身於萬里波濤、九死一生而來到他鄉異土傳燈佛法，與持國信、充國使的任務。海洋不僅是求法僧伽情契西極，觀化中天，思禮聖蹤的聯繫紐帶，也是他們奄爾云亡，神州望斷，聖境魂傷的埋靈所在。而宋元時期的禪宗東傳日本，在政治上，它鞏固了幕府的統治地位；在社會上，學禪修禪成爲日後數百年經久不衰的社會潮流；在文化上，它對五山文學的興起，與茶道、花道、劍道、武士道的形成和發展，以及朱子學的傳播都產生巨大及深遠的影響。這批德行高潔、學養豐富的中日傳燈禪僧彼此浮海東渡西來，在弘揚中國禪風的同時，更積極的傳播程朱理學在內的中國文化，在中日佛教文明交流史中功不可沒。小說中的中外僧伽，冒鯨波之險往來，更是展現出其越山越海，陵萬里波濤、乘風破浪以冒險犯難的海洋性格。尤其是日韓二國國僧，前撲後繼地杖錫航海，忘軀汪洋，來趨我唐，至求佛法的艱毅精神，更是令佛門僧眾動容。而在南海道上，大抵船舶風便而行，一日千里，若遇朔風，則是爲禍不測。因此佛僧在海上行念誦佛典并予祝禱以怒海息波，庇祐商僧航海的平安，遂成爲最重要的儀式。而佛門高僧的海上神蹟，所顯旃瑞靈應的記載，以及佛門聖物如舍利、佛像、佛經之有超凡力量，以彰顯佛教徒信奉的神奇之蹟，也屢屢見載於時人的小說文本中。

結　論

　　透過上述各章節的論題呈現，本書試圖建構由先秦時期神話、傳說、寓言所濫觴發展，以迄漢魏六朝、隋唐五代、宋元時期的志怪、傳奇、雜俎、戲劇、遊記、行紀、僧傳、逸史、話本等小說題材體例中有關儒道佛海洋觀之書寫發展及其遞承演變，進而形成系統化及統整性的論述樣貌。首先是緒論之陳述本書研究問題的源起，研究問題的呈現，時賢方家研究文獻的探討，以及本書的研究方法與基本材料的分析，以期能妥善處理如此複雜的研究論題。第一章略論中國海洋文化與海洋文學在古代各時期海洋觀點歷程中的發展演變關係，並以歸結儒道佛海洋觀的論述面向。

　　有關先秦漢魏六朝小說中儒家海洋觀論題的呈現，本書嘗試先由儒家經史文集，嘗試建構此時期小說中有關儒家對透過海洋實踐活動所獲得對海洋本質屬性的認知觀點。在該章節中，本書形塑了儒家的海洋觀是一個以政經爲焦點的海洋思維，在政治上的萬邦遠服，四海來歸；在經濟上的四夷朝獻，與殊方異域的互通有無。在史冊中閃耀著海國異邦的咸歸風化，梯山貢職，望日來王，的經世致用與治平天下的外王觀點。它充分地展現儒家「四夷來貢，綏靖遠服」的政經視野，與對於海外異族的中原王權、華夷之辨的強化意識。漢魏六朝小說中的儒家海洋觀書寫視野，便是承襲儒家經史文集的海洋意識，而置放在一個政商關係上的貢納體系與海貿交易上。小說中所說那來自海溟嶼島的八荒珍品、山琛水寶，不僅透過泛海陵波，因風遠至；更是舟舶繼路，商使交屬，種別類殊的異國夷路。小說家充分地揭示當時中國人對這些外國奢侈品的市場需求以及珍愛程度，並且也成爲帝皇王公誇耀身分與統治認可的象徵。同時，這些奇方洋域、斗絕海國之地，雖然遠邈重

洋、極泛滄溟，卻是提供了小說家們說奇誕怪的瀛海想像，建構商舶海船遠屆來王，用德以懷遠的中原王朝意識下的書寫。

就隋唐五代文人筆記小說下的諸番君長，遠慕王化，職修歲貢，而寶舶薦臻，外國之貨、稀世之珍，溢於中國的書寫內容來看，不僅反映了當時海外交通的繁華帶動起中西雙邊的多元文化交流外，更呼應出統治者「君臨區宇，深根固本，人逸兵強，九州殷富，四夷自服」恩化綏懷的外王經世思想的經略，體現隋唐五代招徠四鄰夷國，入貢來朝，與歲獲厚利，兼使外蕃輻輳中國的政治聲威。在透過矜恤綏懷的海貿政策，與慕化而來的萬國朝貢，這些鐼耳貫胸、殊琛絕贐的海外諸國風情民俗，更是提供隋唐小說對於遠邈瀛海、怪類殊種；珠翠奇寶、遠方異珍的集體意想與幻設。小說載述有關這些海外奇國進貢的奇珍異寶，不僅強調當時中國與海外國家的經貿、文化交流與朝貢體系，更將想像的觸角伸向了無遠弗屆的四海邦國，紀錄更多山奇海異的怪國殊寶與藏山隱海的未名之珍，以及對海外奇人、胡商、崑崙奴等靈怪炫惑、傳錄舛訛的海外異聞的精湛書寫。

宋元時期有關小說中儒家海洋觀的書寫，可從政治與經濟兩大面向來做歸納。首先就經濟層面的效應上，小說中所載敘的海外貿易政策與海上經商、海外商舶、海上奇物等等描述，則是包含了「朝貢貿易」及「市舶貿易」兩種形式。朝貢貿易更帶有濃厚的政治交往色彩，即是「殊方異域，鳥語侏儒之使，輻輳闕廷；而四方奇珍異寶，名禽殊獸，進獻於上方。」這種海外國家派遣使節，以向宋、元王朝輸誠，呈獻各種海外奇國的貢物，而宋元王朝則以「回賜」的方式，回贈相應或高於貢物價值的中原物品。當然，宋元王朝利用「朝貢」的手段來羈縻海外國家，藉以造成萬國來朝的盛大氣勢，提升中原王朝的政治威望，達到「梯航畢達，海宇會同」的王化天下的理想境界。至於市舶貿易雖有官府的嚴格管制，但是最主要目的卻是籠絡海商專利之權以歸國家之用，追求的是動以萬計的經濟利益。然而卻造成當時官僚權貴違法經營海外貿易的熾盛風氣，並形成沿海居民「逐利於海」、「舟楫極蠻島」的格局。而在陳敘海商所到異方殊域的奇遇，以及風土民情的寫景描摹，基本上則是踵繼了漢魏六朝志怪小說裡的「似人似獸」、「海外異邦島國之獸化非人境」、「鬼靈崇拜」，與漢譯佛經中常談的「賈客飄入鬼國」的偏見，更擴及史書秉筆者對外夷列傳的依傍聽聞，和得於市舶之口傳的民俗風情，展現出很典型的儒家華夏中心主義的書寫史觀。

　　而有關秦漢魏晉六朝小說中的道家、道教海洋觀論述，本書藉由道家及道教經典、史籍、百家雜說等媒介材料，以建構此期小說文本有關道家及道教透過以海洋人物事蹟、神話傳說、宗教玄思道境信仰等形塑而成的蓬萊仙話系統之海洋觀。從先秦漢初濫觴發端的「三山仙島」，在魏晉六朝開枝散葉，一路孕育出中國小說文本的海上仙島模本。這個蓬萊仙島的工程造境，由導源而構築、成型則有三層論述向度。其一，海上神仙與方士的群像營造故事，與仙道思想的傳播演化。其二，齊、燕特殊的濱海地貌，而引發海市蜃樓的幻影，進而為方士道徒所構築傳述蓬萊仙島的聖域地景。其三，海上仙境樂園型態性質的深化與神化，進而是現實地理空間的重塑與複現。在此蓬萊仙系演化歷程中，本書呈現三方面的論述向度：海上三神山仙境的演變、陸上方壺勝境與仙館神鄉的演化書寫、以及蓬萊仙境於帝王皇家園林的複製。志怪小說中描述的方士與神仙傳說所構築的中國海上蓬萊仙島的美麗傳奇：蓬萊三神山、海上十洲五島及七山蜃景中，更是造就了道教徒對於「神山仙境」的極致渴慕與人間心靈想像的構建。這東方雲海上的重樓翠阜、蜃樓珠宮，彷彿成為真仙所居，神官所治的聖域，海市蜃樓的蓬萊仙境更成為道教小說中的典範仙境。另外，魏晉南北朝帝王與文人對於蓬萊仙島的體現，或於皇家宮苑築山建島、疊山理水，以企慕仙山瓊閣；或於方丈之室與一壺天地的小園谷林，轉思不死仙境的隱逸審美，或於心靈神遊，以追慕仙蹤聖域。可說先秦漢魏六朝道家與道教典籍小說中，展現了透過以海洋神話傳說、人物事蹟、宗教玄思道境信仰等形塑而成的蓬萊仙話系統海洋觀。至於蓬萊仙系的神僊與方士的傳述源遠流長，情節也隨著時代的風潮而增衍變化，更提供了後世小說有關在蓬萊仙境系譜書寫上的建構元素。

　　至於隋唐五代道教海洋觀的書寫演變，小說家除了繼承先秦誇誕玄奇的海洋神話傳說，與漢魏六朝志怪、志人的小說養分，對蓬萊仙話的宗教信仰，描述鋪排及改造變動則更為廣博生動，並充滿神蹟奇能的宗教神話與傳說外，更以張皇神鬼奇異之事，仙道佛界因果報應，輪迴轉世之說，以及海洋志怪傳說，靈山洞府、神仙洞窟理想世界的殊寫，衍續方士仙人的蓬萊海洋仙境。而蓬瀛海中聖島仙境轉入陸上「樓觀五色、重門閣道」的壺中世界，並進而幻化「丹樓瓊宇、神鄉洞天」的人間仙境，與醉心於那三洲三島的營造、都成為方士道徒異想的海外奇談。唐人傳奇及其雜俎，盛述神仙譎怪之事，海中仙客與山中神人的仙境書寫，都擴大了魏晉六朝的仙境格局。

且唐人傳奇雜俎，在以蓬萊仙境爲母題的構築時，又將詭譎而動人神幻的龍宮勝地，及蛟宮水府等形象的仙道化，進而演變爲唐人傳奇小說的題材寫景。尤其是佛典中對於佛國淨土、天堂樂園與海底龍宮的構建，不僅啓發了中國傳奇小說中對於海底龍宮的書寫，並且使得當時期道教的海上仙島與佛教的海底龍宮，融攝爲一處位於詭奇多幻的東方海洋仙境。而隋唐五代小說家筆下的「蓬萊仙境」所構述的方壺勝境，與移天縮地的壺中天地來看，有著獨立的時間與空間系統，是海上虛幻仙島移植到現實人間仙山的聯接通道。它表現出道教「有長年之光景，日月不夜之山川。寶蓋層台，四時明媚，金壺盛不死之酒，琉璃藏延壽之丹。桃樹花芳，千年一謝，雲英珍結，萬載圓成」那美好而又玄虛神秘、飄逸空靈的神仙勝境。至於書寫隋唐帝王與文人對於蓬萊仙島的體現，在帝室皇苑中疊山理水的蓬萊造景，以企慕構建俗世人間的仙山瓊閣，無不體現了對蓬萊仙境的永恆追求。

　　宋元時期有關道教的蓬萊仙話文化系統的傳播，從那「眞仙塸墟，神官所治」的海上蓬島眞境，依然衍繹與承遞著它的仙話場景。不管是仙關奇獸的海上仙島，或是陸上桃源玄地、玉堂樓觀的方壺勝境，甚至是皇家樓苑、士人園林的仙苑複建，都是如實地反映出人間心靈對海上蓬萊仙境的求羨。尤其宋元小說家筆下的佛僧能入龍宮海藏，進水府閣堂，這種「揭海指路」，釋道融通的神通奇術，以及結合儒道佛三家的文學神話色彩，更使得那流傳於海上縹緲的蓬萊仙話成爲三教合一的思想載域。另外「方壺勝境」與「壺中天地」的場景，在宋元的小說中，不但繼續增衍瓊樓華闕、金玉臺閣的仙景外，一幕幕的世外桃源寫景，成爲小說家們極力構築道徒靈山洞府的仙觀勝境，並繼續成爲文人慕求高蹈遠引的名山眞境。並將那遠海縹緲的蓬瀛三島地景，移植到人所不到而絕蹟勝境的名山幽谷洞天。尤其歷代文人經營的仙境符碼常是「人跡不可到」、「非世間之音而餘韻不絕」的山中絕嶺、靈洞龍穴，或者是海外的奇島佳境，然在宋人卻好以人倫、慈愛、忠孝的儒家道德規範滲入於求仙悟道的文本裡。本是蓬島瀛洲的佳境仙園，雖有儒家積極入世的精神，最終則又歸宿於「坐折壺中四季花」、「萬里蓬壺第一程」；「彈指紅塵二十年，歸來瀛海浩無邊」那種道教出世的眞門中。道教的洞天眞觀，已然成爲通達蓬壺仙境與桃源佳景的另一道神秘的窗口。至於帝王構築的宮苑仙境，又以宋徽宗的「艮嶽」最爲瑰奇美幻。艮嶽的宮苑建築不僅融於山水之中，也注入古人神仙傳說，更關建了池山之築、山水園林的宮苑

典範。在花遮柳護、鳳樓龍閣中，神遊於雲蒸霞蔚、山壑溪池、曲徑通幽而茂林蔽天裡；沉浸於攬勝瀏臺，蓬壺笙歌之中。宋元帝王造景蓬萊仙境於宮苑中，無異就是即境即仙，金銀宮闕亦可現於人寰，而方壺天地的人間仙境近在咫尺。帝王雖能從神話中甦醒，卻也無法躲開神話的催眠而成為仙庭的囚徒。

另外，漢魏六朝小說中佛家海洋觀的書寫，本書由漢魏六朝官書典籍中有關佛教海路的交流傳播、僧傳故事中的佛徒海洋傳奇等面向，以建構此時期小說及佛典故事中有關佛家對透過海洋宗教實踐活動所形塑的海洋觀。而在我們的論證下，海洋不僅是海路佛僧傳教的活動舞臺，更孕育出很多佛門的海上傳奇。不管是外僧東傳弘法，或者是華僧西行求經，他們都在艱辛波折的海洋航行中拋灑求佛的熱情；在遠渡重溟，驚濤駭浪的九死一生中，將數千卷的梵本佛典傳入中國，譯為漢文。漢魏六朝藉由海洋航道所傳輸的佛教文明因子，不僅開啟了中國的文化大門，更帶有海洋的生命元素，與演繹動人的海路佛僧傳奇。魏晉六朝小說與佛典故事中關於佛教海洋觀的書寫課題，基本上即循著這樣的發展路向。在僧傳與志怪小說書寫下，所建構的佛教道場是一個旍威顯瑞、現奇表極的佛門海洋，是中、西群僧在縣邈的山海帆影遠涉、冒險洪波中，忘形徇道，委命弘法的苦海普渡。這些佛門的海上靈蹟，不僅記載了佛像、佛經與佛僧旍瑞威靈而顯化大海，有超自然的神異力量與不可思議的法力奇蹟，及宗教海洋神話的傳述外；同時更廣泛紀錄僧侶與海商一路遠渡重溟、拚搏濤浪，忘形而徇道、委命以弘法，而得蒙海上威神顯佑，化解危厄而將梵本佛典傳入中國的宏業。尤其當時傳入中土的佛典神蹟，在隨著時間及傳說的演化，與中外佛僧的流化弘法，這些佛經譯典中的觀自在菩薩海上救溺黑風、解脫羅剎鬼難的信仰傳播，在魏晉六朝已漸漸深植人心，而開啟當時期小說裡有關觀音海上救護靈驗事蹟的書寫。

而隋唐五代小說中的佛僧海洋觀書寫演變，不僅遞承漢魏六朝有關佛門海上旍威顯瑞、現奇表極的靈蹟外，在演變的過程中佛門海洋不僅為中外高僧眾伽仰蒙三寶、遠被西天的操練戰場，也是他們求法東歸，載譽中土，了悟生死輪迴的宗教道場。高僧們在航渡橫越萬里波濤的滄海世界裡，海洋是西征求法者情契西極，觀化中天，思禮聖蹤的聯繫紐帶，卻也是他們奄爾云亡，神州望斷，聖境魂傷的埋魂所在。他們或南涉洪溟、鼓舶鯨波而孤征；或東渡滄濤以單逝，大演釋教，經黑海蛇山，莫不咸思聖跡，罄五體而歸

禮；俱懷旋踵，報四恩以流望。隋唐五代海上交通發達，從海路去印度弘法取經，或東渡日本，鼓帆來華而隆興佛法者不乏其人。這些佛門僧人，鼓帆瀛海而含弘佛法以冒險犯難，在鯨海巨深、滄溟萬里中，遠涉重洋，以遂弘法求法的悲願，並且載錄南海、東海各島國的風土異俗，與彼此緊密的文化流通。他們透過其與海洋的交緣過程，而所譜寫海路奇異的神蹟，不僅成就了這群高僧的求法夙願與歷史光環，也完備了僧伽在海南與海東的傳燈生命，更爲中印、中日的佛教傳播史寫下了可歌可泣的海洋傳奇。大海，對這些汪洋忘軀的佛教僧伽來說，原不是隔絕孤立的黑牆，或是難以跨越的巨壑，而是一條求法的渠道，更是傳燈佛法的無限延伸。海上的濤天白浪難以淘盡這無數冒險鼓帆的僧伽，卻是益加的彰顯他們乘風破浪、冒險犯難的海洋性格。他們極力的擁抱海洋來創闢佛教的新文明；他們跨洋出海、重溟遠渡的求法驚艷，使他們面對海洋而能輕舟揚帆，醞釀思想的波濤以尋求佛法的聖界。進而讓中國的十方善信皈依信持，完成中國佛教史上規模巨大的文化移植和心靈的交通。

宋元以後的傳經求法活動，儼然只能視爲佛教傳播活動的餘波。然而值得我們歌書的，此時段的禪宗思想，以及與佛教入室操戈的儒家理學，卻成爲中日、中韓佛教文化交流的新寵，隨著它們的輸入日韓，更爲此時代開創佛法傳燈的另波高潮。宋元時期，佛教僧伽的海洋求法或弘法史裡，雖不若隋唐五代之頻繁多彩，亦有輕身殉法之賓，更有創闢荒途，中開王路之高僧。當時期海上交通發達，從海路去印度弘法取經，或東渡日本，鼓帆來華而隆興佛法者不乏其人。這些佛門僧人，鼓帆瀛海以冒險犯難，在鯨海巨深、滄溟萬里中，遠涉重洋，以遂弘法求法。也因此小說與僧傳故事中對於佛門僧侶的海洋觀書寫，從海路西來的梵僧施護、循南海道求法的法遇、或橫渡滄溟、絕海洋、掛百丈、陵萬波、捨身忘軀來趨我唐的日僧奝然、寂照、誠尋、榮西、邵元，華僧無學祖元，或高麗僧義天等，莫不記述他們爲滿足傳燈精神而橫海求法和東渡弘法的悲願。尤其當時渡海僧伽的佛教文化交流，不僅僅是佛教法脈事業的傳習流通，更兼有爲國主傳遞國書的政治使命。

任何一項具體的研究，絕不可能是該研究成績的終結，而應是新研究的起點。由於研究主題的龐大與複雜，本書不能說是已完全呈現明代之前小說中有關儒道佛海洋觀書寫演變的論述全貌，也不認爲已經解答所有的研究問

題。本書在時賢的研究基礎上，或就學者的言之未及、未詳處，做了一番統整性與系統化的探索論述，所見所得絕非完美無瑕，亦不敢自居成一家之言，而唯力求能自圓其說罷了。回顧這項研究帶我走過的漫長道路，筆者發現尚有許多問題有待探討，尤其是明清時期小說中的儒道佛海洋觀點的梳理深究，更是本書學力不及的遺珠之憾，而待能者方家他日的建構論述，以呈現及補足中國小說中儒道佛海洋觀的整體研究脈絡及走向。但願本書的一孔之見，能對中國古代小說中在與海洋的交緣研究領域中而有絲毫的貢獻，更尚祈學者時賢的不吝指教。

參考文獻

〔古籍類〕

一、十三經注疏

1. 《毛詩正義》，台北：藝文印書館，1989 年 1 月 11 版景印清嘉慶 20 年《重刊宋本毛詩注疏附校勘記》。

2. 《尚書正義》，台北：藝文印書館，1989 年 1 月 11 版景印清嘉慶 20 年《重刊宋本尚書注疏附校勘記》。

3. 《周易正義》，台北：藝文印書館，1989 年 1 月 11 版景印清嘉慶 20 年《重刊宋本尚書注疏附校勘記》。

4. 《周禮注疏》，台北：藝文印書館，1989 年 1 月 11 版景印清嘉慶 20 年《重刊宋本周禮注疏附校勘記》。

5. 《禮記注疏》，台北：藝文印書館，1989 年 1 月 11 版景印清嘉慶 20 年《重刊宋本毛詩注疏附校勘記》。

6. 《春秋左傳正義》，台北：藝文印書館，1989 年 1 月 11 版景印清嘉慶 20 年《重刊宋本左傳注疏附校勘記》。

7. 《春秋穀梁傳注疏》，台北：藝文印書館，1989 年 1 月 11 版景印清嘉慶 20 年《重刊宋本穀梁注疏附校勘記》。

8. 《論語注疏》，台北：藝文印書館，1989 年 1 月 11 版景印清嘉慶 20 年《重刊宋本論語注疏附校勘記》。

9. 《孟子注疏》，台北：藝文印書館，1989 年 1 月 11 版景印清嘉慶 20 年《重刊宋本孟子注疏附校勘記》。

10. 《孝經注疏》，台北：藝文印書館，1989 年 1 月 11 版景印清嘉慶 20 年《重刊宋本孝經注疏附校勘記》。

11. 《爾雅注疏》，台北：藝文印書館，1989 年 1 月 11 版景印清嘉慶 20 年《重刊宋本孝經注疏附校勘記》。

二、二十四史（依照朝代先後排序）

1. 〔漢〕司馬遷撰，〔宋〕裴駰集解，〔唐〕司馬貞索隱，〔唐〕張守節正義：《史記》，北京：中華書局，1960 年。

2. 〔漢〕班固撰，〔唐〕顏師古注：《漢書》，北京：中華書局，1960 年。

3. 〔宋〕范曄撰，〔唐〕李賢等注：《後漢書》，北京：中華書局，1960 年。

4. 〔晉〕陳壽撰，〔宋〕裴松之注：《三國志·吳書》，北京：中華書局，1960 年。

5. 〔梁〕沈約撰：《宋書》，北京：中華書局，1960 年。

6. 〔梁〕蕭子顯撰：《南齊書》，北京：中華書局，1960 年。

7. 〔北齊〕魏收撰：《魏書》，北京：中華書局，1960 年。

8. 〔唐〕房玄齡等撰：《晉書》，北京：中華書局，1960 年。

9. 〔唐〕李延壽撰：《南史》，北京：中華書局，1960 年。

10. 〔唐〕李延壽撰：《北史》，北京：中華書局，1960 年。

11. 〔唐〕魏徵等撰：《隋書》，北京：中華書局，1960 年。

12. 〔後晉〕劉昫等撰：《舊唐書》，北京：中華書局，1960 年。

13. 〔宋〕歐陽修，宋祁撰：《新唐書》，北京：中華書局，1960 年。

14. 〔元〕脫脫等撰：《宋史》，北京：中華書局，1960 年。

15. 〔明〕宋濂等撰：《元史》，北京：中華書局，1960 年。

三、佛教經典

1. 《大方廣佛華嚴經》（東晉佛馱跋陀羅譯本）卷五十，《大正藏》第九冊。

2. 《千手千眼觀世音菩薩廣大圓滿无礙大悲心陀羅尼經》，《大正藏》第二十冊。

3. 《大方廣佛華嚴經》（唐般若譯本）卷十六，《大正藏》第十冊。

4. 《大方廣佛華嚴經》（唐實義難陀譯本）卷六十八，《大正藏》第十冊。

5. 《正法華經》（竺法護譯本）卷十六，《大正藏》第九冊。

6. 《大乘莊嚴寶王經》卷三，《大正藏》第二十冊。

7. 《大藏經》，《大正藏》第三冊，本緣部上冊。

8. 《撰集百緣經》卷九，《大正藏》第四冊。

9. 《中華大藏經》，北京：中華書局，1992 年。

10. 《新編卍字續藏經》，《大日本續藏經》第八十七冊，台北：新文豐出版事業，1977 年。

11. 《妙法蓮華經觀世音菩薩普門品》，高雄：佛光文化事業，2009 年。

四、文學典籍（依照朝代先後排序）

1. 〔漢〕劉向著，楊家駱主編：《說苑》，台北：世界書局，1988 年。

2. 〔漢〕劉向撰，左松超注：《說苑讀本》，台北：三民書局，1996 年。

3. 〔晉〕郭璞注、李肖點注：《玄中記》，北京：北京出版社，2000 年。

4. 〔梁〕昭明太子撰，〔唐〕李善注：《文選》，台北：藝文印書館，1983 年。

5. 〔唐〕李白著，瞿蛻園等校注：《李白集校注》，上海：上海古籍出版社，2007 年。

6. 〔唐〕杜甫著，〔清〕仇兆鰲注：《杜詩詳註》，台北：文史哲出版社，1985 年。

7. 〔唐〕白居易著，謝思煒校注：《白居易詩集校注》，北京：中華書局，2009 年。

8. 〔唐〕杜牧著，吳在慶校注：《杜牧集繫年校注》，北京：中華書局，2008 年。

9. 〔唐〕柳宗元著：《柳河東集》，上海：上海人民出版社，1974 年。

10. 〔唐〕元結撰，楊家駱主編：《新校元次山集》，台北：世界書局，1963 年。

11. 〔唐〕李商隱著，〔清〕馮浩箋注：《玉谿生詩集箋注》，上海：上海古籍出版社，2007 年。

12. 〔宋〕李昉等奉敕撰：《太平御覽》，台北：台灣商務印書館，1997 年。

13. 〔宋〕李昉等編：《太平廣記》，北京：中華書局，2008 年。

14. 〔宋〕蘇軾撰，楊家駱主編：《蘇東坡全集》，台北：世界書局，2005 年。

15. 〔宋〕郭茂倩編：《樂府詩集》，北京：中華書局，2009 年。

16. 〔宋〕洪邁撰，何卓點校：《夷堅志》，北京：中華書局，2006 年。

17. 〔宋〕宋人撰：《大唐三藏取經詩話》，台北：世界書局，2011 年。

18. 〔元〕無名氏編纂：《湖海新聞夷堅續志》，北京：中華書局，2006 年。

19. 〔明〕臧晉叔編撰：《元曲選》，台北：正文書局，1999 年。

20. 〔明〕胡震亨輯，〔清〕季振宜編，〔清〕彭定球、楊中納修纂：《全唐詩》，北京：中華書局，1960 年。

21. 〔明〕宋濂：《宋學士文集》，上海：商務印書館，1937 年。

22. 〔明〕馮夢龍編撰，徐文助校注：《警世通言》，台北：三民書局，2008 年。

23. 〔明〕凌濛初著，劉本棟校訂：《初刻拍案驚奇》，台北：三民書局，1995年。

24. 〔明〕洪楩編：《清平山堂話本》，台北：建宏出版社，1995年。

25. 〔明〕吳承恩撰，繆天華校注：《西遊記》，台北：三民書局，2008年。

26. 〔清〕嚴可均輯：《全漢文》，北京：商務印書館，2006年。

27. 〔清〕嚴可均輯：《全後漢文》，北京：商務印書館，2006年。

28. 〔清〕嚴可均輯：《全三國文》，北京：商務印書館，2006年。

29. 〔清〕嚴可均輯：《全晉文》，北京：商務印書館，2006年。

30. 〔清〕嚴可均輯：《全梁文》，北京：商務印書館，2006年。

31. 〔清〕嚴可均輯：《全齊文》，北京：商務印書館，2006年。

32. 〔日〕瀧川龜太郎著：《史記會注考證》，台北：洪氏出版社，1982年。

33. 上海古籍出版社：《全唐詩》，上海：上海古籍出版社，1986年。

34. 楊家駱主編：《楚辭注八種》，台北：世界書局，1989年。

35. 王根林等校點：《漢魏六朝筆記小說大觀》，上海：上海古籍出版社，1999年。

36. 董志翹著：《觀世音應驗記三種譯註》，南京：江蘇古籍出版社，2002年。

37. 上海古籍出版社編：《唐五代筆記小說大觀》，上海：上海古籍出版社，2003年。

38. 陳美林注譯：《明傳奇小說選》，台北：三民書局，2004年。

39. 袁珂校注：《山海經校注》，台北：里仁書局，2005年。

40. 上海古籍出版社編：《宋元筆記小說大觀》，上海：上海古籍出版社，2007年。

41. 上海古籍出版社編：《明代筆記小說大觀》，上海：上海古籍出版社，2007年。

42. 上海古籍出版社編：《清代筆記小說大觀》，上海：上海古籍出版社，2007年。

43. 逯欽立輯校：《先秦漢魏晉南北朝詩》，北京：中華書局，2008年。

44. 上海師範大學古籍整理研究所編：《全宋筆記》，鄭州：大象出版社，2008年。

45. 楊家駱主編：《敦煌變文》，台北：世界書局，2009年。

五、文學以外典籍（依照朝代先後排序）

1. 〔周〕老子撰，〔漢〕河上公注，〔三國〕王弼注，劉思禾校點：《老子》，上海：上海古籍出版社，2013年。

2. 〔周〕莊子撰，〔清〕郭慶藩輯：《莊子集釋》，台北：華正書局，1991年。

3. 〔周〕列子撰，景中注：《列子》，北京：中華書局，2008年。

4. 〔漢〕劉熙撰，〔清〕畢沅疏證：《釋名疏證》，台北：廣文書局，1971年。

5. 〔漢〕袁康、吳平撰，鐵如意館主校注：《景越絕書校注稿本》，台北：世界書局，1981年。

6. 〔漢〕高誘注：《淮南子》，台北：藝文印書館，1974年。

7. 〔漢〕高誘注：《呂氏春秋》，台北：藝文印書館，2009年。

8. 〔漢〕高誘注：《戰國策》，台北：藝文印書館，2009年。

9. 〔漢〕劉向撰，王叔岷校箋：《列仙傳校箋》，台北：中研院文哲所，1995年。

10. 〔漢〕陸賈著，王毅注譯，黃俊郎校閱：《新語讀本》，台北：三民書局，2008年。

11. 〔漢〕劉向著，葉幼明注譯，黃沛榮校閱：《新序讀本》，台北：三民書局，1996年。

12. 〔漢〕桓譚撰，朱謙之校輯：《新輯本桓譚新論》，《新編諸子集成續編》，北京：中華書局，2009年。

13. 〔漢〕桓寬著，盧烈紅注譯：《鹽鐵論》，台北：三民書局，1995年。

14. 〔漢〕宋衷注，〔清〕秦嘉謨等輯：《世本八種》，北京：中華書局，2010年。

15. 〔漢〕應劭撰：王利器校注：《風俗通義校注》，台北：明文書局，1988年。

16. 〔漢〕王符著，彭丙成注譯、陳滿銘校閱：《潛夫論》，台北：三民書局，1998年。

17. 〔漢〕許慎著，〔清〕段玉裁注：《說文解字》，台北：黎明文化事業，1993年。

18. 〔漢〕趙曄撰：《吳越春秋》，台北：世界書局，1980年。

19. 〔漢〕王充撰，楊家駱主編：《論衡集解》，台北：世界書局，1990年。

20. 〔吳〕韋昭注，明潔輯評：《國語》，上海：上海古籍出版社，2008年。

21. 〔晉〕葛洪撰，李中華注，黃志民校：《抱朴子》，台北：三民書局，2001年。

22. 〔晉〕葛洪撰，周敏成注釋：《神仙傳》，台北：三民書局，2004年。

23. 〔東晉〕釋法顯撰，章巽校注：《法顯傳校注》，北京：中華書局，2008年。

24. 〔梁〕梁文帝撰，〔清〕謝章鋌校：《金樓子》，台北：世界書局，景印國立中央圖書館珍藏鈔永樂大典本，1990 年。

25. 〔梁〕慧皎撰，朱恒夫等注譯：《高僧傳》，台北：三民書局，2005 年。

26. 〔北魏〕酈道元著，陳橋驛校證：《水經注校證》，北京：中華書局，2008 年。

27. 〔北魏〕楊衒之撰，楊勇校箋：《洛陽伽藍記》，北京：中華書局，2006 年。

28. 〔唐〕玄奘撰，陳飛注譯，黃俊郎校閱：《大唐西域記》，台北：三民書局，2003 年。

29. 〔唐〕慧立，彥悰等著，孫毓棠點校：《大慈恩寺三藏法師傳》，北京：中華書局，2008 年。

30. 〔唐〕道宣著，范祥雍點校：《釋迦方志》，北京：中華書局，2008 年。

31. 〔唐〕慧超著，張毅箋譯：《往五天竺國傳箋釋》，北京：中華書局，2006 年。

32. 〔唐〕釋道世撰，周叔迦等校注：《法苑珠林校注》，北京：中華書局，2006 年。

33. 〔唐〕義淨撰，王邦雄校注：《大唐西域求法高僧傳校注》，北京：中華書局，1988 年。

34. 〔唐〕義淨撰，王邦雄校注：《南海寄歸內法傳校注》，北京：中華書局，1995 年。

35. 〔唐〕義淨著，華濤釋譯，星雲大師總堅修：《南海寄歸內法傳》，台北：佛光經典，1998 年。

36. 〔唐〕〔日〕眞人元開著，汪向榮校注：《唐大和上東征傳》，北京：中華書局，2006 年。

37. 〔唐〕徐堅等撰：《初學記》，北京：中華書局，2010 年。

38. 〔唐〕吳兢撰，駢宇騫等譯注：《貞觀政要》，北京：中華書局，2009 年。

39. 〔唐〕杜佑著：《通典》，台北：臺灣商務印書館，1994 年。

40. 〔唐〕杜環著，張一純箋注：《經行記箋注》，北京：中華書局，2006 年。

41. 〔唐〕元結撰，楊家駱主編：《新校元次山集》，台北：世界書局，1963 年。

42. 〔宋〕范應元撰，黃曙輝點校：《老子道德經古本集注》，上海：華東師範大學出版社，2010 年。

43. 〔宋〕趙汝适著，楊博文校釋：《諸蕃志校釋》，北京：中華書局，2008 年。

44. 〔宋〕趙彥衛撰；傅根清點校：《雲麓漫鈔》，北京：中華書局，2007 年。

45. 〔宋〕周去非著，楊武泉校著：《嶺外代答校注》，北京：中華書局，2006年。

46. 〔宋〕沈括著：《夢溪筆談》，重慶：重慶出版社，2007年。

47. 〔宋〕贊寧著：《宋高僧傳》，台北：文津出版社，1991年。

48. 〔宋〕樂史撰，王文楚等點校：《太平寰宇記》，北京：中華書局，2007年。

49. 〔宋〕志磐撰，釋道法校注：《佛祖統紀校注》，上海：上海古籍出版社，2012年。

50. 〔宋〕范成大撰，孔凡禮點校：《范成大筆記六種》，北京：中華書局，2008年。

51. 〔元〕周達觀撰：《真臘風土記》，台北：廣文書局，1979年。

52. 〔元〕汪大淵著，蘇繼廎校釋：《島夷誌略校釋》，北京：中華書局，2009年。

53. 〔元〕馬端臨：《文獻通考》，台北：新興書局，1963年。

54. 〔清〕馬驌撰，王利器整理：《繹史》，北京：中華書局，2002年。

55. 〔清〕王先謙撰：《韓非子集解》，台北：藝文印書館，2008年。

56. 〔清〕王先謙：《荀子集解》，台北：華正書局，1988年。

57. 〔清〕林春溥撰：《竹書紀年補證》，《古今本竹書紀年》，台北：世界書局，2009年。

58. 〔清〕紀昀編：《四庫全書總目提要》，台北：藝文印書館，1989年。

59. 王明編：《太平經合校》，北京：中華書局，1997年。

60. 張潔點校：《古本竹書紀年》，濟南：齊魯書社，2010年。

61. 袁宏點校：《逸周書》，濟南：齊魯書社，2010年。

〔今人著作〕

一、海洋文化與海洋文學（依照出版年排序）

1. 曲金良著：《海洋文化概論》，青島：青島海洋大學出版社，1999年。

2. 杜瑜撰：《海上絲路史話》，台北：國家出版社，2004年。

3. 徐鴻儒主編：《中國海洋學史》，濟南：山東教育出版社，2004年。

4. 王莉等撰：《航海史話》，台北：國家出版社，2005年。

5. 柳和勇主編：《中國古代海洋詩歌選》，北京：海洋出版社，2006年。

6. 柳和勇主編：《中國古代海洋小說選》，北京：海洋出版社，2006年。

7. 柳和勇主編：《中國古代海洋散文選》，北京：海洋出版社，2006年。

8. 高莉芬著：《蓬萊神話——神山、海洋與洲島的神聖敘事》，台北：里仁

書局，2007 年。

9. 李明春，徐志良著：《海洋龍脈——中國海洋文化縱覽》，北京：海洋出版社，2007 年。

10. 黃順力著：《海洋迷思——中國海洋觀的傳統與變遷》，南昌：江西高校出版社，2007 年。

11. 楊國楨著：《瀛海方程——中國海洋發展理論和歷史文化》，北京：海洋出版社，2008 年。

12. 曲金良主編：《中國海洋文化史長編——先秦秦漢卷》，青島：中國海洋大學出版社，2008 年。

13. 趙君堯著：《天問‧驚世——中國古代海洋文學》，北京：海洋出版社，2009 年。

14. 段漢武主編：《海洋文學研究文集》，北京：海洋出版社，2009 年。

15. 李新安，金毅編著：《桅影風騷——海洋文學與海洋藝術》，北京：海潮出版社，2012 年。

16. 舟欲行，曲實強編著：《濤聲神曲——海洋神話與海洋傳說》，北京：海潮出版社，2012 年。

二、海外交通史（依照出版年排序）

1. 馮承鈞著：《中國南洋交通史》，台北：台灣商務印書館，1993 年。

2. 陳高華，陳尚勝合著《中國海外交通史》，台北：文津出版社，1997 年。

3. 〔法〕費琅著：《昆侖及南海古代航行考》，北京：中華書局，2002 年。

4. 陳炎著：《海上絲綢之路與中外文化交流》，北京：北京大學出版社，2002 年。

5. 周佛洲著：《長安與南海諸國》，西安：西安出版社，2003 年。

6. 鞠德源著：《中國先民海外大探險之謎》，北京：北京圖書出版社，2003 年。

7. 石雲濤著：《早期中西交通與交流史稿》，北京：學苑出版社，2004 年。

8. 柳和勇著：《舟山群島海洋文化論》，北京：海洋出版社，2006 年。

9. 劉鳳鳴著：《山東半島東方海上絲綢之路》，北京：人民出版社，2007 年。

10. 方豪著：《中西交通史》，上海：上海人民出版社，2008 年。

11. 陳佳榮、錢江合編：《歷代中外行紀》，上海：上海辭書出版社，2008 年。

三、其他研究論著（依照出版年排序）

1. 林以亮等編：《中國古典小說論集第一輯》，台北：幼獅文化公司，1977 年。

2. 上海古籍出版社編：《中華文史論叢第二輯》，上海：上海古籍出版社，1979 年。

3. 錢鍾書：《管錐篇》，北京：中華書局，1979 年。

4. 孟瑤著：《中國小說史》，台北：傳記文學出版社，1980 年。

5. 李豐楙著：《六朝隋唐仙道類小說研究》，台北：學生書局，1986 年。

6. 文山遯叟蕭天石主編：《儻苑編珠》，台北：自由出版社，1990 年。

7. 錢穆：《先秦諸子繫年》，台北：東大圖書公司，1990 年。

8. 韓秉方等著：《中國民間宗教史》，上海：上海人民出版社，1992 年。

9. 余英時著：《中國思想傳統的現代詮釋》，台北：聯經出版事業，1992 年。

10. 劉精誠著：《中國道教史》，台北：文津出版社，1993 年。

11. 郭朋著：《中國佛教史》，台北：文津出版社，1993 年。

12. 王孝廉：《中國的神話與傳說》，台北：聯經事業出版公司，1994 年。

13. 吳禮權著：《中國筆記小說史》，台北：臺灣商務印書館，1995 年。

14. 王曉秋著：《中日交流史話》，台北：臺灣商務印書館，1995 年。

15. 李豐楙著：《六朝隋唐仙道類小說研究》，台北：台灣學生書局，1997 年。

16. 魯迅校錄：《古小說鉤沉》，濟南：齊魯書社，1997 年。

17. 湯用彤著：《漢魏兩晉南北朝佛教史》，台北：臺灣商務印書館，1998 年。

18. 龔顯宗著：《臺灣文學研究》，台北：五南圖書出版公司，1998 年。

19. 丁敏等著：《佛教與文學》，台北：法鼓文化，1998 年。

20. 郭箴一著：《中國小說史》，台北：台灣商務印書館，1999 年。

21. 曹永和著：《中國海洋史論集》，台北：聯經事業出版，2000 年。

22. 梁啟超：《佛學研究十八篇》，上海：上海古籍出版社，2001 年。

23. 連雅堂著：《台灣通史》，台北：黎明文化事業，2001 年。

24. 林國平，彭文宇合著：《福建民間信仰》，福州：福建人民出版社，2001 年。

25. 王瓊玲著：《古典小說縱論》，台北：學生書局，2002 年。

26. 王孝廉著：《華夏諸神》，台北：雲龍出版社，2002 年。

27. 胡萬川著：《真實與想像神話傳說探微·失樂園──一個有關樂園神話的探討》，新竹：清華大學出版社，2004 年。

28. 樂蘅軍著：《古典小說散論》，台北：大安出版社，2004 年。

29. 彭安玉等主編：《中國地理大發現》，台北：究竟出版社，2004 年。

30. 王孝廉著：《中國神話世界》，台北：洪葉文化，2005 年。

31. 孫昌武著：《中國文學中的維摩與觀音》，天津：天津教育出版社，2006 年。

32. 陳大康著：《古代小說研究及方法》，北京：中華書局，2006 年。

33. 〔日〕小南一郎著，孫昌武譯：《中國的神話傳說與古小說》，北京：中華書局，2006 年。

34. 沙海昂注，馮承鈞譯：《馬可波羅行紀》，台北：臺灣商務印書館，2006 年。

35. 上海辭書出版社編：《中國文學大辭典》，上海：上海辭書出版社，2007 年。

36. 吳志達：《中國文言小說史》，濟南：齊魯書社，2007 年。

37. 朱亞非：《徐福志》，青島：中國海洋大學出版社，2007 年。

38. 張良群主編：《中外徐福研究》，北京：中國科學技術大學出版社，2007 年。

39. 劉勇強著：《中國古代小說史敘論》，北京：北京大學出版社，2007 年。

40. 余英時著，侯旭東等譯：《東漢生死觀》，台北：聯經出版公司，2008 年。

41. 余英時著，鄔文玲等譯：《漢代貿易與擴張》，台北：聯經文化事業，2008 年。

42. 何方耀著：《晉唐時期南海求法高僧群體研究》，北京：宗教文化出版社，2008 年。

43. 于君方著，陳懷宇等譯：《觀音——菩薩中國化的演變》，台北：法鼓文化，2009 年。

44. 魯迅著，周錫山評註：《中國小說史略》，台北：五南圖書出版公司，2009 年。

45. 聞一多：《神話與詩》，武漢：武漢大學出版社，2009 年。

46. 魯迅輯錄，程小銘等譯注：《唐宋傳奇集全譯》，貴州：貴州人民出版社，2009 年。

47. 袁珂著：《中國神話傳說》，台北：里仁書局，2009 年。

48. 王水照選注：《宋代散文選注》，上海：上海古籍出版社，2010 年。

49. 劉宗迪著：《失落的天書：《山海經》與古代華夏世界觀》，北京：商務印書館，2010 年。

50. 江靜撰：《赴日宋僧無學祖元研究》，北京：商務印書館，2010 年。

51. 束忱注譯：《宋傳奇小說選》，台北：三民書局，2010 年。

52. 傅勤家著：《中國道教史》，北京：商務印書館，2011 年。

53. 《聖經》和合本，台北：聖經資源中心，2011 年。

54. 蔣維喬著：《中國佛教史》，香港：香港聯合書刊物流，2013 年。

〔期刊論文〕

一、單篇期刊論文（依照出版年排序）

1. 徐曉望：〈關於人類海洋文化理論的重構〉，《福建論壇》，第四期，1990 年。

2. 王三慶撰：〈四海龍王在民間通俗文學上之地位〉，《漢學研究》，第 8 期第 1 卷，1990 年。

3. 陸志緒：〈蓬萊未必皆仙山〉，《漢中師院學報・哲社版》，第 2 期，1991 年。

4. 謝大寧撰：〈儒隱與道隱〉，《國立中正大學學報》，第 3 卷第 1 期，1992 年。

5. 康群撰：〈仙・方士・三神山〉，《河北社會科學論壇》，第 1 期，1995 年。

6. 李利安撰：〈中印佛教觀音身世信仰的主要內容與區別〉，《中華文化論壇》，第 4 期，1996 年。

7. 王文欽撰：〈媽祖崇拜與儒釋道的融合〉，《孔子研究》，第 1 期，1997 年。

8. 徐曉望撰：〈論媽祖與中國海洋文化精神〉，《福建學刊》，第 6 期，1997 年。

9. 李利安撰：〈觀音文化簡論〉，《人文雜誌》，第 1 期，1997 年。

10. 黃世中：〈從「蓬山」意象說到古典詩歌的解讀〉，《天府新論》，第 2 期，1997 年。

11. 段有文撰：〈觀音信仰成因論〉，《山西師大學報・社科版》，第 25 卷第 2 期，1998 年。

12. 王慶雲：〈中國古代海洋文學歷史發展的軌跡〉，《青島海洋大學學報・社科版》，第 4 期，1999 年。

13. 佐伯富撰：〈近世中國的觀音信仰〉，《圓光佛學學報》，第 3 期，1999 年。

14. 王立：〈海意象與中西民族文化精神略論〉，《大連理工大學學報・社科版》，第 21 卷第 4 期，2000 年。

15. 李利安撰：〈中國觀音文化基本結構解析〉，《哲學研究》，第 4 期，2000 年。

16. 孟天運撰：〈蓬萊仙話傳統與歷代帝王尋仙活動〉，《東方論壇》，第 2

期，2000 年。

17. 張如安，錢張帆合撰：〈中國古代海洋文學導論〉，《寧波服裝職業技術學院學報》，2000 年。

18. 李岩撰：〈三神山及徐福東渡傳說新探〉，《中央民族大學學報・哲社版》，第 27 卷第 3 期，2000 年。

19. 朱子彥：〈論觀音變性與儒釋文化的融合〉，《上海大學學報・社科版》，第 7 卷第 1 期，2000 年。

20. 趙君堯撰：〈論宋元海洋文學〉，《職大學報》，第 3 期，2001 年。

21. 史炳軍撰：〈秦始皇與神仙思想〉，《咸陽師範學院學報》，第 16 卷第 5 期，2001 年。

22. 王慶雲撰：〈長生之夢：古人筆下與傳說中的蓬萊母題〉，《民俗研究》，2001 年。

23. 王連勝撰：〈海上絲綢之路——普陀山高麗道頭探軼〉，《浙江海洋學院學報・人科版》，第 19 卷第 1 期，2002 年。

24. 陳智勇：〈試論夏商時期的海洋文化〉，《殷都學刊》，第 4 期，2002 年。

25. 曹林娣撰：〈蓬萊神話與中日園林仙境布局〉，《煙台大學學報・哲社版》，第 15 卷第 2 期，2002 年。

26. 趙君堯：〈石器時代中國海洋文化及其對大陸中原文化的影響〉，《職大學報》，第 3 期，2002 年。

27. 周永河撰：〈徐福：事實與傳說的歷史〉，《青島海洋大學學報・社科版》，第 4 期，2002 年。

28. 李桂紅撰：〈普陀山佛教文化〉，《四川大學學報・哲社版》，第 4 期，2002 年。

29. 吳建華：〈談中外海洋文化的共性、個性與局限性〉，《浙江海洋學院學報・人科版》，第 20 卷第 1 期，2003 年。

30. 夏廣興撰：〈觀世音信仰與唐代文學創作〉，《上海師範大學學報・哲社版》，第 32 卷第 5 期，2003 年。

31. 貝逸文撰：〈論普陀南海觀音之形成〉，《浙江海洋學院學報・人科版》，第 20 卷第 3 期，2003 年。

32. 貝逸文撰：〈吳越時期舟山寺院文化與海外交流〉，《浙江海洋學院學報・人科版》，第 20 卷第 1 期，2003 年。

33. 陳智勇：〈淺析春秋戰國時期的海洋文化〉，《鄭州大學學報・哲社科版》，第 36 卷第 5 期，2003 年。

34. 王立：〈中國古代海外傳說誤讀的文化成因〉，《大連海事大學學報・社科版》，第 2 卷第 3 期，2003 年。

35. 程俊撰：〈論舟山觀音信仰的文化嬗變〉，《浙江海洋學院學報・人科版》，第 20 卷第 4 期，2003 年。

36. 韓秉方撰：〈觀世音信仰與妙善的傳說〉，《世界宗教研究》，第 2 期，2004 年。

37. 方牧撰：〈文化普陀山與普陀山文化〉，《浙江海洋學院學報・人科版》，第 21 卷第 2 期，2004 年。

38. 朱建君：〈東夷海洋文化及其走向〉，《中國海洋大學學報・社科版》，第 2 期，2004 年。

39. 李炳海撰：〈以蓬萊之仙境化崑崙之神鄉〉，《東岳論壇》，第 25 卷第 4 期，2004 年。

40. 楊政源：〈尋找「海洋文學」——淺析「海洋文學」的內涵〉，《台灣文學評論》，第 5 卷第 2 期，2005 年。

41. 賈鴻雁撰：〈中國古代的域外遊記及其價值〉，《桂林旅遊高等專科學校學報》，第 16 卷第 4 期，2005 年。

42. 苟華，李明賢：〈關於仙境的神話與中國古代的訪仙浪潮〉，《康定民族師範高等專科學校學報》，第 14 卷第 6 期，2005 年。

43. 王曉輝撰：〈中國烏托邦神話的地理特徵〉，《西南交通大學學報・社科版》，第 6 卷第 6 期，2005 年。

44. 趙君堯：〈漢魏六朝海洋文學當議〉，《職大學報》，第 3 期，2006 年。

45. 李利安撰：〈印度觀音信仰的最初型態〉，《世界宗教研究》，第 3 期，2006 年。

46. 李利安撰：〈觀音信仰的中國化〉，《山東大學學報・哲社版》，第 4 期，2006 年。

47. 謝玉玲撰：〈論元雜劇《沙門島張生煮海》之海洋書寫〉，《海洋文化學刊》，第 2 期，2006 年。

48. 葉瀾濤：〈再論中國古代南部海洋文化的農業性特徵〉，《廣東海洋大學學報・社科版》，第 27 卷第 2 期，2007 年。

49. 馬志榮、薛三讓：〈試論夏商時期的海洋文化〉，《西北師大學報社科版》，第 44 卷第 5 期，2007 年。

50. 陳國棟：〈海洋文化研究的多元特色〉，《海洋文化學刊》，第 3 期，2007 年。

51. 李晟撰：〈論仙境信仰產生的思想根源〉，《四川大學學報・哲社版》，第 4 期，2007 年。

52. 倪濃水撰：〈中國古代海洋小說的發展軌跡及其審美特徵〉，《廣東海洋大學學報》，第 28 卷第 5 期，2008 年。

53. 廖肇亨:〈長島怪沫、忠義淵藪、碧水長流——明清海洋詩學中的世界秩序〉,《中國文哲研究集刊》第 32 期,2008 年。

54. 倪濃水撰:〈中國古代海洋小說中人魚敘事的歷史變遷與文化蘊涵〉,《中國海洋大學學報‧社科版》,第 2 期,2008 年。

55. 倪濃水撰:〈《聊齋誌異》涉海小說對中國古代海洋敘事傳統的繼承與超越〉,《聊齋誌異研究》,2008 年。

56. 張高評:〈海洋詩賦與海洋性格——明末清初之台灣文學〉,《台灣學研究》,第 5 期,2008 年。

57. 倪濃水撰:〈中國古代海洋小說的邏輯起點和原型意義——對《山海經》海洋敘事的綜合考察〉,《中國海洋大學學報‧社科版》,第 1 期,2009 年。

58. 吳智雄著:〈論先秦文學中的海洋書寫〉,《海洋文化學刊》,第 6 期,2009 年。

59. 史玉鳳,趙新生合撰:〈《山海經》的海洋小說之母題原型及其海洋文化特質〉,《淮海工學院學報‧社科版》,第 8 卷第 1 期,2010 年。

60. 吳智雄:〈論魏晉南北朝文學中的海洋書寫〉,《海洋文化學刊》,第 11 期,2011 年。

二、博碩士論文（依照出版年排序）

1. 張文安撰:《周秦兩漢神仙信仰研究》,鄭州大學歷史系博士論文,2005 年。

2. 李春輝撰:《試論唐代仙道小說中的道教文化色彩》,內蒙古師範大學中文系碩士論文,2005 年。

3. 沈梅麗撰:《古代小說與龍王信仰》,上海師範大學中文系碩士論文,2005 年。

4. 薛瑩撰:《魏晉南北朝蓬萊仙話研究》,山東大學中文系碩士論文,2007 年。

5. 徐哲超撰:《六朝觀音應驗故事研究》,四川大學中文系碩士論文,2007 年。

6. 張星撰:《四海龍王考論》,上海師範大學中文系碩士論文,2008 年。

7. 王青撰:《徐福文化傳承的歷史脈絡和空間分布研究》,中國海洋大學歷史系碩士論文,2008 年。

8. 王建撰:《兩晉南北朝時期觀世音靈驗故事探析》,華東師範大學歷史系碩士論文,2009 年。

9. 陳清茂:《宋元海洋文學研究》,國立中山大學中文系博士論文,2010 年。

10. 傅仕欣撰：《先秦兩漢東海神話研究》，中央大學中文系碩士論文，2010年。

11. 陳剛撰：《唐前蓬萊神話流變考》，華中師範大學中文系博士論文，2011年。